電気じかけのクジラは歌う

逸木裕

SUKI

講談社

装画＝jyari
装幀＝川名潤

電気じかけの
クジラは歌う

「電気じかけのクジラは歌う――クレイドル会長、霜野鯨《しものくじら》さんインタビュー」

クレイドル社の『Jing《ジング》』が絶好調だ。人工知能がリスナーに合わせて好みの音楽を作ってくれるこのサービスは、会員数一千万人を超えなおも勢いが止まらない。AIがクリエイティブの領域に進出した時代、人類と音楽の未来はどうなるのか。会長の霜野鯨さんに聞く。

――『Jing』の業績が好調ですが、最大の要因はなんだと思われていますか。

霜野：人類との相性です。

――すみません、もう少し詳しくお聞かせいただけますか？

霜野：要するに、負担の軽減です。これまではリスナーに負担がかかりすぎていたのです。ユーザーの負担を軽減するものは、広く使われる。貨幣から物干し竿《ざお》に至るまで、普遍的な原理です。

――負担というのは、どういうことですか。

霜野：世の中に出回っている作品のうち、心の底から感動するようなものは一割もないですよね。リスナーはCDやストリーミングを漁《あさ》り、好みの作品に出会うまで残りの九割をひたすら鑑賞するという負担を背負わされてきた。ゴドーを待ち続けるヴラディーミルとエストラゴンのような、受動的で非力な存在でした。『Jing』はこの現状を打破するものです。リスナーの好みに合わせて人工知能に音楽を作らせることにより、我々は好みの楽曲に、短時間で大量にアクセスできるようになったのです。

――『Jing』にはどういった技術が使われているのでしょうか。

霜野：頭脳に当たるのが、人工知能です。コンピューターにインストールされた人工知能がリスナーの好みを解釈し、音楽を生成します。声に当たるのが、モデリング音源やヴォーカロイドです。本物と錯覚するようなリアルな音や声を生成してくれる、人工の楽器です。人工知能ばかりが着目されますが、後者も同じくらい大事です。

――ルチアーノ・パヴァロッティ事件をご存じですか？

霜野：その通りです。音楽評論家と演奏家を十人招き、『Jing』で再現し、本物と聴き比べさせた件ですね？ パヴァロッティの歌う『誰も寝てはならぬ』を三パターン聴いていただき、本物がどれかを当てていただいた。正解者はふたりでした。

――すべての音源が、『Jing』によって作られていたのですよね？

霜野：開発時期の違うバージョンを三つ聴いていただきました。反則技でしたが、『Jing』の表現力の高さが証明されました。それももう、三年前の話です。現在のヴォーカロイドは、さらに進化しています。

――小説を書くAIなども長年研究されている分野ですが、まだ実用化されていません。音楽が先んじて実用化されたのはなぜでしょうか。

霜野：音楽が構造化しやすい芸術だからでしょう。コード進行やメロディーなど、音楽はデータとして表現することができます。一方で、詩や小説のように、自然言語で書かれた芸術は、データ化しづらい。実際に『Jing』でもっとも遅れているのは、この作詞の部分です。

もうひとつ、『サムエル記』には、ダビデが竪琴《たてごと》を鳴らすと、癇癪《かんしゃく》を起こしていたサウル王の心が休まったという場面があります。キャロル・クラムハンスルの有名な実験にも、音楽の同じ箇所を違う人に聴かせたとき、同等の生理学的反応を得られたというものがあります。つまり、音楽と、それを聴く者の生理的な反応は、セットのデータにしやすいのです。人工知能は「音楽を聴いて感動する」ことはできませんが、「何を聴かせれば感動させられるか」は学習できる。弊社は「検査員」という、データを提供するための人材を豊富に抱《かか》えています。彼らの尽力によって集まったセットデータが、『Jing』の土台になっているのです。

——さて、『Jing』の業績が拡大する一方で、懸念されていることがあります。まず、音楽のタコツボ化です。リスナーに合わせて音楽を作るということは、聴かれる音楽が究極的に細分化するということです。音楽史に残る新しい楽曲は、出てこなくなるのではないでしょうか。

霜野：愚問ですね。もうとっくにそうだったではないですか。ストラヴィンスキーが『春の祭典』を初演したときのような事件は？　ニューオリンズでアフリカ移民がスウィングを作り出したときのような革新は？　クール・ハークがブレイクビーツを見出《みいだ》したときのような発見は？　何十年も起きていない。

——作曲家の仕事も激減し、廃業する作曲家もたくさんいるそうですが。

霜野：何が問題なんですか？　先ほど申したように、作曲家は長年、過去の資産をどうアレンジするかという作業に汲々《きゅうきゅう》としていました。人工知能の作るものにも及ばない連中は、イノベーションの発達とともに淘汰《とうた》されるのが当たり前でしょう。

——『Jing』は中国語で「鯨」という意味だそうです。本来の読み（ジン）では味気ないので、ジングと名づけたと聞きましたが……これからの我々は、人間ではなく鯨の音楽を聴くことになるのでしょうか？

霜野：そうです。鯨は住む海域の食物を大量に食べ、生態系の中心に君臨します。また、鯨の一部は、歌を歌うことでも有名です。世界の中心で歌う鯨、これはいまの音楽市場そのものです。『Jing』とリスナーがいれば、それだけでいい。もう、人間が作曲をする必要などないのです。

——今日は貴重なお話をありがとうございました。

第　1　章

1

岡部数人《おかべかずと》にとって、音楽とは、光だった。

音楽を聴くと、それに伴って光が見える。それは眩《まぶ》しく強烈な白い光のこともあるし、無色の空間にほんの少し赤が差す場合もある。星明かりのような優しい光がシャワーのように降り注ぐときもあれば、人工的な光を正面から照射されているようなときもある。

様々な光が見たくて、子供のころから音楽を聴き続けた。両親の持っていたスマートフォンを借りれば、ストリーミングサービスにいくらでも音楽があった。様々な音楽を聴いて、様々な光に包まれる、その時間が、一番楽しかった。

器に水を入れ続けていると、やがて溢《あふ》れて外にこぼれる。

岡部はほどなくして、音楽を作るようになった。

鼻歌を歌う。家にあったおもちゃのキーボードを適当に演奏する。音楽方面の習いごとをしていなかった岡部の作曲は、そこからはじまった。伴奏も何もない、裸のメロディーだけを作って録音する。たったそれだけのことだったが、岡部にとっては楽しかった。暗闇《くらやみ》の中に、小さな光を灯《とも》している感じがした。

——友人のバンドが、オリジナルの曲を作りたがっている。

そんな話を聞いたのは、中学生のころだった。コピーばかりやっていたバンドがオリジナルもやろうとしているが、作曲できる人間がおらず、それを探している。

岡部は、すぐに手を上げた。その時点では本格的な作曲などやったことがなく、曲を作れるなどという確証はない。ただ、無性に、やってみたいと感じた。

ネットで調べると、DAW（作曲ソフト）というものを使えば曲が作れるらしいことが判った。幸い、家族兼用のパソコンの中には、フリーツールのDAWがインストールされていた。

ネットで使いかたを調べながら、少しずつ作っていく。最初は完成形のイメージもよく判らず、作ったり消したりを何度も繰り返した。いちから作り直しになる局面もあったが、つらくはなかった。ただ、何かを作ってみたいという衝動に突き動かされていた。

ギター。ドラムス。ベース。作っていくうちに徐々に完成形が見えはじめ、なんとか伴奏が完成した。歌詞ができていなかったので、仮歌は自分で伴奏の上にハミングを乗せた。

作りはじめてから、一ヵ月が経《た》っていた。完成したのは、たった三分の曲だ。疲労を感じながら、作り終えたそれを、パソコンから流した。

強烈な光が、見えた。

いままで見たことがないほどの、圧倒的な光だった。

決して真新しい曲ではなかった。むしろどこにでもある曲だと言っていいだろう。だが、凡庸であっても、この音楽は自分の中から出てきたものなのだ。その感慨が、光をまばゆいほどに増幅していた。

それから、作曲の虜《とりこ》になった。

夢中だった。いままで自分の中に溜《た》まっていた光が、身体《からだ》から溢れてくるような感じがした。

バンドの曲は幸い評判がよく、ほかにも作って欲しいと依頼がきた。それだけではない。岡部の創作意欲は止《とど》まるところを知らず、ピアノの曲やコーラスなど様々なジャンルの曲を次々と作り、ネットにアップし続けた。反応があろうがなかろうが、関係なかった。作るために作る、作ることに淫《いん》していた時期だった。

――音楽は、人を動かす。

そのことに気づいたのは、そのバンドにゲスト出演するようになってからだ。ピアノを弾《ひ》いてみないかと誘われ、ろくに弾けなかったが猛練習をして舞台に上がった。そこで、岡部は音楽の持つ力を知った。

自分が作った曲に合わせて、観客が踊り、歌っている。その光景は、麻薬のように岡部を酔わせた。音楽はこれほどまでに人に作用し、動かすのだと、はっきりと認識した体験だった。

音楽は絵画や文学と違い、極めて原始的《プリミティブ》な芸術だ。人間の思考をすっ飛ばし、生理に直接働きかけ揺さぶる、暴力的なアートだ。自分が見えている光も、そんな暴力性の中にあるものなのだろう。そんな力を持つ音楽に関《かか》われていることが、嬉《うれ》しかった。

気がつくと岡部は、作曲家になっていた。

仕事が次の仕事を呼ぶような状態で、大学生と若かったこともあり仕事をどんどんこなしていった。舞台や小さなドラマの劇伴から、アーティストへの曲提供、ゲームの仕事や編曲まで、世に出た曲を数えれば、百曲や二百曲では利かないだろう。

様々なスタイルの作曲をしてきた。自由に作家性を求められることもあれば、細かいオーダーをすべてクリアしていくような仕事もあった。締め切りが優先でクオリティはそこそこというものもあったし、先方の納得が行くまで無尽蔵にリテイクをしたこともあった。

そんな中でも、もっとも特殊だった作曲といえば、ひとつしかない。

それは、『心を彩《いろど》るもの』での作曲だった。

目の前には、グランドピアノがある。その前に座っている。

白鍵《はっけん》の上に指を置く。ラ。ラ。ラ。ダンパーペダルを踏み、ピアノの鍵盤《けんばん》を叩《たた》く。

ライブハウスだった。

ピアノは、舞台の後方に配されている。あまり広くない空間で、スポットライトがギラギラと舞台を熱し、汗が噴《ふ》き出《で》る。客席は満員で、息を吸おうとしても酸素が薄い。ライトの向こうの客席は逆光のため、暗い影が連なっているようにしか見えない。

舞台の左斜め前で、益子孝明《ましこたかあき》がウッドベースのチューニングをはじめた。

突然、益子が咎《とが》めるようにこちらを見た。ピアノの音程が、わずかに狂っているようだった。益子は耳がよく、ピアノの調律が少しでも狂っていると、すぐにへそを曲げる悪癖がある。

ベースの音を聴いていると、照明でぼーっとした頭が少しすっきりする。益子の気持ちは判るが、本番の舞台でこんな態度を取るのはやりすぎだ。チューニングのラを叩き続けると、益子は諦《あきら》めたようにペグを回し、ハーモニクスを鳴らしてほかの弦を合わせていく。

益子は通常の四弦ベースとは異なり、五弦ベースを使っている。オーケストラではよく使われる楽器だが、このようなユニットで使っている人は見たことがない。音楽の底で重厚に奏《かな》でられる低音は、このユニットの売りのひとつだ。

『心を彩るもの』。それがユニットの名前だった。インドの民族音楽に「ラーガ」というものがあり、サンスクリット語で「心を彩る」という意味がある。由来はそれだった。

このユニットをはじめてから、もう三年になる。こんなユニットがよく続いていると我ながら感心する。それくらい、『心を彩るもの』は異質なユニットだった。

何しろ、譜面が一切ない。

ここで奏でられる音楽は、すべてが即興だった。どんな音楽が展開されるか、その場になってみないと判らない。

岡部は『心を彩るもの』のステージを、「演奏」ではなく「作曲」だと考えていた。DAWを使うわけではないが、自分の中から音楽を吸い上げ、加工して外に放つという点では、やっていることは一緒だ。考える時間が極端に少ないだけで、これは「演《や》る」ではなく「作る」作業だった。

一時期、フリージャズというムーブメントが流行《はや》ったことがある。リズムやコードなど、すべてのルールを破壊し、各人がインスピレーションの赴くままに楽器を奏でるという破壊的な音楽だ。だが、『心を彩るもの』はそういう音楽とも微妙に異なる。フリージャズが自由であることを目的としていたのと異なり、即興で演奏するスタイルは、妥協と必然性から生まれた唯一解《ゆいいっかい》、不自由な選択肢によるものだったからだ。

チューニングが終わったのか、益子が弓を置く。それを見てから、もう一度ラを叩いた。

益子の反対。右斜め前。

そこにあったのは、混沌《こんとん》だった。

ギター、シタール、三線《さんしん》といった弦楽器から、カホン、トーキングドラム、ジャンベなどの打楽器。クラリネットや鍵盤ハーモニカ、ウィンド・シンセサイザーといった吹奏楽器もあれば、アイリッシュハープから名前のよく判らない民族楽器までがある。演奏原理も、生産国も、ジャンルも、あらゆる要素がバラバラな楽器がカオスのように置かれている。

混沌の中心に、ひとりの男が座っている。

名塚楽《なづかがく》だった。

このユニットの発起《ほっき》人《にん》。『心を彩るもの』の名づけ親。

名塚は楽器の山に手を突っ込む。彼が何の楽器を選ぶのかは、その場になってみないと判らず、本人にも判っていないらしい。このユニットが風変わりなスタイルを取らざるを得ない原因は、彼だった。

名塚が今回選択したのは、タブラだった。インドの打楽器で、両手の指で表面を叩いて演奏する。能楽で使う大鼓に近い音色で、カンカンという乾いた甲高い響きがする。名塚はハンマーを使いながら、タブラのチューニングを進めていく。

「よーし、オッケー」

ひと通りチューニングが終わったところで、名塚が振り返る。

「そんじゃやろうか。ふたりは、オッケー？」

チューニングのあと、最初の一音が鳴るまでの時間帯は、特別だ。楽器の準備が終わり、音楽が奏でられるまでの静謐《せいひつ》な余白を演奏者も客も楽しむものだが、名塚はこの時間にいつもこんな合いの手を入れる。間抜けなのでやめろと何度も言ったが、悪癖は消えない。逆光のせいでその表情は見えないが、きっと子供のような笑みを浮かべているのだろう。

不意に、益子がピチカートを奏で出した。

単純な四度進行のリフだった。テンポは少し速い。益子はトリッキーなコードを作ることもできるが、今日はシンプルに行きたい気分のようだ。

益子の演奏は、高層ビルの基礎工事のようだ。リズムや音程には寸分の狂いもなく、五弦ベースの低音域をフルに使いながら杭《くい》をどんどん打っていく。益子の音楽を聴きながら、頭の中で即座に「作曲」をする。

リフが二巡したところで、ピアノの音を入れた。

左手でウッドベースの土台を補強しながら、右手で即興のメロディーを奏でる。益子の演奏が堅《けん》牢《ろう》なだけに、その上には遊べるスペースがたくさんある。コード進行上、あまり使うべきでない音も混ぜつつ、音楽を重ねていく。

この過程を、益子は「建築工事」と呼んでいた。基礎工事のようなベースの音に、家を建てるようにピアノの音を積み上げる。ひとつの建物が組み上がるように、音楽が立体的になっていく。身体が動き出す。鍵盤を叩く指先に、力がこもる。音楽の持つ暴力性が、岡部の身体を動かす。

ふたつの音楽が、溶ける瞬間というのがある。

ほかのプレイヤーが奏でている音楽に、寄り添うように演奏を進めていくと、相手もこちらに寄り添ってくれる。お互いの意図を感じながら演奏を進めていくことで、音程やリズムだけではなく、音楽そのものの境界が曖昧《あいまい》になっていく。益子とは長年一緒に演奏している仲だ。自然現象のように、音楽がどんどん溶けていく。いつまでもこうしていたくなるほどの、心地よさ――。

その瞬間だった。

タブラの音が、空気を切り裂いた。

一瞬で、すべてが変わった。二音目、三音目。タブラの音が、空間を切り裂いてくる。タブラは連打をして演奏する楽器だ。一瞬の間のあと、右斜め前方から、音が雪崩《なだれ》を打ったように襲いかかってきた。

全身が痺《しび》れる。感動と恐怖が入り混じった、独特の感情。名塚とも長いつきあいだったが、それでもこの瞬間は特別だった。「建築工事」によって作られたビルを、怪獣が蹂躙《じゅうりん》してくる瞬間。

名塚を見る。楽器のカオスの中心で、名塚は一心不乱にタブラを叩いている。益子を見る。名塚に振り落とされないように、懸命にベースを弾いている。

ピアノを叩く。

音で埋め尽くされたステージ上で、自分の居場所を探す。かろうじて見つけたスペースをこじ開け、メロディーとリズムをぐいぐいとねじ込んでいく。潜り込んだ場所を押し広げるように、音楽を「作曲」し続ける。

ふっと、集中していた名塚の意識が、こちらに向くのを感じた。一方的にこちらを蹂躙していた名塚。それに必死で対抗していた益子。ふたりが、自分の音楽を聴いてくれている。

音楽は溶ける。だがその溶けかたは、色々だ。恋人が寄り添うような甘い溶けかたもあれば、台風がぶつかって衝突するような溶けかたもある。

溶けていく。破壊的に強かった名塚を含め、三つの音楽が溶けていく。喜びも楽しさも苦しさも怖さも、あらゆる感情が音楽に飲み込まれていく。

光、だった。

眩しいほどの、巨大な光が見えた。光に包まれたステージの上で、自分は音楽を作るだけの存在になっていた。

音楽が生まれる。新しい音楽が——。

2

「……岡部さん？」

男性の声がした。

目を開けると、岡部は会議室にいた。机を挟んですぐ奥にあるドアが開いていて、茂木浩介《もぎこうすけ》がいた。

「あれ……？」

熱気に満ちたライブハウスとは対照的に、岡部がいたのは小さく無機質な部屋だった。さっきまで爆音で鳴っていたはずの音楽は消《き》え失《う》せ、オフィスらしい静寂が部屋の中に漂っている。

「寝不足ですか。まだ寝ぼけてますね」

「いや……はは」

どうも茂木を待っている間に眠ってしまっていたようだ。岡部はぐっと背筋を伸ばし、眠気を振り払う。

「ちょっと、昔の夢を見てました。ライブに出ていたころの」

「ああ……岡部さん、名塚楽と一緒に音楽ユニット組んでたんでしたっけ」

「ええ、五年前くらいまで。あのころの夢、久々に見たな」

「嬉しそうな顔してますね。いい夢だったみたいだ」

岡部は頷《うなず》いた。心に温かいものが残っている。確かに、『心を彩るもの』のことは、いい思い出だった。

「そう言えば……名塚楽、さっき話題になってたな。ネットで見ました」

「何のことですか」

「新曲を出したそうですよ。SNSで話題になってるみたいで」

「新曲。なんだろう。映画音楽かなんかですかね」

「詳しくは見なかったんで判りませんけどね、やたら拡散してたな」

「さすがですね。いまの時代、曲を出すだけで話題になる作曲家なんかほとんどいない」

「まあ、天才ですからねえ。あんな人とユニットを組んでたんだから、岡部さんもすごいと思いますよ。いまやうちのエースですし」

「ありがとうございます」

岡部は微笑《ほほえ》んだ。名塚が曲を出したのなら、嬉しいニュースだ。あとで聴いてみよう。

「ま、雑談はおいといて、打ち合わせのほう、チャチャッとやっちゃいましょうか」

茂木はそう言って岡部の正面に腰掛ける。定期的にやっているルーティンに入ったことで、ようやく気持ちが過去から戻ってきた感じがした。

クレイドル社の仕事を請けるようになってから、もう五年。当時新入社員だった茂木も貫禄が出てきて、いまやダンヒルのスーツを嫌味なく着こなす中堅社員だ。

打ち合わせはスムーズに進んだ。進捗《しんちょく》を確認し、今後の課題を共有していく。茂木はやりやすい仕事仲間で、下請けだからといって高圧的に出てくることはない。年齢は七つほど離れているが話題も豊富で、雑談相手としても楽しい。

十分ほどで議題を消化し終え、話はまた雑談に戻る。茂木は最近ロードバイクにハマっていて、ウェアラブルデバイスを着て自転車に乗ると、運動量をＡＩが解析して健康のアドバイスをくれるため体重が二キロも落ちたそうだ。そんな話で盛り上がっていたところ、茂木が急にため息をついた。

「どうかされました？」

よく見ると、確かに少し顔が痩《や》せたが、肌は浅黒く濁《にご》っている。整えられているはずの髭《ひげ》に剃《そ》り残しがあり、目の端《はし》には皺《しわ》が一本刻まれている。

「いえね……最近、新人の採用面接に同席させられてるんです」

「出世じゃないですか。若者と触れ合えるのは楽しそうだな」

「優秀な若者ならね。蓋《ふた》を開けてみるとですね、ひってえ志望者が多いんですよ」

「そうなんですか」

「確かにいまのクレイドルは絶好調ですけど、分け前に与《あずか》りたいんならきちんと準備してこいって話ですよ。不勉強な志望者の与太話を聞いてると、何の権限があって僕の時間を奪うんだって怒りたくなりますよ。全くこのご時世……面接も、ＡＩにやってもらうわけにはいかないんですかね」

茂木はそう言うと、不意に居住まいを正して言った。

「では初歩の質問をしますね。『Jing』とはなんですか」

口調が変わっている。唐突にごっこ遊びがはじまったようだ。岡部も背筋を正して茂木につきあう。

「御社が提供する、人工知能による音楽の配信サービスです。人工知能が個人の好みに応じて、楽曲を作ってくれるというサービスで、十五年前に最初のバージョンがリリースされ、この八年ほどで一気に流行しました」

「どういう風に使うサービスなのでしょうか？」

「好きな楽曲を『Jing』に読み込ませると、その音楽がどういう風にできているかを分析します。何曲かを読み込ませるとユーザーの好みが判るようになり、新しい曲を生成してくれます。生成された曲の中からさらに好きな曲を選ぶことで、より細かくリスナーの好みを把握し、リクエストに正確に応《こた》えられるようになります」

茂木がにやりと笑う。こんなことすら答えられない志望者が集まっているのなら、確かに頭が痛いだろう。

「『Jing』のもっとも優れた点はどこだと思いますか？」

「好みの曲を生成してくれる精度も優れていますが、個人的にはモデリング音源のクオリティも見逃せないところです」

「ほう？　どういうことですか？」

「御社は楽器音のモデリングやヴォーカロイドといった周辺技術に、大規模な資本投下を行っていますよね。音響工学の研究を用い、アナログ楽器が出力する微妙な揺らぎを再現することにもこだわっています。その結果、プロのミュージシャンがスタジオで収録した音源と『Jing』が作った音源は、いまやほとんど聞き分けることができない。だからこそ『Jing』はここまで幅広く使われているんです」

「うーん、採用！」

茂木が指を鳴らして微笑んだ。

「岡部さん、うちを受けたいならいつでも言ってくださいよ。中途採用は狭き門ですけど、岡部さんなら受かると思うなあ」

「いや、このくらい少し勉強すれば答えられることでしょう」

「そうかなあ。答えられない社員も意外に多いと思いますよ。ああ、でも駄目だな。岡部さんに現場を離れられたら、担当してる僕の評価まで下がっちゃう」

茂木はそう言って時計を見た。予定していた会議の時間を消化し終えたようだった。

「じゃあまた来週打ち合わせましょう。今週もお願いしますね」

「はい。精一杯やらせていただきます」

「今後とも、検査のほう、よろしくお願いしますよ」

茂木はそう言って笑顔になる。岡部もその表情に、満面の笑みで応えた。


岡部はいま、「検査員」をやっている。

もう、作曲はしていない。

3

検査員は、『Jing』の基盤を支える重要な仕事だ。

クレイドル社にある『Jing』のマスタープログラムは、日々音楽を学習し続けている。世界中の音楽をインプットし、分解し、解釈する、それを二十四時間繰り返している。

だが、音楽というのは、将棋や囲碁のように明確なゴールに向かって進むゲームとは異なり、規則はあるものの、どう作ればいいのかの正解はない。従来の作曲ＡＩが、既存の曲を模倣することはできても、人間の作曲家を超えられなかった理由はここにある。ＡＩには、音楽がもたらす感動までは理解できない。

理解できないのなら、どうすればいい？

人間がどう感動しているかを、学習させればいい。

『Jing』の革新性は、この逆転の発想にあった。

岡部はパソコンの前に座った。自宅の一室を仕事部屋として使っていて、机とラップトップＰＣ、検査用の機器以外に余計なものはない。三年前に広いマンションに越してから、丸々ひと部屋を仕事部屋に使えているのがありがたい。

手早く準備を進めていく。両手に腕輪を嵌《は》め、頭にはヘッドギアをかぶる。モニタの上にあるウェブカメラを自分に向ける。

検査員の仕事は「ＡＩに人間の感動を学習させる」ことだ。脳波、血流、体温変化、表情の変化など、音楽を聴いて、それに対する生理的な反応をデータとして提供する。岡部が着けたもろもろの器具は、音楽の展開とともに岡部の生理状態を読みとり、クレイドルのサーバーへ転送してくれる。

クレイドルの本社に定期的に行っているのも、検査の一環だった。ＮＩＲＳ計測装置という巨大な機材を使い、近赤外光を頭に当てることで脳の血液中のヘモグロビン濃度を測定するのだ。どういう音楽が流れたときに、人はどういう反応を示すのか。あらゆるセットデータを吸い上げ学習することで、ＡＩは擬似的に音楽に「感動」していく。

時折、こんなことでお金をもらえていいのだろうかと思うことがある。

クレイドル社からは毎週、検査項目が送られてくる。検査員はその項目を人工知能に投げ、音楽を聴き続ける。あまりにおかしなレスポンスを返してくる場合には、音楽の専門家として所感を書き添えるが、基本的には聴くだけだ。

クレイドルは検査員の仕事を、社外に発注している。岡部もまた、クレイドルの社員ではなく、業務委託契約している自営業者という立場だ。給与から間接コストが引かれる正社員に比べて、業務委託の場合はもらえる金額がかなり多い。

子供のころから、音楽を聴くのは好きだった。一日中音楽を聴いているだけで安定した給与がもらえるなんて、天職といえるだろう。

——作曲家をやめるのか。

検査員になると言ったとき、岡部にそう言ってきた作曲家仲間がいた。

——クレイドルの犬になるのか。お前は出来の悪い人間だったが、クズだとは思っていなかった。心底、見損《みそこ》なったぜ。

確かに検査員は、作曲家からは嫌われている職業だ。人工知能の音楽を支え、多くの作曲家を廃業させてきた。コマーシャルや映画、ゲームの劇伴といった仕事は、いまは『Jing』を使っているところがほとんどだ。

だが、岡部は作曲家をやめたつもりはなかった。

確かにこの五年、曲は作っていない。だが、検査員という形で間接的に音楽に関わることで、多くのリスナーの音楽ライフを支えている。岡部が作曲をしても聴いてくれる人はわずかだろうが、岡部が関わった『Jing』の音楽はいまや誰もが聴いている。

『Jing』を支え、人工知能の作曲に貢献する。それがいまの自分にとっての作曲だった。

時計を見た。十七時を過ぎたところだ。クレイドルから帰ってきて少し疲れていたが、仕事は十九時までやると決めている。パソコン上で『Jing』を起動し、視界からの刺激が脳へ与える影響を排除するためにアイマスクをつけた。カメラを通じ目の反応を提供する日もあったが、今日はそうではない。

検査用の音楽が流れはじめる。ピアノを用いた、少し難解な楽曲だった。現代音楽というほど複雑ではないが、不協和音や変拍子《ひょうし》が多用され、やや聴きづらい。だが、検査員は曲を理解する必要はない。戸惑いも困惑も、感じたままのプレーンな感情を器具に伝える。

影を感じる。

『Jing』とは、中国語で「鯨」を意味するらしい。闇の中で装置につながっていると、何かの巨大な影に接続しているような感覚になる。『Jing』の持つ巨大な無意識につながり、その一部となる感覚。そこには気持ちの悪さもあるが、自分が自分でなくなるような、少し自傷的な快感もある。

闇の中、岡部は影に包まれるように、音楽に身を委《ゆだ》ねた。

アラームが鳴る。終業の合図だった。周辺機器を外し、パソコンをスリープにすると、検査の最中にはあまり感じない疲労がどっとやってくる。

疲労を感じると、少し安心する。終業時に疲れているというのは、きちんと検査に向き合えた証拠だ。今日もいい仕事ができた。

安定した日々を、岡部は愛していた。毎日同じスケジュールで動けるのも、検査員の仕事のいいところだ。日々決まった分量の仕事をこなせば、きちんと報酬が振り込まれる。

毎日適度に仕事をこなし、良質の食事と休息を取り、明日の仕事に向けて英気を養う。安定した仕事をこなしていると、精神状態も安定する。曲を作っていたころは、強い情熱や達成感があった反面、日々の生活は荒れていて金回りも不安定だった。悩みごとのない穏《おだ》やかな日々に、岡部は満足していた。

キッチンに向かう。冷凍庫からピラフを取り出し、解凍して口に運ぶ。ビタミンとタンパク質が足りないので、サプリメントとプロテインで補う。あとはシャワーを浴び、だらだらとして脳を休め、明日に備えて眠るだけだ。

――そう言えば……名塚楽、さっき話題になってたな。ネットで見ました。

ふと、茂木がそんなことを言っていたことを思い出した。

今日、久々に名塚の夢を見た。そんな日に彼が新曲をリリースしたなんて、運命的なものを感じる。

「名塚、か……」

目を閉じると、いつもにこにことしていた彼の表情がくっきりと浮かんだ。


名塚楽は、岡部の親友だった。

友人のつてでライブハウスに出ていたころ、同じステージで何度か見かけた。痩せていて小柄だったが、小さな身体からエネルギーが発散されていて、太陽のような雰囲気を持っていた。同じ年でお互いに作曲をしていたこともあり、気がついたら仲よくなっていた。

名塚は一言で言えば、天才だった。

高校生のころから作曲活動をしていて、小規模ながら仕事として曲を書いていた。当時の曲はその後の業績に比べると未熟だったが、真似《まね》のできない独特のセンスがあった。

名塚には色々と驚かされた。作曲のスタイルはそのひとつだ。名塚はDAWを使うことをせず、五線譜に楽譜を書いていくという方法で作曲をしていた。「こうやると、音楽と身体がつながってる感じがするからね」と言っていたが、いまどきそんなことをしている人間はひとりもいない。

さらに印象に残っているのが、名塚のステージだ。彼のようなことをやっている人間はその後の人生でも見たことがない。

まず、楽器の量が異常だった。名塚はステージの中央にシンセサイザーを置き、その両脇《りょうわき》に色々な楽器を置いていく。エレキヴァイオリン、ウィンド・シンセサイザー、シタールから見たことがない打楽器まで、奏法も発祥国もバラバラな楽器群。

——何を使うかは、その場にならないと判らないんだ。そのときの気分で決めてる。だから、楽器はたくさんあったほうがいいんだよ。

実際に彼のステージを何度か見たが、毎回使っている楽器が違っていた。そのすべてを、名塚は見事に奏で分けていた。

そして、奏でられる音楽は、すべて即興だった。

客席からメロディーを募集することもあるし、その場で適当に弾いたフレーズを使うこともある。ひとつの旋律をシンセサイザーで弾き、リアルタイムで録音する。録音した音源を会場に流しながら次の楽器を弾き、それも録音する。

音楽をどんどん、その場で重ねていき、毎回全く違う音楽を作る。明るくポップで弾けるようなときもあったし、暗く呪われたような音楽のときもあった。それでいて彼の作るものはいつも魅力的で、即興にもかかわらずすべてが計算されているような必然性があった。

あまりにも特異な演奏をしていたが、名塚の家庭は音楽一家というわけではないらしい。ひとり楽器をやっている従妹《いとこ》がいるだけで、ほかには親も親戚《しんせき》も音楽をやっている人はいないそうだ。突然変異としか言いようがなかった。

——なんで毎回、アドリブなんだ？

一度そう聞いたことがある。名塚は、恥ずかしそうに言っていた。

――いやあ……本当は曲を練習して持っていったほうがいいんだろうけど、なんか譜面通り演奏するのができないんだよね。やってると新しいことをどんどん思いついて、そっちに流れていっちゃう。だから、もう思い切って、毎回その場で作ったほうが早いなって思ったんだよ。

何から何まで、天才としか言いようがなかった。嫉妬をする間もなく、本物の作曲家とはこういうものだと納得してしまった。自分は凡人だと若いころに認識できたのは、いいことだったと思う。そのおかげで、その後の身の振りかたを冷静に決めることができたのだから。

気がつくと、スマートフォンを握りしめたまま横になっていた。彼のニュースを検索しようとしたところで、ボーッとしてしまったようだ。

名塚とは、しばらく会っていない。

一時期彼と一緒に活動していたが、そのユニットはもう存在していない。喧嘩《けんか》別《わか》れをしたわけではなく、話し合い、友好的に活動休止をし、お互いのフィールドで頑張ろうと誓い合った。自分は音楽を聴くほうが向いているので、検査員をして音楽文化に貢献する。名塚は作曲家として頑張ってくれ。

約束通り、名塚が作曲家として活動を続けていることが、岡部には希望だった。彼の活躍を見ていると、自分も頑張ろうという気になる。

岡部はスマートフォンを見つめた。ＳＮＳにアクセスし、「名塚楽」と検索をする。

早速情報が流れてくる。新作映画の音楽を担当することになったというようなニュースだろうと予想して画面を見た岡部は、そこで困惑した。

タイムラインには、同じような写真が大量に流れていた。

映されているのは、コンクリートの壁だった。

無機質な灰色の壁に、小さなシールが貼《は》られている。親指くらいの大きさの四角いシールで、ホログラムシートのようにキラキラと光っている。

――なんだ、これ？

『名塚楽のスタジオきてる。ほんとに貼られてる。いい曲だーすげえぞー』

写真には、そんなコメントがついている。岡部はわけも判らず、流れてくる検索結果を次々と見ていった。

調べた結果、いくつかのことが判った。

まず、この壁は、名塚の持つ音楽スタジオの壁だ。コンクリートの外壁に、シールが貼られていて、中に音楽が入っているようだ。このシールはちょうど一曲ほどの音楽を格納できる記憶媒体で、音楽家の間で流行っているメディアだった。

どうも、これが「新曲」らしい。名塚がこんな形で曲を発表するのは、初めてのことだ。当の名塚からは、このことについて何もコメントは出されていないようだ。

岡部はもう一度、壁の写真を見た。そこで、あることに気づいた。

シールの横に、同じくらいの大きさの赤い何かがついている。なんだろう。拡大して見たところで、岡部は息を呑《の》んだ。

それは、指紋だった。

指の腹を切り、流れる血で捺印《なついん》をしたように、真っ赤な指紋が捺《お》されている。

「どういうことだ……？」

身体を起こした。ゆっくり休むはずだったのに、一気に覚醒《かくせい》してしまった。

――名塚は、こんなことをする人間じゃない。

すぐにそう思った。こんな行動は、名塚らしくない。

自らの曲をシールに入れ、自前のスタジオに貼り出し、その横に真っ赤な指紋を捺して誰かに発見されるのを待つ。ネットで拡散しそうな仕掛けだったが、そもそも名塚はこの手の作為的な演出を嫌う人間だった。音楽を発表して、音楽の力だけで勝負をする。そのことにこだわりを持っていた作曲家だった。本当に名塚の仕業なのだろうか。

タイムラインを見ていく。岡部はそこで、動画サイトへのリンクを見つけた。

誰かが、名塚の曲を転載しているようだった。『壁に貼られていた音楽はこちら』というコメントがついている。

そのリンクをタップしようとしたところで、指先が止まった。

「この辺にしておこう」

声に出して言う。

「明日も仕事だ。いつまでも遊んでるわけにはいかない。ゆっくり休まないと」

棒読みで言う。簡単な自己暗示だった。言葉を口に出すと、脳は認知的不協和を嫌って従おうとするのだ。

そう、明日も仕事をしなければいけない。名塚の曲は聴きたいが、興奮したり感動したりして眠れなくなったら、検査員の仕事に差《さ》し障《さわ》りがある。名塚が作曲をしているように、自分もまた「作曲」をしなければいけないのだから。

「よし、寝よう」

心が定まったところで、床につこうとする。そのときだった。

突然、タイムラインに大量の投稿が流れてきた。「名塚楽」でＳＮＳに検索をかけているので、その文字を含んだ投稿がなされると、自動的に流れてくるのだ。

なんだろう。尋常ではないスピードでタイムラインが流れている。岡部はスマートフォンに目をやった。

「……え?」

そこで、岡部は愕然《がくぜん》とした。信じられないニュースが流れていた。

『【速報】作曲家・名塚楽さん死去。自殺か』

4

翌日は休みをもらった。岡部は、タクシーに乗っていた。

「料金がお支払いされていません。二千五百六十三円です」

スピーカーから男性の声が流れ、車内に備え付けのタブレットにQRコードが表示される。岡部はそれをスマートフォンで読みとり、決済をする。

運転手はいない。東京都内の車は、ほとんどが自動運転車に置き換わっている。首都高速を試験用の車が無事に走ったというニュースを聞いてから、あっという間に送電コイルなどのインフラが整備されて、自動運転網が敷かれた。自動運転車の普及に伴い交通事故の数も激減し、いまでは有人のタクシーはまず見ない。

岡部はスマートフォンを見る。

変わるものもあれば、変わらないものもある。人間には、最適化された道具というのがあるのではないかと、岡部は考えていた。腕時計、傘、イヤフォン、靴、これ以上どうやってもイノベーションが起きないところまで最適化された道具というのがいくつもあり、スマートフォンもたぶんそのうちのひとつだ。手のひらにちょうど収まるこの形状は、岡部が子供のころから変わらない。

EV車のモーター音を聴きながら、岡部はニュースを読んだ。

「作曲家・名塚楽さん死去。自殺か。

作曲家の名塚楽さん（35）が二十一日、死去した。

関係者によると、午後八時ごろ、知人が東京都渋谷区にある自宅のドア付近で首を吊《つ》っている名塚さんを発見。搬送先の病院で死亡が確認された。警視庁では自殺の可能性が高いと考え、調べを進めている。遺書は見つかっていない。

名塚さんは映画『鳩《はと》たちの失楽園』『雪の街』の劇伴などで知られる人気作曲家。活動休止期間を経《へ》て、昨年復帰したばかりだった」

「なんでだよ……」

昨日から何度も見たニュースなのに、読むたびに気分が落ち込む。名塚がこの世にいないということが、信じられない。

――お互いに頑張ろうぜ。

五年前、『心を彩るもの』をやめたとき、岡部は名塚に言った。自分は検査員として人工知能の音楽をサポートするから、名塚は作曲家として、『Jing』のよきライバルになって欲しい。そんなことを言って、友好的に別れたはずだ。名塚が作曲の世界で頑張ってくれているから、自分も検査員を頑張れている。そんな風にも思っていた。

岡部は思考を止め、再び記事を見た。

――名塚はなぜ、自殺した？

すぐに思いつくことがひとつある。記事にも書かれている「活動休止期間を経て」というところだ。名塚は二年前から去年までの一年間、作曲活動を休んでいた。

二年前、名塚は事故に遭った。

名塚は大学を出てすぐに結婚し、ひとりの子供を儲《もう》けていた。相手は幼《おさな》なじみの女性で、長い間の交際を実らせての結婚だった。「音楽以上に愛せるものができるなんて、思わなかった」と、息子が生まれたときに照れくさそうに言っていたことを覚えている。

そんな家族を、事故が襲った。子供の誕生日、外で食事を取ったあとに家族三人で歩いていたところ、当時減りつつあった手動運転車に突っ込まれたのだ。名塚は無傷だったが、隣を歩いていた妻子ははねられ、帰らぬ人となった。

そのときの名塚の塞《ふさ》ぎ込《こ》みかたは、尋常ではなかったらしい。妻と子供を、いっぺんに目の前で亡くしたのだ。そんな心境は、想像できるわけもない。名塚はそれ以来活動を休止し、曲を発表しなくなった。

心配だったが、会いに行くのははばかられた。そんな状態の名塚に、自分が何かを言えるとは思えず、それよりも自分の戦場で仕事をすることが応援になると思ったからだ。

後追い自殺、なのだろうか。

そんなことを考えてしまうほど、名塚は家族を大切にしていた。だが、事故はもう二年前の話だ。名塚は去年復帰して、精力的に曲を発表していた。なぜこんなタイミングで、彼は自殺した？

「目的地に到着しました。ありがとうございました」

タクシーのスピーカーから声が流れる。岡部は我に返り、タクシーを降りた。

東中野《ひがしなかの》駅近くの、川沿いの遊歩道。向こうに、人だかりが見えた。

コンクリートの打ちっ放しでできた、箱のような建物――名塚のスタジオの前に、人だかりが押し寄せている。穏やかな川の流れとは対照的に、その部分だけ大波が押し寄せているように、人が揉《も》み合《あ》っている。

「ちょっとすみません」

どんと背中を押された。岡部の横を、花束《はなたば》を手にした若い女性が通り過ぎていく。献花にきた名塚のファンだろう。暗い表情をしていた。

弔意を示す目的できている人も多そうだったが、あの人だかりから感じる雰囲気は、それだけではない。名塚を悼んできている人間と、そうでない人間。全く異なるふたつの温度が、人の流れの中でごちゃ混ぜになっている。ある種の祭りのような熱狂を見て、名塚の友人として不快感を覚えた。

もう一度後ろからぶつかられ、我に返る。岡部は思考を止めることにした。徐々に増えていく人波に飲まれながら、少しずつスタジオに近づいていく。

スタジオは、正面の入り口に回ると扉や表札に木が使われていたりしてスタイリッシュなのだが、遊歩道に向いた側面は文字通りコンクリートの壁で、かなり威圧的だ。人だかりの熱気など些《さ》末《まつ》なことは気にならないとでもいうように、スタジオは無機質にそそり立っている。

多くの人が、コンクリートの外壁に向かいスマートフォンをかざしている。岡部は改めて、壁を見上げた。

巨大な、コンクリートの外壁。そこに、たった一枚のシールが貼られていた。

広い砂場に、一滴だけ水が垂れたような感じだった。シールは陽光を受けてキラキラと反射し、小さく切り取られた水面のように見える。

――名塚の、遺作。

腕が震えている。

この曲は、とっくにネットに上がっている。だが、まだ聴けていなかった。

これを聴くのが怖い。親友が最後に作った曲。それを聴いてどんなことを感じればいいのか、それが判らないまま、結局一晩を明かしてしまった。壁の前にきたのは、そんな自分に踏ん切りをつけるためでもあった。

「ちょっと、あんた。聴かないならどいてよ」

後ろから軽く小突かれる。

ここで聴かなければ、一生聴けないかもしれない。

決意をし、イヤフォンを耳に突っ込んだ。震える手でスマートフォンを摑《つか》み、シールにかざした。

音楽プレイヤーが起動する。シールからスマートフォンに、超短波に乗せてデータが転送されているのだ。

再生が、はじまった。

だが、音楽は流れてこなかった。プレイヤーは起動し、再生秒数もカウントされている。ただ、音だけが鳴らない。

ミュートになっていないことを確かめる。五秒。十秒。待てども何も流れてこない。

何かの間違いだろうか？　十五秒、二十秒。ボリュームを最大に上げたが、曲は一向に流れてこない。

もう一度スマートフォンをかざそうとした瞬間、不意に音楽が流れはじめた。

それは、シタールの音だった。

インドの弦楽器で、名塚が好きだったラーガでも使われる。ギターの音に金属音が混ざったような、スパイシーな音色。最初のひとくさりを聴いただけで、岡部の目に虹のようなカラフルな光が見えた。

――名塚だ。

感情が溢れそうになるのを、必死にこらえる。検査員として培ってきた技術を使い、精神のコントロールをする。

シタールがかき鳴らされる。名塚は色々な楽器を見事に演奏したが、特にシタールは絶品だった。彼の持つ豊かなビジョンには、十七本の弦を有するシタールの高い表現力がよく合っていた。

――落ち着け。

冷静に聴こうと努《つと》めているのに、感情が乱される。

早めのテンポの中に、音がこれでもかと詰め込まれている。圧倒的な速弾きで叩き込まれる凄《すさ》まじい音符の連打と、それによって表現される感情の爆発。こんなにも荒ぶっている名塚は、『心を彩るもの』のころにも見なかった。過剰に詰め込まれた音楽が、嵐《あらし》のように暴れ狂う。

かと思うと、曲はがらりと様相を変える。怒濤《どとう》の勢いで並べられていた音がかき消え、ふっと凪《なぎ》が訪れるように静謐な時間が訪れる。意外な展開に、岡部は音楽の中に引きずり込まれるのを感じた。これは、名塚の音楽の特徴だ。ある方向に感情移入をしようとすると、するりとかわされてあっという間に別の場所に連れていかれる。変幻自在の音楽の波に、快感とともに否応《いやおう》なく飲み込まれる感覚。

再び、音符の嵐がやってくる。だが、ただ音符が並べられているわけではない。カオスのように聴こえつつ、精密機械の回路のように隅々《すみずみ》まで整理されているのが判る。その証拠に、これだけ音が並んでいるのに、その中心からは音楽を貫《つらぬ》く強い旋律が聴こえ続けている。

名塚のメロディーセンスは独特だ。嵐の中を一条の光が突き抜けるように、音符の嵐の中をメロディーが貫き、直進している。旋律は激しく上下に動きつつも、作為的な感じはせず、必然性を持って、そこに存在している。これ以上動くと破綻《はたん》する。そんな、崖《がけ》の縁を疾走しているような危ういバランスの旋律だった。

——すごい。

検査員として、毎日あらゆる音楽を聴き込んでいるから判る。この曲は、すごい。予想をしていた水準をはるかに飛び越え、音楽は飛翔《ひしょう》を続ける。検査員として培ってきた理性すらも吹き飛ばされそうなほどの、突風を撒き散らして。

音符の嵐と、独特の旋律。そのふたつが絡まり合い、拮抗《きっこう》し合い、音楽は突き進む。激しくも美しい、名塚楽の世界。音楽が進行するにつれ、その濃淡が、その陰影が、どんどんと濃くなっていく。ふたつの力は、強くなり——。

ぶつり。

唐突に、音楽は終わった。

「え？」

慌ててスマートフォンのプレイヤーを見るが、やはり音楽は終わっている。鮮明な夢からいきなり現実に放り込まれたように、上手く世界が認識できなかった。

「ちょっと、早くどいてって、おっさん」

背後から再度つつかれ、慌てて身体をどける。人の流れが自分を押し、岡部は壁から強制的に遠ざけられた。

これで終わりなのだろうか？

あまりにも唐突で、強制終了とも言えるような終わりかただった。なぜこんな幕切れにしたのだろう？　あの音楽なら、もっと展開し、聴き手を色々なところに連れていってくれるはずだった。意図はよく判らなかった。だが、ひとつだけ言えることがある。

あの曲は、名塚の曲だ。

あんな曲を作れる人間が、ほかにいるはずがない。あれは紛《まぎ》れもなく名塚の曲だ。

「名塚……」

何を感じればいい？　この音楽を聴いて、自分は何を思うべきだ？

「さすがだ、名塚。素晴らしかったよ……」

声に出して言った。そう、それが自分の感じるべき感情だ。

岡部は、壁を振り返った。

片目ほどの大きさの赤い指紋が、岡部のことを見つめている気がした。

5

——僕らは、空港みたいなものなんだ。

名塚はかつて、そう言っていた。

岡部は、東中野駅前のファミレスに入っていた。

水を飲みながら、心を落ち着ける。名塚の曲の衝撃が身体から抜けきっておらず、思考は過去に流れていた。

——岡部。僕と一緒に、音楽ユニットをやらない？

名塚にそれを言われたときのことは、いまでもよく覚えている。大学生のころだった。

名塚はアドリブしかできない人間だった。楽譜通り演奏することができず、曲を練習しても必ず逸脱してしまう。彼がソロで活動していた裏には、そんな事情があった。

そんな名塚が、ユニットをやりたいと誘ってきた。何をするつもりだろう？　岡部は興味を惹《ひ》かれた。

最初の顔合わせでは、名塚を除いて六人のメンバーがいた。藝大に通っているエリートから、我流でギターを覚えたスタジオミュージシャンまで、タイプも楽器もバラバラだった。岡部と同じ疑問を持った人間も当然いて、名塚は嬉しそうに答えた。

――だから、全員でアドリブをやるんだよ。

名塚のプランはこうだった。自分はアドリブしかできない。だから、みんなもアドリブで演奏して欲しい。お互いの音楽をぶつけ合って、その衝突の中から新しい音楽をその場その場で作っていく。僕がやりたいのは、そういうライブなんだ――。

名塚のビジョンを理解できた人間は、その場にひとりもいなかったと思う。そんなことをやっても、単にめちゃくちゃになるだけなのは目に見えている。ジャズのように、普通に譜面を作って、その中にアドリブを混ぜればいいじゃないか。そんな反論をひと通り聞くと、名塚は言った。

――僕らは、空港みたいなものなんだ。

唐突な言葉だった。全員が戸惑っていたが、名塚は構わずに続けた。

――空港は、色々な国の色々な人が通り抜けていくよね。男性もいれば女性もいるし、もちろんトランスジェンダーもいる。子供たち、老夫婦、純血の人、混血の人、たくさんの人が色々な言語を話して、違ったリズムで歩いて、異なる感情をまき散らしていく。

何かを真剣に話すときの名塚は、いつも薄く微笑んでいた。

――様々な文字や、様々な言葉や、様々な音や、様々な仕草《しぐさ》が、空港の中には毎日溢れかえってる。その記憶が見えないところで蓄積されていく。そんな風にして溜まっていったものを、みんな再構成しているんだ。

いきなり何の話をしてるんだ？　誰かが聞いた。

音楽の話だよ、と名塚は答えた。

――波及だよ。

名塚は言った。

――音楽の本質は、波及なんだ。空港のように、僕やみんなの中には色々な音楽が溜まっている。いままでに影響を受けてきた色々なものから、新しいものを再構成する。そうやって芸術は波及していく。だから僕は色んな楽器を使うし、その場その場の感性で演奏をするようにしている。自分の中から新しいものが出てこないか、自分を試してるんだ。今度はそれを、ユニットで試したい。みんなとならそれができることを、確信してる。

名塚のそのビジョンに、岡部は心を動かされた。どんなものができるか判らないが、名塚とそれを試してみたいと強く思った。だが、そう思わないメンバーも少なからずいた。そんなことにつきあってられるかよと、その場でふたりのメンバーが帰ってしまった。

リハーサルを重ねるにつれ、ひとり、またひとりとメンバーが脱落していく。全員がアドリブをし、それでひとつの音楽を作り上げるというのは、言うのは簡単だがやるのは難しい。誰にも完成形が見えない中、リハーサルをしては破綻するという時間が長く続いた。

岡部もまた、苦労をした口だった。もともと我流で作曲をやっていただけなので、引き出しが少ない。それを克服するために、それまでに増してひたすら音楽を聴きまくった。アドリブの勉強も一からしたし、あらゆるジャンルのライブに足を運んだ。リハーサルを重ねるたび、少しでも名塚のやりたいビジョンに近づく。そのことに必死だった。

――岡部のメロディー、僕は好きだな。

ある日、名塚にそんなことを言われた。

――岡部の作るメロディーは、とてもキャッチーな魅力がある。僕には書けないタイプの旋律だよ。本当に、素敵だと思う。

自分の音楽を名塚が認めてくれたことが、嬉しかった。彼についていくのは大変だが、振り落とされないように頑張りたい。そう、改めて思った。

最終的に残ったのは、三人だった。このころになると、最初は無茶苦茶に見えたビジョンを実現するためのスタイルが、少しずつ固まり出してきた。

ウッドベースとピアノで、まず音楽の土台を作る。そして、名塚はそれを聴き、演奏をはじめる。あとはお互いが音楽をぶつけ合い、その場その場で「作曲」をし、摩擦と衝突の中からより巨大な音楽を作っていく。

『心を彩るもの』というユニット名が決まったのもそのころだ。少しずつステージに立つようになり、幾度となく失敗を繰り返し、徐々に完成度を上げていった。無残に演奏が破綻することもあったが、ライブが上手くいき、三人が波及し合ったときの快感は、凄まじいものがあった。

思えば、大学生のころは、作曲家としてもいい時期だったのだと思う。『心を彩るもの』で作る即興の音楽と、パソコンの前でじっくりと作る音楽。作法は全く異なっていたが、それらはお互いにいい影響を及ぼし合い、仕事の発注も増えていた。

ずっとあんな生活が続く。そう、思っていた。

からん、と音がした。テーブルの上のグラスの氷が、溶けて立てた音だった。思い出を洗い流すように、岡部は水を飲む。

名塚との結末が、こんなことになるとは思っていなかった。

人間は変わるものだ。岡部は『Jing』の中に可能性を見出し、結局『心を彩るもの』の活動からは離れた。ユニットをやる時間を削っても、検査員の仕事に打ち込みたかった。

名塚はずっと作曲を続けていくものだと思っていた。そんな彼が、最後の曲をあんな形で発表して自殺するなど、いまでも信じられない。

「こちら、欧風カレーのセットになります」

女性の声がして、岡部は我に返った。腹が減っていることを思い出し、カレーライスにスプーンを突っ込む。

「岡部さん？」

そこで、声をかけられた。

見上げると、テーブルの前に眼鏡《めがね》をかけた女性がいた。岡部はスプーンを置き、慌てて立ち上がる。

「渡辺《わたなべ》さん……？」

「やっぱり岡部さんですね。ご無沙汰《ぶさた》しています」

渡辺絵美子《えみこ》だった。

彼女は、名塚の雇っていた秘書だった。

名塚は、細々《こまごま》とした業務のできない人間だった。作曲家として軌道に乗ったあとも、税金関係やスケジュール管理等が無茶苦茶で、あちこちに迷惑をかけていたらしい。そこで彼が雇ったのが、絵美子だった。「今度は小さな仕事がしたい」と大手商社から転職してきた女性で、エネルギッシュな上に事務能力が高く、彼女が入ることで名塚の仕事も順調に回るようになったと聞く。

「よろしければ、ちょっとご一緒していいですか？　ほら、店も混《こ》んでますし……」

絵美子は周囲を見回す。店内はあまり混んでいなかったが、それは口にしなかった。あんなことがあって、誰かと一緒にいたいのだろう。

自ら席についたというのに、絵美子は何も話そうとしなかった。化粧もろくにしておらず、眼鏡の奥の目は落《お》ち窪《くぼ》んでいる。固形物が喉《のど》を通らないのか、コーンスープだけを頼んでそれをすすっている。岡部もまた、彼女に何を言えばいいのかよく判らなかった。

このまま何も言わずに散会するのかもしれない。そう思ったとき、絵美子が口を開いた。

「少し、話を聞いてもらっていいですか」

岡部は頷いた。

「いつかこうなるんじゃないかと、ずっと怖かったんです」

絵美子は固い声で言い、そのままうつむいてしまう。言葉を整理しているのか、虚脱して何も考えられないのか、よく判らない。仕方なく、そのまましばらく待つ。

五分ほどが経った。絵美子は、うつむいたまま、ぼそりと言った。

「とうとうきてしまった。そう思ってます」

「名塚がこうなることを、予測されてたんですか」

「予測ではないです……。でも、いつかこんなことが起きると思っていました」

話がぐるぐると回っている。あの聡明《そうめい》な絵美子が、かなり混乱しているようだった。

「名塚は、なぜ自殺したんでしょうか」

単刀直入に聞いた。

「こんな風になると思っていたとは、何か予兆があったんですか」

また沈黙が流れる。もどかしかったが、岡部は待った。

何分か経った。絵美子は、ゆっくりと深くため息をついた。

「ご家族のことだと思います」

「二年前の事故のことですか」

「はい。あの事故は、名塚先生にとってあまりにも大きな出来事でした……」

絵美子はようやく話しはじめる。

「ご家族を失ってから、名塚先生は人が変わったように落ち込んでしまいました。名塚先生は、ひょっとしたら音楽以上に、本当にご家族を大切にされてましたから……。精神科に通うようにもなって、抗鬱剤《こううつざい》も飲んでいましたが、名塚先生はつらそうでした。普通に話していても、昔のことがいきなりフラッシュバックするみたいで、突然真っ青になったりするんです」

「仕事で紛らわしたりはできなかったんですか」

「仕事なんかできる状態じゃありませんでした。名塚先生は頼まれていた仕事をやろうとして机に向かってはいたんですが、曲を書けない状態が続いて……私から、仕事をお休みすることを提案しました。長い間話し合って活動を休止することは決めたんですが、それでも上手く休めないというか、作曲ができないことにも苦しんでいたみたいです」

「そうなんですか……」

「ようやく仕事ができるようになったのは、去年くらいからです。何か転機があったのか、ある日突然曲を作れるようになったんです。名塚先生は、休んでいた時間を取り戻すように仕事を続けました。あまりにも急なペースだったので、私のほうでセーブしようともしたんですが……。先生の創作意欲はすごかったです。次々と曲が出来上がって……私は、先生が生きる意味を取り戻したみたいで、嬉しかった」

「立派な仕事だと思います。渡辺さんにしかできない」

「でも……それも、無駄だったんです。こんな結果になってしまったんですから」

その結論に至ったことで、絵美子の心にまたずしりと負荷がかかったようだった。少しだけ快活になっていた絵美子が、再び沈み込んでしまう。

「いまなら判ります。活動を再開したのは、名塚先生なりのけじめだったんです」

「けじめ？」

「考えてみたら、名塚先生がやっていた仕事は、仕事を休む前に請けた仕事ばかりでした。新しい依頼は請けないようにとも言われてました。名塚先生は、最初から決めていたんだと思います。頼まれていた仕事を全部片づけたら、自分の人生にも片をつけようと」

だから、このタイミングだったのか。依頼されていた仕事を片づけたら、名塚は命を絶つ予定だったのだ。

「そこまで追い詰められていたのに……あいつ、なんで言ってくれなかったんだろう」

思わず呟《つぶや》いた。自殺を考えるほど思いつめていたのなら、一言声をかけてくれればよかった。長年会ってないが、彼の悩みを聞くことくらいはできたはずだ。

絵美子は答えず、暗い表情で水を飲んでいる。岡部は聞いた。

「あの、スタジオに貼られていた曲は、なんだったんですか」

自殺の理由は判った。だが、それがまだ判らない。

「さっき、音楽を聴きました。すごい曲だと思いました。あれも、何かの仕事なんですか」

「違います。あんな発注はありませんでした」

「今朝ぐらいから、ネットでは、壁に貼られていた指紋は名塚のものだと言われ出していますが」

「はい、名塚先生の指紋と一致しました。ファンが名塚先生の写真と照合したみたいで……」

写真を撮る際にピースサインをしてはいけないというのは、何年か前から常識になっている。写真の解像度が高くなりすぎ、指紋を複製することもできてしまうからだ。

「ということは……あれは名塚が自主的に作ったものなんですね。でも、自分の曲を壁の前に貼り出して指紋を捺すなんて、名塚らしくない」

「……私もそう思います」

「あのシタールの曲を、渡辺さんは聴いたことがありますか」

「……ありません」

「あの曲は、名塚が書いた曲なんですか。別人が悪戯《いたずら》でやったという可能性は……」

「いま、調べてます。すみません、私もよく判らないんです」

うつむきながら言う。強い拒絶の言葉だった。少し踏み込みすぎたかもしれない。

気まずい空気が漂う。話しはじめたときより、絵美子は落ち込んでしまったようだった。彼女の話につきあったことがよかったのか、よく判らない。

「……岡部さん」

絵美子が言った。声の感じが、固く変わっていた。

「どうして、『心を彩るもの』をやめたんですか？」

飛んできた質問は、意外なものだった。絵美子はうつむいたまま、視線を合わせようとしない。

「名塚と約束したんです」岡部は言った。

「人工知能が音楽を作る世界になって、人々は人工知能の音楽を聴くようになりました。僕は自分で作るよりも、音楽を聴くほうに向いている人間だった。だから、僕は検査員として、名塚は作曲家として、ふたりで音楽文化に貢献しようって」

「そうですか……」

「名塚も理解してくれました。だから、『心を彩るもの』もやめました。発展的解消です」

「なるほど……」

絵美子は口をつぐんだまま、目を左右に動かす。何かに迷っているようだった。

「その、私の気のせいかもしれませんが……岡部さん、この五年くらい、名塚先生に会われてないですよね？」

「はい？」

「奥様とお子さんの葬儀にも、いらっしゃらなかったと記憶してますが……お忙しかったんですか？」

「それは……ちょっと会わない期間ができてしまったもので、遠慮していたんです。僕が顔を出すと、名塚も気を遣いそうでしたし。でも、いまは会っておいたほうがよかったと思ってます」

「そうですか。そう、ですよね……」

「こんなことになるなら、こちらからご連絡すべきでした。改めて、すみませんでした」

岡部はそう言って頭を下げた。

数秒待って、顔を上げる。そこで岡部は、意表を突かれた。

絵美子の目の色が、変わっていた。見開かれた目は、岡部の背後に向けられている。

「すみません、失礼します」

「え？」

「ちょっと急用ができました。ごめんなさい」

絵美子は突然立ち上がり、自分の会計も支払わずに去っていく。

なんなんだ？　わけが判らないまま絵美子が見ていた方向に目をやると、そこにはＪＲ東中野駅のホームが見えた。

ホームの端に、背の高い女性が立っていた。

女性はホームドアから身を乗り出すようにして、じっと線路を見つめている。ここからは少し距離があり、その表情まではよく見えない。だが、岡部はその佇《たたず》まいに異常なものを感じた。

――まさか。

立ち上がった。絵美子が忘れた分の会計も済ませ、駅に向かって走る。

昔、電車の先頭車両から運転席越しに前を覗《のぞ》いていたとき、飛び込み自殺を見たことがあった。

若い男性だった。線路を見ていたかと思うと一瞬でホームドアを登り、散歩にでも行くようにすっと死の境界線をまたいできた。真剣に線路を見つめていた佇まいと、いざ決行するときの気軽な感じ、あのアンバランスなギャップはいまでも忘れられない。

線路を見つめていた女性からは、あのときの若者に近い雰囲気を感じた。

改札を通り、ホームに向かう。先ほどの女性のところまで走ると、そこには絵美子もいた。やはり彼女も、同じ危惧《きぐ》を感じたのだ。ふたりの雰囲気から、知り合いだということが判った。

「馬鹿《ばか》だなあ、絵美子さん。私がそんなこと、するわけないじゃないですか」

「でも……」

「線路にドブネズミがいたんです。それを見てただけです。私がそんなこと、するわけないじゃないですか」

そこで、絵美子がこちらに気づいた。それにつられて、長身の女性も、岡部を見る。岡部はそこで驚いた。

美人だった。目が大きく、整った造形をしている。だが、その表情には、そこかしこに陰《かげ》があった。目や口元といった表情を司《つかさど》る部分に暗いものがあり、その暗さが彼女の美を際立てている。

——名塚？

岡部が驚いたのは、そこではない。女性は、名塚に似ていた。

「岡部数人……？」

女性が呟いた。自分の名前が出てきたことに、岡部はさらに驚いた。どこかで会ったことがあるのだろうか？　訝《いぶか》しげに見つめていると、横から絵美子が口を挟んだ。

「綾瀬梨紗《あやせりさ》さんです」

絵美子は言いづらそうに続ける。

「この子は……名塚先生の、従妹なんです」

総武線の千葉行きに乗り、岡部は梨紗と並んで座っていた。帰る方向が一緒のようだった。梨紗は疲れたのか、眠っている。

ちらりと梨紗の顔を見やる。名塚と同じで、整った顔立ちをしているが、よく見ると顔自体はあまり似ていない。ただ、雰囲気が一緒だった。無防備な寝顔が、名塚のそれを思わせた。

「何見てるんですか」

梨紗が目を開ける。起きていたようだ。岡部は慌てて視線を逸《そ》らした。

「すみません。名塚のことを、思い出してました」

弁解するように言う。梨紗は特に何も言わない。

「名塚と綾瀬さんは、仲はよかったんですか」

「まあ、従妹ですし……」

「よく会ってたんですか？　最近も？」

梨紗は返事をしない。鞄《かばん》についたキーホルダーを、左手で不機嫌そうにいじっている。

「どこかで、会いましたか？」

「はい？」

「いや、綾瀬さんが、僕の名前を知っているようでしたので」

「何度かライブに。挨拶《あいさつ》に行ったことはないですけど」

「音楽に興味があるんですか」

「ええ、まあ……」

そう言えば、いつか名塚が言っていた気がする。自分は音楽一家ではないが、ひとりだけ楽器をやっている従妹がいると。それは、彼女のことなのかもしれない。

沈黙が下りた。親族をあんな形で失った相手に対し何を言えばいいのか、岡部にはよく判らなかった。痛いくらいの沈黙に耐えられず、まだ目的の駅は先だが次で降りてしまおうかと考えたとき、梨紗がこちらを向いた。

「岡部さんは、なぜ楽くんを捨てたんですか」

前に立っていた男性が、ぎょっとした顔になる。ボリュームは小さかったが、梨紗の言葉には刺すような敵意があった。

「どういうことですか？　捨てた？」

「岡部さんがやめたいって言ったから終わったんですよね。『心を彩るもの』」

「ああ、その話ですか……それには、事情があるんです。僕は、人工知能の作る音楽をサポートすることに決めたんです。それが僕にできる最良の仕事だと思ったからです。それを名塚に説明して、お互い納得の行く形で別れました。僕は検査員として、名塚は作曲家として、ともに音楽文化に貢献しようと約束を交《か》わしたんです」

「でもそれなら、『心を彩るもの』をやめる必要はないですよね。検査員をやりながら、ユニットも続ければよかった」

「検査員の仕事に集中したかったんです。中途半端《ちゅうとはんぱ》にはやりたくなかった」

「作曲家とユニットは両方できていたのに？」

梨紗は執拗《しつよう》に食い下がってくる。気持ちが押されるのを感じる。

「じゃあユニットをやめてから五年間、楽くんに会おうともしなかったのはなんでなんですか？」

「それは……僕と会うと、あいつも気を遣《つか》うと思ったからです。あいつは大変なことも多かったですし」

「気を遣う？　なんで昔の友達と会って、気なんか遣うんですか？　妻子の葬式にもいなかった。楽くんが落ち込んでいるのに会おうともしなかった。ちょっと異常じゃないですか」

「何が言いたいんですか」

「岡部さんは、楽くんの友人なんですよね」

「はい。この五年間も、会ってはいませんでしたがずっと応援してました」

つい声が荒くなってしまう。電車に揺られる乗客たちの好奇心が、自分たちに集まってくるのを感じる。

自分たちが浮いていることを梨紗も感じているはずだが、彼女に臆《おく》した様子はない。そして梨紗は、さらに突飛《とっぴ》な行動を取った。

突然、梨紗は鼻歌を歌い出した。

正確な音程だった。何より、綺麗《きれい》なハミングだった。澄んだよく通る声が、雑音に満ちた車内に涼やかに響く。

「……それが、どうしたんですか」

鼻歌が落ち着いたところで、岡部は聞いた。梨紗はじっと岡部のことを見つめている。

「岡部さん、さっき言ったこと、本当ですか」

「何のことですか」

「岡部さんは検査員として、楽くんは作曲家として、一緒に頑張ろうと約束した話です」

「本当です。何が言いたいんですか」

「いまの曲は、楽くんの曲です」

岡部は狼狽した。梨紗の眼光は、ますます鋭くなる。

「復帰して最初に書いた曲です。あるコマーシャルに使われました。それなりに話題になった曲ですよ？　どうして知らないんですか？」

こめかみを、一滴の汗がゆっくりと垂れていく。

「あなたは、楽くんを応援なんかしていない」

梨紗は刺すように言った。

「あなたは、楽くんから逃げたかっただけなんじゃないですか」

唾《つば》を飲み込もうとするが、上手く喉を通らない。

「あなたは作曲家だった。でも、楽くんにはどうしても勝てなかった。楽くんのそばにいるのがつらくて逃げた。違いますか」

「違います。僕と名塚は、お互いに……」

「じゃあ、どうしてさっきの曲を知らないんですか。どうして『心を彩るもの』をやめたんですか。どうして五年も会おうとしなかったんですか」

何も言い返せなかった。反論の言葉が見つからない。

「嘘《うそ》つきですね。もしかして、自分にもずっと嘘をついていたんじゃないですか」

梨紗は憎々しげに岡部を見た。

「あのユニットが楽くんにとってどんなに大切なものだったか、岡部さんなら判るでしょう？　あの人はアドリブしかできなかった。楽くんにとって、アドリブを一緒にできる仲間の存在は、本当に貴重だったんです」

梨紗はため息をついた。

「それだけなら、まだいいです。でも、いまごろきたのが許せません。楽くんが死んで、安心したんですか。だから、スタジオまできたんですか」

——違う。

否定したかった。だが、否定できるのかどうか判らなかった。

名塚が生きていたら、自分はそんなことをしただろうか。彼の曲を聴くために、スタジオまできただろうか。

電車が止まった。岡部の最寄りの秋葉原だった。

梨紗は同じ駅を使っているのか、立ち上がり、岡部を見下ろす。

「私なら、逃げたりしません。でも、別に逃げたなら逃げてもいいです。もう、楽くんに関わらないでください」

こちらを見つめる梨紗の目が、名塚のものに見えた。

6

「『心を彩るもの』を、やめようと思ってる」

名塚に対して、初めて嘘をついたのは、あのときだ。

名塚は、驚いた目をした。岡部にそんなことを言われるとは、夢にも思っていなかったようだった。

驚きは、すぐに傷に変わったようだ。名塚の目に、痛みをこらえるような色が浮かびはじめたのを見て、岡部は慌てて言った。

「といっても、作曲家をやめるわけじゃない。俺は検査員という形で、音楽に貢献したいと思ってる。昔から、音楽を聴くのは得意だったから、これから検査員という形で作曲をするんだ。名塚、お前は作曲家を続けろよ。お互いに音楽に携わって、この文化を盛り上げようぜ」

何度か、そんなことを言った。最後は、名塚も落ち込んだ様子で、「岡部がそこまで本気なら」

と承諾してくれた。

長年続けたユニットをやめるのは、岡部にとってもつらかった。だが同時に、ほっとした気持ちも、間違いなくあった。

高校生のころから、名塚と自分の才能の差は知っていた。それが埋められないことも判っていた。

それでも長年一緒にいられたのは、岡部の仕事も増え続けていたからだ。自分は名塚のような大成功は、収められないかもしれない。だが、自分には自分のフィールドがある。自分を必要としてくれる現場はあるし、ものによっては名塚よりもいい仕事をする自信もある。そのことが、名塚との才能の差から目を逸らさせてくれた。

あと三十年早く生まれていたら、そのまま作曲家としてのキャリアを無事に終えていたかもしれない。

『Jing』さえ、なければ。


人工知能で本格的な作曲ができるようになったらしい。

それまでも同じようなソフトはあったが、今回はものが違うらしい。

『Jing』がリリースされたころ、まことしやかにそんなことが言われはじめた。

業界の受け止めは軽かった。人間の歌唱や演奏を、機械が再現できるわけがないし、人工知能が芸術を理解できるわけがない。人間のクリエイティビティが、簡単に侵されるわけがない。

作曲家側のそんな受け止めとは別に、『Jing』はどんどん世界に浸透していった。作曲の仕事が、『Jing』に置き換わっていく。それどころではない。エンドユーザーであるリスナーが、自ら『Jing』に曲を読み込ませ、それを聴くようになってきた。

気がつくと、仕事が減り出していた。作曲の仕事を開始して以来順調に膨《ふく》らんでいたはずのパイが、初めて縮みはじめた。

お金には困っていなかった。だが、仕事が減っていくというのは、想像していたよりもはるかに苦痛だった。自分の居場所がなくなっていき、お前の代わりなどいくらでもいると日々通告されている感覚。自分を支えていたプライドや自信が、少しずつひび割れて不安定になっていく苦しさ。

——岡部さん、申し訳ありません。

そのころ、学生のころから作曲を請け負っていたゲーム会社から、岡部は仕事を切られた。

——会社の方針として、音楽はもう人工知能で作ろうって話になってきてるんです。やはりそのほうが圧倒的に安いので……。ごめんなさい、私は最後まで抵抗したんですが、多勢に無勢で……。

そんなことが、あちこちのクライアントで相次いだ。ひとつ仕事を失うごとに、指を一本ずつ切り落とされているような感じすらした。

岡部としても、手をこまねいているだけではなかった。空いた時間を使い、作曲の勉強に猛烈に取り組んだ。話題になった新譜は取り寄せて聴き、クラシックのコンサートからヒップホップの現場まで足を運んでいた。

発注もないのに、曲も作った。出来上がった曲を知り合いのプロデューサーに聴いてもらったり、レコード会社に送ったりした。一日十時間は作曲に当てていた。なのに、事態は全く解決しなかった。手のひらから砂がこぼれ落ちるように、仕事が消えていく。焦りが募《つの》るだけで、何をすればこの流れを止められるのか、全く判らない。

岡部が凋落《ちょうらく》する一方で、名塚はますます名を上げていった。人工知能が音楽市場を席巻《せっけん》する中で、一部の作曲家にはむしろプレミアがつく傾向があったのだ。人工知能では作れない、特別な天才による音楽。その「特別」の中に、名塚はいた。

そのころからだった。名塚と相対するのが、少しずつつらくなってきたのは。どれだけ差が開いても、名塚は、何も言わなかった。気遣いではない。自分だけが上手く行っていることの優越感も、仕事を失っていく岡部への同情も、名塚の中にはなかったと思う。彼は本気で、音楽に貴賤《きせん》はないと考えていた。売れようが売れまいが、そんなことは自分とは関係ない些事《さじ》だと思っていた。

――味わえばいい。

岡部の中に、徐々に黒いものが生まれはじめていた。

達観したスタンスを取っているが、それは名塚の仕事が広がっているからだ。自分と同じように、砂時計の砂が不可逆に流れ出したら、きっと名塚も焦り出す。売れなくてもいいなんてことが、勝者の勘違いだと気づくだろう。

だが、本当にそうだろうか？

名塚なら、仕事がなくなったとしても、毎日作曲を続け、楽しく生きていけるのではないか……。

そんなことを煩悶《はんもん》していることが心底嫌だった。だが、砂嵐《すなあらし》のように思考が巻き起こり、抵抗もできずその中に飲み込まれてしまう。名塚のことは好きだった。応援したいとも本気で思っていた。素直に応援できない自分のことを、岡部は憎んだ。

結局、事態を打開するには、方法はひとつしかなかった。『Jing』を作る側に回ること。それでしか、自分は安寧《あんねい》を取り戻すことはできない。幸いクレイドル社は検査員のなり手を常に募集していて、自分は、音楽を聴くのが得意だった。

名塚にそれを打ち明けたのは、クレイドルからの採用の連絡をもらったあとだった。

騙《だま》せると思っていた。

名塚も、自分のことさえも。


目が覚めると、ベッドの上にいた。いつの間にか帰ってきて、倒れ込んでしまったらしい。部屋そのものにインストールされたＡＩが適度に照明を調整し、部屋を優しく照らしている。

名塚が、死んだ。

その事実を、少しずつ受け入れはじめている。混乱が、徐々に落ち着いてきている。

名塚も、味わえばいいと思った。持たざるものの苦しみと悲哀を。だが、こんなことを望んでいたわけではない。家族を失い、楽曲が作れなくなり、なんとか依頼された仕事をこなして自殺をするなんて、そんな地獄を名塚が味わったことを考えると、胸が苦しくなる。

だが、自分に苦しむ資格はあるのだろうか。

——あなたは、楽くんから逃げたかっただけなんじゃないですか。

その通りだ。ずっとそのことには蓋をして生きてきた。自分の中には間違いなく、そんな感情があった。

地獄にいる名塚を見たとしたら、自分は喜ぶのではないか。

もちろん、憐《あわ》れむ気持ちはあっただろう。だが、心のどこかに喜ぶ気持ちが出てくるのではないか。もう、栄光を極めた名塚の姿を見なくてもいい。それを見て、傷つかなくてもいい。曲を書けなくなった名塚。彼を前に、自分は哀しむふりをしながら、深く安心するのではないか。

——最低だ。

自分は、最低だ。地獄にいる友人を前に、それを喜んでしまった可能性を否定できない。

岡部は目を閉じた。気持ちを落ち着けるように、ゆっくりと呼吸をする。

心を、安らかに保たなければいけない。

二日続けて検査員を休むわけにはいかない。検査員の仕事には、凪のような精神状態が必要だ。乱れた気持ちで音楽に向き合っては、人工知能に誤ったデータを渡してしまう。プロとして、そんなことは避けなければいけない。

自分は、検査員として生きていくと決めたのだ。

人工知能が音楽を作り出した世界に、自分の居場所はない。天才以外は生き残れない戦場にいたら、殺されるだけだ。危険な場所から離れることは当たり前だし、その理由をひねり出して自分なりに納得することも当然だ。

名塚のことは痛ましい。だが、あのときは、ああするしかなかった。検査員を続けるためには、彼のことは忘れて生きていくのが最適解だ。

論理を自分にぶつけ続けることで、心は次第に平静を取り戻していく。岡部はゆっくりと深呼吸をした。もう大丈夫だ。消化がよく栄養価の高い食事を摂取し、入浴や運動で体温を高め、質のいい睡眠を取り、安定した日常に戻ろう。

立ち上がり、キッチンに向かおうとした、そのときだった。

インターフォンが、鳴った。

通話ボタンを押す。カメラの奥に、配達員がいた。

「岡部数人さんですか？　郵便局ですが、お届けものですー」

無人機《ドローン》による無人配送もだいぶ社会に浸透したが、この建物にはドローンポートがないので、いまだに配達員がくる。

オートロックを開けると、しばらくして配達員がやってきた。

「こんばんは。お届けものです、サインを」

運ばれてきたのは、弁当箱ほどの小さな段ボール箱だった。岡部はサインをしてそれを受け取る。なんだろう。クレイドルからの機器の配達だろうか？

何気なく差出人の名前に目をやった。その瞬間、あっと声を上げそうになった。

東京都港区ｘ－ｘｘ－ｘｘ

名塚楽

見覚えのある、名塚の字だった。

＊

深呼吸をし、リビングの椅子《いす》に腰を下ろす。

名塚の字は下手くそだ。ほとんど文字を書かない生活を送っていたらしく、字の大きさも並びも揃《そろ》っていないが、それだけに特徴的な文字をしている。一時期交換していた年賀状を引っ張り出して照らし合わせたが、筆跡は一致する。

配達伝票を見ると、発送日は一週間前となっていて、到着日は今日に指定されている。岡部はそこに、作為を感じた。

これを送ってきたのが本当に名塚なら、自殺をまたぐような日程で送ってきている。

中身が何かは書かれていない。重さはあまりなく、振ってみるとかたかたと何かが転がるような音がする。しばらくそうしていたが、なんなのか判らない。

岡部は意を決した。びりびりとテープを剝《は》がし、箱を開ける。

中から出てきたものは、よく判らなかった。

中には、三つのものが入っていた。ひとつは、スタンプ台だった。普通の赤いスタンプ台だが、特製なのかメーカーの記載もない。

もうひとつのものに、岡部は驚いた。それは、スタジオの壁に貼られていたのと同じ、ビニールに包まれたシールだった。部屋の照明を受け、冷たい光を放っている。

それだけでも異質だったのに、最後の物体は異質を通り越して異常なものだった。

岡部は恐る恐る、それをつまみ上げた。それを認識した瞬間、全身から汗が噴き出た。

最後の物体は、指だった。


指は青色をしていた。

シリコン樹脂でできたイミテーションの指だ。恐らくは人差し指で、3Dプリンタか何かで作ったのだろうか。岡部はそれをつまみ上げ、色々な角度から眺《なが》める。

精巧な作りだった。指の腹には指紋の溝が精密に彫られている。

スタンプ台が入っている理由を、岡部は理解した。スタンプ台を開き、青い指にインクをつけて適当な紙に貼りつけると、思ったよりも綺麗に指紋を捺すことができた。比較していないのでなんとも言えないが、スタジオの壁に捺されていた指紋と同じものに見えた。

——どういうことだ？

中身を把握したところで、今度は疑問が頭に溢れる。一体、名塚は何を送ってきた？

ほかに、中に入っているものはない。ひっくり返しても何も入っておらず、念のため段ボールを分解してもみたが、何も隠されてはいなかった。

岡部は指とスタンプ台を脇に置き、シールを取り上げた。

このシールは、「カイバ」と呼ばれる製品だ。

厚さは一ミリ程度、大きさは指先程度のタグで、中に大量の情報を格納することができる。表面がキラキラとしていて、ホログラムメモリの技術が転用されていると聞いたことがあるが、詳しい話はよく判らない。IT大国としてここ数年存在感を増してきたアフガニスタンで開発された製品で、カイバル峠付近にあるベンチャー企業が開発したことから「カイバル」という名前がついたものの、日本では記憶を司る海馬とかけて「カイバ」という俗称が定着している。

指先ほどの平面で表現できるデータは、音楽にして一曲程度。書き込みは最初の一度だけが可能で、専用のライターも出回っているが、最近はスマートフォンから書き込むこともできる。ネットに接続せずともある程度の量のデータを表現でき、超短波を使ってワイヤレスでデバイスにデータを転送でき、しかも安価でもあるという隙間《すきま》産業的な製品で、写真や書類のシェアから自転車の防犯登録、猫の首輪まで幅広い用途で使われている。

作曲家が、音楽を聴かせる用途でも。

手が震えている。岡部はなんとかカイバをビニールから取り出し、スマートフォンをかざした。

突然、音楽が流れ出した。

それは、シタールの音色だった。

音楽は唐突に、熱狂的にはじまり、岡部は胸ぐらを摑まれて音楽の嵐に引きずり込まれた。上下に荒ぶるメロディーと、礫《つぶて》のような連符が、ぶつかり合って互いを高めていく。壁に貼られた楽曲の、続きのようだった。

岡部の視界に、鮮烈なイメージが浮かんだ。

真っ暗なスタジオ。名塚が、楽器の山の中心にいる。

多くの楽器に囲まれ、名塚は一心不乱にシタールを弾き続けている。暗くて、その表情はよく見えない。名塚の演奏には、計算がない。即興演奏をする人間は、理性と感性の間を縫うように音楽を紡いでいくものだが、名塚には感性しかない。気持ちの赴くままに音を紡ぐ、それが最良の演奏となる。

名塚は汗だくになりながら、楽器を弾いている。狂乱を増していく音楽。弾けるようなパッション。ほとんど忘我の境地に入りながら、名塚はシタールの演奏を続けている。身体が激しく動き、指先が慌ただしく動き続ける。

クライマックスに近づくのが判る。どんどん密度が濃くなっていくシタールの音色に、岡部は興奮を覚えた。凄まじい音だった。心の中に手を突っ込まれ、琴線を直接かき鳴らされる感じがする。

音楽は終局に向かっていく。名塚の指使いが激しくなる。髪が振り乱される。汗が飛び散る。名塚のテンションに呼応するように、音楽がどんどん高まっていく。

名塚は大きく振りかぶり、慟哭《どうこく》するように、最後のハーモニーを爪弾《つまび》いた。

音が減衰し、小さくなっていく。緩《ゆる》やかで長いデクレッシェンド。ゆっくりと死に向かっていくように、音が小さくなっていく。弾ききった名塚は、そのまま動かない。彼がどんな表情をしているかは、見えない。

やがて、何も聞こえなくなった。名塚の姿が、視界から消える。

音楽プレイヤーが、最後まで演奏したことを示していた。

「名塚……」

親友の死を、間近で見たような気がした。

「名塚……」

彼のことは忘れて生きていく。そう決意したばかりだった。その決意ごと、首根っこを摑まれて引き戻された感じがした。

ころんと、指先が床に転がった。何かを訴えかけるように、その指紋が岡部のほうを向いた。

第　2　章

1

岡部は、音楽を聴いていた。

この一年、名塚が作った音楽だ。それらをすべて集め、この三日間片端から聴き続けている。

どれも見事な曲だった。以前作っていた曲よりもさらに尖《とが》っている一方で、聴き心地のよさは絶対に失わない。作るジャンルはより幅広く、映像の劇伴からアーティストへの提供まで様々だ。復活してからの名塚は、以前よりも一回りも二回りも大きくなっている。

最後に、送られてきたカイバの音楽を聴く。それまでの高い業績の上にさらに宝石を積んだような、素晴らしい曲だった。何度聴いても感情が揺さぶられてしまう。

――なぜだろう。

この三日間、ずっとそのことを考えていた。

名塚はなぜ、あんなものを自分のところに送ってきた？

送られてきたものは、壁に貼られた曲の続きだろう。貼り出された音楽には、公表されていない続きがあったのだ。

――聴いて欲しかったのだろうか？

いい曲ができたから、昔の友人に聴いてもらいたかった。だから、続きをカイバに収録して、岡部に送りつけた。

でも、それはおかしい。曲を聴いて欲しいのなら最後まで壁に貼り出しておけばいいいし、岡部にだけ聴かせたいのなら分割したものを壁になど貼らず、最初から全部送ってくればいい。

指とインクを送ってきた理由も、よく判らない。曲を聴いて欲しいだけなら、こんなものを合わせて送ってくる必要はない。このカイバを貼り出せということだろうか？　何のために？

判らないことは多い。だが、ひとつはっきり言えることがある。

名塚は、ただ自殺をしたわけではないということだ。

家族を失い、悲嘆にくれて自殺をする。それだけが動機なら、こんなにややこしいことをする必要はない。名塚は、自分に何かを訴えようとしている。

――岡部さんは、なぜ楽くんを捨てたんですか。

梨紗の声が蘇《よみがえ》った。

名塚のことを忘れていた。忘れていることすらも、忘れようとしていた。その結果、彼が苦しかったときに近くにいてあげることができなかった。

そんな自分に対して、名塚は何か伝えようとしている。ならば、それを知らなければならない。

今度は、手遅れにならないうちに。

「お待たせしてすみません」

声がした。

岡部はカフェの店内にいた。テーブルを挟んだ正面に女性が座る。絵美子だった。

前回のお詫《わ》びに、ランチをごちそうさせて欲しい。絵美子からそんな誘いを受けたのは、昨日のことだった。

どうやら、絵美子は少し回復したようだった。メイクも服装も整っていて、今日の彼女は「渡辺絵美子」としてのフォルムがしっかりしている。

「ようやく少し、落ち着いてきました。昨日、葬儀も終わりまして」

葬儀という言葉に、虚をつかれた。絵美子が慌てたように補足する。

「今回は家族葬をされたんです。名塚先生はご両親も亡くなってますし、親族の皆さんも騒がれたくないとのご希望で、内々で」

「そうだったんですか。まあ、そのお気持ちは判ります」

「ご案内できず申し訳ありません。いまの騒ぎが落ち着いて、遺産の処理なども終わったところで、お別れ会などをやろうと思ってます。一段落したら、私も休もうと思います。ずっと働き通しでしたから」

絵美子はそう言って、眼鏡の奥の目を揉んだ。表面上整っているように見えても、深刻な疲労が蓄積しているようだった。

「今日は、お詫びにきたんです」

「お詫び？」

「はい。綾瀬梨紗ちゃんから、お詫びを預かってます」

梨紗の表情を思い出す。憎々しげに岡部を睨《にら》んでいた、彼女の目を。

「葬儀で会ったんですが、勢いに任せてひどいことを言ってしまったと、深く反省していました。まだ二十五歳の若者です。よかったら、許してあげてくれませんか」

「ええ、判りました。もちろんです」

もとより、怒ってはいなかった。古い傷をえぐられて強烈な痛みを放っていたが、それは彼女のせいではない。

「綾瀬さんは、名塚と親しかったんですか？」

絵美子は頷く。その瞳《ひとみ》が、少し慎重さを増す。

「あまり会ってはいなかったみたいなんですが……梨紗ちゃんは、名塚先生のことをとても尊敬していました。先生と一緒にいるときの梨紗ちゃんは、目が輝いてましたから」

「僕のことも知ってました。ライブを見にきてたとか」

「きていたと思います。音楽、好きでしたから」

「名塚は、親戚にひとり音楽をやっている人がいると言っていました。それが、彼女なんですね」

岡部が言ったところで、絵美子の表情が曇った。声音が変わる。

「はい……まあ、そうです。彼女は、フルートを吹いていたんです」

「フルートですか。アマチュアですか？」

「いえ、音大に通ってました」

「それはすごい。フルート科は狭き門だと聞いたことがあります。いまはプロでやってるんですか？」

質問をしたが、絵美子は困ったような表情になった。そして、弁解するように言う。

「すみません、ちょっとこの話は、聞かなかったことにしてくれませんか」

「え？」

「詳しくは話せませんが……彼女に会っても、音楽の話をするのはやめてもらえませんか？　ちょっとややこしい事情が絡んでいて」

「はあ……」

絵美子の言いたいことがよく判らなかったが、プロを目指して挫折をした経験があったりするのかもしれない。音楽家のキャリアは、しばしばセンシティブな事情が絡む。

岡部はひとつ、疑問に思っていたことを聞いた。

「渡辺さん、あのときにファミレスをすぐに飛び出しましたよね」

「ええ、まあ……」

「ホームにいた綾瀬さんを見ただけで、慌てて店から出ていった。なぜですか」

「なぜって……危ないなと思ったので、つい」

「確かに綾瀬さんはホームドアから身を乗り出すように立っていましたが、そこまで危なくはない気がします。もしかして、綾瀬さんは……」

昔、自殺を試みた経験があるのではないか。それは口には出さなかったが、絵美子には伝わったようだった。それ以上聞かないで欲しい。そんな空気が濃厚に発せられる。人は誰しも複雑な事情を抱えているもので、そこをつつくほど野暮ではない。

トーストセットが運ばれてきた。名塚のことがあって以来、軽い食事しか食べられていない。カリカリに焼き上げられたトーストをなんとか口に運び、味を感じる余裕もないままコーヒーで流し込む。絵美子は復調したかに見えてやはり万全ではないようで、昼食だというのにオニオンスープとサラダしか頼んでいない。

「渡辺さん、ひとつ伺っていいですか」

事務手続きのような食事が一段落したところで、岡部は聞いた。

「この三日間、名塚がなぜあんなことをしたのかをずっと考えてます。でも、どうしても答えが見つからないんです。名塚は、あんなことをする人間じゃなかった」

「ええ……それは私も、そう思います」

「名塚は死ぬ前に、何を考えていたんでしょうか。遺書などは、なかったんですか」

遺書があったという話は、少なくとも世間には公表されていない。隠されたそれがあるのなら、カイバを送りつけてきた名塚の意図が判るのではないか。

「いえ、ありませんでした」絵美子はその可能性を、無下に否定する。

「遺書がないせいで、財産分与が大変なことになりそうなんです。名塚先生は親族とのおつきあいはほどほどにありましたが、さほど仲がよかった人もいなかったみたいで」

「でしたら、なぜ名塚はあんなことをしたのだと思いますか？」

岡部が言うと、絵美子の表情が歪《ゆが》んだ。何かを考え込むような表情になり、それから自分を納得させるように、小刻みに頷いた。

「岡部さんは、ネットをご覧になりましたか？　いま、名塚先生の曲がどうなっているか」

「ええ、まあ」

一言で言えば、名塚の曲は流行していた。ネットのあちこちに壁の曲がアップロードされており、ＳＮＳのタイムラインでも頻繁に流れてくる。評判もいい。「こんな斬新《ざんしん》な曲は初めて聴いた」という無邪気な感想から、「名塚楽の見せた新境地で、もう彼の新作を聴けないのが残念だ」というようなファンの評価もある。音楽が飽和したこの世界で、ひとつの曲がここまで聴かれるのは最近では例がない。

「ずっと隠していたことなのですが……今日、とある件が、ネットに漏れていたんです。それは見ましたか？」

「今日はネットを見ていなくて。何のことですか」

「楽器です」

絵美子は真剣な口調で言った。

「名塚先生のスタジオにあった楽器が、全部壊されていたんです」

次々起きる異常事態の中でも、それは特に奇怪な話だった。

「それは……本当にそんなことがあったんですか？」

「はい……昨晩くらいから、ネットでも話題になっています」

「でも、名塚は楽器を大切にしていました。そんなことをするはずがない」

「私もそう思います。名塚先生らしくない行動です。でも、実際に楽器は壊れていました」

絵美子の目が暗く沈む。一番聞きたかったことを、聞くタイミングだった。

「名塚は、本当に自殺したんでしょうか」

それが最大の疑問だった。ただ単に自殺したにしては、奇怪なことが多すぎる。

絵美子はその質問を予想していたようだった。「間違いありません」と言って、頷く。

「警察に聞きました。実は私も、自殺以外の可能性はないのかと思っていたんです。でも、ほぼ百パーセント自殺と思われると」

「警察だって万能じゃないでしょう。何かを見落としているのかもしれない」

「いえ、その可能性はないと思います。名塚先生が亡くなったご自宅は施錠されてましたし、無理に入ると通報されるシステムになってます。誰かが家にいた形跡もないそうですし、仮に中に誰かが入ったとしても、抵抗した様子もないと」

「では、なぜこんな奇妙なことばかり起きてるんでしょうか」

岡部は聞いた。

「あのスタジオに貼られたカイバもそうです。死ぬ前に遺作を書いたのなら、正規のルートで発表すればいい。カイバを貼り、指紋を捺すなんて悪目立ちするやりかたで世に出すのは、どうしても名塚の仕業には思えないんです」

「それは、確かに……」

「あのカイバを貼り出したのは、名塚なんでしょうか？　名塚じゃない、どこかの愉快犯がやった。そういう可能性はありませんか」

「ないと思います。名塚先生の指紋も、捺されていましたし」

「指紋は複製できます。ネットで調べましたが、写真データがあればゼラチンなどを使っても復元できるそうです」

3Dプリンタで指を作ることもできる。そうも思ったが、口には出さない。

「人工DNA入りのインクって、ご存じですか？」

「なんですか？　聞いたことがないですが……」

「偽造防止用のインクの技術です。インクにその人から採取したDNA情報と、複製できない人工DNA情報を混ぜ込み、偽造を防ぐというものです。生前の名塚先生は、そのインクを使っていました」

「なぜわざわざそんなことを？」

「一時期、名塚先生の偽造サインがネットで売られていたことがあったんです。それから名塚先生は自分用のインクを作り、偽造されても判るように使っていました。あの指紋を見たとき、もしかしたらと思い、インクのかけらを切り取って鑑定してもらったんです。そしたら……生前の名塚先生が使っていたものと一致しました」

「つまり……カイバを貼ったのは、名塚ということですか」

「はい。指紋は複製できるかもしれませんが、インクは無理です。あれを貼ったのは、名塚先生です」

頷かざるを得なかった。

生前、名塚は何かに巻き込まれた。

誰かに殺され、指紋を取られ、自分の曲に模《も》した曲を壁に貼られる。そのことを生前に察知し、告発するために、岡部にカイバを送ってきた。そんなストーリーを勝手に考えていたが、早速修正しなければいけないようだった。名塚は紛れもなくあの曲を壁に貼り、自殺したのだ。

絵美子の言葉の中に、ひとつ気になることがあった。人工DNA入りのインク、だ。郵送物の中には、スタンプ台が入っていた。指だけでなくあんなものまで同梱《どうこん》しているとは随分丁寧だと思ったが、特殊なインクを使ったものだとするのなら理解はできる。

名塚は自殺した。だが、普通の自殺ではない。そして名塚は自分に、何かを訴えている。

ふと、絵美子がハンカチで口を押さえた。

「名塚先生は、おかしくなっていたんだと思います」震える声で言う。

「岡部さんの仰《おっしゃ》る通りです。亡くなる前の名塚先生の行動は、明らかにいつもの名塚先生らしくありませんでした。私には、それを見抜く義務がありました」

自分を傷つけるように、絵美子は言う。

「名塚先生が亡くなる前日にも会っていたのですが、普段と同じく温厚にお話をしてくださいました。私には、いつもの名塚先生に見えた。でも、先生はおかしくなっていたんです。一番近くにいたのに、それが判らなかった。クズですよね、私は……」

絵美子はそう言ってうつむいてしまう。表面上立ち直ったように見えたのに、安易な慰めの言葉がかけられないほど、彼女は傷ついていた。

――郵送物のことを、明かしたほうがいいだろうか。

自分に起きたことを明かし、名塚の真意が知りたいと助力を願う。名塚の考えていたことを知れれば、傷ついた絵美子にとっても救いになるのではないか。

だが、岡部は自重した。まだ何が起きているのかさっぱり判らない。最悪、絵美子が演技をしている可能性もある。そんなことを考えてしまう自分に嫌気が差しつつも、岡部は口をつぐんだ。

「生前の名塚に、何か頼まれていませんでしたか」

「何かって……なんですか？」

「例えば……どこかに何かを送ったり。何かを、作ったり」

「作曲のことですか？　私は事務作業しかやっていませんでしたので、作品のほうにはノータッチで」

「何か変わったことはありませんでしたか。いつもの業務以外で起きたような、何かが」

絵美子は困ったような表情になる。岡部が情報を隠そうとしすぎているせいで、何を聞きたいのか判らないようだ。

「すみません……ちょっと心当たりがないです」

申し訳なさそうに言う。謎《なぞ》は解けるどころか、深まっただけだった。

2

三日後、岡部は定例会議のため、クレイドル社に向かっていた。

自動運転タクシーを捕まえ、決済をする。電動モーターの回転音を聞きながら車内でうとうとしていると、遠くから怒号が聞こえはじめた。

「クレイドルは『Jing』を止めろ！」

「止めろー！」

「音楽産業を崩壊させた責任を取れ！」

「取れー！」

「横暴クレイドルに天誅《てんちゅう》を下す！」

「下すー！」

目を開ける。車道の両端、警察官に囲まれて、プラカードを持った人たちがぽつぽつと歩いている。

車が進むにつれ、その密度が徐々に高くなっていく。人波からは様々な音楽が流れていて、ギターやトランペットを演奏している人もいる。パレードと怒号の混ざった異様な熱気。クレイドル社に対する、抗議のデモだった。

鞄から帽子を取り出し、深くかぶる。自分のことなど知っている人間がいるとは思えないが、クレイドルの関係者だとバレたら厄介なことになるだろう。庇《ひさし》で顔を隠しつつ、その下からデモ隊を覗き見る。

デモをしているのは、音楽関係者のようだった。作曲家、アーティスト、プロデューサー、旧来の音楽リスナーも混ざっているかもしれない。中年の男性が多かったが、若い女性も、老人も、年《とし》端《は》もいかない子供もいる。デモの独特の雰囲気に巻き込まれ、本来抱えている怒りよりも余分に怒っているように見えた。

シュプレヒコールの隙間から、断片的に音楽が聴こえてくる。

Mother, mother
There's too many of you crying…

デモ部隊がスピーカーから流している音楽だった。マーヴィン・ゲイの『What's Going On』だろうか。

What's going on?　What's going on?
What's going on…?

何が起きてるんだ？　何が起きてるんだ……？　連呼される言葉は、やがて喧騒の中に飲み込まれて消えた。怒号と罵声だけが、あたりに残る。

岡部は鞄から耳栓を取り出し、両耳に突っ込んだ。シートに深く身を預け、目を閉じる。眠気はこなかったが、見たくないものを見ないでいることはできた。

＊

だが、「見たくないもの」は、クレイドルの会議室にも現れた。

「こんにちはー、小宮律《こみやりつ》です。今日はちょっと変わった趣向を用意してきたんだけど、みんな、名塚楽の遺作は聴きました？　もう日本中の人が聴きましたよねー」

岡部は茂木と、タブレットで動画を見ていた。

打ち合わせが終わり、雑談をしているところだった。「名塚楽のスタジオで事件があったみたいですけど、見ますか」と言われ、見はじめた動画だった。

若い金髪の男性が、手持ちのカメラに向かって話している。二十代半《なか》ばくらいだろうか。中性的な顔立ちの美形で、小宮律という名前のようだった。

バックには、名塚のスタジオが映し出されていて、律はその前にいた。

「あの曲はなぜか途中で終わってるわけだけど、みんな続き、聴きたくないですか？　聴きたいですよねー。だから僕が作ってきましたよー。あー、はいはい、ちょっと失礼します、ごめんなさーい」

スタジオの前の人だかりを、律は掻《か》き分《わ》けるように進んでいく。そして、カイバの前に立った。

「というわけで、僕が名塚楽の曲の続きを書いてきましたー。いまこの壁にくれば聴けるから、みんなきてね。来週、ネットでも公開します！　チャンネルもフォローしてください、よろしく！」

律は壁に持参してきたカイバを貼り、その横に人差し指を押しつけた。あらかじめ朱をつけていたのか、赤い指紋がくっきりと捺印される。観客がわっと沸くところで、動画は終わっている。

「まあ、売名行為ですよね……。なーんか、やな感じ」

茂木がため息をつきながら言った。柔和な彼にしては珍しく、言葉に棘《とげ》がある。

岡部の中で、今日見たデモ隊と律のことが重なった。

いまの音楽業界に作曲の仕事はほとんどなく、若者が入り込む余地に至っては皆無だ。若いクリエイターは、もはやネットで曲を発表するくらいしか手段がない。

だが、音楽が無限にある現代にあって、ただ曲を配信しても聴いてくれる人間などいない。そこで彼らが注力するのが、話題作りのための仕掛けだった。内容以外の部分でその曲を聴きたいと思わせ、曲を聴かせるための導線にするのだ。壁に貼ったという曲を即時配信しないのも、興味をかきたてるための戦略だろう。

「全く、生き馬の目を抜くというか……みんな、必死に考えるもんだなあ」

茂木は呆《あき》れ半分、感心半分という感じで律のチャンネルを見ていく。タブレットを覗き込むと、そこには数多《あまた》の楽曲が投稿されていた。一週間に一曲は投稿されていて、それがもう五年ほど続いている。曲だけではなく、今回のような話題作りの動画も合わせてアップロードされているようだ。

かなりの投稿量だったが、いまは量だけで耳目を引くのは難しい。ＡＩに曲を作らせ、それを自動アップロードして薄く広く広告料を稼ぐというような業者もたくさんあり、そのためのツールが何百種類と出回っているような状況だ。ひとつのアカウントに、一千万曲程度の曲が登録されていることも珍しくはない。

「どんな曲なんだろう」

そう言って茂木は曲をひとつ再生する。呆れつつも、律の思惑通り少し興味を持ってしまったようだ。

二人編成のユニットが現れた。どこかのスタジオで撮られていて、律はアコースティック・ギターを弾いている。作曲家を自称していたが、演奏のほうもやるらしい。もうひとりの男性は何か長い棒のようなもので金属製のドラムを叩いている。

ドラムからは、変な音がした。検査員の仕事で世界各国の打楽器を聴き込んできたはずだが、この音色は岡部の知っている楽器のどれとも合致しない。

「これ……鍋《なべ》ですね」

岡部が言った。よく見ると、男性が叩いているのは、鍋だった。小さな手鍋から大きな寸胴鍋《ずんどうなべ》までをずらりと並べ、それを叩いている。しかも持っている棒のようなものは、撥《ばち》ではなくお玉だ。彎曲した形状で鍋を叩くことで、独特の音色を生んでいる。

ちぐはぐな演奏だった。曲自体はブルージーなロックだが、編成と全く合っていない。律の声質もやけに透明感があって、ブルース調の楽曲とマッチしていない。奇妙な音楽は、一向にまとまりを見せないまま進行していく。

「なんですか、これ」

茂木は飽きたのか、タブレットをスリープにした。

「『Jing』で再現できないような音楽をやろうってことでしょう」

律の意図を、岡部は一発で見抜いた。

「お玉で鍋を叩く音なんて、『Jing』には入ってません。人工知能では作れない変な曲を、あえて作ってるんだと思います」

「なるほどー、そうやって注目を集めようとしているんですね。ダサいなー。なんでこんなことするんだろ？」

茂木が言ったところで、外から声が聞こえてきた。

――クレイドルは『Jing』を止めろー！

――止めろー！

デモ隊がビルに近づきつつあるらしい。茂木は露骨に顔をしかめる。

「騒々しくてすみませんね。岡部さん、くるとき何かされませんでした？」

「いえ、特に」

「危ない連中ですから、近づいちゃ駄目ですよ。僕の同僚もよく絡まれてますから。最悪、殴りかかってきますからね」

「そんな危険な集団なんですか」

「ですです。タチが悪いのはですね、あいつら、どこで調べたのかうちの社員の顔とか把握してるんですよ。大体『Jing』を止めろって、この会社は『Jing』で食ってるわけですから、そんなことしたら僕らはリストラですよ。マンションのローン、代わりに払ってくれんのかって話ですよ」

普段は温厚な茂木が、やけに攻撃的になっている。同僚が襲われたと言っていたが、彼自身も嫌な思いをしたのかもしれない。

「作曲って、終わってます」

茂木は言った。

「さっきの鍋の音楽もそうです。作曲家って、表現したいものがあるから表現するんですよね？それなのに『Jing』が作れない曲を意図的にやろうとするなんて、本末転倒じゃないですか」

「まあ……でも、目立たないといけないですからね。作りたいものを作ってるだけだと、誰も聴いてはくれません」

「いや、別に目立ってないですよね。再生回数、全然少ないじゃないですか。炎上狙《ねら》いの動画のほうがよっぽど多い」

「でも、普通に曲を作っただけだと、もっと少なかったかもしれないですよ」

「だから作曲自体が終わってるんですよ。人工知能が作れない変な曲でしか、人間のクリエイティビティは発揮できない。そう言ってるようなもんじゃないですか」

茂木の指摘は、意外と深い話だった。普通の作曲家が普通に作れる曲は、もう『Jing』で再現することができる。となると、作曲家にはふたつの選択肢しかない。『Jing』で再現できることを承知で普通の曲を作るか、それを徹底的に避けるかだ。だがそれをやると、前者は聴かれず、後者は多少聴かれるかもしれないが鍋を叩くような珍曲になってしまう。

その限界を超えられるのは、名塚のような天才だけだ。まだ世界になく、それでいて普遍性も伴った楽曲。ごくごく限られた天才ならば、こんな環境でも作曲家でいることができる。

「その点、岡部さんは賢いですよ。終わったことにさっさと見切りをつけて、自分の職能を活《い》かして社会に貢献していますよ。本当に素晴らしいと思いますよ」

茂木の悪意のない表情に、心が少しざわついた。


タクシーに乗りながら、岡部は律のことを考えていた。

昔の自分にも、ああいう時期があった。毎週のように新曲を作り、ネットに上げていた時期が。オリジナリティなど、考えてもいなかった。思いつくままに曲を作り、キーボードを通じてDAWに打ち込み、修正を繰り返してネットに上げる。我ながらすごいエネルギーだった。それ以外のことをする時間がもったいないとすら感じていた。

律を馬鹿にする茂木の気持ちは、よく判る。人工知能を避けて作曲をしようなんて、邪道もいいところだ。そんなところにしか創造性がないというのなら、人間が作曲をする必要はないのかもしれない。

だが、ひとつだけ言えることがある。

律は、作っているということだ。

作曲をする必要はないかもしれない。悪趣味な受け狙いなのかもしれない。だが、それでも、律は作っている。その事実だけは、否定できない。

検査員になってから、遊びで何度か曲を作ろうとしたことがあった。

だが、結局作りはじめることすらもできなかった。検査員として山のように曲を聴いてきたことが、岡部の創作への強烈なブレーキになった。自分が作る程度の曲は人工知能で簡単に作ることができるのに、それでも作る意味がどこにあるのだろうか。作る前からそんなことを考えて、作りはじめるところまでも行かない。作曲家時代にはなかった形の放棄が何度か続いた結果、岡部は曲を作ろうともしなくなった。

ため息をついて、シートに身体を預ける。

作曲について考えているのが、少し意外だった。名塚が死んでから、不思議な流れに巻き込まれている。とっくに捨てたはずの作曲について、考える時間が増えている。

あまりいいことだとは思えなかった。自分はもう検査員なのだ。作曲について考える時間など、有害でしかない。

そのとき、傍《かたわ》らのスマートフォンに着信があった。見ると、絵美子からの電話だった。

「岡部さん。お忙しいところすみません。いま、大丈夫ですか？」

「はい。どうしました？」

「ひとつ、思い出したことがあるんです。名塚先生のことで」

絵美子の声音は、少し興奮しているように聞こえた。雇用主を失ったいま、相手が岡部であっても誰かの役に立てるのが嬉しいのかもしれない。

「名塚先生、亡くなる前に誰かに郵便を送っているんです。それを思い出しました」

「郵便ですか？」

「はい。税理士に提出するレシートや領収書を毎週私のほうで整理しているんですけど、その中に郵便局のものがあって。なんですかこれはって聞いたら、それは個人的に送ったものだから経費にしなくていいと言われて」

「それが変わったことなんですか？」

「そうなんです。名塚先生は郵便を送ること自体あまりなかったんですが、私信を送るときであっても、私がまとめて送っていました。先生が私の知らないところで郵便を送っているなんて、記憶にありません」

「なるほど」

「どうですか。何かのお役に立てればいいんですけど」

嬉しそうな様子の絵美子に相反し、岡部は落胆していた。名塚が郵便を送ったことは知っている。知りたいのは、その意図だ。

「何をどこに送ったかは判りますか？」

とりあえず聞いた。絵美子のトーンが、少し落ちる。

「いえ、そこまではレシートに記載がなくて」

「まあ、そうですよね」

「すみません。送付状の控《ひか》えがあればよかったんですが……ふたつともなくて」

「ふたつ、？」

岡部は引っかかった。絵美子は答える。

「はい。ああ、そうですよね……。レシートには、二ヵ所に郵便を送ったことが書いてあったんです」

「二ヵ所……」

「料金は同じだったので、同じものを送ったんだと思いますが……」

その後しばらく会話を交わし、電話を切った。絵美子がもたらしてくれた情報に、岡部はしばし茫然《ぼうぜん》とした。

名塚は、二ヵ所に郵便を送っていた。

一ヵ所は自分だ。では、もう一ヵ所はどこだ？

——決まってる。

そんな相手は、ひとりしかいない。

『心を彩るもの』のステージを思い出す。岡部から見て右斜め前。そこには、楽器の混沌に囲まれた名塚がいた。

そして、左斜め前には……。

岡部の脳裏には、神経質にチューニングをする男の姿が明確に浮かんでいた。

3

益子孝明は『心を彩るもの』のもうひとりのメンバーだった。

東京藝術大学の作曲科に通うエリートで、バリバリの現代音楽を作っていた。彼の作る曲は難解で、好事家《こうずか》の間でこそ多少聴かれていたようだったが、一般層には届いていなかった。一方で音楽の素養は深く、趣味のウッドベースも相当な腕前で、ジャズからクラシックまで幅広いレパートリーをこなす引き出しの多さがあった。

『心を彩るもの』での益子は、縁の下の力持ちだった。正確なリズムと音程で、音楽の底を支え続ける役割。そこには彼の作る難解な音楽とは全く違う、シンプルな力強さがあった。

――判りやすい世界を作ろうと思えば作れるのに、なんで難しい曲ばかり作ってるんだ？

一度、そう聞いたときに、益子はこう答えた。バイエルを演奏会で披露するピアニストがいるか？　一般層の理解を犠牲にしても、益子は自分の世界を追求し続けていた。

――名塚。俺はこんな素人とやるためにユニットに入ったわけじゃねえぞ。

最初のころの岡部は、益子から明確に見下されていた。我流で曲を作っていただけの岡部と、作曲の勉強を積み重ねてきた益子。彼から見たら岡部は、ただの素人同然だったのだろう。同じメンバーとして扱われていることすら我慢がならないといった感じだった。

そのせいで、彼とは随分揉めた。こっちがやっている演奏に駄目出しをされることも多かったし、それはしばしば延焼して岡部が作っている曲への批判にもなった。だが、口論になるとまず勝てない。音楽の知識や作曲への理論武装など、積み重ねている勉強量が全く違っていたからだ。

益子と対峙《たいじ》するために、岡部は改めて作曲の勉強に向き合った。聴く音楽の量と幅も、それまでより意識的に拡大し、プロが通うには初歩的すぎる初心者向けの作曲講座にも通ったりした。

益子がいたからこそ、上達することができた。あとから振り返ると、そう思う。名塚は寛容な人間で、どんな曲でもよさを見つけて楽しめる懐《ふところ》の広さがあった。益子はそうではない。極めて狭量で、気に食わない事柄はどんな些細《ささい》なことでも許さない。そういう人間が身近で駄目出しを続けてくれたからこそ、自分は作曲家として伸びることができた。

ひとつ、印象深いエピソードがある。益子に、認められたと感じた瞬間だ。

最初はわけが判らなかった益子の曲だが、聞いているうちにだんだん理解できるようになってきた。複雑で判りにくい曲であっても、難解な手法だからこそ描ける美や快楽があるということを、聴き込むうちに肌で判ってきた。

——それは、単純接触効果ってやつだ。

それを告げると、益子は驚いた表情になって言った。

——ザイアンスの法則とも言う。心理学の効果だ。音楽ってやつは、恐ろしく多層的にできている。何度も聴いていると、その魅力が理解できるようになると、曲を何度も聴いていると、その魅力が理解できるようになると
いう心理学の効果だ。曲を何度も聴いていると、その魅力が理解できるようになると
理解できるようになって、自分の好きな要素を音楽の中に見つけられるようになる。俺の曲が判ったってことは、お前がそれだけ聴き返してくれたってことだ。

益子は解説をしたあと、嬉しそうに言った。

——お前の努力は認めるよ。お前はまだ伸びる。

そのころから、『心を彩るもの』の結束力が高まった感じがする。困難でもこの三人で音楽を作るのだと、お互いに決意できたのだ。

——最低だな、クズ野郎。

最後に益子に会ったのは、五年前だ。

——クレイドルの犬になるのか。お前は出来の悪い人間だったが、クズだとは思っていなかった。心底、見損なったぜ。

『心を彩るもの』をやめたいと言ったとき、怒ったのは名塚よりも益子だった。もともと攻撃的な男だったが、そこには初めて見る濃厚な侮蔑《ぶべつ》の色が混ざっていた。

それ以来、益子には会っていない。連絡を取ることすら、一度もなかった。

名塚が死んだいま、彼の不機嫌な表情が懐かしかった。あんな形で別れてしまったが、向こうも自分に会いたいと思ってくれているだろうか。もとの関係に戻れるなら、戻りたい。益子とふたりで名塚のことを悼みたかった。

「岡部」

岡部の思考は、声によって中断された。

気がつくと、目の前に男が座っていた。肩まで伸びた長髪は、五年前と同じだった。

「益子……久しぶりだな」

益子は表情のない目で、じっと岡部を見つめている。顔も体型もほとんど変わっておらず、凍っていた時間が、再び動き出した感じがした。

「五年ぶりだ、元気にしてたか」

感情が溢れる。つい、言葉が友好的なものになる。

「俺はなんとかやってる。お前が会ってくれるとは思わなかった。最近、どうだ？　元気にしてるか」

話しているうちに、つい笑顔になってしまう。久々に話がしたいという誘いに乗り、彼はきてくれた。それが何よりうれしかった。

岡部は身を乗り出す。話したいことが色々あった。

五年前は一方的に抜けてしまって悪かった。あのときは、色々と事情があったんだ。まず言うべきは謝罪だった。益子、と声をかけようとした。

「何をペラペラ言ってやがる。よく俺の前に顔を出せたな」

ぴしゃりと跳ね除けるような口調だった。

「くだらん挨拶はいい。用件に入れ。クレイドルの検査員様が、俺に何の用だ」

「益子……ちょっと待てよ。久々に会ったんだ、近況くらい聞かせてくれよ」

「お前に話す近況などない。どうでもいい前置きはいいから、さっさと用件に入れよ。時間の無駄だ」

にべもない態度だった。出鼻をくじかれ、岡部は唖然とする。

時間がわだかまりを洗い流してくれることを、期待していたのだ。久しぶりだな、岡部。最近どうしてる。昔は色々あったが、水に流してまた仲よくやろうぜ。そんな言葉がかけられることを待っていたことに、岡部は気づいた。

「名塚のことについて話したい」

決まりの悪さから目を逸らすように、固い口調で用件を言う。予想していたのか、益子は岡部を凝視したまま、ぴくりとも表情を変えなかった。

「お前は最近、名塚に会っていたか？」

「会っていない」

「いつから会ってない？」

「お前がやめたいと言ってぶっ壊れた、あのユニットを解散してからだ」

「じゃあ、五年前だな。名塚が自殺したことは知ってるか？」

「俺が知らないと思うか。さっきからなんだお前は。頭も悪くなったのか」

「益子。まあ、落ちつけよ」

岡部は取りなすように言う。

「久々に会ったんだ。そんなにきつく言わないでくれよ」

「お前が会いたいと言ったから会ってるだけだ。大体、お前がクレイドルの犬になるなどと言い出さなければ、こんなに間が空くことはなかった。お前は、刺し殺した死体を見ながら、どうして僕とお話ししてくれないの？　とか言うタイプか？」

「おい。俺のせいだけにするなよ」

冷静に話すつもりだったが、少し頭に血が上ってきた。

「理由は説明しただろ。俺は、人工知能の音楽をサポートするために、『心を彩るもの』を……」

「ああ、そんなクソみたいな嘘をついてたな。本当は違うんだろ？　名塚だけが成り上がっていくことに耐えられなくなったから、そんな嘘をついて逃げたんだ。全部判ってるぞ」

益子にまで内心を読まれていたことに、恥辱を感じる。だが、こんなにも一方的に言われる筋合いはない。

「お前も同じだろう、益子。お前は解散に反対しなかった」

「どういうことだ」

「お前だって続けられないと思ってたんじゃないのか。名塚の活躍を近くで見ているのは、お前もつらかったはずだ。俺が言い出さなかったら、お前がやめたいと言ってたんじゃないのか」

「芯《しん》まで負け犬の思考だな。大体、芸術は売り上げだけで決まるのか？　『スター・ウォーズ』とトマス・ピンチョンはどちらが芸術として優れている？」

「自分より評価されているものに嫉妬をするのは自然だろ。名塚は俺たちより、圧倒的に評価されていて……」

「売れるには色々な要因がある。運がいいか、作風が時代に合うか、本人のパーソナリティー。名塚はルックスがよかったし、その上アドリブしかできないという神秘性もあった。そういう要素が後押ししていただけだ。そんなことも判らないのか？　もともと悪かった頭が、さらに悪くなったのか」

「そのくらい判ってるよ。益子、いい加減にしろよ。俺たちは上手くやってたじゃないか。俺は、お前のことを……」

「いまさら何を言ってやがる。お前は俺たちを裏切ったんだ。汚名をそそごうとするな。もっと悪人の顔をしろ」

益子は憎々しげに言う。ちくちくと針で刺されることは覚悟していたが、ここまで拳《こぶし》で殴られるとは想定外だった。時間の波は、わだかまりを洗い流してくれるどころか、むしろそれを凝縮させてしまったようだった。

迂遠な話を続けるのも面倒だった。岡部は半ばやけくそ気味に言った。

「指」

益子は全く表情を変えない。

「最近名塚から、何かが送られてこなかったか？」

「さっきから何を言ってる。それが用件か？」

「そうだ。俺のところに、名塚からあるものが送られてきた。名塚はもうひとりにそれを送っていたらしい。お前にもきてないか、同じものが」

「何が送られてきたんだ」

「カイバと指とインクだ」

正直に答えたが、益子は反応を見せない。

「名塚のスタジオに貼られていた曲を、聴いたか？」

「俺が聴かないと思うか？　自明なことをいちいち質問するんじゃねぇよ」

「あの曲は途中で終わっていた。その続きが、俺のところに送られてきたんだ。しかも、シリコン樹脂製の指と一緒に。名塚はそれを、もう一組どこかに送っていたらしい。お前も受け取ってるんじゃないのか、益子」

「何か証拠でもあるのか」

「証拠はない」

「そんな曖昧な根拠で俺に声をかけたのか？」

それもある。だがそれ以前に、岡部はひとつ違和感を覚えていた。

壁に貼られた曲と、自分の手元に送られてきた曲。それが上手くつながっていないのではないかというものだった。

確かにどちらも同じ曲の一部なのだが、続けて聴くとかなり強引なつながりをしていて、上手く合わない。この間に、何かもう一パート、違うものが挟まっているのではないか。名塚はそれを、益子に送ったのではないか。

「そんなものはきていない」

それを説明しようとした瞬間、益子は先に答えてしまう。

「名塚からの郵便などきていない。これでいいか？　回答は以上だ」

「……本当か？　嘘をついてるわけじゃないよな」

「嘘をついていたとして、何か問題があるか？　お前と俺は友人でも利害関係者でもない。道端《みちばた》ですれ違った他人みたいなもんだろ」

益子の顔を凝視したが、そこから何かを読みとることはできなかった。

「もういいのか？　用件が済んだなら帰るぞ」

「もうひとつ、聞かせてくれ」

「なんだ。早く言えよ」

「益子、お前の個人的な見解でいい。名塚は、なぜあんなことをしたんだと思う？　カイバをスタジオの前に貼り出して……」

「興味ないな。その足りない脳みそで考えたらどうだ」

一緒に考えることすらも拒否する。益子の姿勢は徹底していた。

会いにくるべきではなかった。シュレーディンガーの猫だ。会わなければ、益子がこちらを憎んでいるかいないか、不確定のまま置いておくことができた。だが、箱を開けてしまったら、もう憎悪は確定してしまう。

益子、と岡部は呟いた。

「お前、まだ音楽を作ってるのか？」

自分の中からその質問が出てきたことに、岡部は少し驚いた。

益子の表情に、わずかな変化が起きる。岡部を睨みつけるその眼光が、さらに強まった感じがした。

「最後にそれだけ聞かせてくれ。お前はまだ作曲を続けてるのか？」

「俺はお前みたいに器用じゃない。音楽を諦めたのに、中途半端に音楽に関わるようなことはできない」

「別に器用じゃない。いまの仕事は、全力で取り組んでるつもりだ」

「検査員っていうのは、おもちゃを頭につけて一日中人工知能の音楽を聴いているらしいな。全力だかなんだか知らんが、そんな死体のような生活は俺には送れない」

「そんなこと言うなよ。この仕事はこの仕事で、やりがいもあるんだ」

「ギャラもいいんだろうな。せいぜい稼いで、いいもん食って、有意義な余生を送れよ」

益子の嘲笑《ちょうしょう》に対し、わずかに黒い感情が生まれてきた。

「益子。お前こそ、有意義なのか」

煽《あお》りを入れてみたが、益子は表情を変えない。その無表情を前に、自分の中にむくむくと嗜虐《しぎゃく》心が生まれてくる。

「こう言っちゃ悪いが……お前、変だぞ。表情は死んでるし、昔はそこまで攻撃的じゃなかった。俺にはお前のほうこそ、死体に見える」

「お前は機械の作った音楽に囲まれて狂ったんだよ。俺は、俺の音楽に囲まれている。だから正気でいられる」

「音楽に囲まれるのはいいが、収入になってるのか。もう作曲は金にならない。何事も、食わないとはじまらないだろ？」

「あ？　飯なら普通に食ってるぞ？　そもそも、いまの日本で餓死をするのは、殺人事件の被害者になるより難しい。お前は毎日、人に殺される心配をしながら生きてるのか？」

「屁理屈《へりくつ》以外言えないのか、お前は」

呆れたようにため息をついてみせるが、それでも、益子の表情は全く動かない。

「俺は、俺の音楽を信じている」

益子の声に、力が入った気がした。

「いまはまだ届いてないかもしれないが、いつかは届く。俺にはそれが判っている」

「益子……」

「俺に突っかかっていく理由を、お前はよく知ってるはずだ。お前は俺と違い、自分の作っているものの価値を信じきれなかった。自分ができなかったことをされて、ムカついてるんだろ？　せいぜいムカつけ。お前の人生は、もう終わった」

益子が立ち上がる。

「話は終わりか？　帰るぞ、俺は」

こちらから席を蹴《け》って帰ろうと思っていたのに、先手を取られてしまった。そんな小さなプライドを抱えていることに気づき、岡部は自分に落胆する。

——俺の曲のほうが、聴かれてる。

もう世間では『Jing』の曲しか聴かれていない。『Jing』を作っている自分のほうが、お前よりも作曲家だ。

そう言おうとした。だが、その言葉は、どうしても口から出てこなかった。

4

益子と別れてから一週間。名塚の調査は、早くも行き詰まっていた。

進まないのも当然で、共通の知人がほとんどいないためだ。名塚とは何度もライブをやったものの、そこから仕事につながっていくようなことはなかった。自分も作曲業界を離れて長い上に、もともと業界内での共通の知人もいない。

岡部はタクシーに乗っていた。クレイドルへの出社だった。今日はデモ隊がいないようで、ゆっくりと考えごとに集中できる。

判らないことは、四つだ。名塚はなぜ死んだのか。なぜ壁にカイバを貼って指紋を捺印したのか。なぜスタジオの楽器を壊したのか。そして、なぜ岡部のところに指とカイバを送ってきたのか。

最初のひとつには説明がつく。絵美子の言う通り、後追い自殺だ。家族を失って生きる気力を失った名塚は、残っていた仕事を片づけて自殺をした。

遺作を貼り出したことも、多少強引だが説明はできる。名塚は広く曲を聴いてもらいたかったのだ。ゆえに遺作をカイバに収録し、自らのスタジオに貼り出した。彼のパーソナリティーには合わないかもしれないが、そもそも自殺したことも合わないのだ。名塚が変節したとするのなら説明はできる。

楽器を壊した理由も、より無理やりだが説明はつく。名塚は自らの曲を、大勢に広めたかった。そこで楽器を壊すという奇行を取り、自殺に話題性を加えたのだ。実際にその目論見《もくろみ》は成功し、名塚の曲は世界中で聴かれている。

だが、最後の問題は説明ができなかった。なぜ名塚は、指やカイバを送りつけてきたのか。

——貼れ、ということなのだろうか。

状況だけを見ると、名塚は続きのカイバを岡部に貼り出してもらいたいように見える。カイバを貼り、その横に指紋を捺し、あの曲の続きを公表してもらいたいと。

だが、なぜそんな回りくどいことをするのだろう。曲を世間に公表したいのなら、最後まで録音したものを貼り出せばいいだけだ。もう五年も会っていなかった人間にそんなものを送りつけ、貼ってもらうことを期待する必要などない。

それに、最初のものと送られてきたものとでは、やはり上手くつながらない。その直感は、曲を聴き込むにつれ確信に近くなっている。このふたつの間には、何かが存在する。

その「間」は、益子が持っているのかもしれない。だが、それを聞き出す術《すべ》はもうない。何を言っても、益子は口を割らないだろう。

この一週間、推理が同じところをぐるぐるとしていた。岡部はふーっとため息をつき、シートにもたれかかる。都心のビル群が、窓の外を流れている。

——待て。

ふと、岡部の中に発想が湧《わ》いた。

手元のカイバを壁に貼り、捺印をする。多少つながりが強引とは言え、大ブームになっている名塚の新曲が貼られたことに、世間は熱狂する。

──そのあとに、作曲したのは自分だと名乗り出たとしたら？

信号待ちか、タクシーが止まる。岡部はますます思索に沈んでいった。

指もインクも、自分の手元にあるのだ。いまなら、こう言い張ることができる。

一連の曲を作ったのは、名塚楽ではない。岡部数人だ、と。

岡部は唾を飲んだ。醜悪だと判りつつも、あまりにも甘美な発想だった。

壁の曲は、驚くほど多くの人間に聴かれている。音楽の趣向が『Jing』により極限までタコツボ化した現在、こんな現象はありえない。

その功績を、いまならすべて自分のものにできる。

自分は、名塚楽になることができる。

──もしかして……名塚の意図は、これじゃないのか？

醜悪なアイデアを補完するように、さらに醜《みにく》い思考が浮かぶ。

名塚は、作曲を諦めた岡部に施しを与えてくれたのではないか。自分は家族のあとを追って死ぬが、無駄死にはしない。岡部、僕の名前を使ってのし上がれよ。あれは、名塚からのプレゼントだったのだ。それならば、名塚の行動にも説明がつく──。

「馬鹿」

戒《いまし》めるように呟いた。

そんなことをしたところで、そのあとの仕事が続くわけがない。天才に化けたところで、すぐに馬脚を現すのがオチだ。あんな曲を継続的に作る能力など、自分にはない。

──継続しなければいい。

岡部の中の別の部分が、そうささやく。あの曲を自分が作ったことにして、あとは引退して検査員を続ければいい。わずかな傑作を作って消えた人間は、神格化される傾向にある。岡部数人は伝説の作曲家として歴史に名を刻み、安定した収入も維持できる。

——最低だ。

ひどいアイデアばかり思いつく自分に、失望した。他人の名声であっても、掠《かす》め取《と》れるなら取っておきたい。自分がそんなことを考える人間だということを知り、気分が落ち込んでいく。

作曲をする。自分が作曲をはじめた理由は、作曲をしたかったからだ。いつから自分は、見返りを求めるようになったのだろう？　報酬をもらえないと曲を作れなくなったのは、いつからだ？

考えたが、判らなかった。少年のころに抱いていたピュアな情熱は変質し、いまはどろどろと醜い承認欲求だけが自分の中にある。自分は、いつからこうなってしまったのだろう。

考えるのがつらかった。岡部は思考を止め、再び外を見た。

その瞬間。岡部の身体が凍りついた。

タクシーを、男の集団が取り囲んでいた。

ひと目見ただけで、集団の素性は判った。男の数は、八人。そのうちのひとりが、「ＡｎｔＩ」と手書き風のロゴが書かれたＴシャツを着ている。「ＡＩ」と「ａｎｔｉ（反対）」を混ぜた名称。ＡｎｔＩ。クレイドルを取り囲んでいた、デモ隊の中心メンバーだ。

「岡部だな」

四車線ある大通りの左側に、タクシーは止められていた。窓ガラス越しに、二十代前半くらいの、若い男性が話しかけてくる。車の前方には別の男がふたり立っていて、進路を塞いでいる。自動運転車は、前方に障害物があるとフェイルセーフが働くため動かない。

止まったタクシーの右側を、後続車がどんどん通過していく。都内に整備された自動運転網は、ひとつの生物だ。異物が混入したら、それを即座に排除して稼働し続ける。一定の車間距離、一定のスピードで通り過ぎる車たちは、工場のラインに乗っているように通り過ぎていく。

「降りろ。話がある」

男は感情のない声で言い放つ。その声の冷たさに、胃がギュッと絞られる。

さっと集団に目を走らせた。目立った武器を持っている人間はいないが、逃げられる人数ではない。逃げ道を塞《ふさ》ぐように、人の配置も計算されている。

「俺のことを覚えてるか？」

窓ガラスの奥の男が言う。目だけでそちらを見たが、その顔に見覚えはなかった。

「覚えてないならヒントを出そうか？　七年前くらいに、あんたと話したことがある。渋谷《しぶや》の『LAGOON』だ。あんた、あそこでライブしてただろ」

事情が判ってきた。『LAGOON』は、『心を彩るもの』がよく活動をしていたライブハウスだ。

「思い出したみたいだな」男は微笑を浮かべる。

「あんたらの演奏は好きでよく見てたよ。三度目のライブのあと、思い切って話しかけたら、あんたは相手をしてくれた」

ライブハウスで客と話し込む機会は、意外と少ない。そこまで言われれば、さすがに思い出すことができた。男の切れ長の目と、昔話した少年の目とが、頭の中で重なった。

「俺もクリエイター志望だと話したら、あんたは嬉しそうに話してくれたよな。好きな音源から、使ってるソフトや機材のことまで。プロになったら一緒に仕事をしようとまで言ってくれた。あれは嬉しかったぜ」

男は、そこで真顔になった。

「そんなあんたが、なんでクレイドルに飼われてるんだよ」

答えられなかった。

「俺との約束は、嘘だったのか？」

答えられない。何を説明しても、彼を逆上させるだけのような気がした。

何も言わない岡部を前に、男はがっかりしたような目になった。彼が距離を取るように少し下がると、タクシーを取り囲む輪が、一歩縮まった。

――命乞《いのちご》いをしろ。

男は『心を彩るもの』のファンだったのだ。かつて憧《あこが》れていた相手が命乞いをすれば、見逃してくれる。

ひどい発想だったが、四の五の言える状況ではない。茂木が言うには、この連中は暴力も辞さない連中ということだ。謝らなければ、無傷では帰れない可能性が高い。

頭を下げようとした、そのときだった。

「お客様、どうかされましたか？」

突然、フロント部分にあるタブレットから声がした。異常を検知したのか、タクシーセンターと通話がつながったのだ。岡部は外の連中に気取られないように、静かに口を開く。

「あの、聞こえますか……？」

「はい？　お声が遠いようです。車体が先ほどから動いていないようですが、何かお困りでしょうか？」

「すみません、暴漢に絡まれています。よければ、警察に……」

「こいつ、通報してるぞ！」

前方にいる男が声を上げた。タクシーを取り囲む輪が、ぐわっと縮まる。もう選択肢はない。岡部はタブレットに向かって叫ぼうとした。

「ちょっと待った！」

空気を切り裂くように、声がした。

「ちょっと皆さん、落ち着いて。野蛮人じゃないんですから」

集団の奥から、ひとりの人間が現れた。

見覚えのある顔だった。あどけない表情をした、金髪の青年。

現れたのは、小宮律だった。

どうして彼がここに？　考えている間に、事態は沈静化していく。彼の取りなしに、車を囲んでいたメンバーの興奮が収まっていく。それを見て、岡部は理由を理解した。

律は、ＡｎｔＩのメンバーなのだ。

「すみませんでしたね、岡部さん。うちの若いのがご迷惑おかけしました。ほら、何やってんの。車動かないから、道空けて」

律が手を振ると、進行方向を塞いでいたふたりが退く。それだけで、彼が高い地位にあるのが判る。だが、障害物が動いてもタクシーは動こうとしない。「いま、警備のものを向かわせました。大丈夫ですか？」タブレットからは、女性の声が響いている。

「あーあ、これ、警備員がくるまで動かないですよ。ちょっと時間かかるかもしれませんね。自動運転も、いいことばかりじゃないですねえ」

律がコンコンと窓ガラスを叩きながら言う。

「お急ぎなら、送っていきましょうか？」

律の車は、トヨタの古いセダンだった。ハンドルとギアを手足のように操る鮮やかな手つきに、思わず目を奪われる。

「珍しいですか、手動運転車」

頷いた。地方ではインフラの整備がされていないため自動運転車はまだ走れないが、都市部、特に東京では自動運転車のシェアがもう八十パーセントを超えている。インフラの整備に加え、都市人口の増加によるカーシェアリングとタクシーの需要の高まり、土地の高騰といった要因が複雑に絡まり、自家用車の数自体が激減している。

「車の運転をしていると、自分の力が拡張されている気がします。一般人が操れる物理的に最強の機械って、車じゃないですか。強くて速いものを操れるのって、単純に楽しいですよね。運転文化がなくなりつつあるのって、人類の損失な気がしますね。便利さが増えると、こういう言葉にしづらい楽しさが減っていく」

律は気さくに言う。聞いているだけで相手をリラックスさせるような、邪気のない声だった。高まっていた緊張が、彼の開放的な空気に触れることで和らいでいく。

「昔は、古いトライアンフに乗ってたんです。クラシックカーに乗ることで、反AIの理念を表現できるかなって思って。でもいまから考えるとメッセージ性があざとすぎましたし、メンテナンスも大変だった。その点、トヨタのクラシックは優秀です。ガソリンの調達は少し面倒ですけど、とにかく壊れない……って、退屈ですか、この話？」

「いいえ。興味深いです」

「いまの世の中は、コントロールされている局面が多すぎるんですよ。何かをコントロールしている、そういう時間を、みんなもっと増やしたほうがいいんです」

赤信号に差し掛かり、律が車を止めた。ぺこりと頭を下げる。

「岡部さん、先ほどは失礼しました。悪いやつらじゃないんですけど、頭に血が上りやすい傾向がありまして」

「まあ、構いませんが……」岡部は、疑問に思っていたことを聞いた。

「僕のこと、なぜご存じなんですか？　どこかで会いましたっけ？」

「会ってはないですけど、検査員の情報は当然頭に叩き込んでますよ。岡部さんは作曲家からの転身組ですから、僕らの間では悪名高いですよ」

嫌な内容を、あっけらかんと言う。先ほどの男の目を思い出して、気持ちが暗くなる。

「でもまあ、個人的には好きなように生きればいいと思いますけどね。僕らは反ＡＩを掲げてますけど、人工知能産業に従事している人たちを憎んでいるわけじゃない。戦争の当事国同士でも、末端の兵隊同士が憎み合っているわけじゃないでしょう？」

「その割に、さっきの人たちは攻撃的でした」

「色々な考えかたがあるということです。高田《たかだ》……ああ、さっき話してた男ですけど、彼には岡部さんに個人的に思うところがあったみたいですしね」

そこで律は、思い出したように言った。

「そうそう、岡部さんは、友人なんですよね。名塚楽の」

「ええ、まあ」

「僕が作った遺作の続編、知ってます？　ネットでそこそこ話題になったんですけど」

「続編、ですか。よく知りませんが」

「あれ、ご存じない？　やっぱりネットの炎上なんて、たかがしれてるんだなあ」

深入りしたい話題ではない。岡部は知らないふりをしてお茶を濁した。

その後アップロードされた律の「続き」を、実はもう聴いていた。出来栄えは正直、かなり微妙だった。シタールを調達できなかったのかエフェクトをかけたエレキギターを使っていた上、曲のレベルも高いものではなく、「続編だ」と予め説明を受けていなければそうだと判らなかったかもしれない。

「僕らアーティストもね、大変なんですよ」

律は微笑みながら言った。

「僕だって本当は、そんな話題作りなんかやりたくないですよ。でもね、いまの世の中はとにかく目立たないと話にならない。一昔前にライブやフェスが盛り上がっていた時代がありましたけど、いまじゃ音源自体聴いてもらえないから、そんなものも成立しないし」

「まあ、そうでしょうね」

「僕は風車に突撃するドン・キホーテじゃない。自分が名塚楽に及ばないことくらい、知ってます。でも、炎上をきっかけにひとりでもファンが増えるかもしれない。凡人は、そうやって生き残るしかないですから」

たくましい、と感じた。飄々《ひょうひょう》としているようで、しっかり芯がある。ただ、それだけにひとつ判らないことがあった。

「なぜ、作曲にこだわるんです?」

律はハンドルを握ったまま、こちらを見ようとしない。

「作曲の市場は縮小してます。そんなに無理して作曲に固執しなくても、いまは色々仕事があるはずです」

「例えば、検査員ですか?」

「例えば、そうです」

煽られていると思いつつも、岡部は素直に答えた。律はくすっと微笑む。「少し語りますよ」と前置きして、律は話し出した。

「何年か前まで、僕はバンドで活動してたんです。『スターロード』って、ご存じないですか？」

「すみません、判りません」

「インディーズではちょっと有名だったんですよ。結成して三年くらいは全く芽が出なかったんですけど、あるプロデューサーにピックアップされてから少し評判になり出して、ファンが少しずつ増えてきて……。順風満帆だったんですけど、あるときに破綻したんです」

「内輪揉《うちわも》めですか」

「『Jing』ですよ」

律は少しおかしそうに言う。

「当時ライバル的なバンドがいたんですが、そいつらが攻撃をしてきたんです。一時期流行った手法でね、『Jing』を使って攻撃したいバンドに似た曲を大量に作るんです。ヴォーカロイドもそれっぽいものを選んで、歌詞も、曲も似せてね。そしてそれをウェブでばらまく」

『Jing』には、一般ユーザーが素材を提供し、機能を拡張できる仕組みがいくつかある。声を指定されたぶん録音してアップロードすればヴォーカロイドを作れるし、歌詞を書いてアップロードするとそれをほかのユーザーに配信してくれる。

人工知能ではまだ苦手な部分については人間の力を借り、ユーザーを巻き込んで解決する。そういう割り切りも『Jing』の先進性だった。そして、律はそれに巻き込まれたのだ。

「僕らも多くのファンも怒ったんですけど、結局『スターロード』はＡＩで再現できるんだってことで心が離れちゃうファンもいました。ファンの間でも対立が起き……そうこうしているうちに、バンドの中にもノイローゼになる人が出てきて、空中分解です。そのライバルのバンドも後味が悪かったのか、その後解散。全く、なんだったんですかね」

「それは……つらかったですね」

「つらかったですよー。まあ、それ以来僕は音楽を諦めないことにしたんです。幸い、いまのやりかたをすれば日銭を稼ぐことはできますからね。同情しました？」

頷いた。演技ではなく、気の毒だと思った。

岡部は律がアップしているギターと鍋の二重奏を思い出した。オリジナリティを出すためにあえて変なことをやっているだけだと思っていたが、人工知能に二度と曲を盗ませないためと考えると、重い理由だ。

同情は、引け目に変わる。そんな挫折《ざせつ》があっても、律は曲を作っている。

「同情してくれるなら、ひとつお願いを聞いてくれません？」

律の口調が、少し変わっていた。

「『Jing』にはご存じの通り、多くの人が迷惑してるんです。岡部さんの力でそれをなんとかしてくれませんかね」

「なんとかする？　僕に『Jing』を止める力なんかないですよ」

「止めるんじゃないです」

律は真剣な表情になった。

「『鯨』を狂わせて欲しいんです」

岡部は律を見た。口元にわずかに笑みが浮かんでいるが、どこか覚悟を感じさせる笑みで、さっきまでのようなヘラヘラとしたものではなくなっている。

「『Jing』は、音楽を聴くときの人間の生理データを学習しています。そうやって学習した知見が、音楽を作曲する力になっている。そうですよね」

「その通りですが……だからどうしたんですか」

「話は簡単です。それならば、おかしな生理データを学習させ続ければ、『鯨』を狂わすことができる」

律の発想に、岡部は驚いた。考えたこともないアイデアだった。

「これは公然の秘密なんですが……クレイドルの社内にね、僕らの草がいるんですよ」

「草？」

「ああ、スパイです。内部に何人も協力者がいるんですよ。クレイドルもなんとかしてあぶり出そうとしてるみたいなんですが、そんな簡単にバレるようにはしていません。草は、当然検査員の中にもいます」

「まさか」

「本当です。おかしな生理データを渡すためのメソッドもとっくに出来上がっていて、草は不正なデータを送り続けています。いまはその数を増やすだけの段階です。岡部さんに、これを頼みたい」

「そんなこと……僕に何のメリットがあるんですか」

「もちろん報酬はお支払いします。岡部さんはこちらの言う通り、検査員を続けてくれればいい。膨大な生理データの正しさをジャッジすることは、人間にはできません。クレイドルは送られてきたデータを、そのまま『鯨』に学習させるしかない。岡部さんはノーリスクですよ」

赤信号。車が止まると、前を見ていた律が岡部のほうに顔を向ける。

「岡部さんは元作曲家だ。このおかしな世界を元に戻せるものなら、戻したいと思ってますよね？人間が作曲した曲を、人間が聴く。そういう、よかった時代に戻りましょうよ」

律の声には、真摯《しんし》な響きがあった。浮ついていた表情の奥に真面目《まじめ》な人柄《ひとがら》が垣間《かいま》見《み》える。岡部は彼に引き込まれそうになるのを感じた。

――待て。

冷静になる。理論上は可能でも、実際にそんなことができるのだろうか？

検査員の知り合いはいないが、その数は数百人以上と聞いたことがある。十人、二十人程度を勧誘したところで、『Jing』を狂わせられるとは思えない。それに『Jing』は昨日今日出てきたサービスではない。十年以上にもわたる学習の積み重ねがあるのだ。

実践できないのだとしたら、律の語るビジョンはただの空手形だ。それに、作曲家が生活できる世界が戻ってきたからといって、それがなんだ？　仕事の量をピーク時まで回復するためには、膨大な時間がかかるだろう。むしろ検査員の仕事がなくなるほうが困る。

「すみません。ほかを当たってください」

きっぱりと言った。

律はじっと岡部のほうを見ていたが、「残念ですねえ」と呟いて前を向いた。あまり残念がっているようには聞こえなかった。

律がアクセルを踏み込む。エンジンが駆動する。電気自動車《EV》の甲高いモーター音ばかりを聞いている耳に、エンジンの唸《うな》るような低音は新鮮に響く。手動運転車にも、確かによさはある。だが、これから自動運転車を駆逐《くちく》して隆盛を取り戻すことは、もうない。時代は巻き戻せないのだ。

「着きましたよ」

律が車を停《と》める。クレイドルビルの正面に停車していた。

「あー、ちょっと、いますねえ、僕らの仲間」

律が車の外を指差す。クレイドルビルの前には「ＡｎｔＩ」のＴシャツを着た人間が、警備員の様子を窺《うかが》いつつうろうろしていた。

「何もしてこないとは思うけど、送っていきますよ。ちょっと待ってください」

返事をする間もなく、律はシートベルトを外して運転席から外に出る。岡部も彼に倣《なら》い、路上に出た。

少年のようなあどけない顔立ちをしているが、並ぶと律は背が高い。情けない話だが、彼と一緒に歩いていると少し安心感が湧く。「ＡｎｔＩ」のメンバーは、遠巻きにこちらを眺めている。

「岡部さん」

ビルの入り口までできたところで、律が呟くように言う。

「草のことは残念でしたけど……岡部さんは、僕のことを応援してくれますか？」

「それは……作曲のことですか？」

「はい。こんな世の中でも、僕は作曲で頑張っていきたいと思ってるんです。だから、そのためにやれることは、多少やばいことだろうがやります。岡部さんは、そんな僕のことを、応援してくれますか？」

律は少年のような目になっていた。「応援しますよ」と、岡部は言った。

「僕と考えかたは違いますが……このご時世に作曲活動をしているのは立派だと思います。それは応援します」

「じゃあ、将来的に、協力してもらえそうな局面が出てきたら、協力してくれますか？」

「内容にもよりますが、僕にできることなら」

「ありがとうございます、岡部さん。じゃあ、早速ひとつ頼んでいいですか？」

律はそう言って、すっと頭を差し出してきた。

「ちょっと頭を触ってもらえませんか？」

「え？　頭ですか」

「ええ。僕、とある密教系の仏教を信仰しててですね、そこには自分より年上の同性に頭を撫《な》でられると、幸運が貯《た》まるという教えがあるんです。撫で仏とかが源流らしいんですけど……だから、頭を撫でてもらえませんか？」

「ああ、そうですか……」

よく判らなかったが、岡部は言われるがままに律を撫でようとした。その瞬間だった。

いきなり、律が拳を振りかぶり、岡部の頰《ほお》に向かってそれを叩き込んだ。

身構える余裕すらなかった。視界がぐらりと揺れたと思うと、空が見えた。そのまま後ろに倒れ込み、全身をしたたかに打ちつける。わっと周囲が湧いた。

律が視界に入る。彼はいつの間にかスマートフォンを取り出し、岡部にそれを向けていた。

「これは正当防衛です！　僕はクレイドルの検査員から手を上げられそうになりました。だからつい手が出てしまった。でも、これは正当防衛です！」

「小宮さん……？」

「この人が僕を殴ろうとした検査員です。僕は暴行されようとしました！　これは正当防衛です！」

その言葉は、岡部に向けられたものではなかった。律は、カメラに向かって叫んでいた。どうやら、撮影をしているようだった。

「おい、何やってんだお前！」

こちらに向かって走ってくる警備員の姿が見える。律が慌てた様子で走り出す。

何をされたかよく判らないまま、一気に身体から力が抜けた。わけが判らなかった。こちらを向いていたカメラの、虫の目のような印象だけが、妙にくっきりと脳裏に残っていた。

5

『【衝撃動画】クレイドルにいきなり暴行されたので、正当防衛で反撃。クレイドルの横暴に一矢報《むく》いた瞬間！【閲覧注意】』


「大変な目に遭いましたね、全く、何を考えてるんだ連中は」

クレイドルの医務室。そのベッドの上に、岡部は横になっていた。

やってきた茂木に、タブレットを渡された。動画サイトの律のチャンネルに、十五分前に新しい動画が投稿されていた。

頭から再生してみると、岡部が律を撫でようと手を差し出した瞬間から映像がはじまっている。下からのショットで、この短時間で編集処理も入れているようだ。「検査員にいきなり暴行されそうになった」という前提ありきで見ると、岡部が律に手を出し、律がそれに反撃したようにも見える。

動画は早速ネットで拡散されているようだ。「律さんよくやったかっこいいです！」「クレイドルは人工知能だけでなくやくざも飼っているのか！」というようなコメントもあれば、「いくらなんでも殴るのはやりすぎでは？」「こんなものをネットに上げるなんて信じられません」「最近の律さんには失望してます」というようなコメントもついている。どちらにせよ、動画のコメント欄は盛況だった。

――利用されたのだ。

考えてみたら、最初からおかしかった。タクシーを取り囲まれ、危険な状況が訪れた瞬間に律が現れた。あれも計画のうちだったのだろう。同情を引く話をし、岡部が「草」の提案を飲んだら仲間に引き入れる。それを断ったら、センセーショナルな動画を撮り、話題を集める。どっちに転がってもよかった。

「警察に行ったら、逮捕してくれますかね」

怒りを抑えながら、相談する。茂木は首をひねった。

「向こうは正当防衛を主張してくるかもしれませんよ。これ、岡部さんから手を出したんですか？」

「いや、頭を撫でてくれって言われたんです。幸運が貯まるからとかなんとか言われて……」

「嵌められたんですね。でも、映像を撮られてるからなあ……。過剰防衛で捕まえてくれるかもしれませんけど、裁判になるとどうなんでしょうね。時間もかかりそうですし」

確かに、律は正当防衛を主張してくるだろう。岡部が先に手を出したように見える動画も撮られており、有罪にできるのか判らない。裁判ともなれば、こちらの生活もある程度犠牲にしなければならないし、逮捕して実刑を食らわせたとして、そんなことすらも律にとっては勲章になってしまうのではないか。

怒りが少しずつ萎《な》えてくる。茂木がぽんぽんと肩を叩いてくれる。

「岡部さん、今日のミーティングはいいですから、休んでいってください」

「いや、大丈夫です。ちょっと休んだら、落ち着くと思いますし」

「労務管理上からも、無理されると困ります。大体、あんなことがあったらしばらく気持ちが乱れたままでしょう？　打ち合わせならともかく、ＮＩＲＳでのデータ計測はできないですよ」

茂木との打ち合わせのあと、ＮＩＲＳ計測装置で脳の血液中のヘモグロビン濃度を取るのが常だった。痛みは引いてきているものの、興奮物質が脳内を駆け巡っているのが判る。多少おかしな学習データを入れても『Jing』はビクともしないだろうが、だからといって積極的にデブリを混ぜるわけにはいかない。

「判りました。お気遣い、ありがとうございます」

「いえいえ、それに関しては全然いいんですけどね。あー、でも……」

茂木が口ごもる。

「岡部さんとの報酬形態って、どうなってましたっけ？」

「報酬？」

茂木は、気まずそうな表情になる。

「いや僕、契約にはタッチしていないんでよく知らないんですけど……月間の稼働時間のほかに、特別報酬でNIRS一回につきいくらとか、そういう契約になってますよね？　だったらその、今日飛んだ分については、ちょっとお支払いするのが難しいかもしれませんけど……大丈夫ですか？」

茂木が何を言いたいのか、理解できた。今日なくなった仕事については、金にならなくても文句を言うなということだ。

「確かに契約ではそうなってますが……でもこれは、不可抗力じゃないですか？　あんなこと、僕は防ぎようがなかったですよ」

「判ります。でも、作業データを上に提出しないと、決算が下りないようなシステムになってるんですよ。僕にはその、どうしようもできない領域の話で」

「それは判りますが……」

「岡部さんが優秀な検査員だという話は、上司に報告しておきます。あ、あとこれはお節介《せっかい》ですが
……あまりああいう連中と一緒にいるのはよくないと思いますよ。ＡｎｔＩですよね、こいつら」

「それは、わけがあります。きちんと説明します」

「うちの内部にも、あいつらの協力者がいるとかいないとかで、ちょっとセンシティブなんですよ。その辺も、上手く報告しておきますから」

茂木は顔を近づけて言った。

「岡部さん、困らせないでくださいよ。うちの事情も判ってください、お願いしますよ」

彼の笑顔に、胸の奥が水を垂らすように冷えていくのを感じた。

茂木の言う「うち」に、自分は入っていない。

「判りました。次はこうならないように気をつけます」

「ご理解、ありがとうございます」

茂木はそう言って慇懃《いんぎん》に頭を下げる。彼が心底申し訳なさそうな顔をしていることが、これ以上抗弁をしても無駄だと物語っていた。


何度か、こういうことがあった。

自宅に帰り、岡部はパソコンの前に座っている。まだ十九時になっていないが、仕事をする気が起きなかった。

自分はクレイドルの社員ではない。業務委託契約を結んでいるだけの、フリーランスだ。

検査員の仕事は専門性が高く報酬も高額だったが、頑《かたく》なまでに外に出されている。一日中音楽を聴いているという業務内容が過酷で、事故が起きやすいからだと聞いたことがある。検査員が適応障害を発症したり、突発性難聴になったり、失音楽症に陥《おちい》ったというようなケースも、噂《うわさ》として漏れ聞こえてくる。

いつもは仲間のように振る舞っていても、時折そんな距離が顔を覗かせる。茂木は信頼できるパートナーだったが、いざとなったらこちらを切る立場であることを思い知らされる。

岡部は部屋の隅《すみ》を見た。そこには、埃《ほこり》をかぶったキーボードがあった。

作曲家時代に、愛用していたMIDIキーボードだ。

作曲家として使っていた道具はだいぶ処分した。だが、駆け出しのころから愛用していたキーボードだけは処分できなかった。作曲をしてきた苦労が、汗として染み込んだキーボード。

岡部は立ち上がった。部屋の隅まで歩き、それに触れる。

――作曲してみようか。

名塚が死んで以降、不思議な流れに巻き込まれている。益子と律、それぞれの事情で作曲を続けている人間に出会った。検査員として孤独を感じる局面も味わった。

何より、名塚の音楽だ。岡部が休んでいる間に進化を続けた名塚の音楽は、とんでもない領域に達していた。あんな曲を自分が作れるとは思えない。だが、最初から天才だった彼ですら、さらに成長をする余地があったのだ。

この五年間、検査員を続けながら、音楽を作ることもできた。もしそれをやっていたら、自分はどこまで行けていたのだろう。

――まだ、間に合うのか？

過ぎた時間のことを考えても仕方がない。残りの人生はどんどん減っていく。

岡部は、キーボードに向かって手を伸ばした。

そのときだった。

机の上に置いていたスマートフォンが震え出した。ブブブブと本体が細かく机を叩く音で、岡部は我に返った。

少し、変な気持ちに囚《とら》われていた気がする。岡部は雑念を振り払い、キーボードに向かって伸ばしていた手でスマートフォンを摑む。

着信だった。発信してきたのは、絵美子だった。

「もしもし？」

その瞬間、わっと喧騒が耳を突く。電話口の向こうは、やけに騒がしかった。

「岡部さん。大変です」

絵美子の声は、切迫していた。

「名塚先生の曲の続きが、壁に貼られました」

6

「二時間ほど前のことです。名塚先生の曲の続きが、壁に貼られているのが見つかって……」

岡部は絵美子と向かい合っていた。東中野駅まで駆けつけたはいいが、いまスタジオの前は人でごった返していて、収拾のつかない状態になっているそうだ。ふたりで話さないかと誘われ、前に会ったファミレスで合流した。

「その曲が名塚の曲の続きだと、なぜ判ったんですか」

「今回のカイバの横にも、指紋が捺されていたんです。インクには、人工DNA入りのインクが使われていました」

耳を疑った。曲の続きを作ることはできるし、指紋も複製することはできる。だが、インクをコピーすることはできない。

「それで……貼ったのは誰なんですか？」

「それが、判らないんです」

「判らない？　だって、あの遺作が貼られて以降、スタジオは観光名所みたいになってますよね。カイバを貼るなんて行動を取ったら、目立つはずです」

「人のいない深夜に貼られたのかもしれません。それに……あの壁には、いま多くのカイバが貼られつつあるんです」

　絵美子の言をまとめると、こうだった。小宮律があの動画を投稿して以来、それを模倣する人間が何人も出てきているらしい。カイバを貼り、指紋を捺し、動画をネットに投稿する。壁に貼られるカイバの量は日増しに増え、気がついたときには、名塚の曲の続きが壁にあった。

「いずれにせよ、これではっきりしました。名塚の自殺は、ただの自殺じゃない」

　絵美子は頷く。

「名塚の曲を使って、おかしなことをやろうとしている人間がいます。渡辺さん、誰かこんなことをやりそうな人に、心当たりはありますか？　渡辺さんは僕よりも名塚の人脈に詳しい」

「それは……判りません。考えているんですが……名塚先生は音楽業界の人とは、それほど親しくつきあっていませんでしたから」

「彼の友人はどうですか。人工DNA入りのインクが使われている以上、今回の件には生前の名塚の協力があったと考えるべきです。こんなことを頼めるなんて、かなり信頼関係があった人物でしょう。そういう観点から考えるとどうですか？」

「思いつきません。もちろん、名塚先生のプライベートを全部把握していたわけではないですが……」

　岡部はじっと絵美子を見た。最初に会ったときのように、絵美子は憔悴《しょうすい》している。

　犯人は、絵美子ではないだろうか？

　以前から、わずかにその可能性を疑っていた。名塚が自分の死後、壁に曲を貼り出すことを誰かに手伝ってもらいたいと考えていたのなら、絵美子は適任だ。人工DNA入りのインクも、容易に入手できる立場にある。

絵美子と視線が合った。そこで、彼女はハッと目を見開いた。

「私じゃないですよ」

岡部の猜疑心《さいぎしん》を汲《く》み取《と》ったようだった。

「私はそんなこと、しません。たとえ名塚先生の希望だとしてもです。私が名塚先生を自殺させるわけ、ないでしょう」

「いえ、そんなこと考えてもないですよ」

「私は一昨日から今日の夕方まで、名塚先生の親族に会うため北海道にいました。疑うなら、証明もできます。電話して聞いてみましょうか」

「ですから、そんなこと考えてないですって……」

考えていた気持ちをごまかして答える。とはいえ、いい加減なアリバイを口走ることもないだろうし、それならば絵美子は犯人ではない。名塚が死んだあとの彼女の落ち込みようも、尋常ではなかった。

「すみません、壁に貼られた曲を、聴かせてもらえますか」

絵美子は気を取り直したように頷き、スマートフォンを差し出す。画面には音楽プレイヤーが表示されている。岡部はイヤフォンを接続し、再生ボタンを押した。

シタールの響きが流れ出す。

その瞬間、岡部は違和感を覚えた。数秒間考えて、その理由を見つける。

前回は録音をミスしたのか、冒頭に二十秒ほどの空白があった。だが、今回はすぐに曲がはじまっている。

細かいことだが、これも名塚らしくない、と感じる。名塚は音楽に妥協しない男だった。録音をミスしたのなら、録《と》り直すはずだ。二回目は成功しているのに、一度目の失敗をそのままにしているなんて、どういうことだろう。死を前にして、その辺の詰めがおろそかになっていたのだろうか。

一瞬雑念が入ったが、気がつくと岡部は曲に引きずり込まれていた。鳴り響くシタールの連打。浮遊感のあるメロディー。手のひらの上で転がされるように、否応なく感情を揺さぶられる。

一枚目の曲が盛り上がったところで終わっていたのに比べ、二枚目の曲はより劇的だった。音楽によって描かれるカンバスの面積が、前回のものよりもさらに大きい。普段使いの安いイヤフォンで聴いているのに、音楽、音響、音色のすべてが巨大な像を結んでいく。デバイスのチープさを吹き飛ばすほどの強度を、もともとの音楽が持っているのだ。

音楽が進行するにつれて、曲のボルテージが高まっていく。そして――。

音符が乱れ飛ぶ最中に、ぶつりと音が切れ、ブラックアウトする。

終わりかたは、前回と同じだった。

「まだ、続きがあるんでしょうか……」

絵美子が不安そうに言った。岡部はそれには答えず、目を閉じた。

「少し、気持ちを整理していいですか」

絵美子にそう言い、岡部は思考を巡らせた。

判ったことが、ふたつある。

ひとつは、今回の曲は、前回の続きからはじまっているということだ。

自分のところに送られてきたカイバ。あれは前回の続きに聴こえなかったが、その感触は正しかった。この曲こそが、続きなのだ。つまり、一枚目と岡部のカイバの間には、別の部分が挟まっている。

そして、もうひとつ判ったことは、今回のカイバと岡部のカイバもまた、つながっていないということだ。この二枚目の終わりから岡部の曲へは、上手くつながらない。まだ間に、何かがある。

そこまで考えて、岡部はよく判らなくなった。

間に曲が挟まっているとして、あと何曲あるのか。

絵美子の見たレシートによると、名塚は二ヵ所に郵便物を送っているという。もっと複数の送り先があったのだろうか。

ほかにも謎はある。二枚目のカイバを貼ったのは、誰なのか。その目的は、なんなのか。

「岡部さん……？」

絵美子の声で、岡部は目を開いた。

カイバが送られてきたことを打ち明け、助力を頼むべきだろうか。だが、何が起きているのかの端緒すら、いまの自分には判っていない。それに絵美子が絡んでいる可能性も否定できない。いまがカードの切りどきか、岡部には判断がつかなかった。

「まだ続きはあるかもしれません。何かあったら、また相談してもいいですか？」

岡部が言うと、絵美子は不安そうに頷いた。


ひとつ、仮説があった。

岡部は帰りの電車に揺られながら、スマートフォンを見ていた。

SNSを開くと、今回の件は爆発的に拡散していた。謎めいた最初のカイバから、さらに謎を呼ぶ展開になったのだから、民衆が食いつくのも当然だろう。

――名塚は、この騒ぎを起こしたかったんじゃないか。

最初のカイバが貼られてから二週間。まだ流行っているとはいえ、徐々に名塚の曲は聴かれなくなりつつある。名塚はそれを予想していて、話題が飽きられたタイミングで第二波を出すように、誰かに依頼していたのだ。この騒動を、引きのばすために。

——あの郵便物は、その依頼だったんじゃないか？

名塚は長い曲を作った。そして、それを例えば五等分してカイバに収録し、ふたつ目以降の四つをあちこちに送付した。送付された人間はその意図を汲み取り、七並べをやるように自分の番がきたらカイバを壁に貼る。死後も話題性を保ち続けること。名塚が、それを期待していたのだとしたら？

「ありえないだろ……」

思いついた仮説を、すぐに打ち消す。送付された人間がそんなロボットのように動く保証はどこにもない。大体、死後に話題を継続したいのなら、絵美子に頼めばいいのだ。彼女なら名塚の命を受け、忠実に職務を実行しただろう。

一体、なんなんだ？　何が起きている……？

名塚の気持ちが知りたいと思って、この調査に乗り出した。だが、自分はもっと何か大きなものに巻き込まれているのではないか。

スマートフォンを取り出し、電話帳から益子孝明の名前を表示する。

益子は名塚から、指とカイバを送られている可能性がある。動機は判らないが、二枚目のカイバを持っていたのが彼ならば、それを貼り出すことは可能だ。

思い切って、電話をかけた。何度かコール音が鳴るが、相手は出ない。留守番電話の設定もしていないのか、コール音だけが延々と鳴り続けている。岡部は仕方なく、電話を切った。

気がつくと、秋葉原に到着していた。岡部は慌てて電車を降り、改札をくぐる。そこで、脳から血液が抜ける感じがした。ふらっと、立ちくらみがする。

今日は色々なことがあった。律に殴られ、茂木にあんな扱いを受け、名塚の曲の二枚目が見つかって急遽東中野へ向かった。頭も身体も疲れ切っている。明日の仕事への準備以前に、単純に帰ってゆっくり眠りたかった。

出口を出て、帰路につく。秋葉原は数年前に再開発され、高層ビルの数がさらに増えた。巨大なビル群の間を行き交う人の中を、岡部は歩いていく。

しばらく歩いたそのとき、岡部は歩道の向こうに、見覚えのある人物を見つけた。

——あの子は……。

思わず、身体が強張《こわば》った。

少し向こうを、ひとりの女性が同じ方向に歩いている。その長身は、夜の街でも目立っている。

——あなたは、楽くんから逃げたかっただけなんじゃないですか。

歩いているのは、綾瀬梨紗だった。

7

——カイバを貼った犯人は、彼女かもしれない。

前を歩く梨紗を見ながら、岡部はそんなことを考えていた。

梨紗は、名塚の従妹だ。生前どれくらい交流があったのか判らないが、会おうと思えば会える距離にはいただろう。

それに、絵美子の言によると、梨紗は名塚のことを尊敬していたらしい。名塚が頼みごとをすれば、多少無理な願いであっても、梨紗は引き受けたのではないか。

最初に名塚のスタジオを訪れたとき、梨紗も東中野にいた。犯人は犯行現場に戻る。自分がカイバを貼ったのなら、どういう影響を巻き起こすのか、見たがるはずだ。

物証は何もないが、梨紗のパーソナリティーはあるべき犯人像には一致している。手がかりなどほとんどない中、真相が判る可能性があるのなら、彼女のことを調べておくのは悪くない。

梨紗は夜の街をひとりで歩いていく。彼女も秋葉原に住んでいるのだろうか。以前一緒に帰ったときも、同じ駅で降車した。スーパーや飲食店でも、ひょっとしたら何度かすれ違っているのかもしれない。

——何か、おかしいな。

前を歩く梨紗を見て、岡部は違和感を覚えた。何がどうとは言いづらいのだが、歩きかたが少しおかしい。酔っ払っているのだろうかと思ったが、別にふらついているわけではない。ぎこちないというか、普通の歩く姿とは何かが違う。

その違和感を説明する言葉を、岡部は見つけられなかった。判らなさを抱えたまま、梨紗のあとをつける。

駅から離れると、住宅街が姿を現す。秋葉原は基本的にオフィス街と観光地なので、夜になると人が少なくなる。

閑散としはじめた夜の街を、梨紗をつけながら歩く。そこで岡部は、自分の行動を冷静に顧みた。梨紗のことを調べると言っても、行動範囲を知りたいだけで別に自宅の住所を知りたいわけじゃない。傍《はた》から見たら自分のやっていることはストーカーと同じだ。彼女に見つかったら、情報を得るどころの話ではなくなるだろう。

引き返したほうがいいだろうか？　岡部が考えていると、ふと梨紗が足を止めた。そして、くるりと方向を変える。見つかったかとひやりとしたが、そうではなかった。梨紗は、道端の建物の中に入っていった。

岡部はその建物の前まで歩く。そこは、家ではなく、店舗だった。小さな雑居ビルで、その地下が店になっているようだ。

『オール・オブ・ミー』。そんな看板が出ている。梨紗が入っていったのは、ジャズバーだった。


店に入ると、わっと様々な音が耳に入る。客の談笑。ウェイターの足音。グラスとグラスが触れ合う音。その複雑な音響の中心にあるのは、ピアノの音だった。

店内は、かなり広い。ゆとりのある空間が、仄暗《ほのぐら》い間接照明でシックに彩られている。バーというよりは、レストランの中にライブステージがあるという感じだ。店内を見渡すが、客席に梨紗はいなかった。彼女がここで働いているのだとしたら、会話の糸口を摑むことができるかもしれない。近所の店だし、たまたまきたという言い訳はできるだろう。岡部は適当な席を探し、腰を下ろした。

店の中心にステージがあり、グランドピアノが置かれている。中年の男性ピアニストがビル・エヴァンスの『ダニー・ボーイ』を弾いていた。

派手さはないが、堅実な演奏だ。職人が、過去何千個と作ってきた工芸品を、新たにひとつ作っているという感じだ。岡部の視界に、銀色の渋《しぶ》い光が見える。こういう硬質なスタイルは、岡部の好むところだった。

曲が終わる。店内からパラパラとまばらな拍手が起きる。いい演奏だったのに、なぜだか拍手の温度は低い。岡部は奏者をたたえるように、少し大きめに手を叩いた。

夕食を食べていなかったことを思い出し、ジェノベーゼのパスタを頼む。ビールも頼もうとしたところで、律に殴られた頬が疼《うず》いた。疲労をアルコールで洗い流したかったが、諦めて炭酸水を注文した。

ネットで検索すると、『オール・オブ・ミー』はもう三十年ほど前から営業しているという老舗《しにせ》のジャズバーだった。徒歩十分のところに住んでいるというのに、存在自体知らなかった。運ばれてきたジェノベーゼを口に入れると、バジルを惜しみなく使っているのかハーブの爽《さわ》やかな香りが口の中に溢れる。

ステージ上では、男性ピアニストがコズマの『枯葉』を演奏している。スタンダードジャズの名曲メドレーという感じだ。哀愁に満ちた旋律とコードを、男性は確かな技術で丁寧に紡いでいく。『Jing』の音楽は毎日聴いているが、こんな風に生の音楽を聴くのは、久しぶりだ。いい音楽を聴いていると、硬くなった心の奥がほぐれていく。

改めて店内に梨紗を探したが、彼女の姿は客席にはない。絵美子によると、梨紗はフルートをやっているということだった。ということは、このあと出演者として出てくるのだろうか？　フルートとピアノなら、クラシックもジャズもなんでもできる。

――彼女に会っても、音楽の話をするのはやめてもらえませんか？　ちょっとややこしい事情が絡んでいて。

なぜ絵美子があんなことを言ったのか、よく判らなかった。こんな店で演奏ができるのなら、プロとして立派に活動していると言っていい。

首をひねっていると、岡部の前の客がホール係の男性を呼び止めるのが見えた。男性客は鞄を開け、中からあるものを取り出す。出てきたものに、岡部は意表をつかれた。

それは、カイバだった。

間接照明を受け、カイバは淡く光を放っている。客はカイバと一緒に紙幣をホール係に渡す。決して少なくない金額だ。ホール係はそれを受け取り、また客席を回り出す。

何をやっているのだろう？　訝しんでいると、演奏が終わってしまった。拍手の温度は、相変わらず低い。梨紗と二重奏をするのではという予想に反し、男性ピアニストはステージを降り、バックヤードに去っていく。主を失ったピアノは、物寂《ものさび》しそうにステージの上で佇んでいる。ホール係は引き続き客席を回り、カイバを回収している。

――そうか。

これから何が起きるのかが、ようやく判った。

このあと、「弾き師」が登場するのだ。

テクノロジーが社会に浸透すると、それに伴って全く新しい職業が現れることがある。検査員がそのひとつで、弾き師もそのひとつだった。

『Jing』が普及して以降、誰でも簡単に「自分の曲」を作れるようになった。そこで現れたのが「あなたの作った音楽を生演奏します」というサービスだ。クラウドソーシングサイトにはこの手の奏者が無数に登録されていて、大きなビジネスになっている。演奏動画をウェブに上げるのが主流らしいが、バーやライブハウスで生演奏をしてくれるパターンもあると聞く。このような演奏者を「弾き師」と呼ぶ。

店名から判る通り『オール・オブ・ミー』はもともとはクラシカルなジャズバーだったのだろう。だが既成の音楽を聴く人口が減るにつれ、弾き師もステージに上げるという折衷的なビジネスをはじめたものと思われる。弾き師はリクエスト料が発生するため、マージンを取れば店としても現金が稼ぎやすい。

岡部は、男性に向けられたまばらな拍手を思い出した。たぶん、観客の大半が弾き師目当てできているため、まともに聴かれていないのだろう。そう考えると、すべての辻褄《つじつま》が合う。

しばらく待っていると、店内が暗くなる。客席の温度が、目に見えるほどに変わった。

舞台上に、ひとりの女性が現れた。

梨紗だった。

シックな黒のワンピースを着ている。肩をむき出しにしていて、肌が暗い照明を受けて艶《なま》めかしく浮かび上がっている。真っ黒な髪を肩のあたりまで下ろし、それが黒い服の上でふわりと揺れる。フルートは持っていないので、ピアノを弾くのだろう。

――彼女に会っても、音楽の話をするのはやめてもらえますか？

絵美子が口止めをした理由を、岡部は理解した。

『Jing』を使って自分の曲を作り、それを美しい弾き師に演奏させる。そんなことが、好事家の間で流行っているのだ。「自作」の曲を生で演奏してもらえるという本来のサービスに加え、美人が自分だけのために演奏してくれるという精神的満足も味わえる。支配欲や疑似恋愛とないまぜになった、創作者の欲望。

フルートを吹くという梨紗が弾き師をやっているのは、純然たるアルバイトだろう。梨紗はそのことを恥じていて、だからこそ絵美子は岡部に口止めをしているのだ。

岡部は梨紗を見た。

目が合うかと思ったが、梨紗はピアノの前に座ったまま、じっと譜面台のあたりを見つめて集中している。自分の精神世界に沈み込んでいるように見える。

――名塚。

客席の熱気が高まる中、梨紗の周囲だけ温度が違う。湯の中に放り込まれた氷が、溶けずにずっと残っているような、他者の干渉を許さない冷たさ。名塚もよく、こんな温度を発していた。

――彼女は、どんな演奏をするのだろう？

そんな疑問が浮かんだことに、驚いた。こんな期待を感じるのは、いつ以来だろう。

梨紗は鍵盤の上に手を置いた。左手の前奏からはじまる曲なのか、右手は膝《ひざ》の上に置いている。

左手が、コードを演奏しはじめる。古典的なカノンコードだった。

いい音だった。磨《みが》き上《あ》げられたクリスタルのような、雑味のない音色。岡部の目の前に、色のない光がさーっと現れた。

同じ楽器からどうしてこう違う音が出るのかと不思議になるくらい、ピアノは弾く人間によって音が変わる。先ほどの男性の渋い音も好きだったが、梨紗の持つ透明な音はさらに魅力的だった。

丁寧にコードが積み重ねられていき、会場がピアノの音で満たされていく。心地よい光が溢れ、旋律への期待が高まる。カノンが一周したところで、梨紗は旋律を奏ではじめる。岡部はそこでまた驚いた。

梨紗は、旋律も左手で弾きはじめた。

カノンコードの上に軽快なメロディーが乗ってくる、ポップス調の音楽だった。こういう曲では、左手は伴奏、右手はメロディーと振り分けるのが常道だ。梨紗はなぜか、その両方を左手でこなしている。

当然、演奏はどんどん崩れていく。両手両足を縛られたまま水の中に放り込まれたような、バタバタとしたものになってしまう。だが、梨紗は頑ななまでに、片手で両方をこなし続ける。左手が鍵盤の上を飛び交うように、目まぐるしく動いている。

岡部は、失望した。

こんなものは、音楽ではない。音楽になりそこねている何かだった。溺《おぼ》れているような梨紗の振る舞いが前面に出ているせいで、音は鳴っているのだが音楽が一向に聴こえてこない。

曲も凡庸だった。どこにでもあるメロディーに、どこにでもある展開。作曲の素養のない人間が、『Jing』に適当に出力させただけだろう。無個性なことが却《かえ》って個性になるのではないかというほど、ありふれた曲だった。

五分ほどの演奏を終え、梨紗はペダルから足を離した。拍手が店を包んだ。彼女のファンが多いせいか、その温度は先ほどのピアニストのときよりも高い。

「すみません」ホール係を呼び止める。

「ギネスを一本、お願いします」

無性にイライラした。席を立ってもよかったが、目立つ行動を取って梨紗に見つかりたくなかった。ここから立ち去るよりも、アルコールで意識を酔わせたほうが早い。

梨紗は次の曲の演奏をはじめる。曲は、スローなバラードだった。ベース音とメロディーの両方をやはり左手のみで弾きながら、梨紗は音楽らしきものを進めていく。

ギネスを呷《あお》りながら梨紗を見つめる。岡部には、彼女がこんなことをしている理由が判った気がした。

片手では到底弾けない曲を無理やり弾いている梨紗には、困難に立ち向かっている必死さがあった。若い女性が汗だくになりながら、無理難題に挑んでいる姿、そこには背徳的な魅力がある。それが多くの観客を引きつけるのだ。ピアニストとしては間違いでも、弾き師としてはこの姿が正解なのだろう。

——あなたは、楽くんから逃げたかっただけなんじゃないですか。

梨紗の声が蘇る。

——私なら、逃げたりしません。でも、別に逃げたなら逃げてもいいです。もう、楽くんに関わらないでください。

どの口がそれを言う。

苦しむようにピアノを弾く梨紗を見ながら、岡部はギネスを呷り続けた。

8

「あのー……」

頭の上から声がした。見上げると、そこにはひとりの男性がいた。

「もう閉店なのですが……」

「え？」

身体を起こした瞬間、ずきんと頭全体が痛んだ。

「あ、はい、すみません……」

腕時計を見る。零時に差し掛かるところだった。テーブルの上には、ギネスの空瓶《あきびん》がある。何本空けたのか、よく覚えていない。疲れたところにアルコールを流し込み、酩酊《めいてい》してしまったようだった。

「すみません、お会計してください。もう帰りますから……」

そう言って財布を出そうとしたとき、岡部は視線に気づいた。

「なんであなたがここにいるんですか？」

支配人の男性の奥から、梨紗がこちらを睨みつけていた。

＊

「ここは、綾瀬さんの仕事場だったんですね」

夜の街を、岡部は梨紗と肩を並べて歩いていた。

「同じ駅で降りたとき、てっきり、家が近所なんだと思ってました。でもまあ、仕事場が近所にあるっていうのも、奇遇ですね」

「なんであの店にいたんですか」

梨紗は雑談につきあおうとしない。不愉快そうに前を見つめながら、冷たく言う。

一日の疲労とアルコールが身体の中で混ざり、全身に鉛のようにのしかかっている。女性の歩く速度に追いつくのもきつい。

「もしかして、私のことを尾行したんですか？」

「そんな、尾行なんて」

「前からあの店にきていたわけじゃないですよね。私、二年くらいあそこで働いてますけど、岡部さんのこと見たことないですよ？」

油が切れたように動かない頭をなんとか動かして、岡部は釈明の台詞《せりふ》を考えた。

梨紗のことをつけていたのはその通りだが、その動機までを明かすわけにはいかない。名塚のスタジオにカイバを貼ったのが梨紗ではないかと疑っていたなど、この段階で明かすべきことではない。

だが、これは情報を得るチャンスでもある。これを逃したら、彼女と面と向かって話す機会はないかもしれない。

「さっきまで、名塚のスタジオにいたんです」

岡部は言った。

「今日、誰かが名塚のカイバの続きをあそこに貼った。それを見てから地元に帰ってきたら、綾瀬さんの姿を見かけました。声をかけようか迷っていたら、あの店に着いていたんです」

「やっぱり、尾行してたんじゃないですか」

「結果的に、そうなっただけです」

梨紗は不服そうに眉《まゆ》をひそめたが、それ以上追及するつもりはないようだった。

「それよりも、名塚の曲の続きが貼られた件は、知ってましたか」

「続きなんて、毎日貼られてますよ。変な愉快犯みたいな人がたくさんきて、曲を貼って……勝手に楽くんの曲を冒瀆《ぼうとく》して……」

「それが、今日のは違うんです。綾瀬さんは、人工DNAインクってご存じですか？」

梨紗は黙って首を振った。岡部は絵美子に教わった情報をそのまま説明する。

「……ですから、今日のカイバには、名塚の意志が絡んでいると言えます。名塚は、自分の遺作を壁に貼って、その続きを貼り出すことを誰かに頼んでいたんです」

「それがどうしたんですか」

「気になりませんか。誰が、何のためにこんなことをやっているのか」

「それなら、絵美子さんじゃないですか？　楽くんが頼めば、それくらいのことはやってくれると思いますよ」

「渡辺さんではありません。彼女にはアリバイがあるんです」

無関心を装いつつも、梨紗は岡部の話が気になるようだった。ちらちらとこちらを見ている。

——この子なのだろうか。

梨紗は、曲の続きが壁に貼られたことも知らなかったようだ。だが、それが演技という可能性もある。もう少し、情報を引き出しておきたい。

「誰かが名塚を手伝っているとしても、一連の行動に名塚が関わっているのは間違いないです。なぜ彼は、あんなことをしたんだと思いますか」

「さあ……楽くんは、ちょっと変わり者でしたし」

「でも、こんな方法で耳目を集めたがる人間じゃなかった。そうでしょう？」

「あの、ひとついいですか」

梨紗が立ち止まった。岡部を見つめるその目には、少し激しい感情があった。

「もう、楽くんに関わらないでくださいって言いましたよね」

「……ええ、まあ、言われました」

「それなのに何をちょろちょろしてくるんですか。楽くんが何を考えていようと、あなたに何の関係があるんですか」

事態への興味よりも、怒りのほうが勝ったようだった。

――名塚から、カイバと指とインクが送られてきたんだよ。

反射的にそう思ったが、それを口に出すわけにはいかない。

「一番大事なときに楽くんのそばにいなかったくせに、死んだらやってきて色々嗅《か》ぎ回る。そんなことをして、恥ずかしくないいんですか」

「あれから、反省はしました。名塚が苦しかったときに、そばにいるべきだった」

「口じゃなく行動で示してください。反省したのなら、もう楽くんとは関わらないで」

梨紗はますます苛立《いらだ》ったように言う。彼女の声が、アルコール漬けの脳を締めつけるように響く。

「大体、楽くんを追い込んだのは、あなたじゃないいんですか」

「どういうことですか」

「『心を彩るもの』を捨てたことです。あの活動が楽くんにとってどれだけ貴重なことだったか、判らなかったんですか？　楽くんは長年、一緒に演奏する仲間に飢えてたんです。それがやっと実現したのが『心を彩るもの』だったんです。それを、あなたは終わらせた。『心を彩るもの』があれば、楽くんはあのつらかった時期も乗り越えられたかもしれない」

梨紗の怒りは前回同様、結局そこに帰着するようだった。

——綾瀬梨紗ちゃんから、お詫びを預かってます。

絵美子はそう言ったが、あれは嘘なのかもしれない。全く怒りが収まっていないどころか、以前より語気が荒い。

「検査員をやってるというのも、許せません」

梨紗は重ねて言う。

「ほかにやりたいことがあって『心を彩るもの』をやめたのなら、まだ許せます。でも、検査員をやってるっていうのはどういうことなんですか？　作曲家の敵じゃないですか」

「そういう考えかたは、ちょっと一面的すぎる気がしますが」

「結局こうなんでしょう？　岡部さんは楽くんに作曲で敵《かな》わなかった。だから、別の方法で楽くんを潰《つぶ》そうとした。負けを認めて去るのはまだ許せます。変な方法で対抗しようとしたのが、許せないんです」

梨紗の言葉は、岡部の柔らかい部分をえぐっていく。

脳内でアドレナリンが出はじめるのを感じる。痛みを感じないように、身体が興奮物質を出している。その副作用か、岡部の胸の内に黒い炎が生まれはじめていた。

「それは、あなたも同じでしょう、綾瀬さん」

言うべきではないと判っていたが、言葉が止まらない。

「あなたの演奏、聴かせてもらいました。なんですかあれは」

「聴いてくれなんて頼んでません。もうこなくていいです」

「あなたがやってるのは、人工知能の下請けだ。『Jing』が作った曲を、言われるがままに弾いているだけでしょう。検査員の仕事と何が違うんですか」

梨紗の瞳が揺れた。怒り一色だったその目が、わずかに怯《ひる》んだ。

「あなたはフルートを演奏するんですよね？」

「……絵美子さんに聞いたんですか、それ」

「そうです。音大にも行かれてたと聞きました。きちんとした技術があるのに、あなたは弾き師のアルバイトをしている。もちろん、何の仕事をするかは自由です。でも、僕と何が違うんですか？」

梨紗の目に、再び怒りが灯った。岡部は構わずに続けた。

「別に弾き師をやることを非難しているわけじゃないです。誰でも自分の曲が作れるようになった時代、それを生の楽器で聴いてみたいというのは当然の欲求ですし、それを叶《かな》えるのは立派な仕事だ。ただ、あなたのやってることは弾き師としても邪道でしょう」

「どういうことですか」

「わざと片手しか使わずに演奏をしてるってことです。そうやって必死に演奏して、音楽の力ではなくあなたの苦しむ姿で客を引こうとしている。汗だくで演奏すれば、客が喜ぶってことですか？」

梨紗の視線を跳ね返すように、岡部は言った。

「そんな人に、僕のことをとやかく言われる筋合いはないです。夜道だから駅まで送ろうと思いましたが、もう帰ります。それじゃあ」

岡部はそう言い放ち、踵を返す。言い負かしたという実感はあったが、快感は全くなかった。苦々しい後味の悪さだけが、胸の内に広がっていく。

「岡部さん」

梨紗が声をかけてくる。少し、声の感じが変わっていた。何を言われても無視して帰ろうと考えていた岡部は、思わず足を止める。

「なんですか」

振り返ると、梨紗が右手を上げていた。

いや、実際は上げているのではない。左手で右手の手首を掴み、持ち上げている。

その仕草が何を表すのか。それを理解した瞬間、岡部はショックを受けた。

「いままで気づかないって、鈍すぎじゃないですか?」

梨紗が嘲《あざけ》りを込めた声で言った。

「私、右手が動かないんですよ」

9

——腕神経叢損傷《わんしんけいそうそんしょう》。

梨紗の右手が使えなくなったのは、四年前。彼女が音大の器楽科に通っていたときのことだったそうだ。

梨紗と話した翌日、岡部は絵美子に会っていた。昨日会っていたのと同じファミレスだ。絵美子はまだ普通にものが食べられないようで、サラダとスープしか頼んでいない。もともと痩せていた体軀《たいく》が、さらにやつれたように見える。

絵美子が明かしてくれた話は、悲痛な内容だった。

音大からの帰り道、梨紗が歩道を歩いていると、そこに暴走したバイクが突っ込んできた。慌てて避けてなんとか直撃は免れられたものの、運悪く右手がドライバーの服に絡まってしまい、まっすぐ伸び切った右手は、脊髄《せきずい》から肩や手に伸びている腕神経叢を断裂してしまった。病院に行ったときは、もう神経の縫合もできない状態だったそうだ。

片腕のヴァイオリニストやピアニストはいるが、フルートは両手の指が精緻《せいち》に動かないと演奏できない。梨紗は、子供のころから目指していたフルート奏者の夢を諦めざるを得なかった。

「渡辺さん、ひとつ聞いていいですか」

岡部は慎重に聞いた。

「梨紗さんは、自殺未遂をしたことがあるんじゃないでしょうか」

「……その通りです」

絵美子は諦めたように言う。やはり自分の憶測は正しかった。そんな過去があるからこそ、梨紗がホームドアから線路を見ている姿を目にしただけで、絵美子はあれほど慌てたのだ。

「あの子が怪我《けが》をしてから、半年くらい経ったころです。動かなくなった右手を、包丁で切ったんです……」

考えただけで痛ましい。岡部は顔をしかめた。

「普通、手首を切ったくらいでは自殺できないと聞きますが、あの子の場合は痛みを感じなかったのが、悪い方向に出たみたいです。刃物が深く刺さってしまって、血管をえぐって……それで本当に亡くなりかけたと聞きました」

「そうなんですか……。助かって、よかった」

「幸い、発見が早かったみたいなんです。でも、助かったからと言ってフルートが吹けるようになるわけじゃない。あの子が立ち直れたのは、名塚先生のおかげだったんです。精神的につらいとき、名塚先生が励《はげ》ましてくれたらしくて」

「左手でピアノを弾くというアドバイスをしてあげたんですか？」

「そんな直接的な話じゃなかったと聞いてます。アドバイスをする代わりに、名塚先生は色々な音楽を演奏してくれたそうです」

「音楽を……」

「はい。あのスタジオにあの子を招いて、色々な楽器を使って。弦楽器も、鍵盤楽器も、打楽器も。テルミンのように触らずに演奏する楽器から、ときには歌まで。たぶん、音楽のやりかたは色々あるということを、演奏することで伝えたかったんだと思います」

「それで、左手での演奏をはじめたんですか」

「たぶん、そうです。でも、ピアノは副科でやっていただけみたいですし、プロになるのは難しいです。弾き師なら、できる。そう考えたんだと思います」

——私なら、逃げたりしません。

あの言葉が、重くのしかかってくる。

昨日の梨紗は、観客が持ってきた弾けない曲を、それでもなお弾きこなそうとしていた。もともとフルーティストを目指そうとしていたほどの人間だ。自分がどういう風に観客の目に映っているか、判らないわけがない。それでも彼女は舞台から逃げなかった。

『心を彩るもの』のライブに出ていたころ、演奏家として活動している人間を多く見た。

演奏家の道は、作曲家とはまた違う厳しさがある。いくらやる気があっても、指が短い、顎《あご》の形や歯並びが悪いなど、生まれ持った身体の作りのせいで必要な技術を習得できない場合も多い。フィジカルが問われる一方センスも必要で、イマジネーションが貧弱だと技術があっても音楽を表現しきれない。あらゆるものが求められる中、競争を勝ち上がり、音大に入ったあともなお鎬《しのぎ》を削っていかなければいけない。演奏家の人々には、厳しい環境を生き抜いてきた人ならではの胆力があった。

　そんな世界に住んでいた梨紗にとって、岡部はどう見えたのだろう。

　身近に巨大な天才がいただけで、あっさりと夢を諦めて違う仕事に転身した、軟弱な人間。そんな風に見えたのかもしれない。

「彼女の仕事を侮辱するようなことを言ってしまった。自分が恥ずかしいです」

「大丈夫ですよ。あの子、怒りっぽいですけど冷めるのも早いですから」

「渡辺さんの言うことを、聞いておくべきでした。彼女の前で、音楽の話など出さなければよかった」

「私も、きちんと言っておくべきでした。でも、もう岡部さんは梨紗ちゃんと会うことはないですよね？　ほとぼりが冷めたころに、私のほうから謝っておきますから」

　絵美子は気遣うように言って、スープを飲む。岡部も自分のトーストをかじった。以前と同じで、あまり味がしない。

　──また、逃げるのか。

　自分は、名塚から逃げた。そのことをいまさら後悔しているのに、ここでまた謝りもせず、梨紗からも逃げるのか。

　だが、梨紗は果たして自分の謝罪などを望んでいるのだろうか。梨紗にどんな言葉をかければ、自分は謝ったことになるのだろう。

「あの、岡部さん」絵美子が言う。

「そろそろ、行きませんか。すみません、長々と話してしまって」

「いえ。こちらこそ、言いづらい話を教えてくださって、ありがとうございます」

「今日は本当にありがとうございます。情けない話ですが、私も、ひとりでは怖くて……」

絵美子はそう言って、声を震わせる。ただでさえ色白な肌が、血色を失って陶器のように見える。

連日ファミレスで会ったのは、梨紗の話を聞くためではなかった。今朝、岡部は絵美子に呼び出されたのだ。ひとりで行くのは怖いから、一緒にきてくれと。

三枚目のカイバが、壁で見つかったのだ。


カイバが見つかったのは、今朝だった。

またいつの間にか貼られていたのが発見されたとのことで、誰がやったかは判らない。指紋も捺印されていて、まだ鑑定はされていないが、恐らく人工DNA入りのインクが使われているのだろう。

二枚目と違っている点が、ひとつある。それは、期間だ。

二枚目が貼られたのが昨日で、三枚目が今日。前回は二週間空いていたので、比較にならないほどのハイペースだ。

神田川沿いの道を歩き、スタジオへ向かう。また、遊歩道に人だかりができていた。その密度は、初回にきたときよりもさらに高い。人波のなかをゆっくりと歩きながら、岡部はスタジオの前にたどり着く。

「おお……」

壁を見て、思わず岡部は声を上げた。

カイバと指紋が、あちこちに貼られ、それらが陽の光を受けて、キラキラと光っている。律が動画を投稿して以来、色々な人間がそれを真似していると聞いたが、想像していたよりもはるかに多い。コンクリートの無骨な壁と、そこにちりばめられたカイバ。切り立った岸壁のあちこちに、宝石が散りばめられているように見える。

「最初は、勝手に貼られるカイバを、剝がそうとしたんです。でも、やめました」

「なぜですか」

「名塚先生側の人間がそんなことをやったら、皆さんを怒らせるかもしれない。スタジオは閉鎖していますが、荒らされる可能性もありますし、何より名塚先生のカイバを誰かに剝がされることが怖いです。名塚先生が何を考えてあれを貼ったかは判りません。でも、剝がされたら、先生の遺志を無駄にしてしまうかもしれないと思って」

絵美子はそう言って声を落とす。複雑な心境の中心に、名塚への深い思慕がある。

複数のカイバの中、「三枚目」がどれかは探さずとも判った。一枚のカイバに向かって、多くの人がスマートフォンをかざしている。

「ちょっと聴いてきます」

言い残し、岡部はそちらに近づいた。

カイバの横に貼られていた指紋は、最初にあったものと同じものに見える。岡部はイヤフォンを耳に着け、スマートフォンをかざした。

シタールの音が聴こえ出す。

イヤフォンから流れてきた楽曲は、前に聴いた「二曲目」の続きに聴こえた。

だが、岡部はすぐに違和感を覚えた。まず、音色がおかしい。以前のゴージャスなものとは異なり、なんというかペラペラと安っぽい。

曲が進むにつれ、展開がどんどんおかしくなる。

軽快に響いていた連符とメロディーが、変容しはじめる。名塚の楽曲の特徴として、不協和音を多用することがある。下手な作曲家が真似をするとただの雑音にしか聴こえないそれが、名塚が使うと快と不快の境界線上を歩くような、独特の美を伴って響く。この音楽も不協和音を多用しているのだが、そんな繊細な味わいは感じられず、奏でられる不協和音はただ不快なだけだった。

音楽が、崩れていく。

中心となるべきメロディーすらも失われ、音響の塊《かたまり》のようなものだけがある。高音域では、ぶつかった音たちが強烈な不協和音を奏でる。低音域には、グロテスクにうごめく低い音たちがある。

岡部の脳裏に、不気味なイメージが浮かんだ。

湿気《しっけ》の多い土間のような部屋で、人間がひとりひとり頭を割られて処刑されている。地面にはバラバラになった死体たちの臓物や血液がぶちまけられ、それらにミミズや昆虫が大挙してたかっている。高音域では彼らの悲鳴が、低音域では蠢動《しゅんどう》する虫たちが、それぞれ表現されている。

「なんだよこれ」

隣でイヤフォンを聴いていた女性が、不快そうにそれを外した。集団に目をやると、多くの人が同じことを感じているのが判る。失望と怒りが、人々の中に渦巻いている。

今度は、途中で終わったりはしなかった。音楽はまるで感動的なフィナーレを演出するように、強烈な不協和音を奏でて幕を下ろした。

――離れていく。

この二週間、皆が名塚楽の音楽に夢中になっていた。集団を見ていると、その気持ちがどんどん失われていくのが判る。みんなが、名塚を見捨て、離れていく。

自分は、勝手な人間なのだろう。名塚の成功に嫉妬していたはずなのに、こんな光景を見るのも同じくらいつらかった。

「どうですか」気がつくと、絵美子が傍らにいた。

「渡辺さん」

内心から目を逸らすように、岡部は言った。

「判りました」

「何がですか」

「こんなことをやった犯人が、です」

絵美子の目が、驚きで見開かれた。

このところ起きていた、カイバ騒動の真相。岡部にはそれが、明確に見えていた。

10

岡部が向かったのは、東京都町田《まちだ》市にある、団地の一室だった。

公社の運営している団地だけあって、外壁や周辺環境などのメンテナンスはしっかりされている。だが建てられてからもう七、八十年ほど経っているようで、さすがに古い。積み重ねてきた時間の重みが建物のそこかしこにのしかかり、団地全体が巨大なきしみを放っている感じがした。

目的の部屋まで向かい、チャイムを鳴らす。しばらく待っていると、ドアの向こうから顔が覗いた。

「よう、クソ野郎」

益子だった。彼の息が鼻を突いた瞬間、岡部はむせ返りそうになった。

かなり酔っている。酒と口臭のふたつが高濃度で煮詰まった刺激臭が、益子の口の中から漂っている。

「益子……まだ、十二時だぞ。こんな時間から飲んでるのか、お前」

「葬式だよ」

「葬式？」

「ひとりで葬式をやってるんだ。お前も参列するか？」

「何を言ってる？　名塚を追悼してるのか？」

益子は嫌らしい目つきでにやにやと笑っている。その歯の間に、茶色い肉片のようなものが挟まっているのが見えた。生活は歯から荒れると聞いたことがある。余裕のない生活を送っている人間は、歯磨きなどのルーティンを怠るものだ。益子の歯は、抜け落ちそうなくらいボロボロだった。

通されたのは、和室だった。そこも、異臭に満ちていた。アルコールと口臭だけではなく、様々な微生物の住み家になっているような生臭さが溢れている。座卓があり、その上にウィスキーの瓶《びん》と灰皿がある。灰皿には、吸殻が大盛りの白飯のように盛られていた。

「益子……」

絶句した。益子は以前「普通に食ってる」と言っていた。この光景は、そんな言葉からあまりにもかけ離れている。

「座れよ。お前もやるか？　死にゆくものに、乾杯《サルーテ》」

益子は畳に腰を下ろし、床にあるグラスを掲げた。煙草《たばこ》をくわえて火をつけると、部屋に満ちている異臭にいがらっぽい紫煙のそれが混ざる。

「ちょっと待て、益子。お前、いつからこんな生活送ってるんだ」

「それが用件か？　お前、俺の家政婦にでもなってくれるのか」

ふと、襖《ふすま》の奥に隣室が見えた。隣室も和室になっていて、座卓に古びたノートパソコンが置いてある。床に置かれたＭＩＤＩキーボードは、ふた世代ほど前のものだった。

「とりあえず……外に出ないか？　益子、こんなところにいないほうがいい」

「出たきゃひとりで出ろ。俺はこの部屋が好きなんだ」

益子はにやにやと笑う。以前はこんな嫌な笑みを浮かべる人間ではなかった。

仕方ない。岡部は本題に入ることにした。

「お前が『ムジカ』にアップロードしてた音楽、聴いたよ」

畳に腰を下ろす気になれず、立ったまま言った。益子は面白そうに口元を歪めた。

『ムジカ』は、作曲家の間で使われていた老舗の音楽SNSだった。一昔前に流行したSNSで、作曲家はアカウントを作り曲をアップしてポートフォリオ代わりにするのが常だった。岡部も作曲をはじめたころにアカウントを作り、そこに無数の曲を登録している。

久しくアクセスすらしていなかったが、何年かぶりに見た益子のアカウントでは、最近に至るまで曲がアップロードされ続けていた。

「最近、再生回数が増えたと思ったら、お前だったか。どうだった、俺の曲は。クレイドルの検査員さんのお眼鏡にはかなったかな」

「いや。はっきり言って、どれもひどい曲だと思った」

益子は嫌な笑みを引っ込めようとしない。ウィスキーをロックグラスに注ぎ、煙草を片手にそれを流し込む。

「昔のお前の曲は難解だったが、独特の美があった。いまのお前の曲は、ただグロテスクなだけだ。どれも、憎悪を煮詰めたように感じた」

「この世にひどい曲なんて、存在しない。豚みたいなブスに興奮する男がいるように、相性の良し悪《あ》しがあるだけだ。ブスも美人も、人間的な価値は同じだろ？」

「美醜がある程度測れるように、楽曲にも水準というものはある。チンパンジーがでたらめに作った曲と、モーツァルトが作った曲、その評価は、相性以外の軸でないと測れない」

「言うようになったな、坊や。じゃあ、お前に俺の曲が測れるのか？　芸術を評価するというのは、評価者側が問われる行為なんだぜ？」

「俺は俺の価値観からしか測れない。はっきり言うよ。ひどい曲だった」

「クソみたいな仕事をやっているうちに、増長したようだな。この五年間、一曲たりとも発表していない人間が、作っている人間に対して何を言う？」

返答できなかった。作ることと評価すること、それは全く別のことだ。益子の物言いこそ、創作者にありがちな増長にすぎない。だが、どこにでもある思い上がりに、岡部の心は揺れた。動揺を読みとってか、益子はますます嬉しそうな表情になる。

「人工知能に、俺の作品が作れるか？」

「どういうことだ？」

「ＡＩというのは、所詮《しょせん》は人間の知性の模倣品だ。斬新な前衛芸術が、お前らクレイドルの人間に作れるのか？」

「それは……」

話の矛先が逸れたことで、岡部は少し冷静になった。検査員の仕事をはじめてから蓄積している人工知能の知識が、頭の中で明滅する。

「お前の曲のような特殊な音楽を表現するのは、いまはできないだろう」

「それはそうだろう」

「だが、学習データがあれば、できるはずだ」

岡部の言葉に、益子の笑顔は引っ込んだ。

「人工知能が音楽を模倣できるようになったのも、クレイドルが膨大な学習データを持っているからだ。どういう音楽を聴いたときに、どういう風に脳が反応するか。そういうデータをたくさん集めているから、『Jing』は音楽を奏でることができる。お前の音楽にしても、大量の曲のサンプルと、それに対する生理学的なデータがあれば……」

「根っからクレイドルの人間になったみたいだな。ハッピーバースデー、数人くん」

益子は喉を鳴らして笑う。茶色い歯が、口の中からこぼれる。

胸が痛かった。益子は皮肉屋だったが、こんなにもだらしなく、理性の崩れた人間ではなかった。彼の形をした別の何かと話している感じがした。

「益子」

この益子と向かい合っていたくない。そう思いながらも、言わなければならなかった。

「名塚のスタジオにカイバを貼ったのは、お前だな」

益子は無反応だった。にやにやしたまま、岡部を見上げている。

「昨晩、誰かがスタジオの壁にカイバを貼った。犯人はお前だ、益子」

強い言葉をぶつけたが、益子の表情は変わらない。泥酔しつつも、心の準備はできているのかもしれない。

「おいおい……いきなり何の話だ？　カイバ？　曲？」

「とぼけるなら説明してやる。この二週間で、名塚のスタジオに、カイバが三枚貼られた。最初のもの、昨日見つかった二枚目、今日見つかった三枚目。最初に貼ったのは名塚だとして、二枚目と三枚目は別人の犯行だ。お前がやったんだ」

「何を証拠にそんなことを言う？」

「指紋だ。二枚目と三枚目のカイバには、名塚の指紋が捺印されていた。人工ＤＮＡインクという特殊なインクも使われていた」

「いかれてるのか、お前。それを持ってたのは、確かお前だよなあ」

「お前も持ってるんだ、益子。名塚は生前、二ヵ所に指を送っている。ひとつは俺のところに、もうひとつはお前のところ。お前はそれを昨日貼り、そして今日、続きの三枚目を貼った」

「だから根拠を示せ。送ってる送ってるって……郵便局のシステムに侵入してハッキングでもしたのか？　検査員もできてスーパーハッカーもできるなんて、天才だったんだな岡部くんは」

「確かに、お前が指を持ってる証拠はない。根拠は、あの曲だ。あれを作ったのはお前だ」

「これはまた天才的な回答だ。論理学の試験なら零点だな」

「論理学じゃない、音楽の話だ。あの曲はお前が作ったと、俺の耳が言っている」

「人工知能の音楽に汚染されたお前の耳が、か？」

「お前の曲を聴き込んだ、俺の耳が、だ」

強く言うと、益子の表情に浮かんでいた侮蔑的な笑顔が引っ込んだ。酒による酩酊は残っているものの、益子の目の奥に、わずかに気まずさのようなものが浮かぶ。

「さっきも言ったが、ここにくるまで、『ムジカ』に上がっているお前の曲を、片端から聴いてきた。壁に貼られたカイバの曲は、お前のものにそっくりだ。あの曲を書いたのは、お前だ、益子」

「もし俺だったとして、何のためにそんなことをしなければならない？　俺を暇人だとでも思っているのか？」

「それをお前の口から聞きにきたんだ。なぜお前は、あんなことをやった？」

益子が歯を見せて笑う。真摯さを取り戻しつつあった彼の瞳が、再び濁る。益子はウィスキーを傾け、答えようとしない。

「間違ってたら言ってくれ」岡部は口を開いた。

「名塚を引きずり下ろすこと。それがお前の目的だったんだ」

益子はじろりと岡部を見上げる。面白がるような表情になっていた。

「益子、お前は名塚の才能に嫉妬していた。あいつのことを羨《うらや》んでいた」

「それはお前のことだろう、岡部くん」

「ああ、俺もそうだ。それは認めるよ」

益子の挑発を受け流して続ける。

「お前の中には名塚への嫉妬心があった。そんな相手が、ある日不可解な自殺をして、音楽を変則的な形で発表した。その音楽は、近年では珍しいほどの一大ムーブメントになった。お前の嫉妬心は最高潮に達した」

益子は何も答えない。

「そこに、名塚からなぜか指とインクが送られてきた。お前はそこで考えたんだ。これを使って、邪魔をしてやればいい。わざとひどい続きを作って貼り出せば、騒ぎは鎮火する」

あの悲惨な「三曲目」のせいで、名塚の曲の評判は地に落ちていた。素敵な曲だったのに、どうしてこんな終わりかたをしたのか。記憶を抹消したい。なぜ三枚目を貼った？　ＳＮＳで流れている意見の大半は、そういったトーンで占められている。

益子は答えようとしない。面白いものを見るように、岡部を見上げている。

「益子。違うなら違うと言ってくれ」

「お前と議論をするつもりはない。お前がそう思うんならそうなんだろ」

「はぐらかすな。葬式っていうのはそういう意味なんじゃないのか？　名塚の曲を葬《ほうむ》れたことを喜んで、お前は……」

「お前がのたまってる与太話は、お前にも適用されるわけだが？　実際にお前は名塚に嫉妬して、ユニットを崩壊させた張本人じゃないか。カイバと指とインクも持っているようだし、どう考えてもお前のほうが怪しいだろ」

「俺はやってない。俺は、あんな曲は作らない」

「何の弁明にもなってないよな、それ。お前は才能はなかったが、パクりくらいならできる。作曲家を廃業して検査員に転身するなど、実行力だけはすごかったじゃないか岡部くんは」

益子の嬉しそうな表情を見るのが、たまらなかった。岡部は話を終わらせることにした。

「もういい。とりあえず、お前が犯人だと認めてもらうぞ」

「おっ、拷問でもするか？　俺はこの通り、したたかに酔っている。いまなら好きなだけ殴れるぞ」

「そんなことはしない。お前がやった証拠が、ある」

岡部はちらりと隣室に目をやった。

「三枚目のカイバは、シタールの音が少し違っていた。一枚目、二枚目と違う音源を使っているからだ」

「それもお前の耳が解釈したことにすぎない」

「現時点ではそうだが、音色は比較も計測もできる。機材を持ってくれれば、物理的に測ることもできる」

岡部は隣室のパソコンを指差す。

「あそこにあるお前のパソコンを起動すれば、三枚目のものと同じ音色のライブラリが入っているだろう。それが証拠になる」

益子の表情から、笑みが消えた。

「自分じゃないと釈明するのなら、パソコンを起動して見せてくれ。ライブラリに入ってるシタールの音源を持ち帰り、それを比較する。お前が無実なら、一致しないはずだ」

「……もし一致したとしても、その音源を持っている人間はたくさんいるだろう」

「そのたくさんの中から、名塚とつきあいがあり、あの三枚目のような曲を書ける人間はどれくらいいる？　そもそも、三枚目を作った痕跡《こんせき》が、パソコンの中に残ってるかもしれない。身の潔白を証明するなら、パソコンを起動してくれよ」

益子は灰が長く伸びた煙草を灰皿に押しつけ、ロックグラスを傾ける。動揺しているのか、あぐらをかいている足で貧乏ゆすりをはじめる。

「益子。もういいだろ」岡部は諭《さと》すように続けた。

「お前の目的は達成されたんだ。俺も、このことを誰かに暴露しようなんて思ってない。ただ、お前のやったことで心を痛めてる人もいるんだ。認めて欲しいだけなんだよ」

「俺はそんなことはしていない。すべてお前の妄想だ。パソコンを見せろだ？　お前、王様か？　自分の要求がすべて叶うと思ってるのか」

「じゃあ、もう何もしなくていい。ただ、普通に生きろよ。こんな生活、普通じゃない」

部屋を見回した。見えない微生物が飛んでいるのか、部屋に入ってから頭皮がかゆい。

「俺はこの生活に満足している。毎日楽しいぞ」

「自分の音楽に囲まれてるからか？　なぜそこまで作曲にこだわる」

益子が岡部を睨む。岡部は怯まずに言った。

「もう作曲家が必要な時代じゃないんだ。別に作曲を続けたいなら、趣味で続ければいい。普通に生活して、趣味で作れよ」

「まるで悪魔のささやきだな。俺はな、作曲以外に何もしたくないんだよ。ものを作ってると、毎日自分の新しい顔を見ることができる。それが楽しくて仕方ないんだ。売れたかっただけのお前には判らないだろう？」

「本当にそれだけか？　作曲生活に満足してるなら、名塚を引きずり下ろすようなことをする必要はない」

「あれは俺がやったことじゃない。人の話を聞いてるのか、お前」

「益子……」

「俺を引きずり下ろしたいのは、お前なんじゃないのか。曲を作ることから逃げたお前は、俺をも堕落の道に引きずり込もうとしている。違うのか？」

益子はあざ笑うように口を歪めた。

「お前はもう何も作れない。今後、曲を作って誰かを幸福にすることもない。俺にはできる。俺は、作れるからな」

益子の言葉は、岡部を揺さぶった。それが伝わったのか、益子は面白そうに酒を飲んだ。

彼を心配する気持ちがあるのは、本当だ。だが、心配の根底には、益子の言うように、作曲家を廃業させたいという気持ちがあるのだろうか。自分の心を掘っていくと醜い本心に突き当たりそうで、岡部は必死にそれを見ないようにした。

「益子……とりあえず、仕事をしないか？」

内面から気持ちを逸らすように、岡部は言った。

「作曲をやめる必要はない。でも、仕事をしたほうがいい。生活が安定すれば、作曲にもいい影響が出る」

「仕事？　何の仕事だ」

「検査員だ」

口にするのに、少し勇気がいった。

「お前が嫌なのは判ってるが、最後まで聞いてくれ。『Jing』の検査員なら紹介できる。俺でもできたんだから、お前ならもっと優秀な検査員になれる。検査員の仕事は忙しくない。作曲も平行してできる。作曲は、仕事の前後にやればいい」

「検査員……」

「そうだ。収入も安定するし、生活を立て直すこともできる。もっと広い物件を契約して、定期的にハウスキーパーを入れろよ。検査員の収入なら、そういうこともできる」

「収入……」

「お前が心配なんだよ、益子」

本心をぶつけると、相手も心を開いてくれると聞いたことがある。

「色々あったが、心配してるのは本当なんだ。少し、考えてくれないか」

益子はいつの間にか、考え込むような表情になっていた。

「確かに、意地になっていたのかもしれないな」

益子は噛《か》みしめるように呟いた。

「俺は無駄に作曲に拘泥していたのかもしれない。考えてみたらこのご時世、俺のような人間が能力を活かせるのは、もう検査員くらいしかないのかもしれない」

「益子……」

「ずっと馬鹿なことをやっていたのかもしれない。こんな風に誰かに心配してもらうのなんか久しぶりで……勝手がよく判らん。でも、礼は言う。ありがとう、岡部」

「益子、こちらこそ、いきなり提案をしてすまなかった。でも、俺はお前のことを……」

その瞬間だった。

益子はロックグラスを振りかぶり、岡部に向かって投げつけた。

グラスは岡部の顔をかすめる。すぐ後ろで、ガラスの砕《くだ》ける音が響いた。中に入っていたウィスキーが降りかかり、岡部の髪を濡《ぬ》らした。

「死ね、クズ野郎」

益子の表情は、一変していた。

「それとも俺の手で殺してやろうか。この部屋には、包丁もあるんだぜ」

「益子……」

「俺に救いの手を差し伸べてるつもりか？　てめえのその下卑《げび》た顔を、なんとか真似して見せてやりたいところだぜ。俺にはとてもそんな顔は作れんがな」

益子は腰を上げようとするが、立つことはできなかった。膝が崩れ、その場に倒れ込んでしまう。

手を差し伸べる。益子はその手を、ものすごい勢いで振り払った。

「帰れ。空気が汚れる」

「益子……もうこの部屋は充分汚れてる。掃除をしよう。なんなら、俺も手伝って……」

「殺されたくないなら、さっさと帰れ！」

呪詛《じゅそ》のような言葉だった。全身の毛が逆立《さかだ》った感じがした。益子は目をむいて岡部を睨みつけている。

——お前の努力は認めるよ。お前はまだ伸びる。

鬼の形相をしている益子を見ながら、そう言って微笑んでいたときの彼の表情を思い出した。自分たちはいつの間に、こんなことになってしまったのだろう。

「益子。またくる」

返事はなかった。岡部は逃げるように部屋を出た。

11

翌日は、朝からずっと『Jing』の検査をやっていた。

最近色々あったせいで、仕事が滞っている。気持ちは重かったが、そんなことで業務をストップさせるわけにはいかない。茂木からはまだ何も言われていないが、信頼を失ってからでは遅い。

十九時。終業時刻を迎えたところで、岡部は全身に着けた機器を外した。感じていた巨大な影が消失し、日常の風景が戻ってくる。そのままベッドに寝転び、ふーっとため息をついた。

――最近、仕事の負荷が上がっている。

自分の疲労具合を客観的に眺めながら、岡部はそう思った。

仕事以外のストレスが多いこともあるが、仕事自体の難易度も上がっている。検査の内容が、どんどん複雑になっている。

『Jing』の性質を考えると、それは当然のことだった。『Jing』はすでに膨大な学習データを溜めていて、これ以上の進化を目指すならよりニッチな学習をせざるを得ない。

『Jing』は最近世界各地の民族音楽までも表現できることを目指しているらしく、今日聴いていたのはガンガという音楽だった。クロアチアあたりの山岳民族の音楽で、基本的にはコーラスで作られている。ただし賛美歌のような美しい合唱とは異なり、難解な旋律と二度の不協和音が多用されていて、西洋音楽の文法に慣れた耳には異様に聴きづらい。それを延々と聴いているせいで耳が疲れている。

音楽は、不思議だ。

長調は明るい。短調は暗い。不協和音は聴きづらい。一般論としてそんなことがよく言われるが、人間が音楽を聴いたときになぜそう感じるのかは、生理学的にはまだ説明ができないらしい。それどころか、異なる文化圏に行くと、同じ音楽であっても呼び起こされる感情が異なったりもするそうだ。ジャワの音楽で哀《かな》しみを表現しているくだりが、西洋人には喜びに感じられるという話を、以前聞いたことがある。

人間は子供のころに、その文化の中にある調整感を無意識的に獲得する。周囲から聴こえてくる歌、メロディー、ハーモニー。そういうものを胎内にいるうちから聴き込み、それらが無意識の中に折り重なっていく。やがてそれは巨大な層のようなものを形成し、その積み上がったレイヤーが、巨大な感覚器のように音楽を感知する。岡部の耳にはわけの判らない音の連なりにしか聴こえないガンガも、現地の人間にとっては快楽を伴う音楽らしい。

——僕らは、空港みたいなものなんだ。

名塚の言葉を思い出す。

——そんな風にして溜まっていったものを、みんな再構成しているんだ。

文化圏の中を飛び交う音楽が、そこに住む人々の中に少しずつ溜まっていく。そして、作曲家はそこから新しいものを生み、それを同じ文化圏の中に解き放つ。

波及、と名塚は言っていた。そうやって波及を続けていくこと。それこそが音楽の本質だと。

だが、皆が『Jing』の音楽を聴いている現在、まだそんな考えは有効なのだろうか。

名塚が生きていたら、いまの状況をどう考えていたのだろう。皆が人工知能の音楽を聴き、音楽の波及が止まりつつある世界。この世界を名塚がどう見ていたのか、話してみたかった。でも、もうそんな機会を持つことはできない。

生きていると、色々なものに間に合わない。

益子のこともそうだった。もっと早く彼のもとを訪れていれば、彼をサポートすることはできた

——かもしれない。あそこまで堕ちる前に手を差し伸べられたかもしれないし、関係もここまで決定的に決裂することはなかったかもしれない。五年間の空白が、名塚や益子との可能性を奪っていったのだ。

――でも、もう岡部さんは梨紗ちゃんと会うことはないですよね？

絵美子の声が蘇った。

――ほとぼりが冷めたころに、私のほうから謝っておきますから。

こんなことをしても、意味がないのかもしれない。名塚や益子に「間に合わなかった」ことへの、代償行為なのかもしれない。だが、もう後悔はしたくなかった。

――お前はもう何も作れない。今後、曲を作って誰かを幸福にすることもない。

岡部は、部屋の隅を見た。埃をかぶったキーボードが転がっている。

立ち上がる。そして、キーボードに向かって手を伸ばした。

『オール・オブ・ミー』は、今日も盛況だった。店内に入ると、静かにピアノの音が流れている。舞台上には誰もいないので、生演奏ではなくBGMだ。

アンビエントなジャズとは対照的に、岡部は緊張していた。帰ってしまいたいが、そうはいかない。広い空間の中に空席を見つけ、そこに座った。

「すみません」

岡部は手を上げて、ホール係の男性を捕まえる。

「今日は、綾瀬梨紗さんは出る予定ですか？」

「はい、出演予定です。一時間くらいあとですが」

「少し伺いたいことがあるんですが、いいですか」

「ええ、というよりも……」

そう言うと、ホール係は岡部の背後を指差した。

振り返る。どくんと心臓がはねた。

そこに、梨紗が立っていた。

「……何を考えてるんですか、あなたは」

怒りを通り越し、少し呆れたような声色だった。執着してくる岡部に対し、若干の恐怖心も混ざっているようだ。

「綾瀬さん、先日はすみませんでした」

立ち上がり、軽く頭を下げる。梨紗は困ったように岡部を見つめている。

「知らなかったとはいえ、ひどいことを言ってしまいました。本当にすみません」

「あの、店にこないでください。別になんとも思ってませんから。もう帰っていいですよ」

「あのあと、絵美子さんに事情を聞きました。あなたがどんな思いで音楽に向き合っているのか、少しは判ったつもりです」

「もうそれはいいですから、帰ってください。仕事中なんです。これから、リクエストされた曲を練習して覚えないといけないんです」

「それなんですが……」

岡部はホール係のほうを見た。

「僕も、リクエストしていいですか」

勇気を出して言った。梨紗が不快そうに顔を歪める。

「岡部さん、何かの嫌がらせですか。私に曲を弾いて欲しいなんて」

「そんなつもりはありません。あなたにどうしても、弾いて欲しい曲があるんです」

「まあ、別に嫌がらせでも構いませんよ。私はプロですから、依頼された曲はなんであっても弾きます。迷惑をかけられなくて残念でした」

「だから、そんなつもりはありません。あなたに弾いてもらいたいんです」

「弾いて欲しい曲って、なんですか」

梨紗が反発するように言う。岡部は、小声でも届くように彼女に顔を近づけた。

「綾瀬さん、あなたは力を発揮できていない」

「弾き師をやめろって言いたいんですか？　この場でそんなことを言うなんて、自分が何をしてるか判ってます？」

「違います。あなたが弾いている曲がよくないんです」

ホール係に聞こえないように小声で言ったが、それでも耳に届いてしまったようだった。ほかの客がいるところでそれ以上言うなと、視線で合図をしてくる。

岡部はカイバを鞄から出した。それをホール係に渡す。

「お願いします。これを演奏してください。ここのお客さんにも、聴かせてあげたいんです。綾瀬さんの音楽を」

「……岡部さんが作曲したんですか？」

「違います。でも、弾けば判ります」

岡部はそう言って、カイバをホール係に渡した。梨紗は訝しむように岡部を見ていたが、バックヤードに下がっていく。言われた金額を、岡部は支払った。

弾き師の特殊技能として、短時間で曲を覚えるというものがあるらしい。その日その場でリクエストされた楽曲を、一時間後にはステージの上で演奏する。普通の演奏家ではこんなことは不可能だが、これができない弾き師はその道を諦めざるを得ない。

バックヤードに下がった梨紗は、いまごろ曲を聴いているところだろう。自分が手渡した曲は、彼女の中でどんな感情を生むだろう。

自信はあった。だが、確信ではない。激怒され、演奏を拒否される可能性すらある。そうなったら、梨紗の傷口を広げるだけになってしまう。

だが、いい方向に行けば――。

まだ、間に合うかもしれない。

岡部は、その可能性に賭《か》けていた。

ステージ上に梨紗が現れたのは、きっかり一時間後だった。

出てきた梨紗は、一礼をする前に、じっと岡部のほうを見た。怒気を含んだような、鋭い眼光だった。

――駄目か……。

諦めかけたが、岡部は梨紗の目を見つめ続けた。

一瞬、梨紗の目が緩んだ。固く結ばれた紐《ひも》が、わずかにほどけたような感じだった。その真意を確かめようと身を乗り出そうとした瞬間、梨紗は一礼をし、ピアノの前に腰掛けた。

梨紗は精神を集中させているのか、じっと目を閉じている。

たっぷりと間が空く。会場が少しざわつきはじめる。異常事態を察する会場の中で、梨紗だけが低い温度で佇んでいた。

梨紗はようやく目を開き、左手を鍵盤の上に置いた。

最初の音――。

その音が鳴った瞬間、岡部の背筋に鳥肌が立った。

雑味のない、透き通るような音色。それが、今日はさらに純度を増していた。店内のあちこちにあるランタンにひとつずつ灯《あか》りがついていくように、紡がれる音のひとつひとつが店内を暖かく満たしていく。ランタンがひとつずつ微妙に違うように、岡部の目には様々な光のグラデーションが見えた。

梨紗を中心に、客席の空気が変わる。以前はショーを見るようだった観客が、梨紗の音楽自体に惹かれている。

——特別なステージだ。

『心を彩るもの』でも、何度かあった。演奏者と観客が、供給する側と受容する側に分かれるのではなく、音楽のもとにひとつになる。「弾く」と「聴く」ではない。その場で生まれている音楽に全員でつながり、共有する。いま『オール・オブ・ミー』で醸成されつつある空気は、まさしくそれだった。

岡部が渡したのは、名塚の音楽だった。

正確に言えば、名塚が作った曲の書き起こしだ。彼が昔、習作として作っていたギター用の曲を、左手ピアノ用に手直しをした。ギターは六音、左手ピアノは五音を同時に鳴らせる。極端に難しい曲でなければ、そのまま演奏することができる。

技巧的に難しい曲ではない。先日ここで聴いた音楽のような無理な部分はなく、シンプルに書かれている。

ゆとりを持った作りの中、梨紗は自由に音楽を表現していく。

水を得た魚のようだった。梨紗の左手は、優美に動いている。楽譜に含まれている余白を存分に使い、音楽を活写していく。音符の隅々にまで生命力を行き渡らせ、瑞々《みずみず》しい絵を描いていく。楽器は違えど、梨紗はもともと音大に行くレベルの人間なのだ。ピアノの技術は拙《つたな》くとも、内面に育《はぐく》まれた芳醇《ほうじゅん》な音楽的イメージがある。

音色が、どんどん魅力を増していく。透明な音色の中に、キラキラと細かい光の粒がきらめき出す。

音楽を聴いていると、ときどき奏でられている音楽が、演奏している本人そのものだと思えることがある。この演奏もそうだった。梨紗の感性や肉体性が、音になって次から次に空間に解き放たれ、彼女本人が音楽になり会場に満ちているようだった。

——名塚に聞かせてあげたかった。

そう思いながら梨紗を見つめていた岡部は、そこで虚をつかれた。

梨紗は、かすかに笑っていた。

死んだような表情で仕事をしていた彼女は、光の中心で、楽しそうに音楽と戯れていた。

——間に合った。

そう、思った。彼女の仕草や表情を見ているうちに、胸が熱くなっていくのを感じた。

12

久々に、心の奥が満ち足りていた。

『オール・オブ・ミー』からの帰り道。夜風を感じながら、岡部は懐《なつ》かしい気持ちを抱えていた。

友人のバンドに、曲を提供した。発注を受けて、曲を納品した。『心を彩るもの』の舞台で、「作曲」をした。

曲を作る。それを発表して、聴いてもらう。作曲によってしか充足しないものがあるということを、長い間忘れていた。

――久しぶりに、作ってみようか。

自分で書いたわけではない、他人の曲を編曲しただけでこれだけ満ち足りた気分になるのだ。作ってみたいという欲求が、泉のように湧いている。発表の当てがあるわけではない。ただ、作りたいから作る。『Jing』がまだなかった、十代のころのように。

――名塚。

マンションのエントランスまできたところで、名塚の顔が脳裏をよぎった。

名塚の一件に巻き込まれて以来、不思議な流れが続いている。五年間遠ざけていた作曲との距離が、急速に近づいている。

書け。作れ。名塚に、そう言われている気がする。勝手な思い込みかもしれない。ただ、この流れは、名塚の死からはじまったのだ。

エレベーターに乗る。住んでいる十階を押す。

名塚の自殺の謎は、まだ解明されていない。

判ったのは、二枚目以降のカイバを益子が貼っていたということだけだ。名塚が何を考えていたのか、それをきちんと知りたい。

だが、今日は疲れていた。もう二十三時に近づいている。ゆっくり眠って、明日に備えなければ。

部屋に入る。AIが照明をつけ、エアコンを調節してくれる。リビングの椅子に座り、店内で切っていたスマートフォンの電源を入れた。

その瞬間、スマートフォンがブルブルと震えた。何かの通知が大量にきたのか、長い時間にわたってバイブレーションが続く。

なんだろう？　岡部は画面を見た。そこで固まった。

大量の通知は、着信だった。十二件もの着信が、スマートフォンに届いていた。

発信者は、益子だった。

一時間前くらいに、ほとんど間隔を置かずに着信が続いている。

留守番電話を見ると、三件の記録があった。震える手を押さえながら、岡部はそれを聞いた。ずるずると、よく判らない音が聞こえ、その合間に不明瞭《ふめいりょう》なうめき声が入っている。なんだか判らないが、明らかに普通の状態ではない。三件ともその調子で、用件はよく判らなかった。

折返しの電話をかける。だが、コール音が鳴るだけで電話はつながらない。

──なんなんだ？

疲れていたが、考えざるを得なかった。益子は、なぜ電話をしてきたのだろう。

もう一度留守番電話を聞く。だが、入っているのはずるずるという音とうめき声だけで、ほかには何もない。泥酔して電話をかけてきただけなのだろうか。

──名塚を引きずり下ろすこと。それがお前の目的だったんだ。

益子にそう言ったことを思い出す。名塚のムーブメントを終わらせるために、益子はあえてひどい曲を作って貼り出した。岡部の推理は、それだった。

──だが、果たしてそうなのだろうか？

疑問が湧いてくる。疑義を発しているのは、自分の中に先ほど生まれた充足だった。作曲家としての喜びが、自分の推理を否定してくる。

あえてひどい曲を作る。そんなことを、益子は本当にするだろうか。

益子はずっと作曲に従事してきた人間だ。作曲家の喜びを、深く知る人間だ。そんな彼が、本当にそのようなことをするだろうか。

だが、二枚目と三枚目のカイバを益子が貼ったのは、間違いないのだ。パソコンを見せろと言ったとき、彼は本当にうろたえていた。

ここから導かれる結論は——。

「まさか」

——葬式だよ。

益子が言っていたことを思い出す。

——ひとりで葬式をやってるだけだ。お前も参列するか？

そのとき、スマートフォンに着信があった。

画面上には、益子の番号が出ている。

「もしもし……？」

「もしもし。岡部数人さん、ですか？」

益子ではない。知らない声だった。益子よりもずっと若い、男性の声。

「私は、町田消防署のものです。この携帯の持ち主のことを教えていただけますか」

電話口の男は、続けて言った。

「自殺を図ったんです。いま、緊急搬送中です」

13

睡眠薬と向精神薬のオーバードーズ。

益子の自殺方法は、それだった。

彼は以前から、心療内科に通っていて、いくつかの薬を服用していたらしい。処方されていたそれらをまとめてウィスキーで流し込み、自殺を図ったのだそうだ。薬を飲んだあと、意識が朦朧としたのか部屋の中で叫び声を上げていたところを通報され、警官が現場に着いたときには、完全に失神していたらしい。

益子の飲んだ量は、致死量を超えていた。

大量の薬剤を飲むのは大変だそうだ。吐き出《はきだ》したくなる欲求をこらえながら、ひたすら錠剤を胃に流し込む。益子は一粒も吐き出さず、すべての薬をきっちりと飲み下していた。絶対に自分を殺すのだという殺意の濃さが、そこに表れていた。

岡部は階段を上っていた。

足が重い。リノリウムの床を革靴が叩くコツコツとした足音が、やけに鈍《にぶ》く感じる。

その鈍さの正体は、恐怖だった。ここから早く逃げ出してしまいたい恐怖。

部屋の前に立った。怖いが、帰るわけにはいかない。意を決し、中に入った。

ベッドに、長髪の男が寝かされていた。

髭は綺麗に剃られている。髪は伸び放題だが、洗われているようだ。身体を取り巻いていた雑菌がすべて消毒されたような、過剰な清潔感。

「益子」

声をかける。そこで、益子が目を開けた。

「……よう、岡部」

益子が半身を起こす。個室の病室だった。岡部は後ろ手にドアを閉めた。

あの日の騒動から一週間が経っていた。

病院服を着てベッドの上に身体を起こしている益子は、げっそりとやつれてはいるものの、憑《つ》きものが落ちたようにすっきりとしていた。

「どうした、そんな神妙なツラして。死んで欲しかったたか」

「不謹慎なことを言うな。益子、生きててよかった」

「俺が死んでたら、あのユニット三人のうちふたりが自殺したことになる。そうなったら、お前も死なないと恰好《かっこう》がつかない。救われたな」

テンションが高い。また向精神薬でも飲んでハイになっているのかと勘ぐったが、判断がつかない。

薬品の致死量は人によって大きく違い、その日のコンディションも大きく影響するのだそうだ。益子は一般的には致死量と呼ばれる量の薬を飲みながらも、なんとか一命をとりとめた。僥倖《ぎょうこう》としか言いようがなかった。

「なんでこんなことをした、益子」

強い口調で言った。益子はおどけたように口を歪める。

「生きるのに飽きただけだ。俺のようなクズが死にたがるのに、理由なんか必要か？」

「俺はお前のことを、クズなんて思っていない」

「俺は、お前のことをクズだと思っている。お前もそう思ってくれてるとばかり思ってたよ。やっぱりお前とは合わんな」

「少なくともお前はクズじゃない。そんなに自暴自棄になるなよ」

「自暴自棄？　冷静で客観的な現実認識を話してるだけだが？　それとも、『岡部くん、おめでとう。君は素晴らしい人間だ』とでも言って欲しいのか？」

「益子、頼むよ。そんなことを言うのはやめてくれ」

すがるように言った。益子の攻撃的な言葉を聞いているのが、本当につらかった。

岡部の真剣さが伝わったのか、益子は少し真面目な表情になる。

「俺が死のうがどうしようが、お前が気にすることじゃない。もう何年も会っていなかった仲だ。

いまさら心配し合う間柄でもない」

「そうか？　人間関係は会う頻度じゃないはずだ。十年くらい会わない友人なんか、普通にいるだろ？」

「そもそも俺たちは友人じゃない。名塚の死がなければ、一生再会しなかった」

「だが、名塚は死に、俺たちは再会したんだ。俺はお前が助かってよかったと思ってる」

「やめろ、岡部。お前にそんなことを言われると、頭が混乱する。病人を労《いたわ》れよ」

益子の声音に、初めて生の感情が宿った感じがした。本気で嫌がっているようだったが、心に全く響かないよりはよほどましだ。

この状態の益子なら、まともな会話は成立する。岡部は言うことにした。

「益子。この前のことは謝る」

「何のことだ」

「お前を見くびっていた。というより、俺が作曲家の気持ちを忘れていた。お前が名塚を引きずり下ろすために三枚目のカイバを貼ったというのは、訂正する。侮辱して悪かった」

益子の顔を覗き込む。

「お前は、名塚と戦いたかったんだよな？」

益子の瞳が、じろりと岡部を見つめる。

「益子孝明という人間を考えれば、そう考えるのが自然だったんだ。お前は確かに、名塚の成功を面白く思っていなかったとは思う。あいつの成功は運や時代のせいだと言っていたし、見た目や神秘性につられて評価も上がると言っていた」

「そんなもの、負け犬の遠吠《とおぼ》えだ」

「確かに負け惜しみにも聞こえるが、一理ある。音楽を、対等な立場で評価することは極めて難しいからだ。少数の人間に聴き比べをさせたら、好みや偏りが出る。かといって、何万人も集めてブラインドテストをするなんてことは、不可能だ。結局作曲家は、勝ち負けもよく判らないまま、売れたり売れなかったりということを続けるしかない。だが、今回、ある機会が訪れた。名塚と対等に勝負をするチャンスだ」

ハイになっていた益子は、すっかり黙ってしまった。岡部は続けた。

「曲の続きを作り、指紋を捺して壁に貼り出せば、誰もがお前の曲を名塚の曲として聴く。名塚の作った部分よりも高い評価を得ることができれば、名塚を音楽的に超えることになる。お前がやりたかったのは、それだ」

返事がない。だが長年のつきあいで、それが肯定のサインであることはよく判った。

「だが……病人に向かってこんなことは言いたくないが、お前は名塚に負けた。勝てると思っていたのに、勝てなかった。お前がやっていた『葬式』は、名塚の曲を葬ったことを祝っていたんじゃない。自分を葬るための式だったんだ」

岡部は身を乗り出す。

「でも、ショックだったかもしれないが、そんなことで死ぬことはないだろ」

「そんなこと？」

「そうだ。そんなこと、じゃないか。音楽には大勢に受け入れられるものや、少人数に深く刺さるもの、色々ある。名塚はたまたま前者だっただけで、お前の芸術の価値は……」

「お前は何も判ってないよ」

益子が言った。彼と再会してから、初めて聞く口調になっている。嘲る様子も、おどける様子もない、どこまでも真面目な口調。それは、昔よく話していた益子孝明のものだった。

「俺は名塚の遺志を台無しにした。だから死ななければならなかった。それだけだ」

「何のことだ？」

「お前は、名塚がなぜあんなことをしたと思ってる？」

益子は岡部の目を見つめる。その疑問は、岡部もずっと考え続けている。

「名塚は、不安だったんだよ」

「不安？」

「ああ。名塚は、去年まで休んでただろ。作曲をはじめてからずっとトップランナーだった人間が、曲を作れなくなることで初めてレールから外れた。その間にも『Jing』のせいで、音楽市場は縮小し続けていた。名塚は初めて、強烈な不安を覚えたんだと思う。だから、あんなことをした」

いつの間にか益子が会話の主導権を握っている。岡部はその声に耳を傾ける。

「名塚は頼まれた仕事だけをこなし、自殺しようとした。だがあいつは不安だった。自分が死んだ途端、世間から忘れられるんじゃないか。自分の業績は、泡《あわ》となって消えるんじゃないか。だからあいつは死んだあとに、自分の痕跡を残そうとした」

「それは俺も考えた。だが、それこそ名塚らしくないと思うぞ」

「人の気持ちなど判らない。事実の積み重ねから考えるとそうなるって話だ。楽器を壊したというのが何よりの証拠だ。楽器を壊すなんて、話題性を高める以外の何の目的がある？」

「それはまあ、そうかもしれないが……」

「カイバを送ってきた件もそうだ。あれは、話題が収まったころに貼り出してくれという意図があったんだ。そうやって、話題性を長く引き伸ばして欲しいと、名塚は願っていた」

「それはおかしい。秘書の渡辺さんを覚えてるか？　それをやるんなら、俺たちじゃなく、渡辺さんに頼むはずだ」

「彼女に醜いところは見せたくなかったんだろ。俺たちなら適任だ。あいつとは長年会ってなかったわけだし、後腐れがない」

益子の推理は、岡部がたどった推理と同じだった。彼のことをよく知るふたりが、同じことを考えている。

これが、真相だろうか。あの名塚が、本当にそんな変節をしてしまったのだろうか。

「益子。もうひとつ、いいか？」彼に聞いておきたいことがあった。

「お前……本当に、名塚に勝てると思っていたのか？」

益子がじろりとこちらを見た。

「いまのお前にこんなことを言うのは酷かもしれないが……俺には、お前の曲はいいものだとは思えなかった。観客の理解を考えていないというか、音楽を他人に聴かせる態度には見えなかった。昔のお前は、違っていたよ。難しかったけれど、そんなひねくれたものじゃなかった」

「俺が音楽家として退化している。そう言いたいのか、お前」

「そうだ」

益子は、岡部の曲に対しても率直な苦言を呈《てい》することが多かった。素直に答えることが誠意だと感じた。

益子は苦々しい表情になり、視線を落とす。

沈黙が下りた。岡部は益子の顔を見続けた。いつもは挑むように岡部を見返してくる益子は、うつむいたままこちらを見ようともしない。

「作者は、自分の曲を客観的に聴くことはできない」

ようやく益子は、口を開いた。

「お前も知っているはずだ。細部まで知り尽くした自分の曲を、他人の曲と同じように聴くことはできない。その上で最善を尽くすのが俺たちの仕事だ」

「最善を尽くした結果が、あれなのか？」

「そうだ」

益子の表情が歪んだ。

「岡部。俺にはもう、よく判らないんだよ」

「何がだ」

「客が何を聴きたいのか、俺にはもうよく判らないんだ」

「お前……そんな、人の評価なんか気にするタイプじゃないだろう」

「そうだと思っていた。俺は俺のいいと思うものを作ればいいと思っていた。だが、成功している名塚を近くで見ていると、よく判らなくなった」

「益子……」

「違うものを作ったほうがいいのか？　今度はこっちか？　やっぱりこうか？　そんなことをやっているうちに、自分の音楽が聞こえなくなってきた。無理やり作り続けてるうちに、自分は何がいいと思っているのかすら、よく判らなくなった」

益子の口調は冷静だった。冷静に話さないと感情が溢れてしまうから、無理して抑制しているような感じだった。

「そうこうしてるうちに、人工知能が曲を作るようになった。もうわけが判らねえよ。いまの世界は、作曲家にとってつらすぎる。こんな世界を相手に何を出していけばいいのか、俺にはもう判らないんだ」

「でも……お前には、お前にしかできない表現があるだろ？」

「本当にそうか？　俺にしかできない表現？　そんなものがあるのか？」

「益子……」

「お前も言ってただろ。仮にそれがあったとしても、いずれ人工知能で再現できるんじゃないのか？」

答えられなかった。言葉を探したが、彼にかけるべきものが見つからない。

一縷《いちる》の望みにすがるような目をしていた益子は、そんな岡部を見て、諦めたように目を閉じた。

14

岡部は、空っぽになっていた。

本来なら就業時間中だというのに、ベッドに寝転び、天井を見上げている。

こんなことは、五年間で初めてだ。毎日安定的に仕事をこなしていたはずなのに、どうしてもその気力が湧いてこない。

――俺にしかできない表現？　そんなものがあるのか？

益子の言葉が、ぐるぐると頭を巡っている。

『Jing』は、あらゆる音楽を表現できるようになるために、いまも学習を続けている。ということは、まだ『Jing』では作れない音楽があるということだ。益子の難解な音楽を、『Jing』で表現するのは難しいだろう。

だが、それも時間の問題だろう。いつの日か『Jing』は学習を終え、検査員は不要になる。と同時に、人間が作曲をする意味は、その日に完全に失われる。それがいつになるかは判らない。来年かもしれないし、百年後かもしれない。

曲を作ろうという衝動は、雲散霧消していた。あの益子の問いかけを前に、自分が曲を作る意味があるのか、改めてよく判らなくなっている。作りたいから作るといっても、実際に作り出したら、自分は益子と同じ煩悶《はんもん》に苦しむことになるのではないか。苦しんだ挙句凡庸なものしかできないのなら、苦しむ意味はどこにある?

ふと、枕元《まくらもと》のスマートフォンに着信があった。見ると、茂木からの電話だった。

「はい、岡部ですが」

茂木から電話がくるのは珍しい。恐らく、サボっていることへの抗議だろう。検査員はウェブカメラ越しに勤怠をチェックされている。怒られることを覚悟しながら、岡部は電話に出た。

「ああ、岡部さん。いま大丈夫ですか?」

「はい、大丈夫ですが」

「岡部さん。今週の金曜、うちにこれません?」

「クレイドルにですか? 行けますが、その日の検査が遅れてしまいますよ?」

「ああ、構いません。岡部さん。『かいちょう』と、お話ししてみませんか?」

何を言われているのか判らなかった。かいちょう、という言葉が「会長」であることに、三秒ほど遅れて気づく。

「会長って……まさか」

「はい、霜野鯨会長です」

——霜野鯨。

そんな名前が出てくるとは、想定外だった。五年間クレイドルと仕事をしているのに、一度も出たことのない名前だ。

「霜野さんって、まだクレイドルと関わりあったんですか」

「ありますよ。僕も会ったことないんですけどね。会社の中にいるとは聞くんですが」

「会社の中にいるって……じゃあ、あの噂は本当だったんですか?」

「ビルの最上階に住んでるって話ですよね。本当だと思いますよ。実際に僕らはそこまでは行けないし」

茂木の言葉は、とても自社のトップを語っているようには聞こえない。会長と社員との間に、相当な距離が置かれているのが判る。

「ちょっと上のほうで決まった話らしくて詳細は判らないんですが……最近会長が古参の外注さんと話をしたいと言ってるらしいんですよ。外部の人と話して、新しい知見を得たいとかで。岡部さんもそのリストに入ってるみたいなんですが、どうです？　会ってみますか？」

「ええ、まあ、興味はありますが……」

「じゃ、時間調整してお知らせしますよ。万が一僕のことを聞かれたら、茂木はとてもいい社員で、頑張ってるって答えてくださいよ」

茂木は冗談っぽく締めた。岡部は愛想笑いを返し、電話を切った。

電話を切ってからも、しばらく混乱が続いた。こんな話が降ってくるとは、何分か前まで考えもしていなかった。

霜野鯨は、『Jing』の生みの親だ。

クレイドルの創業者であり、現在は会長に納まっている。音響工学の研究をしていて、二十五年前にクレイドル社を設立。人工知能による作曲ソフトとして『Jing』をリリースした。『Jing』が隆盛を誇り出したのが、八年ほど前。そのころから霜野は露出が少なくなり、社長業を同僚に禅譲してからは人前にほとんど姿を見せなくなっていると聞く。

以前、ビジネス誌に掲載された霜野鯨のインタビューを読んだことがあった。確か「電気じかけのクジラは歌う」というタイトルで、もう人間は作曲をする意味がないと言わんばかりの、挑発的な内容だった。それ以降、霜野はメディアには出ていない。体調不良説や、クレイドルとは縁を切り外国に住んでいるという説、もう死んでいるという説まであった。

流布されている説には、もうひとつ有名なものがあった。

霜野会長は、クレイドルビルの最上階に住んでいる。

自社ビルの最上階に会長専用のフロアがあり、霜野は一年中、そこで生活を送っている。食料や必要なものは随時専門のスタッフが搬入していて、そこから出ることはない。

あまりにも荒唐無稽《こうとうむけい》で眉唾《まゆつば》ものの噂だと思っていたが、茂木の話を聞く限り正しかったようだ。

自分がそんな場所に招かれていることに、まだ現実感が伴わない。

こんな話もある。霜野会長が住む最上階のフロア。彼を知るものの間では、その場所を畏敬《いけい》の念を込めてこう呼んでいる。

——鯨の庭。

15

クレイドルのビルは、十四階建てだ。一階にはエントランスやカフェスペースがあり、オフィスが入居しているのは二階から上になる。

エントランスホールにあるエレベーターでは、最上階手前の十三階までしか行けない。岡部はそのフロアの廊下を、ふたりの男と歩いていた。ひとりは茂木で、もうひとりは社長の秘書という男だった。

「普段は社長のアテンドをしておりまして、会長周りの業務はノータッチなのですが、会長はいま秘書もつけておらず……このようなことは初めての試みですので、私が臨時で調整を行っております」

秘書は歩きながら言う。五十代くらいの白髪の男性で、所作にも口調にも隙《すき》がない。隣を歩く茂木も、緊張しているようだった。

廊下を奥のほうに進むと、そこに小さな扉があった。秘書がそこを解錠し開くと、その奥は小さなエレベーターホールになっている。エレベーターに昇降ボタンはなく、壁の横に黒いパネルがある。

「掌紋でバイオメトリクス認証をかけております。ここから先は、本来は会長しか立ち入れないスペースなのですが、この面談期間中のみ、私の生体情報でも開くようにしました」

秘書の男性は、パネルに手のひらを押しつける。静かにエレベーターが開いた。

会長室に行くだけなのに、異様な警戒態勢だった。これだけロックがかかっているのなら、茂木が一度も見たことがないというのも不思議ではない。

「霜野が待っております。どうぞ、お進みください」

エレベーターの中に通される。

奇妙なエレベーターだった。内部は真っ黒に塗られており、ボタンがひとつもなく、外側からしか操作ができないようだ。違法建築のように思えるが、大丈夫なのだろうか。

「行ってらっしゃいませ」

秘書が頭を下げるのを見て、茂木が慌てて腰を折る。エレベーターが閉まりはじめる。ふたりとも、エレベーターの扉が閉まるまで、その体勢のまま微動だにしなかった。


闇だった。

エレベーターが閉ざされると、内部は完全な闇に包まれた。

わずかな光すら漏れてこない。遮光性の高い造りをしている上に、エレベーターの通り道にも光がないのだろう。凝縮された夜の中に閉じ込められた気がした。

ゆっくりと、エレベーターが動き出す。上部のロープが巻き上げられていく音が、静かに響く。ゆっくりと上のほうに移動している。そのはずなのに、なぜかそういう感じがしない。上に向かっているはずなのに、反対方向に沈んでいくようにも感じられる。

下のほうへ。闇の底へ。

どれくらいエレベーターに乗っていただろう。たぶん、ほんの数秒のことだったと思うが、岡部にとって、その時間はやけに長く感じた。

不意に、音もなくエレベーターが開いた。

一気に、世界が開けた。

そこは、海の中だった。

青く澄んだ海水。上部から降り注ぐ太陽光。はるか向こうまで続く海底と、銀色にはためく小魚の魚群。ごつごつとした岩場に、花のように咲くイソギンチャク。どこまでも広がる海底が、そこに広がっていた。

エレベーターで地底まで下り、海の中に出てしまったのか？　いや、そんなわけはない。岡部は目を凝《こ》らした。

これは、精巧に作られた映像だ。

ワンフロアぶち抜きで作られた広大な空間、天井、壁面、そのすべてにリアルな海中が映し出されている。それだけではない。床はガラス張りになっており、その下の空間にも映像が流れている。

呼吸ができていることに、戸惑いを覚える。それほどの、圧倒的なリアリティだった。

ここが、『鯨の庭』……。

「岡部数人くん」

声がした。そちらを向くと、黒い人影があった。

「気に入ってくれたかな、それとも情報処理の速度が追いつかず、まだ認識が充分にできていないか」

人影はゆっくりと近づいてくる。人ではない、何か虚《うつ》ろなもののように見えた。靴の底がガラスの床を叩いているはずなのに、足音が全くしない。

「この映像は、ダイバーやロボットに撮影させたものではない。人工知能がリアルタイムにレンダリングし、全天球に投影しているものだ」

男は両手を広げて言う。

「海底の形状。上方から降り注ぐ光量。海中を泳ぐ魚の種類や速度。毎日新しいものが作られ、流される。もちろん、適当に作られたものではない。『Jing』と同じで、人工知能に毎日海中の映像を読み込ませ、学習させた結果だ。もう何年もこの中で生活をしているが、見たことのない景色ばかりだよ」

いつの間にか、男は岡部の前に立っていた。

白いシャツに、ジーンズ。頭部には髪がなく、顔立ちは猛禽《もうきん》のように彫りが深い。もうすぐ還暦と聞くが、身体には健康的な厚みがある。背が高く、動物としての強さのようなものを感じる。

「霜野鯨です。はじめまして、岡部数人くん」

手を差し伸べてくる。握り返すと、岩の表面のように固い。

——飲み込まれている。

そう、感じた。霜野の佇まいや黒いエレベーター、この異様な空間。それらに自分は飲み込まれている。

この空間は、そのための装置なのだろうか。ここに招いた人間を臆させ、飲み込むための演出。

でなければ、こんな馬鹿げたものをわざわざ作る理由がない。

「別に虚仮《こけ》おどしのつもりではないよ。この部屋も、あのエレベーターも、純然たる私の趣味だ。現世から離れた、幽玄な場所を造りたかったのだよ」

岡部の考えを読んだように、霜野は言う。

「まず、食事にしよう。用意をしておいた」

霜野は空間の隅を指差す。スクリーンの明るさに反してフロア自体は暗く、向こうのほうに見えるテーブルセットも黒い影が見えるだけだ。そちらに向かって歩き出す霜野に、岡部も続いた。

「哺乳類《ほにゅうるい》はもともと、海の中からやってきた」歩きながら、霜野が言った。

「少し珍しい名前をしているものでね。子供のころから、海というものに興味があった。人類の身体には、我々が海の中にいたころの名残《なごり》が残っている。何か、判るかね」

正解かは判らないが、ピンとくるものがひとつあった。

「耳、ですか……？」

「ほう、なぜそう思う？」

「海中は暗いので、目は見えません。イルカは、超音波をソナーとして使って、周囲を把握していると聞いたことがあります。人間の耳が目のように閉じられないのも、聴覚の情報がより大事だったから、ではないですか？」

「ユニークな説だが、違う。そもそもイルカは超音波を耳で聞いているのではなく、顎の骨で聞いている。彼らが目が見えないというのも誤解だ。鯨は暗いところでも反射膜という機構を使い、視力を確保することができる。シャコのように、人間には知覚できない光や色を見る生物もいる。海の中は暗闇などではなく、豊かな色彩に満ちているのだ」

霜野はそう言うと、自分の腹のあたりをさすった。

「答えは、羊水だ」

「妊娠中の女性の胎内にある、羊水ですか？」

「その通り。羊水の組成成分は、海水のそれに近いと言われている。祖先が海の中にいたころの名残が、身体の中に残っているのだよ。我々はいまでも、海から生まれてくるのだ」

テーブルセットの前まできた。卓の上には、料理の皿がふたり分載っていた。霜野はその片方に座る。岡部は向き合うように腰掛けた。

「私がこんな環境で生活しているのは、別に酔狂でやっているわけではない。私は事業をすべて同僚に譲り渡し、落ち着いて思索ができる場所が欲しかった。人によってそのための最適な環境は異なるだろうが、私の場合はここだった。私たちにとっての根源の場所だ」

「普段は、ここで生活をされているんですか？」

テーブルを挟んだだけなのに、暗くて霜野の表情はよく見えない。彼がわずかに頷くのだけが見えた。

「人間は脆《もろ》いように見えて、意外と環境適応性の高い動物だ。ペルーの高地では、標高五千メートルの村落で生活をしている集団がいる。防寒をすれば氷点下五十度にも耐えうるし、飽和潜水をすれば水深七百メートルでも活動できる。この部屋でずっと過ごすことなど、それに比べれば造作もないことだ」

「食事は、どうされてるんですか？」

「自分で作るよ。食材は三日に一度、運び入れてもらっている」

「この食事も、霜野さんが作ってくださったんですか」

「もう三十年以上もベジタリアンなものでね、味気ない食事だったら申し訳ない」

岡部はテーブルの上に目をやった。

皿は、全部で四つあった。焼きたてなのか、香ばしい匂《にお》いを放っているパン。トマトのマリネ。グリルしてある野菜。そして、白濁したスープ。最後の一皿だけ、正体がよく判らない。

「ベジタリアンだが、ヴィーガンではない。それは、ゲイニュウを使ったスープだ」

「牛乳のスープ、ですか？」

「違う。鯨の乳だよ」

霜野はそう言って、おもむろにパンをちぎった。それを白いスープにひたし、口に持っていく。

「鯨の乳なんて、取れるものなんですか……？」

「とある筋から分けてもらっている。乳といっても、鯨乳は半分近くが脂肪分だ。鯨は水中で授乳しなければならないので、粘度の高い乳を出し拡散を防ぐ。溶けたチョコレートのようなものだと考えるとイメージがしやすいかな。シロナガスクジラは、一度にその乳を四百から六百リットルほど排出する。栄養価は極めて高く、巨大な子鯨の成長を支えているのだ。ベジタリアンにとって、良質なタンパク質の確保は課題だ。鯨乳はそれを補ってくれる」

霜野はそう言って、スプーンでスープを掬《すく》って口に運ぶ。得体のしれないものを飲んでいる彼を見て、胃のあたりが重くなった。

「嫌がることはない。少し癖《くせ》があるが、美味だよ」

――通過儀礼か？

特別なものを食べることで、仲間として受け入れられる文化は、世界中にある。どこかの食人部族では、対立部族の人肉を食べることが通過儀礼になっていると、何かで読んだことがある。

気がつくと、霜野はじっと岡部のことを見ていた。未知の事態にどう対処するのか、岡部の器を測っているようだった。

断るという選択肢はない。岡部は目をつぶり、鯨乳のスープにスプーンを突っ込む。そして、ゆっくりとそれを口に運んだ。

――美味《うま》い。

獣臭《けものくさ》いかと思っていたが、全くそんなことはなかった。滑《なめ》らかな口当たりで、ミックスナッツをかじったような独特の甘みがある。そこにコンソメの塩気が混ざり、味のバランスがいい。

少し拍子抜《ひょうしぬ》けしながら、食事を口に運んでいく。食べはじめると、手が止まらなかった。サラダもグリルも、もとの野菜がいいのか、味と香りが濃い。野菜中心の食事にもかかわらず、食べ終えてみるとかなりの満足感があった。

「さて、遅ればせながら、今日はご足労ありがとう」

ナプキンで口を拭《ぬぐ》いながら、霜野が言う。

「弊社のために働いてくれている人々に会い、外部からの話を聞いておきたくてね。わがままを言わせてもらった。わざわざきてくれたことに感謝する」

「いえ、呼んでいただけて光栄です」

「岡部くん。検査員の仕事は、楽しいかね」

ストレートな問いだった。最近の煩悶が表に出ないよう取《と》り繕《つくろ》いながら、岡部は言う。

「はい。楽しいことばかりではありませんが、やりがいはあります」

「充実しているということかね？」

「はい、充実していると思います」

「それは、どういう質の充実かね」

霜野は水差しからワイングラスに水を注ぎ、それを傾ける。

「仕事の充実にも、様々な段階がある。職務内容はつまらないが、充分な給与を得ているから充実しているというケースもあるし、その逆もある」

「報酬には満足しています。仕事の内容も、自分に向いていると思います」

「報酬に満足している、手元のタスクをこなしていくのが楽しい、そういう類の充実ということかな。悪くはないのだが……あまり高い層での充実ではないな」

「高い層とはなんですか？」

「事業のビジョンに共感し、その実現のために主体的に動く。それがもっとも高い層での充実だ」

「でも、お金や楽しみも大事だと思います。無給では働けません」

「極論は好きではない。世界のあらゆるものは、様々な要素の濃淡で構成されている。君の中でどの部分が濃いのか、そういう話をしている」

霜野は指を組んだ。

「岡部くんは、もともと作曲家だったそうだね」

自分のことを調べられていることに、岡部は少し驚いた。

「時代の寵児《ちょうじ》……ではなかったが、生活に困らない程度には仕事があった。ゲーム音楽や劇伴、アーティストへの曲の提供など、幅広い仕事をこなしていた。だが五年前に作曲家としての活動をやめ、検査員の仕事に転身した」

岡部は頷いた。前歴がすらすらと出てきたことから、霜野がそれをきちんと読み込んできていることを感じる。

「作曲家から検査員に転身した人間は何人かいるが、長く続いた人はあまりいない。君はレアケースだ。ここでひとつ疑問なのだが……君は本当に検査員という職に充実を感じているのだろうか」

「何を仰りたいんですか」

「物作りの魔に囚われた人間は、なかなかそこから抜け出せない。作曲家出身の検査員が長続きしない理由がそれだ。検査員の仕事自体に興味はないが、手元にあったスキルを勘案し、もっとも稼げる最適解の仕事を仕方なく選んでいる。君はそうではないのかね」

「最初は、確かにそういう面があったとは思います。ただ、やっているうちに自分なりのやりがいは見つけられていると思います」

「だが、事業の内容に深い関心を持っているわけではあるまい」

霜野の口調は、鍵盤の同じ音を叩き続けるように一定だった。詰問に近い強い言葉を吐いているのに、そこにあるべき感情が伴っていない。

「『Jing』の事業の、目的というのはどういうものなんですか?」

「音楽を、次の段階に進めることだ」

当たり前のことを答えるように言う。

「私が物心ついたときには、もう音楽は死んでいた。商業音楽家たちは過去の達成をリサイクルすることに明け暮れ、未知の何かを生もうとすらしていなかった。現代音楽も狭い世界で先鋭化されすぎて、その突端で生まれるものは細く、世界を強く揺さぶる力を持たなかった。その状況を打破するために『Jing』は生まれた」

「人工知能が、全く新しい音楽を作る。そういうことですか?」

「新しい? 新しいとは、何かね」

「いままでに聴いたことがない音楽、ということです」

「ふうむ……」

霜野は呟くと、左手に嵌めている時計を操作しはじめた。

次の瞬間、部屋全体が鳴りはじめた。天井や壁全体に、スピーカーが埋め込まれているようだ。

「聞こう。これは、『新しい音楽』か?」

流れてきた音楽は、わけの判らない音楽だった。

楽器は、アコースティック・ギター一本だ。四拍子のシンプルな音楽。だが、使われている音がめちゃくちゃだった。メロディーは激しく上下の音域を行き来し、旋律の体をなしていない。伴奏のコード進行もめちゃくちゃで、メロディーと全く合っていない。音楽は一向にまとまりを見せず、生まれる端からバラバラと崩れてしまう。

「これは……『新しい音楽』とは、言えないと思います」

「なぜ言えない」

「こんなものは音楽ではないです。ただのめちゃくちゃでしょう」

「では、音楽とめちゃくちゃの違いは何かね。音は、空気の振動だ。音楽も『めちゃくちゃ』も、音の振動という点では同じだ。『めちゃくちゃ』は何によって音楽になる？」

霜野の話は、いつの間にか深い命題になっていく。「判りません」素直に答えた。

「ゲシュタルト理論、というものを聞いたことがあるかね」

「ゲシュタルト崩壊、のゲシュタルトですか」

「その通りだ。ゲシュタルトとは『ある程度のまとまりを持った構造』のことだ。人間は何かを認識するとき、対象を一定量の塊として認識する。例えば、『あ』という文字を考えてみるといい。人間は『あ』をどのように認識するか。使われている三本の線、それらの位置を計器で計測し、『あ』だと判断しているわけではない。『あ』を塊として認識し、脳内で照合し、抽象的に『あ』だと判断をしている。そのような高度な判断を高速で繰り返すことで、我々は話すより速く本が読める。この判断が狂う状態が、ゲシュタルト崩壊だ」

少し難しい内容なのに、淀《よど》みなく話す。思索と検討の跡が、感じられる。

「音楽も同じだ。人間がどう音楽を聴いているのかは、最新の脳科学研究をもってしても判らない部分が大きい。だが、人間が無意識のうちに次の展開を予測しながら聴いているというのは、間違いないようだ。つまり、人間は、音楽をゲシュタルトとして捉《とら》えているのだ。このゲシュタルトが、形をなさないほど突飛なときに、音楽のゲシュタルト崩壊が起きる。それが、君の言う『めちゃくちゃ』だ。あまりに突飛な旋律、突飛なコード進行を聴かされると、人間はそれを音楽として捉えられなくなる」

「なるほど」

「もう一度聞こう。『新しい音楽』とは、何か」

心なしか、霜野の声は少し楽しそうに聞こえた。

海の底に作られた誰も知らない小部屋で、師と弟子が知恵の継承をしている。そんな幻想的なイメージが浮かんだ。全天球に投影された海の中での、論理的な問答。霜野は岡部を試すようでもあり、導くようでもある。

「ゲシュタルトとして形をなす。ただし、その塊が、いままで見たことのない形をしている。それが『新しい音楽』です」

暗い空間の向こうで、霜野の目が一瞬開くのが見えた。

「正解だ。さすがはベテランの検査員だな」

霜野はそう言って、両手で四角を作った。

「私はこの問題を考えるとき、高い塀に囲まれた庭をイメージする」

「庭、ですか」

「そうだ。その庭の内側で作られるものは、ゲシュタルトとして認識される。先ほど聴いてもらった音楽は、庭の外で作られた音楽だ。我々には認識できず、これを『新しい音楽』とは言えない」

「ちょっと話の筋が、見えないのですが……」

「先ほどの音楽は、『Jing』に作らせたものだ」

霜野は天井のほうを指差して言う。

「人工知能には、『新しい』という概念を理解することはできない。めちゃくちゃに音を組み合わせることで、人間がわざわざ作ろうとしない、聴いたこともない音楽を作ることはできるだろう。だがそれは『新し』くはない」

「つまり……結局、人工知能は『新しい音楽』を作れないということですか?」

「そういうことになるね」

「でも、それは先ほどの発言と矛盾しているように思えます。霜野さんは、音楽を次の段階に進めるために『Jing』を開発した、と聞きました」

「最初はできると思っていた。人工知能を使えば、本物の『新しい音楽』を作ることが可能になると。だが、結果はそうはならなかった。人々が自分のための音楽を作るようになった結果、むしろ凡庸な音楽が爆発的に溢れかえることになった。しかし、考えかたを変えれば、音楽は次の段階に進んだと言えるのではないか?」

「どういうことですか」

「『Jing』の前。作曲家というのは、ゲシュタルトの庭の中で、過去の資産をアレンジするだけの存在に成り下がっていた。『Jing』はそれを代替するようになっただけなのだ」

「人工知能が『新しい』曲を作れないように、人間も『新しい』曲を作れない。庭の中の『新しさ』は枯渇した。そういうことが言いたいんですか?」

「枯渇したのではない。とっくに『していた』のだ。作曲を生業《なりわい》にしていた君なら、よく判るだろう。過去にあったような音楽。どこかで聴いたもの。君も、それを再生産し続けていたのではないか?」

「それは、悪いことなんですか?」

「悪いことではない。ただ、進歩を失った芸術は死ぬ。作曲家の仕事が『Jing』に根こそぎ奪われたことが、それを証明している。ならば、我々のやることはひとつだ。現在ゲシュタルトの庭の中に埋まっているあらゆる楽曲を『Jing』で作れるようになること。それが『Jing』の事業の目的だよ」

提示されたビジョンは、あまり魅力的なものに思えなかった。作曲という行為そのものを、否定されている感じがした。

「ですが、現在も、活躍している作曲家はいます」

少し挑むような口調で、岡部は言った。

「映画音楽で人気を博している作曲家もいます。人工知能の曲は歌わないことを身上にしているアーティストもいて、彼らは聴衆を獲得しています」

「それは単なる先行優位にすぎない。環境が変化する過渡期に、しばしば見られる現象だ。私が若かったころも、音楽の主戦場がストリーミングサービスに移行したというのに、頑《かたく》なにCDにこだわっていたアーティストはたくさんいた。環境が変化する前に成功を収めていた人間は、そのころの貯金で一定期間食うことができるというだけだ。だがそれは、水面に浮かんだあぶくのようなものだ。やがて消える」

「微妙に答えになっていないと思います。人間にしか作れないよさ、独自性。そういうものがあるのではないかと、僕は言っているのですが」

「そんなものがあるとするのなら、それはデータが足りていないか、技術が不足しているだけだ。人間の感性など、充分な環境が整えばいくらでも再現できる」

奇《く》しくも、霜野の言葉は、岡部が益子に言ったことと同じだった。皮肉なことに、啓蒙《けいもう》をする立場だった人間が、全く同じ言葉で啓蒙されている。少し熱くなっていた頭を冷やすように、ゆっくりと深呼吸をする。

「名塚楽、の曲はどうですか」

岡部は言った。

「名塚楽の名前は、ご存じですか」

「この国で音楽を生業にしながら、彼の名前を知らない人間はいない」

「彼が亡くなったことも知っていらっしゃいますか？」

「私は俗世を捨てた仙人ではない。世の中の動きは、きちんと把握しているよ」

「彼の遺作は、いまや日本中で聴かれています。僕の耳で聴いても、名塚の最後の曲は斬新な楽曲でした。これは霜野さんの言う、『新しい』に当たりませんか？」

立て板に水を流すように話していた霜野の言葉が、そこで止まった。

「先ほどのお話では、人工知能に『新しさ』は理解できないというお話でした。ということは、『新しさ』を作り出せるのは、人間だけとも言えます」

「ふむ……」

「それには凄まじい才能がいるかもしれません。でも、天才ならできることです。違いますか？」

霜野は何も答えず、再び時計をいじりはじめた。何かを聴かせるつもりのようだった。

次の瞬間、部屋全体が鳴った。その曲を聴いて、岡部は愕然とした。

それは、名塚の曲だった。

ピアノとストリングスによる静かな楽曲だった。最初のワンフレーズを聴いただけで、名塚の曲だと判るオリジナリティがあった。旋律はトリッキーに動くが、必然性と叙情性を崩さない。曲芸的なのに曲芸のように聴こえない、絶妙なバランスで進行するメロディー。

不協和音や変拍子といった雑味の要素。それらがすべて、きちんと音楽の美しさや楽しさに昇華していく。ピアノとストリングスは絡まるように、ぶつかるように、独自の音楽世界を作り上げていく。

――これは。

口の中が凄まじい勢いで渇いていく。音楽が高まるにつれ、胃が重いもので満たされる。

――こんな曲は、聴いたことがない。

名塚の曲は、すべて聴いてきた。彼が高校時代に書いたものから、壁に貼られたシタールの楽曲まで。彼の仕事量は膨大だったが、そのすべてが岡部の頭の中には入っていた。そのどれとも、この音楽は符合しなかった。

それが何を意味しているか。それを悟ったとき、目の前が真っ暗になった。

「判ったようだね」

霜野が言った。その口元が、わずかに笑っていた。

「名塚楽の曲を作っていたのは、『Jing』なのだ」

16

海中が映し出されている。

青い海の中に、柔らかい陽光が射している。魚たちが光の中で翻《ひるがえ》る。光に照らされ、カラフルな岩肌がはるか向こうまで続いている。

弦楽器とピアノの深みのある音色と、名塚の構えの広い音楽。

偶然なのか、その曲は映像と絶妙に合っている感じがした。音楽と映像が融合し、より豊かな芸術世界を作っていく。その快楽に飲み込まれないように、岡部は映像から目を逸らした。

「嘘です。これは、名塚の曲でしょう」

床に映し出される魚群の光が霜野の身体に反射し、頭髪のない顔が、銀色に染まる。霜野の表情から、笑顔が消えていた。

「二年前、彼がご家族を失った事故のことは知っているかね」

「……はい。もちろん」

「悲惨な事故だった。家族を一瞬で亡くすなど、痛ましいにも程がある。その事故以来、名塚くんは曲を作れなくなってしまった。創作というのは、ときに重い心理的な負担を伴うものだ。浅い喪失は創作の種になることもあるが、深い喪失は創作者の魂そのものを殺してしまう」

「でも、名塚は復帰しました。まさか、それが……？」

「彼から相談を受けたのは、一年八ヵ月前のことだ。自分の曲を人工知能で作ることはできないか。そういう相談だった」

曲が続いている。ピアノとストリングスの艶のある音色が、自分の心を強制的に快楽に導こうとしている。岡部は必死でそれに抗《あらが》った。

「私のところに相談にきたとき、すでに彼は自分なりに『Jing』を試していた。自分の楽曲をすべて『Jing』に読み込ませ、そこから新しい曲を作ろうとしていた。だが、できたものは彼のお眼鏡にかなうものではなかったようだ。名塚くんの曲は特殊すぎて、当時の『Jing』では表現できなかったのだ。そこで、私のところに相談にきた」

霜野はそう言って、痛ましそうな表情になる。

「名塚くんは憔悴していた。そんな彼を見るのはつらかったよ。我々は名塚くんと極秘のプロジェクトを作ることにした。彼は仕事ができずに苦しんでいて、我々は、貴重な知見を欲していた。双方にとって有益なものになることは、最初から判っていた」

「具体的には、何をしたんですか？」

「彼に検査員になってもらったのだ」

「検査員……」

「彼の楽曲を『Jing』に読み込ませ、構造やフレーズを学習させた。同時に、彼が好きな曲、影響を受けたという曲を片端から『Jing』に食わせた。次に、彼の生理的なデータを取った。名塚くんが楽曲を聴く際、脳や生体反応のどの部分が優位になっているのか。脳波、ヘモグロビン濃度……」

「名塚の脳を、トレースしたんですか」

「脳の活動をすべてトレースすることなどできない。名塚くんの脳内でどんな音楽が鳴っているのか、それを学習させたのだ。とはいえ、名塚楽の『新曲』を作るというプロジェクトは、簡単にはいかなかった。きちんと学習をさせているはずなのに、全く違う曲が生まれたりする現象も起きた。だが、あるときに閾値《いきち》を超えたのだろう。名塚くんの曲としか思えないものが、生まれはじめた」

「名塚の、曲が……」

「というよりも、彼を超える楽曲がというべきだろう。それまでの名塚楽の曲よりも優れた楽曲。『Jing』はそれを作ることに成功した」

霜野の口調に、少しずつ熱が帯びるのが判った。

岡部は思い出していた。去年復帰してからの名塚は、様々な曲をリリースしていた。それまで作っていた曲とは趣の異なる曲を矢継ぎ早に出し、完全復活を遂げていた。

「そこから先は、公開されている通りだ。名塚くんは作曲家として甦《よみがえ》った。彼の『新曲』は感動と富を生み、『Jing』は貴重な知見を得てバージョンアップした。全員が幸せになれた、いいプロジェクトだった」

「……ちょっと待ってください。ということは、スタジオの壁に貼られたカイバ……あれも、『Jing』が作った曲なんですか？」

「それは、いまとなっては確かめようがない。もうくだんのプロジェクトは終わり、名塚くんと我々が会うことはなかった。彼が作っていればいいと、願ってはいるがね」

ふっと、曲が消えた。終わりを迎えたようだった。自然と気が緩んでいくのを感じる。音楽に心を持っていかれないよう、負荷がかかっていたのだろう。

「名塚は……おかしくなっていたんでしょうか」

「どういうことかね」

「僕の知る名塚は、人工知能を使うなんて人間じゃありませんでした。それに、死ぬ前にあいつが取った行動も、信じられないんです」

「カイバを貼り出した件かね」

岡部は頷いた。霜野に頼るのは気が進まなかったが、最近の名塚を知る彼の意見を聞きたい気持ちが勝った。

「業績の確定、なのかもしれないね」霜野は答えた。

「彼はずっと人工知能に曲を作らせていた。そのことが発覚することを恐れていたのかもしれない。彼は死に、あのカイバを貼り出すことで、業績を確定することにした」

「名声を確立するということですか？　そんな俗っぽい考えも、あいつらしくないです」

「だから、名塚くんは変わってしまったのだ。でも、それは仕方のないことだ。『Jing』が自分を超える音楽を生み出したときの衝撃は、計りしれない。それまで確立した評価を失うことを、初めて考えたのだろう」

――名塚は変わってしまった。

死ぬ前の名塚を知る霜野の結論も、岡部と益子が至ったものと同じだった。名塚が『Jing』に曲を作らせていたことを知ったいま、彼が業績を失うことを恐れていたことにさらに信憑性が生まれる。やはり、これが真相なのか――。

そのとき、霜野の雰囲気が変わったのを感じた。岡部はハッと顔を上げた。

暗がりの向こうの霜野の表情。それが、一変していた。

「私は、あんなことをした人間を、許さない」

「あんなこと……？」

「名塚くんの遺志を踏みにじった人間だ」

霜野の声音に、激しい怒りが混ざっていく。

「名塚くんは、あのまま伝説の作曲家になるはずだったが、何者かがそれを邪魔した。何者かは、二度にわたってカイバを貼り、指紋を捺した。その結果、高まっていた彼の評価は失われてしまった。私は名塚くんのことを好きだった。事業に協力してもらった恩義もある。友人だった、と思っている」

「友人……」

「誰がやったにせよ、許されることではない」

霜野はじっと岡部のほうを見る。

「あの三つ目の曲は、かなり特徴的な曲だった。人間が作曲したにせよ、人工知能に作らせたにせよ、ある程度音楽的な修練を積んだ人間の犯行だろう。私は、名塚楽に恨みのある作曲家がやったのだと考えている」

「名塚を恨んでいた人なんて、いないと思います」

「恨みという言葉が強すぎるのなら、妬《ねた》みと言い換えてもいいだろう。彼に嫉妬をしていた人間」

岡部は虚をつかれた。霜野が、こちらを見据えていた。

「君かね」

「まさか」

「確証はない。だが、条件に当てはまるのは間違いない。君は作曲家で、五年前まで名塚楽と音楽ユニットをやっていた。名塚くんの成功を近くで見ていただろう」

岡部は唾を飲んだ。

「複雑な曲を作れる素養も、君にはある。指紋やインクについてはどうしたのか不明だが、無関係の人間よりは手に入れやすい環境だったのは間違いない」

「そんな環境はありません。名塚とはもう五年も会ってなかったんです」

「その割に、名塚くんの秘書とは最近頻繁に会っているようだ」

岡部は驚いた。そんなことまで調べているとは思わなかった。霜野は、暗闇の奥から射るように岡部を見ている。

「岡部くん、犯人は君か」

霜野が聞いた。その瞳から、目が離せない。

――この質問をするために、自分を呼んだのだろうか？

隠遁《いんとん》生活を送っているクレイドルの会長が、一介の外注業者と面談をしたいなど、よく考えたら不自然だ。「知見を得たい」という目的のはずだったのに、この場はほとんど霜野が一方的に話している。

彼は、壁にカイバを貼った犯人を探すために、一連の面談をしているのではないか。

名塚の話題を出したのは、岡部からだ。だが、その名前を出さざるを得ないような局面に、いつの間にか会話を誘導されていたのかもしれない。

――理由はなんだ？

許せないといっても、まさか探し出して私刑をするわけではないだろう。ならばなぜ、霜野は犯人にこだわる？

視線が、しばらく交錯する。クレイドルを創業し音楽産業をひっくり返した男の目には、言葉にできない重みがあった。背景では、相変わらず海中の光景がどこまでも広がっている。人間ではない何者かと向かい合っている感じがした。

霜野はやがて、視線を逸らした。岡部の肩越しに、後ろを見ている。なぜか、その口が徐々に開いていく。

「霜野さん……？」

霜野は答えずに、岡部の背後を指差した。岡部は振り返った。

鯨、だった。

深い藍色《あいいろ》の海の中を、灰青色の鯨の影が泳いでいた。

あまりにも巨大だった。細長い紡錘形の輪郭はまるで船のようで、頭から尾までをひと目で見渡すことができない。肌が陽光を照り返し、光を放つように輝いている。巨軀《きょく》にそぐわない小さな目は、眠っているように閉じられている。

「シロナガスクジラだ。なんと、まさか……」

口調が変わっていた。この映像は、人工知能がリアルタイムで作っていると言っていた。一年中ここで生活している彼にとっても、初めて見る光景なのかもしれない。

シロナガスクジラは、ゆったりと天球をまたいで泳いでいる。その姿は、優美だった。何も脅威などないかのように、安息を抱えたまま泳いでいた。

「まさか」霜野が呟く。

シロナガスクジラの前方に、白い雲のようなものがあった。クジラはそちらに向かって、徐々に加速していく。クジラは身体をひねり、長い口を開けた。勢いを増したまま、白い雲の中に突っ込んでいく。

「食事だ」

気がつくと、霜野はスマートフォンを構えている。映像を撮影しているようだった。

「シロナガスクジラは、海に漂うオキアミの群れを丸ごと捕食する。一日に食べる量は、多い個体では八トンだ。これはアフリカゾウの体重よりも重い」

クジラの前方に、またオキアミの白い雲が現れる。先ほどのものよりも、大きな規模だった。

「いいぞ」霜野が呟く。「行け、もう一度だ」クジラは身体をひねり、口を大きく開け、オキアミの群れに突っ込んでいく。「はは、すごい……」クジラの通ったあとには、ほとんど何も残されていなかった。

——俺は、あのオキアミだ。

重なった。巨大なクジラの出現に、為す術もなく飲み込まれていく塵《ちり》のような生物たち。

『Jing』と、作曲家としての自分。

自分だけではない。益子。律。彼らも同じだ。巨大なクジラを前に、抗いようもなく運命を狂わされてしまった人々。

そしてそれは、名塚も同じだったのだ。

あの天才もまた、捕食される立場だったのだ。

「素晴らしい。なんと、素晴らしい……」

シロナガスクジラは口を開け、オキアミの群れへの突入を繰り返している。微小な生物たちの無数の断末魔《だんまつま》の叫びが、岡部の耳にははっきりと聞こえていた。

第　3　章

1

岡部の前には、名塚と益子がいた。ふたりは深刻な表情で、岡部のことを見つめている。

「最低だな、クズ野郎」

口を開いたのは、益子だった。

「クレイドルの犬になるのか。お前は出来の悪い人間だったが、クズだとは思っていなかった。心底、見損なったぜ」

益子は激怒していた。作曲家をやめ、クレイドルの検査員になる。新しい仕事に集中したいから、『心を彩るもの』の活動はもうやめたい。岡部が話している途中から苛立っていた益子は、話の終わりに至って爆発した。

「まあまあ、益子。ちょっと落ち着きなよ」

名塚が取りなしてくれる。その名塚からも、いつもの飄々とした感じが失われていた。珍しく焦っていることが伝わる。

こうなることは判っていた。ふたりにこんな反応をさせていることが申し訳なく、岡部は断ち切るように言った。

「俺には、検査員のほうが向いてると思うんだ」

名塚の目を見られず、うつむきながら話す。

「これから、作曲家の仕事は『Jing』にどんどん置き換わっていく。俺は、音楽を聴くのは好きだ。何時間でも聴いていられる。だから、作曲をするよりも、検査員をやるほうが音楽文化に貢献できると思う」

「言いたいことは判るけど……僕は岡部の曲、好きだよ」

「ありがとう。でも、ＡＩで代替できる程度の曲だ。俺がやる必要はない」

名塚の反論を受けつけずに、岡部は続ける。

「鯨も歌を歌うって言うだろ？　これからの時代は、多くの人が鯨の歌を聴くようになる。作曲の仕事自体がなくなるんだ。でも、天才は例外だ。作曲家の夢は、お前らふたりに託したよ」

益子がどうなるかは判らない。だが、名塚なら大丈夫だ。彼の曲は、ＡＩでは作れない。

いまにも殴りかかりそうな益子を、名塚が手で制す。名塚はそのまま、じっと考え込むように腕を組んだ。

三分くらい、そのままだったと思う。不意に名塚は、ピンと指を立てて言った。

「結婚したときに、新婚旅行でアラスカに行ったんだ」

「アラスカ？」

「そう、アラスカ。アメリカの上のほうにあるあそこ、判るよね？」

突然何を言い出す？　頭が上手くついていかない。益子も少し困惑しているようだ。

「なんでそんなところに行ったかというと、妻がオーロラを見たいって言ったんだ。でも、あいにくオーロラはあまり綺麗に見られなかった。三日に二日は見れるって聞いてたんだけどね……だけど、別の場所であるものに出会えた。なんだと思う？」

「なんだ？　全然判らないが」

「ザトウクジラの群れだよ」

名塚は少し遠い目になる。

「僕はそこで、鯨の歌を聴いた」

名塚はそう言って、岡部の顔を覗き込む。

「岡部。鯨は歌うって言ったけど、その調子じゃ実際に聞いたことないでしょ。本物の、鯨の歌を……」

＊

「大丈夫ですか」

女性の声が聞こえた。目を覚ますと、岡部は電車の中にいた。

何か夢を見ていた気がする。思い出そうとしたが、夢のかけらは霧散するように頭の中から失われていた。

「うなされてましたよ。悪い夢を見ていたみたい」

隣に座っている梨紗が、そう言って微笑んだ。岡部は軽く頭をかいた。

『鯨の庭』に出向いてから二週間。梨紗と店の外で会うのは、二度目だった。

――日本橋のデパートで、ベルギーチョコレートのフェアをやってるんです。よかったら、一緒に行ってくれませんか。

今日の目的はそれだった。日頃食べないチョコレートを多く取り、血糖値が上がりすぎたために電車で眠ってしまったのだろう。こんなにも栄養バランスを欠いた食事を取るのは久しぶりだったが、胸焼けしている岡部に比べ、梨紗は満足そうだった。

自分はどうも、梨紗に気に入られたらしい。

『オール・オブ・ミー』での一件があってから、食事をつきあってくれという話が一度あり、そこから二度目の今日につながった。前回はパンケーキ店、今回はチョコレートフェアと、二回ともあまり縁のない場所に出かけている。

細身の体型に似合わず、梨紗はよく食べる女性だった。前回は二枚重ねのパンケーキを食べたあとに夕食をぺろりと食べていたし、今回もあちこちの店のチョコレートを食べ比べた挙げ句、巨大なチョコレートパフェまで平らげた。甘いものを美味《おい》しそうに食べているときの梨紗は、ステージ上で低い温度を保っている彼女とは別人だった。

笑っている梨紗からは、名塚の面影が窺える。その表情を見ながら、岡部はふと暗い気持ちになる。

『鯨の庭』で受けた衝撃。それが、まだ心の中から抜けていない。

名塚が人工知能を使って作曲をしていたということが、いまだに上手く受け入れられない。カイバを貼り、話題を引き伸ばして業績を確定しようとしていたということも、心の中で処理できていない。

自分は、名塚を信じたかったのかもしれない。

『Jing』がいかに隆盛を誇ろうとも、名塚は曲を作り続け、生き残り続ける。名塚を羨んでいたからこそ、彼には『Jing』によって消えて欲しかったし、同じくらい、『Jing』を超えていて欲しかった。ねじくれた醜い願望が、自分の中にはある。

「来週、期間限定のかき氷を出すお店が上野にあるんですよ」

「……かき氷、ですか。美味しいんですか、氷なんて」

「何言ってんですか！　氷は製氷方法によって全然違うんですよ。ちょっと、来週も空けといてください。おすすめのやつを食べさせてあげますから」

梨紗との何気ない時間が、癒《い》やしになっている。

彼女の笑顔を見ながら思った。梨紗と他愛《たわい》のない会話をしているときだけ、醜い内面から離れることができる。作曲や検査といった厄介なものから、逃れることができる。

「ここが、私の秘密基地なんです」

『オール・オブ・ミー』の近く。住宅地の中に、その場所はあった。

ピアノの練習場だった。築年数の古そうなマンションの一室で、ワンルームの部屋にアップライトピアノとテーブルセットだけがある。ベランダもキッチンもない殺風景な部屋で、窓だけが二重のガラス窓になっている。不要なものが限りなく削ぎ落とされた部屋からは、防音室としての機能性の高さが感じられた。

「『オール・オブ・ミー』のマスターが持っている物件なんです。もともとあそこは若い学生の出演者とかが多くて、そういう人たちに開放していたみたいですけど、いまは学生たちが出なくなったので、私が使ってるんです」

「日頃はここで練習を？」

「はい。ピアノは副科でやってただけですし、ブランクが長かったので、助かってます」

梨紗はテーブルの上にある電気ケトルとティーバッグを使い、ハーブティーを淹れてくれた。カモミールの爽やかな香りが鼻腔《びこう》をくすぐる。

「もう弾き師をはじめて、三年以上になります」

梨紗はピアノをそっと撫でる。

「右手を怪我したとき、結構落ち込んだんです。私は本当にフルートに人生懸けてたので。でも、楽くんに慰められて、左手一本でピアノをやれば音楽が続けられるなって考えるようになって。私、奨学金の返済もあるのでお金を稼ぐ必要がありましたし、こんな自分にできる仕事ってなんだろうって思ったときに、弾き師の仕事を知ったんです」

「弾き師の需要は、高まってると聞きますしね」

「そうだと思います。最初は、楽しかったんです。その場で曲を覚えてその場で弾くのって、できない子も大勢いるんですけど、私は得意だったみたいで。あとやっぱり私は、舞台に上がるのが好きなんです。もう一度スポットライトを浴びれると思ってませんでしたから、そういうことも嬉しくて」

「いまは、あまり楽しくなくなってきたんですか」

「というよりも、慣れました。仕事ってそういうものでしょう」

梨紗はそう言って、達観したように笑う。

ステージの上。冷たい表情で佇んでいた彼女の表情を思い出した。

何が梨紗の身に起きたのか、想像がついた。彼女は美貌《びぼう》の持ち主だ。弾き師としてたちまち人気が出て、多くの客が押し寄せるようになったのだろう。邪《よこしま》な欲望を叶えようとする人間も、それに伴って増えた。無理な曲をリクエストし、汗だくになって弾かせることに喜びを感じるような人間が。だが、弾き師をやめるわけにはいかない。彼女は次第に舞台の上で殻をまとうようになったのではないか。

「それよりも、このピアノ見てください。うちから持ってきたんです」

梨紗は立ち上がり、アップライトピアノの前に腰掛けた。ヤマハのかなり古いものだった。ローズウッドの色合いが、暖かみを感じさせる。

「私の実家、静岡にあるんです。ここを借りはじめたときにちょうどピアノがなくて、子供のころに弾いてた古ピアノを取り寄せました」

梨紗は左手でゆっくりとアルペジオを奏で出す。手入れの行き届いた、レスポンスのいい音がした。梨紗の透明な音が、部屋を満たす。

「古いけど、しっかりと調律もされてるみたいですね。綺麗な平均律だ」

「さすが検査員。耳、いいですね」

梨紗はそう言うと、ドのオクターブを鳴らしてみせる。正確なオクターブだった。ふたつの音が一対二の長さの周波数でぴったりと鳴り、豆電球のような光が見えた。

「岡部さんも、弾いてみますか？」

梨紗がそう言って、椅子を譲ってくれる。岡部は曖昧に頷き、ピアノの前に座った。

ピアノの鍵盤を触るのは、本当に久しぶりだった。白鍵に触れてみて、人工象牙《アイボライト》の感触をすっかり忘れていることに気づく。懐かしかったが、気まずい別れかたをした旧友と再会したような感じもした。

岡部は適当に鍵盤を叩いた。それがラの音であることに、少し遅れて気づいた。

ラ。ラ。ラ。

「何それ。チューニングですか？」

梨紗が微笑を浮かべながら言う。『心を彩るもの』で幾多と繰り広げてきたルーティン。指先がまだ、そのときのことを覚えている。

ラ。ラ。ラ。

目を閉じると、あのときのステージが見えるようだった。チューニングが終わる。左斜め前で益子がベースを弾き出す。右斜め前で、名塚が演奏の準備をはじめる。

益子と岡部の「建築工事」。ベースとピアノで、音楽の土台を構築していく。名塚はそれを全身で聞いている。そして、作られた土台を、おもむろに蹂躙し出す……。

岡部は、演奏をはじめた。

弾きはじめてから、それが自分が大学生のころに作った曲であることに気づく。ピアノ部にいた友人に、発表会でオリジナルの曲をやりたいからと頼まれた曲だった。弾いていると、音符のあちこちにあのころ味わっていた苦労や喜びが染み込んでいる感じがした。

動かない指を無理やり動かして、なんとか弾き終える。上手く弾けないもどかしさと、普段使わない身体の部分を使ったことで、演奏が終わると全身にじわりと汗をかいていた。

拍手は、なかった。出来のいい演奏ではなかったが、お追従の拍手くらいはもらえるだろうと構えていた岡部は、少し拍子抜けをした。

「……どうしました？」

梨紗を見ると、彼女は神妙な顔つきで岡部のことを見つめていた。

「岡部さん。ひとつ、厚かましいお願いをしていいですか」

「お願い？　はい、なんですか」

自分から言い出したのに、梨紗は躊躇《ちゅうちょ》していた。そして、戸惑いを振り切るように言った。

「私に、曲を作って欲しいんです」

2

岡部は「暗い箱」の中に入っていた。

作曲家によって、曲の作りかたは様々だ。リズムやキックから曲を作っていく人間もいれば、感覚的に入力したものをひたすらこねくり回して納品をする人間もいる。頭の中で細部まで組み上げたものを、五線譜に落とすだけという名塚のような人間もいる。

岡部の場合は、メロディーだった。鼻歌を歌ったり、キーボードを叩いたりしながら、メロディーの断片を摑む。それをつなぎ合わせて旋律にし、肉づけをして楽曲の形に広げていく。

メロディーを考えるとき、岡部は大きな箱の中に入るイメージをする。

箱の中は暗く、一条の光すら見えない。岡部は壁に沿って、その中を歩いていく。壁はつるつるしていて、何もない。それでも、ゆっくりと歩きながら、表面に何かがないか撫でて探っていく。いきなり極上の彫刻が見つかることなどは、まずない。わずかなひび。ほんの少しの出っ張り。そういうものを見つけ、音に出して録音する。しばらく寝かせ、時間を置いて聴いてみる。体感として、使えるメロディーはそのうちの五パーセントくらいだ。

そういうものが、小さな光となって箱の中をわずかに照らす。ひとつひとつ光を集め、箱の中から闇を追い出していく。隅々まで照らし出されたときに、その箱がどんな部屋なのかが判る。岡部にとって、作曲とは、そういうものだった。

この三日間、岡部は久々にその作業をやっていた。

目を閉じ、暗い箱の中に入り、ひたすらに壁を触って回る、地道な作業。久々にこんなことをやっているせいか、勝手が判らない。メロディーの断片を摑もうとするが、すぐに息が詰まり、集中が途切れる。それでも岡部は、箱の中に留まり続ける。

自分がこんなことをやっていることに、岡部は驚いていた。

──『ムジカ』に上がっている岡部さんの曲、何曲か聴きました。

曲を作って欲しい。あのあと、梨紗に言われたことだった。

──どれも素敵な曲だと感じました。特にメロディーが聴きやすくて、爽やかで。私、作曲のことはよく判りませんが……岡部さんの曲を、演奏してみたい。そう思いました。だから……。

──私に、曲を作って欲しいんです。

相変わらず、不思議な流れの中にいる。

もう自分がこの箱の中に入ることは、ないと思っていた。名塚の曲ですら『Jing』で再現できるのに、自分が作る意味などあるのか判らない。にもかかわらず、何かに導かれるように、自分はまた曲を作りはじめている。

——暗闇は、鏡に似ている。

暗い箱の中、何かが見つからないかと壁を触って歩く。すぐに見つかることもあるが、何時間も見つからないときもある。そんなときの闇は、まるで鏡のようだ。いままでたまたま上手くいっていただけだ。お前はもう何も見つけることはできないし、音楽を作ることもできない。実体がないはずの闇の表面に、見たくない自分の姿が浮かびはじめる。

そんなときの対処法も、長年の経験から心得ていた。鏡像を無視して、壁を探り続けるのだ。本当に何も見つからないこともある。無駄な時間を過ごすこともある。だが、そこでやめてしまっては、わずかな可能性すらも閉ざされてしまう。

この三日間の進捗は、よくなかった。

昔から、作り直しの多い作曲家だと自覚はしていた。作っても作ってもなかなか納得の行く形にならず、ぎりぎりまで直して締め切りがきたら送付をする。一発で完成品を書き下ろせるような作曲家に憧れてはいたが、どうしてもこのやりかたしかできなかった。

この三日の作業は、そのころの煩悶よりもはるかに質が低い。納得がいかないどころか、自分が作っているものはほとんどゴミだった。壁を触りながら歩き回っても、ろくなものが見つからない。積んでは崩し、積んでは崩し、まるで賽《さい》の河原《かわら》の石積みだ。

それでも虚《むな》しくはなかった。何も生めていないに等しいのに、何かを生んでいるような実感があった。

——検査員をやりながら、作曲家に復帰できないか？

またぞろ、そんな誘惑が浮かぶ。

幸い、収入は安定している。楽曲がコンペを通らなければ向こう一ヵ月は昼飯を抜かなければいけないような貧困とは無縁だ。岡部数人以外の名義で曲を発表すれば、検査員が作曲をしているといった非難を浴びる恐れもないし、自分にできる範囲で、趣味として細々と仕事をすればいい。そうやっている兼業作曲家もたくさんいるはずだ。

梨紗の曲を作る。それを足がかりに、作曲の活動も再開する。昔の仕事仲間を当たれば、何か仕事がもらえるかもしれない。そうやって、徐々に仕事を広げていって……。

「馬鹿な」

岡部は思わず口に出した。気がつくと、作曲家としての思考に流されている。

「これは趣味だ」

自分に言い聞かせるように呟いた。

「これは趣味だ。これは趣味だ。仕事じゃない」

作曲家に縛られ続けてきた人間がどうなったか、散々見たはずだ。あの名塚ですら、人工知能に飲み込まれたのだ。そんな世界に、自分の居場所などあるはずがない。

梨紗のために一曲をひねり出す。そこで引き返し、検査員としての仕事人生を全《まっと》うする。何を仕事にするかは、周囲の環境と、自分にできることとの折り合いで決まる。自分の仕事とは、作曲ではなく『Jing』の検査だ。

タイマーが鳴った。一時間の休憩を終え、十四時になっていた。

岡部はため息をついた。DAWをシャットダウンし、『Jing』を起動する。机の上に散らばっているヘッドギアを手に取り、手慣れた動作でそれを頭に着けた。

3

益子から呼び出しを受けたのは、その翌日だった。

検査員の仕事があるから日中は動けないと言うと、昼食のついでにこちらまできてくれると言う。近所のファミリーレストランで待ち合わせることにした。

中に入ると、益子はすでに座っていて黄色いドリンクを飲んでいた。一瞬ビールを飲んでいるのかとひやりとしたが、よく見たらグレープフルーツジュースのようだった。

「益子。元気になったか」

声をかけると、益子はじろりと岡部を見上げる。

入院していたときはげっそりと痩せていたが、頬に膨らみが戻っていた。顔色もよく、髭も綺麗に剃られている。少しほっとした。益子の生活に余裕が戻っている。

「病み上がりなのに、こんなところまできてもらって悪いな。お前の家に行ければよかったんだが」

「まだ後始末で散らかっている。人を呼べる状態じゃない」

「この前よりはマシだろ？　あれも人を呼べる状態じゃなかったぞ」

「というより、他人が出入りしてるんだよ。事故物件になっちまったから、役所とも揉めてる。情けない話だが、田舎《いなか》にいた両親にきてもらって片づけてもらってもいる。落ち着いて話せる状態じゃない」

益子は「いや」と言い、目を伏せた。

「……お前の言う通りだ。あのときも、人を呼べる状態じゃなかった。あのころは俺もひどかった。自分が腐っていると、周りの腐臭も判らない」

益子はそう言ってジュースを飲む。昔の彼の理性が戻ってきたようで、少し嬉しかった。

「それで、今日は何の用なんだ？　何か困ってることがあるなら、なんでも言ってくれ。相談に乗るぞ」

「上から目線でそんなこと言うな。お前の助けなど不要だ」

益子はそう言って、少しあたりをきょろきょろと見回した。

「リリー探偵事務所」

「え？」

益子はそう言ったきり、こちらを見つめて固まっている。岡部は困惑した。何が言いたいのか判らなかった。

「……お前のところには、きていないみたいだな」

「何言ってんだ？」

「俺のところに、妙な男たちがきた。そいつらは、調査業だと言っていた」

「ちょっと……話が見えないんだが」

「要するに、探偵ってやつだろ。そいつらはいきなりきて、俺に質問した。名塚楽の曲を、スタジオの前に貼り出した人物を探している。お前じゃないかってな」

益子の目が、岡部を覗き込む。

「お前、誰かに話したか？　病室での会話を」

誰にも話していない。それどころか、益子の名前すらよそで口にしたことはない。

あの病室は個室だった。ドアもきちんと閉めたはずだ。岡部は首を振った。

「その探偵は、どこからお前にたどり着いたんだ？」

「それは俺も不思議だったが……よく考えてみたら、あの曲から俺に行き着くというのは、たいして不思議じゃない。名塚の周囲にいた人間であんな曲を作るとなれば、第一候補は俺だ」

「依頼主は誰なんだ？」

「教えてくれるわけないだろ。そのあとも色々聞かれてなんとか追い返したが、相当しつこかった。ちょっと、堅気には見えなかったぜ、あいつら」

益子はそう言って眉をひそめる。

「お前も同じ目に遭ってるなら情報交換がしたかったんだが、どうも俺を狙い撃ちにしているみたいだな。全く、なんなんだ。気味悪いぜ」

――クレイドル。

岡部の脳裏に、その名前が浮かぶ。

霜野はカイバを貼った人間を探しているようだった。これは探偵の言っていたことと一致する。それに、探偵を雇うには多額の金がかかるだろう。一般人が気軽に頼めるようなことではない。

そのことを口に出そうとして、すんでのところで止めた。不確かなことを言いたくなかったこともあるが、『鯨の庭』での話をはじめると、名塚が人工知能で曲を作っていたことを言わざるを得なくなる。病み上がりの彼には、重い話だ。

「益子。ちょっと、事実関係を整理したい」岡部は言った。

「まず、俺のところにカイバと指が送られてきたのは、名塚が死んだ日の二日後の夜だった」

「俺も同じだ。そのタイミングで、同じものが送られてきた」

「中に入っていたのは、カイバと指、インクだ。このことは、お前以外には言ってない。俺は名塚がそんなものを送ってくる意味が判らなかった」

「俺も言ってない。俺は、名塚がカイバを貼り出してもらいたがっていると感じた。だが、正直に言えば癪《しゃく》だった。何を勝手なこと言ってやがると思った。そういう反発もあったんだろう、俺は自分の欲望に使うことにした」

　自分の曲を貼り出し、名塚と対等に勝負をすること。

「いまさら言い訳がましいが……俺も、少し戸惑ってたんだ。名塚の遺志は判ったし、腹も立ったが、それを俺の勝手で踏みにじっていいのかってな」

「お前が本当はそういう気遣いができる人間だってことは、知ってるよ」

「だが、悩んでいるうちに……二枚目のカイバが貼り出された。お前が貼ったんだよな。それで、腹は固まった」

「は？」

「俺は焦った。このままだとチャンスを失ってしまう。そこで、俺は……」

「ちょっと待てよ、益子」

　慌てて止めた。明らかに話がおかしい。

「確認したいんだが……二枚目のカイバを貼ったのは、お前だろ？」

「何？」

「俺はそんなことしていない。お前が二枚目を貼り出し、立て続けに三枚目を貼った。違うのか？」

「俺が貼ったのは三枚目だけだ。二枚目は貼ってない」

「俺は二枚目を貼ってなんかないぞ。俺のところにきたカイバは、まだ手元にある」

「なんだって？」

　岡部と益子は、しばしふたりで顔を見合わせた。

「じゃあ、二枚目のカイバを貼ったのは誰なんだ？」

益子は自宅へ送られてきたというカイバを取りに戻り、三時間後にファミレスに再集合した。益子から差し出されたそれを、岡部はスマートフォンで読みとる。

その楽曲は、やはり見事だった。蠱惑《こわく》的なシタールの音色によって描かれる、名塚楽の世界。いつまでも聴いていたくなるような、中毒性すら感じさせる甘美な音楽。これが人工知能で作られているのかもしれないということには、とりあえず目をつぶる。

そしてそれは、壁に貼られていた「二枚目」のカイバとは、異なる曲だった。

岡部の正面で、益子がイヤフォンをつけている。彼が聴いているのは、岡部の元にきたカイバだ。

「どういうことだ？」

ふたり、ほとんど同時にイヤフォンを取る。益子は困惑していた。

一緒に混乱していても仕方ない。「一緒に考えよう、益子」岡部は冷静に言った。

「まず、最初に名塚が貼ったと思われる曲がある。これを、1としよう」

岡部は手帳を取り出し、そこに「1」と書く。

「次に、お前に送られてきたカイバだ。これをA－2とする。そして、俺に送られてきたカイバ。これがA－3だ。この三つは、つながっている」

三つの記号を線でつなぐ。益子が頷いた。

そう、三つの曲は、つながっていた。「1」を聴いた時点では、岡部の曲とつながりが悪い感じがしていた。その感覚は正しくて、益子の持っていた「A－2」が抜けていたのだ。こうやって通して聴いてみると、曲は三枚のカイバできちんと完結している。

「問題はここからだ」

岡部は「B－2」と書いた。

「実際に壁に貼られた二枚目のカイバは、『A－2』とはまた違う曲だ。展開が違う」

そして最後に、「B－3」と書く。

「この『B－3』は、お前が書いた曲だ。これ以降、壁にはカイバは貼られていない」

益子が手帳を覗き込む。起きている事態はよく判らないが、事象自体はそこまで複雑ではない。

「つまり、最初の『1』から、『A－2』と『B－2』の二手に分かれているんだ。曲の展開が、二パターン存在している」

岡部は違和感を思い出していた。最初に貼られたカイバと同じく、二枚目に貼られたものからも岡部のカイバにはつながっていないように感じていた。こうやって並べてみると、その理由がよく判る。

「岡部。俺は、この『B－2』はお前が貼ったのだと思っていた」

「俺が思っていたのは逆だ。『B－2』を貼ったのはお前だと思っていた」

「どちらでもない。じゃあ、『B－2』を壁に貼ったのは、誰なんだ？」

――霜野だ。

岡部は、そう直感していた。

霜野は何らかの意図を持って、「B－2」を貼り出した。彼が直接貼ったのではないにせよ、手足のように動く人間は山ほどいるだろう。その「何らかの意図」を、益子によって邪魔された。だから、探偵を使ってまで犯人をあぶり出そうとしている。証拠のない直感にすぎないが、『鯨の庭』での霜野の言動はそれで説明できる。

だが、なぜ霜野はそんなことをした？

なぜ曲が二手に分かれている？

そして、霜野は益子を探し出して、何をしようと考えている？　疑問が次々と湧いてくる。霜野のような大物が絡んでいる事態だ。そこには何か、深い事情があるはずだ。

「何を考え込んでいる、岡部」

益子が訝しむように言う。岡部は考えを読まれないように口を開く。

「名塚はなぜ、俺たちのところにカイバを送ってきたのか。それを、改めて考えていた」

疑問は霜野の側だけではない。名塚の側にもまた、存在した。

「カイバを貼り出して、ムーブメントを持続させて欲しい。そういう理由だと思っていたが、展開を二パターン作っていたとなると、違うのかもしれない」

「俺には見当もつかん。十パターンくらいあったりしてな」

「だが、お前の曲と俺の曲は、つながっていた。ここに何か意図があるんじゃないか」

「曲を聴いて欲しかっただけかもしれないぞ」

「じゃあ、なぜほかのパターンがあるんだ？　それに、曲を聴いて欲しいだけなら、最初から全部貼り出せばいい」

推理は同じところをぐるぐると回り、収束しない。だが、名塚の真の意図を摑めていないことだけは、間違いない。

――名塚。

テーブルの上に置かれた二枚のカイバを見た。名塚は、何かを告げようとしている。

それを知らなければならない。岡部の心に、再び火が灯りはじめていた。

4

一言で言えば、霜野鯨は変人だった。

あの異様な空間を作り上げたことから判ってはいたが、彼について調べれば調べるほど、そんな印象が岡部の中で強くなっていく。

益子と会った翌日は土曜日、休日だった。調査の手はじめに霜野のことを知ろうと、岡部は国会図書館にいた。

調べ出してすぐに判ったことは、彼は世間と積極的につながろうとしていないということだ。

霜野は自分のプロフィールをあまり公にしていない。自伝の類も出版していないし、メディアからのインタビューもほぼ受けていない。

株式も公開していない。クレイドルを創業したのは二十五年前。『Jing』が大ヒットし、現在は従業員数が二千人以上に膨らんでいるものの、非上場のままだ。クレイドルが上場をすれば、株券のほんの一部を売るだけで大儲《おおもう》けができるだろうに、金には興味がないように見える。

褒章の類も一切断っていると聞く。財団法人の理事などの話もきているだろうに、ひとつも受けていない。承認欲求がなく、金にも名誉にも興味を示さない。一貫してそんなスタンスを取っている。

国会図書館のデータベースに「霜野鯨」というキーワードを打ち込み、検索結果を上から見ていく。新聞、雑誌、書籍、キーワードに反応した一覧を片端から閲覧するが、それらは霜野の言葉を伝えるというより、霜野について考察や批判をした文章ばかりだった。ひとつずつ読んでみても、霜野への理解は深まらない。

午前中はそんなことしかできず、一度諦めて昼食を取ることにした。食堂の席に座り、メニューにミルクがあるのを見て、鯨乳のナッツのような香りを思い出す。

「電気じかけのクジラは歌う――クレイドル会長、霜野鯨さんインタビュー」

岡部の手元には、三年前の経済誌があった。霜野のインタビューが掲載されている雑誌だ。『Jing』に対するビジョンを話していて、挑発的な内容だったせいか当時ネットでも話題になっていた。

霜野の言葉は、経営者というより哲学者のようだ。『Jing』を使ってどのように収益を上げるのか、これからの企業としての戦略はどうなのかといった話は一切出てこず、思わせぶりな修辞を使いながら社会と音楽をどうするかという話ばかりが語られている。そして、彼個人の話はやはり一切ない。

――本物の鯨みたいだ。

海の中を漂いながら、餌《えさ》を発見すると一気に食べ尽くす鯨。霜野の行動は、そんな風に見える。ただただ、本能のままに泳ぐ。それだけで、生態系の中心に君臨してしまう。

そういう人間を、岡部はもうひとり知っていた。

――名塚。

名塚もまた、鯨だった。気の赴くままに曲を作ることで、作曲界の頂点にまで上り詰めてしまった。霜野と名塚。ビジネスと作曲というフィールドは違えど、互いに同じ匂いを感じていたのかもしれない。

昼食を食べ終える。岡部は引き続き検索端末に向かい合った。

年代を遡《さかのぼ》っていく。『Jing』が隆盛を誇り出したのは八年前で、初期のバージョンがリリースされたのは十五年前。検索結果を遡ると、そのふたつの境目で記事の数ががくんと減っている。とりあえず十五年前までの結果すべてに目を通したが、彼の素性を知るために参考になるようなものはなかった。

——これは、駄目か。

ほとんど諦めつつ、念のため、十五年前以前の資料にも目を通す。

そこで岡部は、ある記事を見つけた。

音響学の雑誌だった。年に二回刊行されているだけの専門誌で、もう三十年前くらいに廃刊しているようだ。

霜野の記事が載っているのは、廃刊されるひとつ前の号だった。

「三河総研・東京研究所　霜野鯨さんに聞く」

タイトルにはそんなことが書かれている。岡部は立ち上がり、カウンターで資料の請求をした。

——霜野は、三河総研にいたのか。

三河といえば日本有数の複合企業《コングロマリット》で、その研究所といえば、エリートしか入れない狭き門だ。

霜野鯨は、現在六十歳。二十五年前にクレイドル社を創業したときは、三十五歳。起業家としては少し遅い部類だろうか。その前歴はあまり公になっていないが、音響工学の研究者だったということは知っていた。『Jing』のようなアプリケーションを作るには、音響工学だけでなく、人工知能や脳科学、音楽そのものなどへの広範な知識が必要だ。霜野はその知見を研究者時代に貯《たくわ》えたのかもしれない。クレイドルを立ち上げたときの人脈も、そこで得たのだろう。

資料の準備ができたようだった。岡部はカウンターに向かい、用意された雑誌を受け取る。席に戻り、目的のページを探す。

霜野のインタビューは、一ページだけの短いものだった。写真も載っておらず、彼のパーソナリティーに光を当てるというより、三河総研が当時やっていた研究について語っている内容だった。定格入力だの振幅スペクトルだの見慣れない単語が出てきて、読み解くのが難しい。

目が文字の上を滑《すべ》る中、なんとか最後のほうまで読み通す。収穫はないと判りながら読み進める虚しさを感じていると、岡部はその記述にぶつかった。

最後に記載されている、霜野のプロフィールだった。


霜野鯨（30）。三河総研東京研究所サウンドテクノロジーグループ所属。帝都音楽大学作曲科卒業後、三河総研に入社。現在在籍五年目。


「作曲科？」

思わず声を上げてしまい、周囲の人に睨まれる。岡部は肩をすぼめながらも、その三文字から目が離せなかった。

——作曲科。

霜野は、作曲をしていたのだ。

5

岡部は中野にあるコンビニエンスストアのイートインスペースにいた。

無人コンビニが爆発的に広まってから、もう十年くらいが経つ。入店時にスマートフォンでQRコードを読み込み、あとは商品を棚から取り店を出るだけというシステムだ。店内の映像をＡＩが解析し、買ったものを判断して自動的に決済するというものだが、あまりにも自然すぎて最初は万引きしているようにしか思えなかった。タクシー運転手同様、都内からはコンビニ店員の姿がどんどんなくなっている。

イートインスペースでミネラルウォーターを飲みながら、岡部は売り場のほうをぼんやりと見ていた。消えてしまったコンビニ店員、その不在が、作曲業界から消えた自分と重なる。

「難しい顔してますね」

ふと、ひとりの男性が対面に腰を下ろした。

小宮律だった。

律は興味深そうな表情でこちらを見ている。殴られた頬が、思い出したように痛んだ。

「お久しぶりです。岡部さんが僕に会いたいなんて、最初は耳を疑いましたよ。慰謝料でもせびれるのかなと思いましたけど、そういう用事じゃないんですよね？」

「はい。そんなことは考えてません」

「まあ、せびられても渡せるお金なんかないですけどね。僕は貧乏だし、ＡｎｔＩの財布に手をつけるわけにもいかないし」

律は面白そうに言って、買ってきたコーラをすする。岡部は用件を切り出そうとしたその瞬間、律が動いた。

「霜野鯨に会ったって、本当ですか？」

機先を制するように聞く。岡部は軽く頷いた。

「クレイドル内部の仲間から聞いたんですか」

「いやいや、いまのはただのカマかけです。なんか最近、霜野鯨が外部の人と積極的に会ってるという噂が立ってるんです。岡部さんもベテランの検査員だから、呼ばれたのかな？　と思って」

律は笑顔になる。岡部はため息をついた。やはり自分と彼とでは、役者が違う。化かし合いでは勝負にならないだろう。岡部はさっさとカードを切ることにした。

「ご推察の通り、会いましたよ」

「何の話をしたんですか？」

「雑談です。ビジネスに関する外部の意見を聞きたいようでした」

「ふうん……」

嘘は言っていない。そのあとも岡部は、問われるままに答えた。外部の業者として、どういう話をしたのか。クレイドルの将来について、何を話したのか。名塚のことを伏せつつ、それ以外の情報は開示する。ここにくる前に、きちんとプランを練っておいたことが奏功した。

「うーん、本当に雑談って感じですね。珍しい動きだったから何かあるかと思ったけど、やっぱり何もないのかあ……」

「僕のほかにもいるんですか？　霜野会長と会った人間が」

「ええ……まあ、これくらいは話してもいいかな。僕の把握している限り、八人います。そのうちのひとりからは話が聞けましたよ。その人は音楽プロデューサーでしてね。夕食をおごるとなんでもペラペラ話してくれるので重宝しているんですが……あの人も特に雑談しかしなかったと言ってたなあ」

「霜野会長が人と会うのは、珍しいことなんですか」

「珍しいも何も、初めてでしょう。社内では秘密みたいですけど、まあ派手な動きですし噂にはなりますよね」

「やはり音楽と関わっている人が中心なんですか？　さっきは音楽プロデューサーと言いましたが」

「演奏者、作曲家、アレンジャー。クレイドルとつながりのあるそういう人々と面会していたらしいですが、全容は判りません。相当な人数だったようですよ」

人と会うことを頑なに避けていた霜野が、立て続けに面会をしている。その理由は、やはり「三枚目」のカイバを貼った人間を探すためなのだろうか。もしそうなのだとしたら、強い執念だ。

「やけに霜野会長のこと、聞きますね」

律の口調が変わった。探るような目つきで、こちらを見ている。

話の切り替えどきだと感じた。岡部は、話に乗ることにした。

「小宮さん。ひとつ、お願いをしたいことがあるんですが」

「なんですか？」

「霜野会長と近しい人を、紹介してもらえませんか」

律の目。そこに浮かぶ猜疑心が、濃くなっていく。

「岡部さんはクレイドルの人間でしょう？　霜野に近しい人なら、その辺にいるんじゃないですか」

「僕とつきあいがあるのは、担当者だけです。彼は会長を見たことすらないそうです」

「なるほど。クレイドルの内部に草を張り巡らせている僕らのほうが、人脈がある。そう踏んでるんだ」律は面白そうに口を歪めた。

「でも、なぜ霜野会長のことを知りたいんですか。前の会談で、何かあったのかな？」

「それは……言えません。ちょっと気になることがあり、深く知りたいということです」

「岡部さん、情報は等価交換が原則ですよ。手持ちのキャラメルは渡さないのに、こっちのケーキが食べたいというのは非常識だな」

「この前僕を殴ったこと。それを不問にしてあげます。それでどうですか」

「あー、そうくるか……」

律は少しがっかりしたような表情になる。

「別に訴えたければ訴えてくれていいんですよ。逮捕や書類送検なんか箔《はく》がつくだけだし。全く、そんなものが取引条件になると思われてるなら、心外だなあ」

律はそう言って、身を乗り出した。

「そんなものより、僕の欲しいものを言っていいですか」

「なんですか」

「前にも言ったでしょう。僕たちを手伝ってください。鯨を狂わせる手伝いを」

「いいですよ。やりましょう」

その要求は想定していた。回答のスピードに、律は驚いたようだった。

「クレイドルを裏切り、僕らの側につくと。そういうことですか？」

「はい。その代わり、期間は区切らせてください。小宮さんはＡｎｔＩの人脈を使い、霜野会長のことを知る人を僕に紹介する。その代わり、僕は一定期間、自分の時間を売ります。どれくらいやるかは交渉次第。それでどうですか」

用意していた言葉を言うと、律は岡部をじっと見た。瞬時に合意した岡部のことを、訝しんでいるようだった。合意を結ぶ前に岡部からもう少し情報が得られないか、値踏みをしているのかもしれない。

「オーケー」

律は少し考えたあと、ポンと手を叩く。

「岡部さんがなぜ霜野を探りたがっているのかは気になりますが、まあいいです。作曲家が作曲をできる世界を取り戻すことが先決です。合意しましょう」

律の表情に微笑みが戻る。目先の実利を取ったようにも見えるが、多少隠しごとをしようとも暴《あば》く自信があるのかもしれない。

「でも、本当に協力してくれるんですよね、岡部さん」

律は、少し悪戯っぽい表情になった。

「口先だけ協力すると言って、実際は何もしない。そんなことはないですよね」

「ないとお約束します」

「鯨をどうやって狂わせるか、その方法も聞いてないのに、ですか？」

「いまから聞こうと思っていました。『Jing』におかしな生理データを渡すのって、どうやるんですか。全く違うことを考えて音楽を聴けばいいんでしょうか」

「そんなわけないでしょう」

律はそう言って、鞄から何かを取り出した。それは、ピルケースだった。

「これを飲むんですよ」

それを見た瞬間、岡部は顔が強張るのを感じた。

律が置いたのは、一錠のカプセルだった。血で染めたような、真っ赤な色をしていた。

「なんですかこれは？」

「それは企業秘密です。とりあえずこれを、ここで飲んでください。それで信用します」

「ちょっと待ってください。いきなりこんなものを飲めと言われて、飲めるわけがない」

「じゃあ説明します。これは未承認のメジャートランキライザーの一種で、体内に入ると感情が抑制されるため、これを飲んでから検査すれば、おかしな生理データを送れます。これでいいですか」

「いいですか、って……その話、本当なんですよね」

「ほら、こういう話になるじゃないですか。本当かどうかなんて、岡部さんには判断のしようがないんだから、信じて飲んでもらうしかない」

めちゃくちゃな言い分だったが、腹の底を探るためには正論でもある。

「飲むか飲まないか。岡部さんの覚悟が見てみたいな」

律は覗き込むように言った。

——まさか、毒ではないだろう。

真っ赤なカプセルを前に、冷静に考える。毒は考えすぎにしても、こんなところで危険な薬物を飲ませたところで、律には何のメリットもない。岡部の本気度を試すだけの、虚仮おどしの可能性が高い。

だが、こうも考えられないだろうか。この薬品は麻薬か何かで、飲んだが最後、薬物中毒のような状態になってしまうのかもしれない。岡部をそういう状態にしておいて、さらなる要求をしようとしている。平気で人を殴る人間だ。そうしない保証はない。

「どうしたんですか。僕たちに協力するなら、どちらにせよ飲まないといけないですよ」

その通りだった。情報源が少ないいま、クレイドルの内部にまで手を伸ばしている律の人脈は欲しい。自分は霜野と違い、探偵を雇うなどということはできないのだ。

覚悟を決めた。

岡部はカプセルをつまみ上げた。そして口の中に放り込み、水で流し込んだ。

「わ、本当に飲んだ」

律の声に、驚きの色が混ざる。岡部は律を見返して言った。

「これでいいですね。約束は守ってもらいますよ」

「いやいや、岡部さん、いくらなんでも、こんな怪しげなもの口に入れたら駄目ですよ」

「どうせ検査のときに飲むんでしょう？　迷っても仕方がない」

「あのねえ、ちょっと考えてくださいよ」

律はそう言っておかしそうに笑う。

「脳波や脈拍がおかしくなるほどの薬品なんて、そんな危険なもの飲ませられませんよ。そんなことしたら下手したら死んじゃうじゃないですか。少し考えましょうよ」

「……未承認の薬品、じゃないんですか？」

「あれはただのアミノ酸です。少し疲労が飛ぶかもしれませんね」

「意味が判らないんですが……鯨を狂わせるというのも、嘘なんですか」

「嘘なわけないでしょう。現場ではもっとスマートなやりかたをしてるってことです」

律はそう言って、手を差し伸べてきた。

「全く、意外と危ない人なんだな、岡部さん。作曲家をやめて検査員になったと聞くから嫌なやつだと思ってたけど、少し気に入りました。霜野の件、任せてください」

律の図太さに呆れつつも、調査が前に進んだのは間違いないようだ。岡部はおずおずと、その手を握り返した。

6

律の動きは速かった。彼から連絡があったのは、その翌日のことだった。

「あまり大っぴらに会うのはよくないでしょうから、僕の隠れ家を使いましょうか」

呼び出されたのは、吉祥寺の外れにある看板の出ていないバーだった。中に入るとカウンターの奥に小さなテーブルセットがあり、律がひとりでぽつんと座っている。

「すみません、今日のゲスト、ちょっと遅れてるみたいで。少々お待ちください」

律はそう言ってグラスを傾ける。さすがにアルコールではないようだ。

「それよりも……岡部さん、きちんと仕事してくれてますね。ありがとうございます」

「検査の件ですか?」

「ええ。ちゃんと確認しました。約束を守っていただけて、嬉しいですよ」

律は乾杯と言って、グラスを差し出す。岡部は水のグラスでそれを受けた。

昨日、あのあと律とＡｎｔＩのスタッフらしき男が家まできて、パソコンに何やらソフトをインストールしていった。検査データを改竄《かいざん》するというソフトだった。

検査員は、音楽を聴いたときの生理データを、毎日クレイドルに送信している。それを送る前に改竄するというのが「鯨を狂わせる」方法らしかった。ＡｎｔＩに協力している検査員から検査用の『Jing』を受け取り、それを解析して作ったのだろう。

「確認した」と言っているが、まさか岡部の自宅を盗撮しているわけではないだろう。たぶん改竄アプリが、クレイドルだけではなくＡｎｔＩにもデータを転送しているのだ。

自分は、一線を越えてしまった。

データ改竄に、ログの流出。これは完全な契約違反だ。

それでも構わないと、心のどこかで思っている自分がいる。久々に作曲をしてみて、気持ちが検査から離れているのを感じる。律に簡単に手を貸せたのも、その心境の変化が根底にあるのだろう。

こうなることを、心のどこかで恐れていたのかもしれない。曲を作ってしまうと、検査員としてやっていく決意が揺らいでしまう。そのことが判っていたから、自分は五年間、一切の作曲活動から遠ざかっていたのかもしれない。

引き返すなら、ここだった。三ヵ月だけ律に協力し、あとは何もなかったことにする。梨紗に曲を提供し、作曲はやめる。いまならまだ、検査員に戻ることができる。何の展望もない作曲などを続けていくよりは、そのほうがいいに決まっている。

そのとき、店のドアが開いた。「ごめんなさい、遅れちゃって！」声を響かせながら、白髪交じりの年配の女性が入ってくる。思考は強制的に中断された。

「関口麻衣子《せきぐちまいこ》さんです。元クレイドルの研究者です」

五十代前半くらいだろう。グレーのジャケットにロングスカートというフォーマルな服装で、所作に理知的な佇まいがあった。

「関口です。もうあの会社をやめて十五年くらい経つんだけど……私でよければなんでも聞いてくださいね」

「関口さんはＡｎｔＩの活動を支援してくださっているんです。いまは主婦をされていて忙しいんですが、今日は無理を言ってきてもらいました。霜野鯨とも会ったことがあるんですよね？」

「はい、一緒に働いてましたよ」

「どうです岡部さん。うってつけの人でしょう」

岡部は頷いた。申し分のない相手だった。こういう人を一晩で用意できた律の人脈は、やはりすごい。

「クレイドルでは、どういうお仕事をされていたんですか」

三人分のドリンクがきたところで、岡部は質問をはじめた。

「人工知能の研究開発です。ずばり、『Jing』を作ってました。もともと大学の研究室にいたんですけれど、ヘッドハントを受けて入社してね。結局、七年くらい働いていましたね。私にしては長続きしたほうです」

「なるほど。それで、霜野会長とも面識があったんですね」

「はい。最近のあの人はビルの中に閉じこもってしまったと聞きますが、あのころは普通に同じフロアで働いていましたね。まあ、オフィスも、ただのテナントでしたしねえ」

岡部はそこで気づいた。あの会社。あの人。麻衣子は、あえて距離のある呼称を使う。

「一緒に働いていたといっても、同じプロジェクトにいたわけじゃないんです。あの人は口を出すだけで、現場にはあまり下りてこなかった」

「ビジョナリーというやつですか？　ビジネスの方向性だけを出すような仕事です」

「近いです。自分では何も作らず、口だけだして製品を作っていくタイプのトップです」

「ただ、霜野会長も、もともとは現場のいち研究者だったんですよね。『Jing』の設計には携わってなかったんですか」

「よくご存じですね。あの人は三河の研究所で働いていたんですよ。クレイドルの創業メンバーは、そのときの縁が多いんです。もちろん、『Jing』の大枠を考えたのは彼です。ただ、それを設計に落とし込んで実装したのが私たちでした」

「なるほど……」

「あのころのあの会社は、まだ若かった。私たちも若くて、すごいエネルギーがあったんです。みんな家に帰りたくない、ずっと働いていたいという感じで働いてました。あの人は特にそうで、誰よりも早く会社にきて、誰よりも遅くまで残ってました。バイタリティの塊だった」

麻衣子は懐かしむような表情になる。誰もが知る大企業の青春期。その只中にいた時間は、社員だった人間にも特別なものなのだろう。

調べても出てこなかった霜野の姿が、見えはじめている。岡部は続けた。

「霜野会長は、何を目指している人でしたか？」

「何を……？　ちょっと漠然とした質問ですね」

「起業家が会社を作るのは、信念があるからでしょう。金が欲しいということもあるでしょうし、社会で何かを実現したいということもあります。彼はどういう動機でクレイドルを立ち上げたんでしょうか」

「うーん、動機、かあ……。どうでしょうね……」

麻衣子は言葉に詰まった。動機、動機……と呟きながら、腕組みをする。

「衝動、かなあ」

「衝動？」

「ええ。何かを思いついたら、それを実現したくてひたすら突き進んじゃう、そういう人っているでしょう？　あの人もそのタイプのような気がします。お金にも評価にも興味はなさそうでしたし、芸術家に近かったのかもしれません」

「『Jing』を作り上げること。それだけが動機だったと？」

「私には、そう見えましたけどね」

岡部は、そこであることを思い出した。

「霜野会長は、もともと作曲家だったと聞きます。それはご存じですか」

「えっ、そうなんですか？」

声を上げたのは、横に佇んでいた律だった。岡部はそちらに向かって頷く。

「帝都音大の作曲科を出ていると、とある雑誌に書いてありました。この前歴、いまではほとんど知られてないですよね」

「私たちは知ってましたよ。音大から三河の研究所に行くなんて、変わったキャリアですから。特に隠してはいなかったけど、積極的に語ってたわけでもない、という感じですかね」

「霜野会長が芸術家タイプの起業家なのだとしたら、作曲家を目指していたことも影響してるんでしょうか」

「さあ……。人間の性格なんて、色々なものから影響を受けているものでしょう？」

確かにそうだ。作曲家といっても、色々なタイプがいて、一口にはくくれない。

——霜野は、作曲というものに、いち早く見切りをつけていたのではないか。

彼は学生時代に作曲家を志していたが、この仕事が将来的に人工知能に奪われることをすでに見越していた。そこで彼が考えたのは、奪う側に回ることだった。音響工学の研究者に転身し、そこでコネクションを作り、三十代半ばで起業をした。

世の中の流れに沿っているからといって、現実にそれをやるには大きな実行力がいる。だが、霜野はやった。巨大な鯨が遊泳するように、彼は難なくそれを成し遂げてしまった。

物事を遠くまで見通せるビジョナリーとしての頭脳。そのビジョンを実現していくたくましい行動力。やはり霜野は、本物の鯨のようだ。

その後も霜野についての質問をしたが、それ以上突っ込んだ話は聞けなかった。自認していた通り、麻衣子と霜野の関係は雇用者と被雇用者以上のものではなく、深い関係ではなかったようだ。

「関口さんはなぜ、ＡｎｔＩの活動を支援してるんですか？」

話が煮詰まってきたところで、岡部は聞いた。

「クレイドルで『Jing』を開発していたのに、いまではそれを妨害する側を応援してる。何か、クレイドルと揉めたんですか」

「揉めたわけじゃないです。ちょっと事情がありましてね」

麻衣子はそう言って、少し痛ましい表情になる。

「私の甥《おい》に歌手を目指している子がいたんです。とても才能豊かな子で、本人も歌うのが好きで。一時期はプロになりたいと言ってたんですが、ある日に会ったら、夢は諦めたと言っていて」

「それは『Jing』のせいですか」

「ええ。やがて人工知能が音楽を作るようになるから、歌手になっても仕方がないと言っていてね」

「でも、アーティストの世界は、まだ作曲家ほどは『Jing』に侵されていないです。生活できている歌手も、たくさんいます」

「いまは、ね。十年後、二十年後はどうですか？　人工知能の隆盛はすごいです。歌手の仕事はすべてヴォーカロイドに奪われてしまうかもしれない。そうなったとき、歌手は一瞬で失職します。作曲家がそうだったように」

麻衣子は遠くを見るような表情になる。

「私はたぶん、知らないところで多くの若い子の夢を摘みました。そう思ったら、もう続けられなかった。やってしまったことは取り返しがつきませんけど、いまどうするかは選べます」

麻衣子はそう言って、岡部を見据えた。

「あなたは、検査員をやってらっしゃるんですよね？」

「はい」

「慚愧の念に駆られません？」

麻衣子の上品な笑みに、却って圧力を感じた。

「私も当時、検査員をやっている人を何人か見ました。でも、長続きする人は少なかった。皆さん、自分が音楽を壊してるんじゃないか、作曲家を殺してるんじゃないかと悩んでやめていきました。あなたは、悩まないんですか？」

麻衣子はすぐに言葉を加える。

「責めてるわけじゃないんですよ。純粋な疑問なんです。検査員のかたが何を思ってやってるのかなと思って。『Jing』が、それを使うユーザーに利益をもたらしているのは間違いないです。クレイドルがやらなくても、どこかの会社が同じことをやるでしょうしね。あなたは、どう思います？どういう気持ちで、検査員を？」

「僕は……」

浮かんだ言葉を、そのまま言った。

「僕は、一番得意なことをやっているだけです」

「社会に対する影響などは、考えてないということですね」

「まあ、そうかもしれません」

「いいですね、その感じ。嫌いじゃないです。私もあなたみたいに割り切ることができれば、まだあの会社にいて出世できてたかもしれないわね」

麻衣子は微笑んで言う。皮肉を言っている感じはなかった。本心から感心しているようだった。

「岡部さん。やめちゃいましょうよ、検査員なんか」律が口を挟んだ。

「本気で『鯨』を狂わせましょうよ。時間はかかるかもしれないけれど、世界を戻すチャンスはいましかない」

「小宮さん……」

「三ヵ月だけという話でしたが、興味があればいつまでもいてください。歓迎しますよ」

律はそう言って笑顔を見せる。人懐《ひとなつ》っこい律の笑顔に引きずり込まれないよう、岡部は気を引き締めた。

7

開演前のステージに、岡部はいた。

誰もいない会場の、誰もいないステージ。

それは、過去と未来が交錯する空間だ。いままで奏でられた音楽が、舞台のあちこちに染み込んでいる。新しい音楽が奏でられる期待が、空気の中に漂っている。過去の音楽と、これからの音楽、その狭間《はざま》の、凪の空間。

目の前にはグランドピアノがある。岡部はそちらに近づき、そっと側板を撫でた。多くの奏者がこれに触れてきた記憶が、指先から伝わってくる気がした。

「『心を彩るもの』のこと、思い出します?」

客席から梨紗が声をかけてくる。彼女はまかないのパスタを食べていた。

営業前の『オール・オブ・ミー』に、ふたりはいた。「演奏前はいつもこれを食べるんです」と、梨紗は大盛りのパスタを左手だけでくるくると器用に巻いて食べている。

「私はあのユニット、好きだったなあ。毎回どんなことになるのか、ハラハラして」

「崩壊する本番も多かったですけどね。あんな活動、よくやっていたもんです」

「でも、上手く行ったときはすごかったですよ。音楽が、火を噴いてるみたいな感じがして。あ、でも……」

梨紗はそこまで言ったところで、パスタを食べる手を止める。

「ごめんなさい、岡部さんを責めてるわけじゃないんです」

「判ってます。大丈夫です」

「というか、まだ謝ってませんでした。最初にお話ししたとき、暴言を吐きすぎました。ずっと謝らないといけないと思ってて……いま、謝ります。ごめんなさい」

梨紗は頭を下げる。岡部はそれを取りなした。もとより、彼女に悪感情はない。

ピアノをもう一度撫でる。『心を彩るもの』のことは、ずっといい思い出だったのに、いまは、思い出すと少し胸が痛む。名塚と益子を捨ててしまったという後悔が、思い出を上書きしてしまったせいだ。自分は、どうしてあんなことをしてしまったのだろう。

「……岡部さん？」

梨紗が覗き込んできた。大きな瞳が思いのほか近くにあり、心臓がはねる。その首元から、かすかに薔薇《ばら》のような香りがした。

「梨紗さんは……弾き師の仕事をずっとやるつもりですか」

思わず、そんなことを聞いていた。

「どういうことですか？　ちょっと何を聞きたいのか判らないんですけど……」

「いや、大変な仕事だと思うんですけど、奨学金を返し終えても、やるつもりですか」

「まあ、キツいときもありますけど……でも苦しくない仕事なんかないですしね。それに、本職のピアニストならともかく、私程度の腕前で舞台に上がれる仕事なんて、あまりありませんし。どうしたんですか、突然？」

こんな話をはじめてしまった理由を、岡部は自覚していた。

「最近、自分の仕事のことをよく考えるんです」

「検査員の仕事をですか？」

「そうです。一昨日、かつてクレイドルにいた人に言われました。あなたは何のために検査員をやっているのかと。作曲家の仕事を奪い、音楽の世界をめちゃくちゃにしてまで、なぜその仕事にこだわるのかと。正直、そういうことは考えてきたつもりでした。他人を踏みにじる覚悟もしてきたつもりだった。でも、何もできていなかったのかもしれない」

「やめたいんですか？　検査員を」

　自分でもよく判らなかった。積極的にやめたいわけでもなかった。自分のスキルと、仕事への適性、市場価値。いくつかの変数を掛け合わせたときに、最適解としてでてくるもののひとつは、間違いなく検査員だ。

「……私の話を、少ししてもいいですか」

　梨紗が遠慮がちに言った。

「確かに、最近の私は、この仕事が苦しいと思うところはあります」

「……前に弾いていた色々な曲は、正直、ちょっと窮屈そうでした」

「でも、たまに素敵な曲をくれる人もいるんです。私に弾いてもらいたくて作ったんだなって気持ちが伝わってくるような曲を。不思議なことに、そういう人ほど、リピーターにはなってくれないんですけどね」

　梨紗は遠くを見つめるような目になった。

「この仕事をはじめたころ、素晴らしい曲を作ってくれるお客さんがいたんです」

「優れた曲だったんですか」

「というよりも、弾きやすかったんです。きちんと左手で演奏することが前提になっていて、技量もちょうど私に合っていて。しかも、演奏して楽しい工夫が毎回ありました」

「どんなお客さんだったんですか」

「判りません。この仕事は本番前に曲をもらうだけなので、名乗り出てくれなければお客さんは見えません。でも、その人の曲だけは、すぐに判りました」

梨紗は左手をギュッと握る。

「楽くん、だったのかもしれません」

――名塚。

「その曲には、私を次の場所に導いてくれるようなところがあったんです。音楽的にも技術的にも、そのときの私ができるぎりぎりくらいの水準で書かれていて。楽くんがこっそりとお店にきて、カイバを渡していたのかもしれません」

「名塚にそのことを聞かなかったんですか」

「聞きましたけど、教えてくれませんでした。『そんなことしてないよ』って言われるだけで。でも、たぶん楽くんだったと思うんです」

梨紗は膝の上に置いた右手の甲を、左手の指先でたたたんと叩いた。

「そのあと、例の事故のせいで楽くんは曲を作れなくなってしまいました。私の仕事は、反対に軌道に乗って……。確かに大変なことは増えてきましたけど……たまにある素敵な曲との出会いのおかげで、続けていられるんだと思います」

「そうですか……」

「でも結局、楽くんには何も返せなかったな。いま音楽ができてるのは楽くんのおかげなのに。またあんな曲を弾きたいなんて、わがままですかね」

梨紗はそう言ってふっと笑った。少し自分を責める色が、そこにはあった。

岡部の脳裏に、梨紗と初めて会ったときのことが蘇った。

東中野駅のホームドア。梨紗はそこに身体を預け、じっと線路を見下ろしていた。別に、その場で身を投げるつもりなどなかっただろうが、その頭の中に、いっそ終わりにしてしまいたいという気持ちは皆無だったのだろうか。名塚の曲をもう弾くことはできないという現実を、冷たく見つめる部分はなかったのだろうか。

「あ、奥田《おくだ》さん。お疲れ様です！」

突然、梨紗が声を上げた。振り返ると、梨紗の前座で演奏をしていた男性のピアニストが入ってくるところだった。奥田と呼ばれた男はこちらを見ると、軽く頭を下げてバックヤードに向かう。

「奥田さん、すごくいいんです。私、あの人のピアノ、好きです」

「ああ……僕もいいなと思ってました。職人気質ですよね。真摯さが伝わってくるような演奏で」

「奥田さん、ジャズのこと本当に詳しいんですよ。売れっ子であちこちの箱に出てるんですが、ここには恩義があるらしくたまに弾きにきてくれるんです」

「彼も、弾き師をやってるんですか？」

「まさか。自分の決めたもの以外は絶対弾かないですよ。奥田さんと同じ日にステージに上がると、もう緊張しちゃって駄目です。レベルが違いすぎますから」

でも、梨紗さんのほうが人気じゃないですか。

軽口を叩こうとしてやめた。奥田より人気では上回っていることも、梨紗にとって負担のひとつかもしれない。

「それで……聴かせてくれるんですか？　今日」

梨紗の声に、少し期待感が混ざった。

曲を作りはじめている。そのことを梨紗に言うと、途中まででいいから聴いてみたいと言い出した。まだほんの序盤しかできていないので、完成してからにして欲しいと再三言ったが、梨紗は引かなかった。どうしても聴かせて欲しい、できればいいピアノで聴きたい。彼女がこんなわがままを言うのは初めてで、押し切られるような形でここに連れてこられたのだ。

ピアノの前に座る。白と黒の鍵盤を前に、ふと考える。

——自分が、支えになれるだろうか。

梨紗が「名塚」の曲に支えられていたように、自分の音楽は彼女を支えることができるだろうか。

「まだ、本当に序盤しかできてないですよ」

「判ってます」

「久しぶりに作ったので、拙いと思います。その辺は差っ引《ぴ》いて聴いてください」

「任せてください」

情けない言い訳を吐いたところで、重圧が減るわけでもない。覚悟を決めた。

岡部は左手を鍵盤の上に置き、おもむろに演奏をはじめた。

8

霜野鯨の作曲家時代をよく知る人間に、話が聞けそうだ。律からそんな連絡を受けたのは、その二日後のことだった。

どこにでも出向くと言ったが、相手は関西に住んでいるので、オンラインチャットではどうかという話がきた。かなり前から、オンラインチャットと言えばVR空間にログインして対面に近い形で行うのが主流だが、相手はあまりＩＴに詳しくない人間だという。指定されたのはブラウザで動くチャットアプリだった。

「こんばんは、岡部さん」

招待された部屋にログインすると、モニタ上のウィンドウに律の顔が表示される。

ウィンドウはもうひとつ起動していて、すでにオンラインになっている。今日のゲストだろうが、そちらには映像が表示されていない。顔を晒《さら》したくないのか、ウェブカメラの使いかたが判らないのかは不明だ。

「紹介します。今宮《いまみや》マサシさんです。今宮さん、こちらが岡部さんです」

「岡部数人と申します、こんばんは」

話しかけると、「どうも」という声だけが返ってくる。初老の男性のようだった。

「今宮さんの本職は、ヴァイオリン奏者なんです。ＡｎｔＩのメンバーではないんですが、ちょっとしたつてがあり、それで今回お話を聞かせてくれることになりました。今宮さん、よろしくお願いします」

岡部は素早く、「今宮　ヴァイオリン」で検索をかけた。候補者が十人くらい出てきたが、その中に「今宮雅士《まさし》」という名前がある。丸々と太った五十代くらいの男で、大阪のオーケストラで活動しているようだ。この人物で間違いないだろう。

「お話をするのはいいのだが……ちょっとひとつ、いいかな」

今宮が口を挟む。少し、釘《くぎ》を刺すような口調だった。

「小宮さんの話によると、岡部さんは検査員だと聞いたんだが、それは本当かね？」

その声からは、検査員に対していい感情を持っていないことが判るが、偽るわけにはいかない。

「そうです」と、岡部は素直に答えた。

「なるほど。ということは、あなたは、私たち演奏家にとっても利害が対立する相手だね。というか、敵だな」

「演奏家のかたとは、利害は対立していないと思います。『Jing』はあくまで作曲ソフトであって
……」

「何を言ってる。クレイドルがほとんど生音に近い合成音源を出すようになってから、我々演奏家

の仕事も激減しているのだよ。ストリングスの生オケを呼んでくるなら合成音源で作ればいいやと、そういう現場が増えている」

「今宮さん、ご不満は判りますけど、岡部さんも被害者なんですよ。彼は、作曲家だったんですから。廃業せざるを得なくなって、仕方なく検査員をやってるんです」

「作曲家？」

律の言葉に、今宮の言葉がさらにきついものになった。

「作曲家のような素晴らしい仕事をしていたのに、いまでは検査員をやっているだと？　金のために人生を捨てる気かね。僕は演奏家を続けてるぞ」

「いーまーみーやーさん。人には色々ありますから。それに、岡部さんは最近改心したんですよ。僕らとつきあっていることが何よりの証拠です。詳細は言えませんけど、『Jing』に疑問を感じて、それを倒すために協力してくれてます。ね、岡部さん」

「ええ、まあ……」

「ほら今宮さん、機嫌直してくださいよ」

今宮は考え込んでいるのか、チャットの向こうで黙ってしまった。モニタ上の律は、安心してくださいとでも言うように岡部に笑いかけている。

──金のために人生を捨てる気かね。

今宮の言葉が、引っかかった。

一昨日、梨紗に曲を聴かせたとき、彼女は少し微妙な反応をしていた。面と向かって苦言を言ったりはしないが、岡部の曲が期待していたほどのものではなかったようだった。

確かに、自分でも出来はよくないと感じていた。メロディーもよくないし、展開も通り一遍のものしかできていない。作曲家として失われた部分が、まだ戻ってきていない感じだった。これでは作曲家に戻るほうが「人生を捨てる」ことになってしまうだろう。

「いらぬことを言ってすまなかった。なんでも質問してくれ」

心の中で折り合いがついたのか、今宮が謝罪をしてきた。岡部は束の間《つかま》考えたことに蓋をし、チャットに向き合う。

「今宮さんと霜野会長とは、どういうご関係なんですか」

「帝都音大時代の学友だ。私は器楽科、彼は作曲科でそれぞれ学んでいた」

「音大って学科が違っても交流があるものなんですか？　それとも部活が一緒、とかでしょうか」

「前者だね。いまでもあるのかは判らないが、当時は学科の垣根《かきね》を越えた室内楽の授業というのがあった。そこで彼と一緒になったんだよ」

「霜野会長は楽器も弾けるんですか」

「作曲科だろうと、当然副科でピアノをやるでしょう？　そんなことも知らないの？」

相変わらず会話に棘があるが、構わずに先を続ける。

「霜野会長のピアノの腕前は、どんなものだったんですか？」

「上手かった。いわゆるハイアマチュアというやつだ。ピアノ科の本職には及ばないが、作曲科にいた学生の中では一、二を争うレベルだっただろう。作曲をせずにピアノだけをしていれば、それなりのピアニストになれたかもしれない」

「霜野会長は経営者もやってますし、研究者でもあったと聞きます。ピアニストとしても一流だったんですか」

「なんでもできる才人というのはいるものだよ。私はヴァイオリンしかできないから、効率の悪い肉体労働をずっとやるしかない。全く不公平なものだ」

岡部の中で、霜野の影がまたひとつ膨らむ。ハイアマチュアということは、ピアノの技量だけで言えば自分よりはるかに上だろう。自分は、彼に勝てる部分があるのだろうか。

「室内楽の授業で一緒になってから、友人としての交流がはじまったんですか？」

「まあ、そうなるね。演奏家と作曲家は、音楽という車の両輪だ。お互いがいないと、車は前に進まない」

「今宮さんが、霜野会長に曲を作ってもらっていたということですか？」

「逆だよ。演奏依頼のほうが多かった。曲を作ったから演奏してもらえないかという話をよくもらってね。小さな室内楽のことが多かったが、卒業制作では三十分のオーケストラ作品を作って、僕がコンマスをやった」

「オーケストラの曲ですか……」

フルオーケストラの曲というのは、作曲家にとってもっともハードルが高いもののひとつだ。何十種類もの楽器を使い分け、ホールでの聴こえかたや奏者のスタミナまでも考慮に入れながら長大な曲を書いていかなければいけない。とても自分にはできないだろう。

「霜野会長の作る曲というのは、どういうものだったんですか？」

なんでもできる彼のことだ。かなり高度な曲であることは予想がついた。自分など及ばないに違いない。岡部は、傷つくための心の準備をした。

「そうだねえ……」

今宮は口ごもる。

「正直、才能はなかった」

「え？」

「当時も思っていたが、いまならもっと判るよ。霜野の作る曲は、凡庸だった」

信じられない気持ちだった。

クレイドルの創業者であり、音楽業界を塗り替えた人間。作曲という仕事に見切りをつけるや、異業種の研究者にあっさりと転身することができた才人。実物の鯨のように、生きているだけで生態系の中心に君臨してしまう人間。

そんな人間の書く曲が、凡庸？

「今日の話をもらったとき、正直霜野の曲を思い出せなかったんだよ。それで、学生時代の音源を改めて引っ張り出して聴いてみた。当時も評価は低かったが、下方修正せざるを得なかったな」

「そうなんですか……」

「実際にコンクールなどには全く引っかかっていなかったからね。念のために言うが、同級生の評価も同じようなものだった。僕だけの感想ではないよ」

ネットで調べただけだが、確かに作曲家・霜野鯨の情報は検索しても全く出てこなかった。コンクールの結果にも全く名前が載ってない。

「曲は忘れていたが、彼の口癖《くちぐせ》は覚えていたよ」

「どういうものですか」

「古い、だ」今宮は少し面白そうな口調で言う。

「霜野はほかの学生の曲を聴いては、『こんな曲は古臭い』とか『いままであった曲のアレンジにすぎない』とか、悪罵《あくば》をよく口にしていた。いるんだよ、いままでになかった曲を作らねばならないという、革命家気取りの人間がね。ただ、その道を歩こうとするのなら、他を圧する才能が必須《ひっす》条件になる」

「霜野会長の曲は、新しくなかったんですか」

「残念ながらねえ」

今宮は少し神妙な声色になる。

「一度酒の席で、なぜそんなに新しさを求めるのかを聞いたことがある。彼は、我慢ができないと言っていた」

「我慢ですか」

「そうだ。世の作曲家は、なぜ新しい音楽を作ろうとしないのか。それが許せないと言っていた。僕は、いまでも工夫に満ちた曲はいくらでも生まれているだろと窘《たしな》めたんだが、霜野の言う『新しい』とは、その程度の音楽ではなかったのだね。彼は音楽の概念を壊し、覆すようなものを夢見ていた。かつて何度か起きた、音楽史の革命のようなものをね」

「それは……いくらなんでも……」

「荒唐無稽もいいところだ。大体、音楽にせよ絵画にせよ、人類が考えられるパターンというのはもう出尽くしているだろう。人類の脳はたいして変わらないのだから、時代を経るにつれ作品作りはどうしてもアレンジのような仕事になっていく。霜野の言は、人類の摂理に歯向かうようなものだよ」

今宮は寂《さび》しそうに笑った。

「彼がドン・キホーテなら、さしずめ僕らはサンチョ・パンサだ。霜野は作曲科の人間には嫌われていたが、僕らとは仲よくつきあっていた。だが、霜野にも、自らの限界が薄々判っていたんじゃないかな。作るものは次第に迷走していき、やがて完全に消えてしまった。卒業後会うこともなくなり、存在自体忘れていたが……三十歳のころに同窓会で久しぶりに会った。彼は音響工学の研究者になっていた」

「それが驚きます。理系の素養もあったんですか」

「まあ、頭はよかった。もう作曲はしていないのかと聞いたら、いまはしていないが、何年か経ったらするつもりだと答えた。変な答えだったので、よく覚えている」

「それが、『Jing』のことだったんですね」

「たぶんね。自分の才能に限界を覚えた分、人工知能を使って曲を作れば、もっといいものが作れる。そんなことを思ったのかもしれないが、全く迷惑な話だよ。人間の創造性を人工知能で代替させようなど、神をも恐れぬ所業だ。しかも、そんな商売が隆盛を誇っているわけだから、本当に狂った世の中だ」

今宮は唾棄《だき》するように言う。クラシック業界はまだ『Jing』による損害は少ないだろうが、金銭的な損失以上に、音楽そのものを傷つけられたと考えているのかもしれない。それ以来三十年、霜野とは会っていないと今宮は言った。

「その霜野鯨の曲って、今宮さんからいただくことって可能ですか」

黙って聞いていた律が言葉を挟む。「まあ、ね」と今宮が答える。

「可能は可能だが、条件がある。どこにも出さないでくれ。面倒なことに巻きこまれたくない」

「判ってます。相手は巨大企業ですしね。おっかない真似は僕もごめんです」

「それに、霜野は一時期僕の友人だった。不用意に傷つけたくないのだ」

「判ってますって。安心してください」

律が真面目に答えるが、どこまで信用していいかはよく判らなかった。律のことだ。クレイドルを攻撃するためなら、しれっと用いるかもしれない。

「じゃあ あとでおふたりに送るよ。それでいいかね？」

今宮が言う。もう彼に聞くべきことは、残っていなかった。

＊

霜野の楽曲は、チャットを切って一時間後に送られてきた。送られてきた曲は、全部で五曲。そのうち三曲は、ピアノと弦楽器の室内楽曲だった。

それらから聴いてみたが、今宮の言とは違い、一聴どれも悪くはないと感じた。さすがに音大の作曲科まで行っているだけのことはあり、しっかり作られている。ところどころで和風の音階を使っていて、独特の響きがするのも面白いと感じた。

ただ、顔が見えづらいという印象も受けた。曲の構成は定型的で、西洋音楽に和の要素を取り入れるという発想も、散々試みられていることだ。霜野だけにしかない何かは、この音楽からは聴こえてこない。

次の曲は、ピアノの独奏の曲だった。

演奏者の名は付記されていないが、恐らく霜野が弾いているのだろう。その演奏は、確かにプロのレベルではないものの、充分に上手だった。ミスタッチも少なく、素早い動きで鍵盤を正確にタッチし続けている。

ただ、曲自体は変わった曲だった。使っているのはただのピアノではなく、プリペアド・ピアノというやつだ。ピアノの中にゴムなどを仕込んで演奏する奏法で、ポコポコと鐘のような音がする。音楽自体も変わっていて、最低音から最高音まで八十八鍵《けん》をフルに使っているらしく、聴こえてくる音の幅がやたらと広い。コード進行も特殊で、セオリーを外しているというよりめちゃくちゃだった。常識人が無理して無茶をやっているような痛々しさも感じる。

最後の曲は、また趣が違った。今度の曲は、一転して電子音楽だった。ファミコンの八ビット音楽のような、チープな電子音があえて使われている。曲自体は正統的で端正なもので、それをあえて電子音で表現したようだったが、奇抜さ以上の効果は感じられない。手法のための手法という感じだ。

今宮の言いたいことが判った。霜野には、たぶん才能はない。同時に、岡部には、蛇行《だこう》するように迷走する霜野の気持ちが、理解できた。

——誰も聴いたことのないような、新しい音楽を。

それはあらゆる作曲家が一度は描く願望だろう。岡部も作品制作時に、そんな意気込みを持ったことが何度もある。だが、作っているうちに、その意志は徐々に萎んでいく。

ゲシュタルト理論だ。塊になる楽曲を作ると、凡庸になる。塊にならない曲を作ると、めちゃくちゃになる。新しい音楽を作ろうとすると、その狭間でもがき苦しむことになる。

霜野の曲を立て続けに聴くと、彼がゲシュタルトの庭でのたうち回っている姿が見えた。腹をくくって庭の中で制作をしていればまだよかったのかもしれないが、彼はそれでは満足できなかったのだろう。結果として霜野は庭の境界線を見失い、作曲家の世界からは退場せざるを得なくなった。

霜野は、すべてを持っていた。ピアニストとしての技術。音大から研究者に転身できる地頭のよさ。『Jing』を作り、クレイドルを巨大な企業に成長させたビジョン、行動力と強運。

だが、作曲の才能は持っていなかったのだ。

様々な才能を持っていたが、一番欲しかった才能はなかったのだ。そのことに、彼はどれほど深く絶望したのだろう。

殺したはずの夢が、霜野の中ではいつまでも生き続けていたのではないか。だから彼は『Jing』を作った。自分が愛し、憎んだ作曲という海の生態系を、丸ごと変えてしまうために。

己の夢への復讐《ふくしゅう》――霜野を突き動かしていた「衝動」の正体は、それなのではないか。

そんな霜野のもとに、名塚がやってきた。

曲を作ることに関して天性の才能を持つ人間が、自分に頭を下げてきた。力になって欲しいと、己を頼ってきた。

そのとき、霜野は何を感じたのだろう。

優越感だろうか。憐れみだろうか。曲を作れないことへの同情だろうか。名塚を前に、霜野は何を思った？

――カイバを貼ったのは、霜野だ。

いままで推測にすぎなかったそれを、岡部はようやく確信した。

9

タクシーの車内。目を閉じながら、岡部は考えていた。

霜野が二枚目を貼ったと直感的には判っていたが、大企業の経営者がそんなことをする理由まではよく判らなかった。だが、彼の曲を聴いているうちに、真相が見えてきた気がする。

作曲を諦め、事業の道に進んだ霜野のもとに、ある日名塚が訪ねてきた。彼は疲弊しきり、助力を頼んできた。

霜野からしたら、それは人生で最高の瞬間だったかもしれない。霜野は自らの夢を殺し、その屍《しかばね》の上に別のものを築いて生きてきた。自分がなるはずだった天才が頭を下げてきたというのは、自分の歩んできた道を全肯定されたようなものだろう。

霜野は名塚を助けた。天才に協力し、彼がやり残した仕事を片づける手伝いをした。その仕事は事故前の天才を超え、新境地を開拓したとすら言われた。

霜野は、名塚の共作者のつもりだったのではないか。

霜野は名塚を使い、殺したはずの夢を叶えたのではないか。

岡部はふーっとため息をついた。霜野が生前の名塚とどんなやりとりをしたのかも、なんとなく見えてくる。

名塚は、生前に『Jing』に曲を作らせた。依頼されたすべての仕事を終えてから作った、久々の自主制作だった。彼はそれを遺作にしようと考えていた。

そして、そのことを霜野に打ち明けたのではないだろうか。霜野は動揺した。自分の共作者が、いなくなってしまう。説得したが、名塚の意志は固かった。そこで、彼は名塚に提案した。曲を、壁の前に貼り出して欲しい。それをすることで、この曲は話題になるだろう。分割して貼ることで、その効果を長続きさせることができる。この曲の評価を、世に知らしめることができる。

――我々の曲の、評価を。

それが、動機だ。

名塚があんな派手な真似を好んでやったとは思えない。霜野が彼に提案したのだ。ところが、二枚目のカイバを貼り、計画もこれからというところで、益子に邪魔された。だから、探偵を使って邪魔者を探そうとした。もしかしたら、私刑を加えるつもりなのかもしれない。

――だがそうなると、名塚はなぜ曲を送ってきたのだろうか。

謎は残っている。霜野に渡したと思われる曲と、岡部たちに送られてきた曲。それは双方、展開が違っている。これは、どういうことなのだろうか。なぜ名塚は、二パターンの展開を作った？

そこでタクシーが止まった。クレイドルビルの前だった。岡部は思考を中断し、タクシーを降りてエントランスに向かう。

エレベーターに乗り、いつもの会議室に向かう。切り替わる階数ボタンを見ながら、仕事のモードに頭をチェンジしていく。

会議室に入ると、すでに茂木がきていた。

「お疲れ様です、岡部さん」

少し、いつもと声の感じが違った。友好的な表情を浮かべてはいるが、声の中に緊張感がある。なんだろうと思いながら、岡部は正面の席に腰掛ける。

このところ忙しかったが、仕事はきちんとクリアしていた。いつも通り、雑談を交えながら定例会議が進む。その最中も、茂木はずっと浮かない表情をしていた。

「岡部さん」

ひと通り報告を終えたところで、茂木が硬い声で言った。

「何か、秘密にしていることがありませんか」

岡部はハッとした。茂木の目に、言いたくないことを言わなければならないという色があった。

——データの改竄。

すぐに思い当たった。律に協力していることが、バレたのではないか。

茂木はじっと岡部を見つめている。岡部はその視線を見返しつつ、頭を巡らせる。

——違う。

データの改竄がバレているのなら、こんな質問などせずに、さっさと証拠を突きつけて処分すればいい。こんな風に聞いてくるということは、確証がないということだ。

「何のことですか？」岡部は言った。

「秘密にしてることとなんかありませんよ。そりゃあ、貯金の残高とかは言えませんけど」

「岡部さんは優秀な検査員です。真面目に働く人だから、僕は評価しています。本当に、隠していることはないんですね」

「はい、思い当たることはありません」

「そうですか。なら、いいです」

茂木はきっぱりと言って立ち上がる。

「そろそろ時間です。行きましょう」

茂木は立ち上がり、ひとりで部屋を出ていこうとする。岡部はそのあとに続いた。

エレベーターに乗り、ひとつ上の階に上がる。

廊下を突き当たりの部屋まで歩き、中に入ると、センサーブロックがタコの吸盤のようにボコボコと貼られたヘッドセットが用意されている。NIRS計測装置だ。岡部は椅子に腰掛け、いつも通りそれを被《かぶ》った。

白衣を着た研究者たちが部屋の中を歩き回る。そこで、岡部は気づいた。見慣れない人物が、少し離れたところに立っていた。

「岡部さん、ご無沙汰しております」

霜野に会ったとき、岡部を案内してくれた秘書の男だった。

「先日はありがとうございました。霜野も有意義な話ができたと喜んでおりました」

「はあ、それはよかったです……」

「突然申し訳ありません。かねてから、検査員のかたの仕事がどういうものか、後学のために知っておきたいと思っておりまして。お邪魔はいたしませんので、少し見学してもいいですか？」

岡部は茂木のほうを見た。彼は表情のない目でこちらを見つめている。

少し、不安が生まれた。

何かが、いつもと違う。茂木の態度もそうだし、検査を秘書が見たがっているというのもおかしい。なんだろう。自分は、何かに巻き込まれている。

「ではじめますけど……よろしいですか、岡部さん？」

研究者が問いかける。おかしいといっても、帰るわけにはいかない。岡部は頷き、目を閉じた。

音楽が流れはじめる。

流れてきたのは、弦楽四重奏だった。モーツァルトやチャイコフスキーといった、判りやすい曲想ではない。恐らくは現代音楽の作曲家の手による、難解な音楽だった。

主役を取るヴィオラの旋律は、半音の半分、四分の一音のスケールで細かく動く。ドからシまで、すべての音を一度に演奏するクラスター音が破壊的に鳴り響く。しばしの静寂。そして、四つの楽器が怒鳴《どな》り合うように、旋律なのかなんなのか判らない音の連なりを演奏しはじめる。弦楽器を指でこする、キュッキュッという擦過音。表板を叩いているのか、打楽器のような音も混ざっている。見たことのない動物同士が争っているようだった。

聴いていて快を覚える音楽ではない。どちらかというと生理的な拒否感と、困惑とが胸の中に生まれる。岡部はそれらの感情を、自分の中で野放しにした。感情を抑制せず、困惑や戸惑いも、頭につながれたファイバーを通して『Jing』に伝える。

――いつまでこんなことをする？

難解な音楽を聴いていると、つい不安になる。

これから検査員の仕事をやめるまで、毎日何時間もこんな音楽を聴き続けなければならないのだろうか。それどころではない。学習が進むにつれ、クレイドルはもっとわけの判らない曲をリクエストしてくるかもしれない。そんなことになったときに、自分は耐えられるだろうか。

余計なことを考えている。岡部は思考を遮断することにした。

「岡部さん」

突然、秘書の男が話しかけてきた。岡部は驚いた。

「すみません。いまは検査中です。あとにしてください」

「岡部さん。腹を割って話したいことがあります」

「なんですか。あとにしてください。音楽に集中できません。脳が乱れる」

「名塚楽の曲について、何か知っていますか」

いきなりその話題が出てきて、岡部は驚いた。目を開け、部屋を見る。先ほどまでいたはずの茂木は消えており、いたのは感情の抜け落ちた目をしている秘書だけだった。

「霜野と話しましたね。名塚楽のスタジオに貼られたカイバについて。霜野は、あれを誰がやったのか気にしています」

「一体、突然何を……？　名塚楽？　あの作曲家の、名塚ですか」

「おやおや、動転してらっしゃる。あなたにとって名塚楽といえば、その名塚楽しかいないでしょう。とぼけるバランスがおかしくなっている」

「ちょっと待ってください、これは一体……」

「ただの雑談ですよ。岡部さんは、あれを貼った犯人のことをご存じなんですか？　知っていたら教えてください。悪いようにはしませんよ」

マインド・リーディング。

岡部はそこで気づいた。なぜこの場所で、秘書の男が話しかけてきたのか。

NIRS計測装置は、脳のヘモグロビン濃度を測定し、感情の流れを定量化する機械だ。使いようによっては、嘘発見器として用いることができると聞いたことがある。この男は、岡部の嘘を見破ろうとしているのではないか。

「岡部さん。壁にカイバを貼ったのは、あなたですか」

岡部はヘッドセットを外した。静観していた白衣の男たちが慌てて飛んでくる。彼らにそれを渡して、秘書の男を睨んだ。

「そんなこと、していません。何を言っているか判らない」

「その割に、最初にヘッドセットを外しましたね。何を警戒してらっしゃるんですか」

「検査になりそうもない。だから一旦《いったん》外しただけです」

「岡部さんは明晰《めいせき》な人間だと、霜野から伺っています。その割に、おかしな言い訳が多いですね」

秘書はそう言って、口元を押さえて笑う。

岡部は部屋を見回した。白衣の男たちがこちらを見ている。それどころか、天井に備えつけられた数々の監視カメラも、すべて岡部のほうを向いているように見えた。目、目、目……多くの目が自分を捉え、観察している。得体の知れない獣の群れに、囲まれている気がした。

「まあいいや、お邪魔でしたね。失礼しました、検査の続きをお願いします」

秘書は白衣の男とアイコンタクトを交わし、悠々と出ていく。痛いほどに高鳴る動悸《どうき》の向こうから、トーンクラスターの潰れた和音が聴こえてくる。彼とやりとりをしていた間も、音楽はずっと続いていたようだった。

岡部は唾を飲んだ。もはや、間違いない。

自分はいまや、決定的に疑われている。

10

——どうして疑われたのだろう？

帰宅して、岡部は今日起きたことを振り返っていた。

準備の必要なＮＩＲＳ計測装置での検査の現場に踏み込み、それを台無しにしてまで質問していった。クレイドルが、相当な確度で自分のことを疑っていることが判る。カイバを貼った犯人が岡部数人だと、考えている。

クレイドルは、益子を疑っていたはずだ。彼の嫌疑が、何らかの理由で晴れたのだろうか。だから、今度は自分を疑っているのだろうか。

ため息をつく。椅子の背もたれに身体を預ける。

取引先から容疑者のような扱いを受けている。ショックが抜けてきた身体に、屈辱感が染みのようにじわじわと広がっている。

──やめてやろうか。

強い言葉が、自然と心の声として湧いて出てくる。

ある程度残っていたはずのモチベーションが、折れそうになるほどに削られているのを感じる。

机の上に散らばったヘッドギアを見ると、少し嫌な気持ちになる。

──だが、やめられるのか？

このところ何度も考えている地点に、また戻ってきてしまっている。

現実的に考えて、音楽とは関係のない仕事をするにしても、ほかの業界のことをろくに知らない三十五歳の男を、どこかが受け入れてくれるのだろうか。そんな奇特な会社があったとして、検査員よりも確実に待遇は悪くなる。

作曲家に戻る？　そんなことこそ、無理に決まっている。作った曲を聴かせたときの、落胆を隠せない梨紗の表情がそれを証明している。『Jing』が市場を席巻しているいま、技術が戻っていない自分が作曲家としてやっていけるわけなどない。

結局、自分には検査員しかない。何をやるべきか、そんなことを考えていること自体が間違いなのだ。屈辱に耐えることになっても、続けていくしかないではないか。

――待てよ。

ひとつ、岡部の中に発想が生まれた。

鯨を狂わせること。

それが、自分のやるべきことなのではないか。

『Jing』に生理データを送っている限り、収入は安定して得ることができる。仕事の内容はいままでと変わらないが、その意味を変えることはできる。

律に取り込まれるわけにはいかないとガードしてきたが、本当にそうなのだろうか？　ＡｎｔＩに協力し続ければ、安定も、意義も、楽しみも、そのすべてを手に入れることができる。『Jing』のビジョンを実現するのではなく、『Jing』を打倒すること。それが自分のすべきことなのではないか……。

岡部はかぶりを振った。自分が下卑た発想に陥っていることに、失望した。

大体、鯨を狂わせるなどということが、本当にできるのだろうか。検査員が何人いるのかは判らないが、それをすべて取り込むなどというのは不可能だ。そもそも、『Jing』はもうほとんど通常の音楽の学習は終えている。いまから多少おかしなデータを送信したところで、根本から破綻するなど考えにくい。

律は、もっと長い期間を見ているのかもしれない。十年、二十年、あるいはもっと長期間。うんざりするほどの年月をかけて、長期戦を勝ち抜くつもりなのかもしれない。そこまでロングスパンの話になってくると、もうそれが上手くいくか否かはよく判らない。

自分は、何をするべきなのか。

岡部には答えが見つからなかった。

＊

部屋のインターフォンが鳴ったのは、その日の深夜だった。

時計を見る。時刻は二十三時半だった。宅配便がこんな時間にくるわけはない。

――俺のところに、調査業を名乗る男たちがきた。

益子が言っていたことを思い出す。胃が一気に重くなる。いまの精神状態で、もうひと悶着《もんちゃく》起こさなければならないのは、気が重い。

無視してしまおう。そう考えて応答に出ずにいると、もう一度インターホンが鳴る。それも無視していると、間髪入れずにもう一度鳴った。

さらにもう一度鳴る。出なければいつまでも続きそうだ。岡部は覚悟を決め、受話器のほうに向かった。

「こんばんはー」

カメラに写っていたのは、素性の判らない男たちではなかった。

梨紗だった。

「どうしたんですか、こんな遅くに」

少し安心して通話ボタンを押すと、梨紗は笑顔になり、左手を振った。

「あー、岡部さん。仕事明けでちょっと疲れちゃって、ちょっと休みたいなーなんて思いまして。いま、上がってもいいですか？」

声の調子がおかしかった。いつも抑制されている梨紗の声が、だらしなくコントロールを失っている。

家の場所は教えてあったが、こんな風にいきなり押しかけてくるのは初めてだった。カメラ越しではよく見えないが、少し酔っているようだ。

「ちょっと待ってください。開けますから」

オートロックを開ける。しばらく待つと、玄関のドアをノックする音が響いた。開けると、梨紗が立っていた。ふらついていて、なんとか立っているという様子だ。

「岡部さん、こんばんは。いきなりきちゃってすみません」

謝意の全く混ざっていない口調で言う。目の焦点が定まっていない。少しどころではない、全身からアルコールの臭いが濃厚に漂っていた。

「梨紗さん、そんなに酔って、大丈夫ですか」

「大丈夫ですよ。二回転んだだけでこれました」

梨紗はそう言って左手で右腕をぐいっと持ち、肘《ひじ》を見せてくる。右肘には激しく擦りむいた傷があり、血が垂れていた。

「大変だ。消毒して絆創膏《ばんそうこう》を貼らないと」

「大丈夫ですよー。怪我してもぜんっぜん痛くないですし。便利なんです、こっちの手」

「何言ってんですか。ちょっとこっちにきてください」

ひねくれたことを言っていたが、引っ張るときちんとついてきてくれる。仕事部屋まで誘導し、救急箱を取り出してその右腕を摑んだ。

他人に触れると、どんな箇所であれ反射的な反応があるものだ。だが、梨紗の右腕からは、当たり前だがそういう反応がない。無反応の右腕がそれでも生々しい体温を放っていることに、岡部は少し動揺した。

消毒液をつけ、絆創膏を貼る。梨紗はその間、楽しそうに鼻歌を歌っていた。いつもの彼女とあまりにも違っている。

「ちょっと待っててください」

そう言って、リビングに向かう。冷蔵庫からミネラルウォーターのペットボトルを取り出して仕事部屋に戻ると、梨紗は椅子に腰掛け、面白そうにヘッドギアを見つめていた。

「あー、これが検査員の道具なんですね。岡部さん、頭大きいんですね」

「精密機械です。壊れやすいので、あまり触らないでください」

「判ってます、馬鹿にしないでください」

そう言いながら梨紗は、ヘッドギアを摑んで頭に嵌める。今日の彼女は始末に負えない。脳波を測って何を考えているのか、知れるものなら知りたかった。岡部はそっとヘッドギアを取り上げ、ペットボトルを手渡す。

「どうしたんですか。何かあったんですか」

立ったまま、座っている彼女を見つめて言う。梨紗は気持ちよさそうにハミングをしていて、質問に答えようとしない。さすがに少しイライラしてきた。いくら梨紗が相手とはいえ、こんな時間にこんな態度を取られるのは度を過ぎている。

「何か嫌な仕事でもあったんですか?」

「嫌な仕事? そんなものないです。私はプロですし、なんでも機嫌よくできますから―」

「じゃあ、店の支配人と揉めたとかですか」

「支配人さんは、私の味方ですし―」

梨紗は楽しそうに答える。全く、何がなんだか判らない。ベッドに寝かせるか『オール・オブ・ミー』に連絡して引き取らせようか。そう考えた瞬間、梨紗は急に立ち上がった。

立ち上がった勢いで梨紗は岡部の身体にぶつかり、そのまま、しがみついてくる。

「梨紗さん……？」

岡部は軽く梨紗を抱きしめた。腕の中の彼女は、わずかに震えている。左手だけを岡部に絡めてくるその力は、弱々しかった。

「私は、ピアニストじゃないんでしょうか？」

「何を言ってるんですか、突然」

「岡部さんも前に言ってましたよね。弾き師は人工知能の下請けだって。岡部さんも、心の奥では私の仕事を見下しているんですか」

「いえ、あれは、売り言葉に買い言葉ってやつで……」

「私がステージに立つのは、この方法しかないんです。それを望むことが、よくないことなんでしょうか」

「梨紗さん……」

「私は、本物の演奏家の仕事を、邪魔しているだけなんでしょうか」

梨紗は震え続けている。アルコールが回っているというのに、その身体は冷たい。

彼女を抱きしめながら、岡部はなんとなく事情が判りはじめていた。

――奥田と揉めたんじゃないか。

『オール・オブ・ミー』で働いている、本職のジャズピアニスト。あの店に恩義があり、いまだに定期的に弾きにきているというプロ奏者。

梨紗はジャズではなく、人工知能の曲を演奏している。技術的には劣《おと》るのに、はるかに人気を得ている彼女に対して奥田が何を考えているかは、容易に想像できる。梨紗は奥田と口論になり、自分の仕事を否定されたのではないか。

「梨紗さん」

口にしたものの、何を言えばいいのか判らなかった。

奥田の演奏は、好きだった。彼の演奏に拍手があまり起こらない現状に、憤りもした。梨紗のバタバタとした演奏があれほどの人気を得ている状況も、気に入っていない。だが、そんなことを言うわけにはいかない。

岡部の腕の中。梨紗は怯《おび》えたように震えている。自分は、何を言えばいい——？

「僕の曲を、弾けばいい」

気がつくと、岡部はそう言っていた。

「梨紗さんは正当に評価されてない。曲が悪いからです。あなたは演奏家の邪魔なんかしてません。あなたは、演奏家なんです」

腕の中で、梨紗が顔を上げた。潤《うる》んだ瞳が、岡部のことを見つめる。

——私に、曲を作って欲しいんです。

あの依頼をしてきた梨紗の気持ちが、岡部にはようやく判った。

自分の職業に、誇りを持てるような仕事を。彼女は、それを求めているのだ。

「あなたが優れた演奏家だということを、みんなに見せましょう。そのために、曲を作ります。それで、どうですか」

梨紗は岡部の目を見つめた。そこで、かくんと力が抜けた。

「……梨紗さん？」

梨紗は岡部の腕の中でぐったりとしていた。気が抜けたのか、梨紗は岡部に身体を預けたまま眠っていた。岡部は彼女をベッドに寝かせた。

——自分は、何をするべきなのか。

「作曲だ」

昔もいまも、自分には作曲しかなかったのだ。なぜそんなことを忘れていたのだろう。

眠気が飛んでしまっていたが、ちょうどよかった。自分の中に、熱い金属の塊が放り込まれた感じがした。

岡部はパソコンに向かい、ＤＡＷを起動した。

11

――二週間後なんです。

翌日。朝まで岡部の部屋で眠っていた梨紗は、勝手に押しかけたことを謝りながらそう言った。

――二週間後、また奥田さんと共演する機会があるんです。私は、できればそこで岡部さんの曲を演奏したい。わがままだってことは判ってます。でも、彼の前で、演奏してみたいんです……。

二週間。全盛期なら簡単に仕上げられる期間だったが、いまの自分にはぎりぎりだと感じた。だが、やらないわけにはいかない。

あれから数日間、岡部はずっと作曲をしていた。

暗い箱の中に入る。

壁のつるつるとした表面を、歩きながら撫で回す。何かがないか。出っ張り。へこみ。傷。ざらつき。時間をかけ、取っ掛かりを探していく。

わずかに見つかったひび。それを触ると、頭の中でメロディーの断片が聴こえる。岡部は旋律をハミングし、スマートフォンに録音した。

ＤＡＷに向かう。以前作っていた曲はすべて破棄し、いちから作り直していた。

制作の進捗は、牛の歩みのように遅い。作っては消し、作っては消し、何度そんなことを繰り返しているか判らない。ゴミの山を積み上げながら一粒の砂金を探すような、何も見つからない時間。自分がやっていることが、途方もない道のりのように感じてくる。

検査員として培ってきた耳が、作曲の助けになってくれるのではないか。

そんなことを期待していたときもあったが、実際は全くの逆だった。様々な楽曲、様々な展開、様々なパターン。身体に染み込んだ知識のすべてが、岡部にささやいてくる。

──そんな曲は、もう誰かが作ってる。

──お前の作っている曲は、駄作だ。

──梨紗の失望する顔が見えるな。

次から次へと湧いてくる声を聞きながら、岡部はそれでも前に進んでいた。作る。壊す。作る。壊す。作る。壊す。作る。壊す。巨大な岩に手を当て、なんとか動かそうと押し続ける。そんな時間に耐え続けた。

だが、つらいだけではない。

これだと思うメロディーや展開が作れたとき。作ったものから、新しい発想が生まれ、どんどん先につながっていくとき。それは、久しぶりに味わう作曲家としての快感だった。脳の中の死んでいた水路に水が流れ、透明な泉に注がれる感じがした。

一段落したところで、椅子に背中をもたせかける。岡部の視界に、机の上の腕輪とヘッドギアが入ってくる。

このところ、検査の仕事は捗《はかど》っていない。

なんとか仕事は進めているものの、『Jing』から流れる音楽を聴いていても、自分の作る音楽の展開ばかり考えている。難解な音楽は、脳を素通りするように身体の中を流れていく。

──もう、潮時なのだろう。

やりたいやりたくない以前に、こんな体たらくではとても報酬をもらえる資格はない。というよりも、それよりはるか昔から、もうとっくに潮時だったのだ。律の依頼をためらいなく受けた瞬間に、自分は検査員をやる資格を失っていた。いまも続けていることがおかしいのだ。

だが、検査員をやめて何をする？

「作曲だ」

半ばやけくそ気味に呟いた。

――作曲家に戻ってどうする？

内なる声が問いかける。

――この生活を捨てるのか？　結局お前には、検査員しかできないんだ。現実から目を逸らして都合のいい夢を見るんじゃねえよ。

その通りだ。自分は現実逃避をしているのかもしれない。『Jing』が音楽を作る世界で、自分のような作曲家はもう必要ないのかもしれない。

だが。

梨紗のために曲を作ること。彼女が誇りを取り戻せるような曲を作ること。

それは、誰にもできない。この世界で、自分にしかできないのだ。

＊

益子から会いたいと言われたのは、作曲に本腰を入れてから一週間後のことだった。

「引っ越すことになったんだ」

以前と同じファミレスで顔を合わせると、開口一番、益子はそう言った。

「来月、金沢の実家に帰る。飛騨《ひだ》山脈《さんみゃく》の向こうに住むのは、十七年ぶりだ。大学に入ってから、ずっとこっちにいたからな」

前回会ったときよりも、益子はさらに血色が回復していた。いまは実家からやってきた母親が同居していて、炊事や身の回りの面倒を見てくれているらしい。彼がゆとりを持った生活の中にいることが、その外面から窺えた。

「ずっと不摂生してたんだろ。故郷の空気を吸いながら、少しゆっくりしろよ」

「ああ、そうするつもりだ。あっちは時間の進みも遅いからな。のんびりしてくるよ」

「それで……落ち着いたら何かする予定はあるのか？」

「それなんだがな」

益子は恥ずかしそうに頬をかく。

「寿司《すし》職人だ」

「は？」

「いや、金沢といえば寿司だろ。いまや世界中から観光客がくる。握り手は全然足りてない」

「だからって……随分思い切ったな。まあ、お前は、職人とかには向いてる気はするが……」

「だろ？　寿司なら年を取ってからも握れる。一旦技術をつけとけば、一生食える」

「ただ……すぐにはなれないだろ、あの仕事？　飯炊《めした》き三年、握りは八年だったか？　お前、五十歳くらいになっちまうぞ。まあ、職人なら五十歳くらいは若いのか……？」

「お前、馬鹿か？」

「は？」

「何、真面目に聞いてんだ。冗談に決まってるだろ。呆れたやつだな」

益子は両手を上げる。岡部は鼻を鳴らした。呆れるのはこっちだ。冗談なら、もっと判りやすく言え。

「特に予定はない。情けない話だが、今回のことで親とも久々に長く話せたしな。実家に帰ってこいと言われたから、その言葉に甘えることにした」

「別に情けなくなんかないよ。つらいときに人を頼るほうが勇気がいる。親御さんも嬉しいだろう」

「まあ、なんというか、迷惑かけたな。岡部、ありがとう」

益子からそんなストレートな言葉をかけられるとは思わず、言葉に詰まる。嬉しくはあったが、それ以上に複雑な思いに囚われる。

——益子は、もう音楽を作らないかもしれない。

そんな予感がした。益子が尖った音楽を作り続けていたのは、彼が鬱屈《うっくつ》した攻撃性を抱えていたことと無縁ではない。だが、いまの彼からはそんな角が取れ、丸くなった感じがあった。人間としては成熟なのかもしれないが、表現者としてはどうなのだろうか。

反応に困っているうちに、益子は思い出したように話題を変えた。

「そう言えば……これはお前に報告しておかないとな」

「なんだよ。何のことだ」

「少し前、おかしなことがあった」

益子の言葉が、わずかに緊迫する。

「前に、探偵がうちにきたという話をしただろ？　その三日後のことだった。家に帰ったら、ものの配置が少しおかしくなっていた」

「どういうことだ？」

「空き巣に入られたのかもしれん」

益子は少し顔を近づけて言う。

「いかんせん、うちは安普請《やすぶしん》だからな。鍵はかけていたが、本職の連中からすると開いていたに等しいのかもしれない」

「それは、その探偵がやったことなのか？」

「さあ、判らん。ただ、盗まれたものはなかった。ものはほとんど実家に送ってしまっていたしな」

「警察には行ったのか？　被害届は？」

「被害もないのに何を出すんだ。そもそも空き巣が入ったというのも気のせいかもしれん。何か、そんな感じがしただけで、確証はない」

——霜野だろうか。

霜野は計画の邪魔をした人間を探している。その証拠を摑むために、益子の家に入ったのではないか。

岡部は、ＮＩＲＳ計測装置での秘書の男の振る舞いを思い出した。急に岡部にターゲットが切り替わったと感じたが、その背景にはこれがあったのかもしれない。益子の家に忍び込み、カイバを貼った確証を探したが、何も出てこなかった。その結果、疑念がこちらに向いた。

それにしても、空き巣までするというのは異常だ。だが、冷静に考えてみたら、これはむしろいいことなのかもしれない。自分が犯人でないことは事実だ。益子は東京を離れ、クレイドルからは遠くに行く。三枚目のカイバの真相は、闇に葬られる。霜野の怒りも、そのうちに収まるだろう。

「益子」

岡部は言った。彼とはもう、しばらく会えないかもしれない。

「なんだ」

問い返す益子の目は、しっかりしていた。その目を見て、岡部は大丈夫だと感じた。

「お前に話しておきたいことがあるんだ」

復帰後の名塚は、人工知能を使って音楽を作っていた。

名塚の知見を得た結果、『Jing』は名塚の曲を作れるようになった。その音楽は名塚の実力を凌《りょう》駕《が》し、復帰後の名塚は作風の幅が広がったとまで評価されることになった。

そして死後、霜野は名塚の曲を壁に貼り出しはじめた。名塚の評価を確定し、協力者である自分を満足させるために。

話をしているうちに、益子の顔がどんどん険《けわ》しくなる。だが、いまの彼なら受け止めてくれると思った。岡部は包み隠さず、すべてを話した。

「なんで名塚は、人工知能なんかに頼ったんだろうな」

ぽつりと、益子が呟いた。

「依頼された仕事が大事といっても、そんなもの、反故《ほご》にすればいい。大体、あいつ以外にも作曲家はいるし、それこそ人工知能を使えば曲なんか作れる。そんな時代に、義理堅く仕事をする必要なんかない」

「霜野は、名塚は評価を失うことを恐れていたと言っていた」

「判らんでもないが、人工知能なんかに頼ったらおしまいだろ。あいつなら、そんなことをしなくてもいい曲が作れたはずだ」

益子は少し苛ついた様子で言う。益子の気持ちは理解できた。名塚の成功を妬みながらも、彼の無様《ぶざま》な姿は見たくない。アンビバレントな思いを抱えているのは、自分も一緒だ。

「それに、曲の展開にふたつのパターンがあるのはなぜなんだ?」

益子はそう言って首をかしげる。「お前はどう思う？　益子」水を向けると、彼は考えた挙げ句ぽつりと言った。

「長いバージョンと短いバージョンがあるってことじゃないか？　そして、名塚が本当に作りたかったのは、短いバージョンだった」

「どういうことだ？」

「俺たちのところに送られてきたのが、短いバージョンだ。だがあの版だと、壁には三回しか貼ることができない。霜野は長く貼り続けることで、名塚の影響を高めようとしてたんだろ？　なら、曲は長ければ長いほどいい。そこで、ロングバージョンを作った。ただ、ショートバージョンは発表することはできない。だから俺たちのところに送ってきた。昔の友人に聴いてもらおうってな」

「なるほど……」

確かに、それならふたつのバージョンがあることの説明はつく。だが、それだけでは説明がつかないことがある。

「じゃあ、なぜ指とインクを同封する必要があるんだ？」岡部は言った。

「曲を聴いて欲しいだけなら、指とインクを同封する必要はない。送ってきたカイバを貼り出して欲しいのなら、霜野に別バージョンを貼らせる意味はない。この矛盾はなんだ？」

「……さあな。死んだあと、名塚に聞けよ」

益子は面倒臭そうに頭をかいた。相変わらず、どうも謎が割り切れない。必ずあまりが出てしまう。

「それより岡部。お前はどうするんだ」

益子が話題を変えた。

「これからも検査員を続けるのか？」

タイムリーな話題だった。そのことも、益子に話そうと思っていた。

「実は、色々あって迷ってる。お前にいまさらこんなことを言うのは、申し訳ないが」

「別に俺に気を遣う必要はない。お前の人生だ。好きに生きればいいさ」

相変わらず、益子らしくない言葉が続く。岡部の胸に、複雑な感情が溢れた。

話すつもりはなかったが、話しておこう。ふと、そう思った。

「最近、曲を作ってるんだ」

「なんだと？」

益子は驚いたようだった。

「ちょっと作りたい曲があってな。でも、まだ上手く作れない」

「まあ、ブランク長かったもんな、お前は」

「もしよかったら……聴いてもらって、アドバイスをくれないか？」

「俺に？」

益子は驚いたように言い、少し相好を崩す。

「……お前とそんなことをやる日が、またくるなんてな」

しみじみと言う。気のせいだろうか。益子の目が、判らないほどわずかに潤んでいる感じがした。

12

——全然なっちゃいないな。素人かよ、お前。

益子の評価は辛辣《しんらつ》だった。

――お前、こんな程度の曲しか書けないで、よくも俺の曲にあれこれ言う気になれたな。こんなやつとユニットを組んでたなんて、情けなくなるぜ全く……。

豹変したように率直な批評を口にする益子に腹は立ったが、怒るくらいなら最初から彼に評価を求めてはいけない。自分の作った曲は偏っているのに、人の曲を評価するとなると誰よりも客観的になれる男だ。そんな相手に曲を聴かせるというのは、首に縄をくくりつけた状態で、その切れ端を渡すに等しい。

腹が立つと同時に、岡部は懐かしさも感じていた。『心を彩るもの』をやっていたころ、よくこんな会話をした。お互いに曲を聴かせ合い、率直に意見を交換する。白熱しすぎて手が出そうになったこともあるが、これも曲のためだと飲み込んで作曲に反映させてきた。益子もたぶん、そうだったと思う。

――ここ、おかしいだろ。

益子は批判するときも、悪口だけを言って終わりにはしない。

――四小節目にある、合いの手の八分音符の連打。これ全然生きてないから外せ。あと五十六小節からの展開が早すぎて、これじゃ客が理解できないだろ。奏者のスタミナを考慮してあまり長くしたくない？　なら、ここの展開を取れ。あとは……。

益子の頭の中では、聴いたばかりの曲がすでに構造化され整頓《せいとん》できているようだった。彼の指摘には納得できる部分とそうでない部分が混在していたが、構造にもとづいた話ができるぶん反論もしやすい。

議論を戦わせることで、曲の全体像が一気にクリアになった気がする。やはり、一度他人の耳を入れるのは大事だ。心理的な負荷はかかったが、相談したことはプラスだった。

岡部は、ＤＡＷに向かっていた。

益子に注意を受けた部分を自分なりに嚙み砕き、曲に反映する。ゴミの山から闇雲に砂金を掬うようなことをやっていたが、その精度が高まってきている。完成形に向かうスピードが、間違いなく上がっている。

ふと、岡部は背後に気配を感じた。

振り返ると、仕事部屋の入り口に、梨紗が立っていた。

「どうしたんですか。仕事中ですよ」

「あは、ごめんなさい。岡部さんが作曲しているところが見たくて」

梨紗はそう言って左手で口を隠す。

あの日以来、梨紗は頻繁にくるようになっていた。

仕事明けはいつもコンビニでご飯を食べてから帰ると聞き、それならうちで食べればいいと岡部が勧めたせいだった。栄養バランスを考慮した献立《こんだて》に梨紗は感激し、それ以来岡部の家で夕食を食べて帰ることが日常になった。本番のステージで疲れているのもあるのかもしれないが、梨紗がご飯を食べる姿は幸せそうで、人のために食事を作ることがこれほど嬉しいものなのだと岡部は初めて知った。

「当日まで曲を聴きたくないと言ったのは梨紗さんですよ。約束を破らないでください」

「だから、ちょっと見学したかっただけですよ。全く、怖いなあ」

梨紗はそう言っておどけたポーズを取る。終電までリビングでごろごろとしているものの、梨紗なりに一線を引いているようで、泊まっていくことはしないし、自分がいないときも使っていいと部屋の鍵を渡したのに、一度もきていない。

「岡部さん」

梨紗は部屋から出ていかない。何か話があるようだった。

「今度、一緒に出かけて欲しいところがあるんですけど」

「どこですか。またパンケーキか何かですか」

「楽くんのスタジオです」

提案されたのは、少し意外な場所だった。

「楽くんのスタジオが、あれからすごいことになってるみたいなんです」

「すごいこと？」

「そうです。『音の壁』って言われてて、カイバがたくさん貼られて、ものすごい数になってるみたいなんです。人も大勢集まってきて、全然知らない、見たことも聴いたこともない音楽に出会える、刺激的な体験ができるって評判で」

「音楽なら探せば色々聴くことができますよ。わざわざそんな場所に行かなくても」

「そうですか？　自分から探すと言っても、どうしても偏りが出ますよね。色んな音楽がフラットに並んでるなら、聴いたこともない曲に出会えるかもしれませんよ」

「うーん、そうですかね」

「行きましょうよ、岡部さん」

梨紗は執拗だった。彼女と音楽を聴きに行ったことはない。少し特殊な場所だが、たまにはそういうのもいいかもしれない。

「判りました。仕事が溜まってるので時間が空けられたら、でいいですか？」

「もちろんです。やった、楽しみ」

「ちょっと続きやりたいんで、ひとりにさせてください」

梨紗は頷いて部屋から出ていく。名残惜しかったが、あまり雑談をしている時間はない。未練を断ち切ってパソコンに向かう。

――自分は、梨紗に惹かれている。

以前から、薄々そのことは感じていた。

彼女の笑顔。ご飯を食べるときに開ける大きな口。思慮深い言動と、意外と子供っぽい部分。時折垣間見える、名塚の面影《おもかげ》。動かない右手。動く左手。そのすべてに、自分は惹かれている。

梨紗も、たぶん自分に好意を持ってくれているだろう。そうでないのなら、こんなにも家にくるわけがない。梨紗は日々、新しい表情を見せてくれる。自分に心を開いてくれているからだ。

好意を打ち明ければ、梨紗は受け入れてくれる。

確信があったが、その前に、ひとつの区切りを済ませてしまいたい。

岡部はＤＡＷに向かい、作曲の続きをはじめる。自分にできる最良のものを――それを彼女に届けることが、いまは先決だった。

＊

茂木から電話がかかってきたのは、その翌日の午後だった。

「岡部さん、最近どうしちゃったんですか」

開口一番、いきなりそんなことを言われた。こちらを気遣う様子と咎める様子が、ちょうど半々くらいに入り混じった声だった。

「最近、勤怠がかなり悪いですよ。五年間こんなことはなかったので、心配してます」

「ご心配おかけしてすみません。最近ちょっと調子が悪くて……」

「鬱《うつ》とかじゃないですよね？　いい心療内科知ってますから、紹介しましょうか？」

「大丈夫です。すみません、仕事はきちんとやりますから」

「それならいいんですけど……無理しないでください。岡部さんに倒れられたら、うちは痛手ですから」

茂木の中で、心配のほうが強くなっていったようだった。その声を聞きながら、岡部は胸の疼きを感じる。

ここ数日、検査員の仕事を完全にできていない。

作曲に没頭していることもあるが、ヘッドギアを嵌めて音楽を聴くことを、身体が拒否している。こんなことをしていたら契約を切られるどころか、下手したら違約金を支払わされる可能性もあると頭では判っていたが、身体がどうしてもついていかない。

「岡部さん」

茂木の声の調子が変わった。

「僕は信じてますよ。岡部さんは、これまでも一生懸命仕事をしてくれてました」

「茂木さん……」

「岡部さんも感じていると思いますけど……上が、岡部さんに対して何か変な疑いをかけているのは事実です。でも、僕は信じてますからね。岡部さんは何もしていないって」

茂木の口からそんな言葉が出てきたことに、岡部は驚いた。霜野や秘書が岡部の何を調べているかまでは、茂木は知らないだろう。だが、クレイドルの人間であるにもかかわらず、リスクを取ってこんなことを言ってくれている。

——やめよう。

茂木の優しさに触れていると、自然とそう決断できた。

すでにデータを改竄している自分が言えることではないが、これ以上茂木の厚意を踏みにじるのは嫌だ。こんな状況になっても、茂木はこちらを信頼してくれている。それを裏切らないためには、もうやめるしかない。

「申し訳ありません。なんとか立て直します。お気遣い、ありがとうございます」

電話を切る。岡部は机の上のヘッドギアを見た。

律との約束が終わったら、やめよう。もう検査員はやらない。食えるかは判らないが、作曲家として、生き直すのだ。

岡部はパソコンに向き合った。ＤＡＷを起動し、曲の続きを作りはじめた。

13

曲の制作は、最終局面に差し掛かっていた。

正直、不満の残る出来栄えだった。だが、それはいつものことだ。百パーセント満足の行く曲など、作れたためしがない。

一方で、一定の水準はクリアできているという手応《てごた》えはある。不満を抱えながらも、ベストを尽くしていく。結局、作曲とはこの繰り返しだ。

残されているのは最後の展開だけだ。ここに至るまで十パターンほどのラストを考えていたが、どれもいまひとつで、すべてを破棄してしまっている。だが、ここまでくれば大丈夫だという手応えがあった。あと少し時間をかければ最後まで行けると、作曲家時代に蓄積した経験が言っている。

暗い箱の中に入る。ヒントを探して、その中をひたすら歩き続ける。人間は環境適応性の高い動物だと、霜野が言っていた。作曲を再開したころ、暗い箱の中にいるのはそれだけで息の詰まるような作業だった。だがいまは、長時間いてもそれほどつらくはない。

箱の中には、何も見つからない。岡部は目を開け、ぐっと背筋を伸ばした。焦るが、焦りながらも考え続けることが大事だ。梨紗のライブまでは、あと三日ある。

岡部は、ここまで作った音源を聴き返すことにした。再生ボタンを押すと、ピアノの音が流れてくる。

梨紗の技術、表現力、奏者としての適性。そういったもろもろを考慮して作った曲だった。梨紗は技術的には拙いが、音色に対する感覚は抜群だ。彼女から様々な色を引き出せるよう、平易で美しい旋律と、転調を多用して多彩なコードを盛り込むことを心がけた。正直、名塚のような天才的な作品ではない。だが、梨紗の魅力を引き出すという点は勝てているはずだ。

立ち上がり、ぐっと背伸びをする。キッチンに向かい、水で喉を潤《うるお》す。ゆっくりとストレッチをしながら、頭の中を空っぽにすることに努める。身体を動かしながら雑念を取り払っていくと、いいアイデアがふと入ってくるときがある。作曲家時代、よくやっていたルーティン。それが自然と肉体に戻っていることが、嬉しい。

岡部はイメージした。グランドピアノの前で、自分の曲を弾き終わった梨紗が、笑顔で喜んでくれる姿を。その光景を思い描くだけで、気持ちが前向きになる。岡部は再び仕事部屋に向かい、椅子に座ってパソコンを立ち上げる。

そこで岡部は、あることに気がついた。

DAWの隅で起動しているブラウザに、通知がきていた。

『ムジカ』のメッセージボックスに、着信があったというお知らせだった。

――ムジカ?

岡部は訝しんだ。『ムジカ』は昔使っていた音楽SNSで、まだアカウントは残っているものの、この五年間全く更新をしていない。フォロワーはそれなりにいたが、彼らと交流することもなくなっている。

岡部は『ムジカ』にアクセスし、メッセージボックスを開いた。未読のメッセージが一件きている。

差出人の名前は『ジング』だった。

——なんだ、これは？

わけが判らないままメッセージを開くが、本文は何もない。その代わりに、添付ファイルがひとつあった。音声ファイルのようだった。

画面を見つめたまま数秒ほど、動けなかった。なんだ、これは？　誰が何を送ってきた？

これは、聴かないほうがいい。岡部の直感がそう告げていた。

だが、身体が止まらなかった。導かれるように、岡部は添付ファイルを開いてしまう。

ピアノの音が流れてくる。最初のひとくさりを聴いただけで、岡部は血の気が引いた。

——俺の曲だ。

使われているのは、高校生のころに岡部が書いたフレーズだった。

穏やかな曲だった。淡々と糸が紡がれるように音楽が進行していく。静かな空気の中を、グライダーが滑空するように、フレーズが流れていく。

音楽のそこかしこに、アクセサリーのように音の断片が散らばり出した。

ゾッとした。それらはすべて、岡部が過去に作った曲の切れ端だった。

作った時代も用途も全く違う曲なのに、音の断片はひとつの音楽に溶け込み、より豊かなイメージを形成していく。自分の身体が切り刻まれ、バラバラとなった破片で美術作品を作られている。

そんなグロテスクなイメージが、頭に浮かんだ。

淡々と進んでいた曲は、中盤からボルテージを上げはじめる。ここにきて岡部は確信した。ただ自分の曲を断片化してコラージュしているだけではなく、この作り手は自分の曲の構造を研究している。過去の自分が好んでよく使っていた展開が、使われていた。

——好きだ。

思わず浮かんだ感想に、岡部は愕然とした。切り刻まれた自分の断片をコラージュされているというのに、出来上がった全体像は岡部の好きなものだった。免疫を素通りするように、曲が自分の身体に、喜びとともに侵入していく。

音楽は、ますます膨らんでいく。自分の曲の様々な部分を巻き込みながら、さらに豊かに展開していく。盛り上がった曲は、そのテンションをキープしたまま最後まで突っ走る。

ピアノの和音が鳴る。堂々としたクライマックスを迎え、音楽はその幕を下ろす。意思とは無関係に、自分の細胞が歓喜していた。

聴き終えてしばらく、岡部は呆然《ぼうぜん》としていた。

——一体誰が、こんなことを？

考えることで音楽を追い出そうとしたが、上手くいかない。移植された皮膚が身体になじむように、曲と自分の精神がひとつになっている。

岡部は画面を見た。『ジング』のアカウントページに飛んだが、ただの捨てアカウントのようで何も投稿されていない。

『オール・オブ・ミー』の観客だろうか？　あそこにきていた梨紗のファンが、岡部と梨紗の交流を知って嫌がらせを仕掛けてきた。律もバンドマン時代、同じような嫌がらせを受けたと言っていた。

立ち上がり、うろうろと歩いていた。もしそうだとしたら、この曲はただの素人が作った可能性もある。作曲の素養がない人間がこんな曲を作れるわけがないから、『Jing』に作らせたのだろう。

それは逆から言うと、素人でも『Jing』を使えば、これほどのものを作れるということだ。そのことに岡部は動揺した。そして、曲の持つある要素が、岡部を決定的に打ちのめしていた。

この曲は、左手ピアノのために書かれていた。

五本の指だけで演奏することが、きちんと考慮されていた。それだけでない。梨紗のレベルでも演奏できるよう、難易度も配慮されている。

そんな厳しい制限の中で、この曲は岡部の作風をトレースしているだけでなく、高度な芸術作品に昇華させている。梨紗の美点を引き出しつつ、芸術としての価値も高く、岡部の個性をも表現する。その三つの変数を無理なく共存させながら、美しい方程式を作り上げている。

——俺は、こんな曲を作りたかったんだ。

必死で抑え込んでいたはずの感情が、一気に溢れかえった。

聴いた瞬間から判っていたのだ。自分のやりたかったことは、これだった。

自分は何をしていたんだろう。血反吐《ちへど》を吐きながらも、凡庸な曲しか作れていない。その間、『Jing』なら簡単にこれほどのものを作り上げることができる。

——梨紗のために曲を作ること。彼女が誇りを取り戻せるような曲を作ること。

自分にしかできないと思っていたが、それは勘違いだったのだ。『Jing』を使えば、梨紗をもっと喜ばせられる。自分の追っていたものは、ただの幻影だった。

一度溢れた思いは、もう止められなかった。堤防が決壊するように、無力感が身体の中に氾濫《はんらん》する。岡部はそれを、ただただ見つめることしかできない。

岡部は、目を閉じた。闇の中に、あるものが浮かぶ。

ぱっくりと開いたシロナガスクジラの口が、猛スピードで迫ってきていた。

14

「うわあ……すごいですね！」

名塚のスタジオの前にきたのは、三枚目のカイバが貼られて以来のことだった。岡部の横で、梨紗が驚きの声を上げる。

壁一面が、カイバで埋め尽くされていた。

陽光を受けてキラキラと反射するカイバと、その横に捺された赤い指紋。それらがぐちゃぐちゃに壁に貼られていて、その野放図なエネルギッシュさは、発展途上国の街のようだった。

壁の前は人で溢れていて、みんなめいめいのデバイスをかざして音楽を読みとっている。こうやって見ている間も、金髪の女性がカイバを貼り、その横に指紋を捺印していく。

「私、ちょっと聴いてきていいですか。いい曲があったら紹介します」

梨紗はそう言って、壁のほうに歩いていってしまう。はしゃぐ彼女と一緒にいるのがつらかったので、岡部はほっとため息をついた。手持ち無沙汰になったため仕方なく、先ほどの女性が貼ったカイバを聴くことにした。

いきなり激しい音響がイヤフォンから流れてきて、ボリュームを絞る。流れてきた音楽は、ヘビーメタルだった。音圧の高い伴奏に対抗するように、女性が絶叫している。

このジャンルには詳しくない。だが、こういう曲は検査の過程で何度も聴いたことがある。振り返ると、先ほどの女性が何か期待するような表情でこちらを見ていた。岡部はそっと目を逸らし、停止ボタンを押した。

――くだらない。

岡部は壁を見つめた。無数に音楽があるが、こんなものがなんなのだろう。岡部はひどさを確認するように、曲を聴き続けた。種類は様々だ。ロックもあれば、ジャズもある。テクノ、ヒップホップ、クラシカルな弦楽四重奏、名塚の楽曲の続きを模した曲。壁は百花繚乱《ひゃっかりょうらん》だったが、こんなものが一体なんなのだ。

——人間が、鯨に食われている。

貼られたカイバのうち、恐らく多くは人工知能で作られた楽曲だろう。というより、どれが人間の手によるものか、どれが人工知能の手によるものか、もう検査員である岡部にもよく判らない。ひとつの曲の中に、人間が作っている部分と人工知能が作っている部分が混ざっているものもあるだろう。『Jing』では味わえない新しい音楽のムーブメントと言っても、実態はこれだ。人間のクリエイティビティが、人工知能に飲み込まれているのに変わりはない。

「何かいい曲ありました?」

戻ってきた梨紗は、少し興奮した声になっている。岡部は内心を気取られないよう、表情を取り繕う。

「ほんとに面白いですねー。普段全然聴かないような曲に出会えます」

「ですよね、私もそう思います」

「これ、あちこちに広まるかもしれないですね。日本中の街にカイバが貼られるようになって、みんながそこから音楽を聴くようになるかもしれません。人工知能が好みの音楽を作ってくれるのなら、この壁は未知に衝突する機会を作ってくれるかもしれませんね」

「同感です」

梨紗から顔を逸らすように、壁を見上げる。貼られた無数のカイバは、『鯨の庭』で見たオキアミの群れにしか見えなかった。こんな音楽は、もうすべて人工知能で作れる。こんなムーブメントに、何の意味がある？

「あの、岡部さん。笑わないで聞いてくれますか？」

梨紗が、岡部の袖《そで》を引っ張って言った。

なんだろう？　と思う間もなく、梨紗は左手をポシェットの中に突っ込んだ。中から出てきたのは、一枚のカイバだった。

「私も、その……曲を作ってみようかなって思って」

「曲を？」

「はい。岡部さんの仕事を見ているうちに、私もやってみたいなって思うようになって」

梨紗の表情に、名塚の影が見えた。

「作曲の勉強とか全然やったことないので、どんなものか判らないんですが……ちょっと、いまから貼りますね」

梨紗は壁に向かい、カイバを貼る。朱肉も持参しているようだった。最初から、このつもりだったのだろう。自分の曲を壁に貼るところを、見守ってもらいたかったのだ。

岡部は朱肉を受け取り、蓋を開いて差し出す。梨紗は人差し指をそれにつけ、壁に捺す。

「よかったら、アドバイスくれませんか？　お願いします」

梨紗の瞳が、まっすぐに岡部に刺さる。面と向かって聴かれるのは普通恥ずかしがるものだが、梨紗に照れた様子はない。そんなところも、名塚に似ていた。

嫌な予感がした。名塚のステージを最初に見たときのことを思い出した。天才がいることを知り、自分はそちら側でないことを一瞬で受け入れた。あんな思いは、もうしたくない。

だが、断るわけにはいかない。岡部はスマートフォンで梨紗のカイバを読みとった。

聴こえてきたのは、ピアノの独奏の曲だった。

すぐに連想したのは、バッハの『インヴェンション』だ。端正なふたつのメロディーが、呼応しながら進行していく。

岡部はほっと息をついた。曲のレベルは高くなく、対位法の課題曲といった感じだ。バッハがこだわっていた二声の対比の妙や、梨紗ならではの独特のセンスは感じられない。高校生の時点ですでに世界を確立していた名塚とは、まるで違う。

「いいと思います」

聴き終わり、岡部は口を開いた。

「梨紗さんの優しい性格がよく出ていると思います。この曲、好きですね」

「ほんとですか？　嬉しいな、ありがとうございます。何か苦言も欲しいんですけど」

「苦言なんかないですよ。作っていくうちに、どんどん表現力が上がります。また作ったら聴かせてください」

「はい、ありがとうございます」

「どういたしまして」

岡部は笑みを浮かべた。そうすることで、自分の中に生まれたある言葉を、必死に押さえ込む。

——こんな曲を作っても、意味がないのに。

言葉が表に出てこないよう、岡部は笑みを浮かべ続けた。

15

『オール・オブ・ミー』は、満席だった。

しばらくきていないうちに、梨紗の人気がさらに上がっているらしい。客の数だけではなく、客席の温度がさらに高まっている。

岡部はゆったりと店内を見回した。こちらを注視している人間はいないか見渡したが、なんとなく目が合う人すらいない。『ジング』は今日は、きてないのだろうか。

前半は、今日も奥田の演奏だった。曲目は『フライ・ミー・トゥ・ザ・ムーン』だ。少し異様な雰囲気の客席を前にしても、奥田はマイペースにオールドジャズの世界を表現していく。

硬質なピアノの音に、岡部の気持ちは和《なご》んだ。やはり、奥田の演奏は好きだった。梨紗と揉めたと思《おぼ》しきあとでも、どうしても好意を持ってしまう。以前はもう少し遊びが欲しいと感じていた生《き》真面目《まじめ》さも、むしろ好ましく感じるようになってきている。奥田はジャズを五曲ほど弾き、舞台裏に下がっていった。

休憩時間になると、梨紗がやってきた。白いブラウスを着て、左手に冷え防止の手袋をつけている。いつもの無邪気な表情ではなく、少し緊張していた。

「奥田さん、素晴らしかったですね」

梨紗がぽつりと言う。奥田に対する引け目が、これからステージに立つことへの恐れを増幅させているようだった。

「梨紗さんのほうが素晴らしい演奏になります。約束しますよ」

「どうですかね。なんか、自信ないです」

「保証します。奥田さんが素晴らしいピアニストであることは間違いないですが、演奏者はひとりひとり違う美点を持ってます。梨紗さんは、彼とは違うよさを持っていますよ」

そこまで言われて、梨紗はようやくほっとしたようだった。

岡部はもう一度、店の中を見回した。梨紗と一緒にいるというのに、やはりこちらを見ている人間はいない。左手のためのピアノ曲を書いたのだから、『ジング』はこの店の客なのだろう。やはり、今日はきていないようだ。

岡部は梨紗のほうに視線を戻した。気がつくと、梨紗が岡部に向かって左手を差し出していた。

「約束のもの、いただいてもいいですか」

岡部は頷いた。鞄を開き、カイバを取り出す。梨紗の固い表情が、少し崩れた。

「本当にありがとうございます。私のために、こんなことまでしていただいて」

「そんな、お礼を言われるほどのことでは」

「本当に楽しみにしてました。私のわがままにつきあわせちゃってごめんなさい。演奏で、しっかりお返しします」

感極まった梨紗の表情を見ていると、胸がざわついた。もっといい曲を作るので、あと一ヵ月待って欲しい。そんな泣き言を言ってこの場から逃げ出したかったが、もうあとには引けない。覚悟を決めるしかない。

「梨紗さん、頑張ってください」

岡部はカイバを梨紗の左手に載せた。

音楽が岡部の手を離れ、彼女の手に渡る。自分の手からそれが離れた瞬間、ずっと大切にしていたものを手放した気がした。

「最高の演奏ができるよう、頑張ります。聴いていてくださいね」

梨紗は左手で握りこぶしを作ると、バックヤードに下がっていく。岡部はホール係を呼び止め、ギネスを注文した。

——私に、曲を作って欲しいんです。

思いつめたようにそう言った梨紗のことを思い出す。やるべきことはやった。やるべきことはやった。岡部は自分に言い聞かせるように、その言葉を繰り返し頭の中で唱える。

不安が心の中に湧いてくる。それをかき消すように、岡部はギネスを呷った。

一時間ほどが経ったところで、梨紗が入場してきた。

梨紗はブラウスを脱ぎ、黒いワンピースを着ていた。岡部は思わず息を飲んだ。間接照明に照らし出された梨紗は、ぞくっとするほど美しかった。

左手の肩から先は露出していて、右手には黒のアームカバーが巻かれている。暖色の間接照明を受けて、白い素肌が浮かび上がる。唇《くちびる》に引かれた紅が、黒い服と白い肌を艶めかしく引き立てる。梨紗は客席のほうを見ようともしなかった。集中していた。

ピアノの前に座る。右手は膝の上に置くのではなく、だらんとぶら下げている。左手を鍵盤の上に置こうとしたところで、梨紗はその手を握り、胸に当てた。この演奏が上手くいきますように。そう、祈りを捧《ささ》げているようだった。

しばらくそうしていた梨紗は、おもむろに左手を鍵盤に置いた。

演奏がはじまる。

音楽が、ピアノから流れ出す。あの名塚に「キャッチーな魅力がある」と言わしめた、岡部のフレーズが。

水量の多い穏やかな川を、手作りの船がゆっくりと滑り出す。そんな情景が見えた。

以前の梨紗のように、川に投げ出されてひたすらもがいているような演奏とは違う。充分に余裕を持った梨紗の演奏は、堅牢に作られた小さな船が川を進んでいくかのように安定している。船が進行すると、静かな水面が航跡に沿って綺麗に割れていく。推進力がありながら、穏やかでもある。その両方が、矛盾なく内包された演奏。

——すごい。

梨紗の美点が、ピアノから溢れている。

どこまでも透き通るような綺麗な音が、空間を満たす。小さな光がピアノから放たれ、空間中にちりばめられていく。フルート奏者として研ぎ澄ましてきたイマジネーションが、美しく無垢《むく》な音色として結実していた。

すごい集中力だった。

一時間ほどしかなかったにもかかわらず、完璧《かんぺき》に曲を覚えている。ミスタッチもない。弾き師の特殊技能だと言えばそれまでだが、今日の彼女は、そういう技術を飛び越えて、曲と一体になっている。

音楽が描かれていく。船に鳥や虫が集まり出し、霧が晴れるように川べりの風景が少しずつ見えてくる。梨紗の上半身が、それに呼応するように動き出す。左手が、躍動をはじめる。

彼女の姿に、会場が飲まれている。談笑をしているものはひとりもいない。全員、食い入るように梨紗を見つめ、聴き入っている。

音楽に、弾かされるときというのがある。

ピアノを弾いているつもりが、いつの間にか弾かされている。音楽を生んでいるはずなのに、生まれてくる音楽に操られている。ステージを重ねていると、稀にそんな現象にぶつかることがある。舞台上の梨紗は、何かに巻き込まれるようにピアノを弾いている。そんな彼女に、聴いている側が巻き込まれていく……。

くらりと、目眩《めまい》がした。さっきから息が止まっていたようだった。音楽が会場一杯に満ちる中、岡部は音楽の邪魔をしないよう、静かに長く息を吸った。

素晴らしい演奏だった。梨紗の喜びが岡部の音楽に乗って会場中に溢れ返り、光となって弾けている。それとともに、岡部の心の奥底に、鉛のようなものがゆっくりと沈んでいった。

梨紗が弾いている曲は、岡部の曲ではなかった。

岡部が渡したのは、『ジング』の曲だった。

あのあと、岡部は曲を完成させることができなかった。何を書いても『ジング』の曲に敵わないと思い、最後の部分を作ることができなかった。岡部のほうを注視している人間がいないのを何度も確認してから、岡部は曲を渡したのだ。

梨紗を見る。

彼女は、忘我の境地で演奏を進めている。一流奏者の佇まいだった。細かい音符も巧《たく》みに拾い上げる一方で、旋律のフレーズ感が全く乱れない。船は迷わず、一直線に進んでいる。その針路とともに、浮かんでいる川の流れが、水面に反射する陽光が、川の底に見える魚群が、緻密《ちみつ》に描かれていく。

梨紗の演奏は、慈しみだった。

左手を通し、音楽に命を吹き込むように梨紗はピアノを弾き続ける。岡部の優しい旋律。岡部の断片化された業績。岡部の好んだ音楽展開。すべてを慈しむように、梨紗は音楽を紡いでいく。

ボルテージが高まる。

梨紗の音が、どんどん濃密さを増していく。

『心を彩るもの』のことを思い出した。演奏が進むにつれ、名塚の音がどんどん濃くなっていくことがよくあった。音楽的な強度を増していく梨紗の演奏が、あのときの名塚と重なった。

――やめてくれ。

心の奥から声がする。

――もう、やめてくれ。

岡部はその声を無視した。梨紗の一挙手一投足を全身に叩き込むように、ステージを見つめ続ける。こんな事態を招いたのは自分なのだ。自分が曲を作れなかったせいなのだ。罰を受けるように、岡部は梨紗の演奏に感動し続ける。

演奏は終盤に入る。船が、終着港に向かう。細密で強靭《きょうじん》な筆によって描かれた音楽の伽藍《がらん》は、そのフォルムを崩すことなく疾走し続ける。強い音楽の中心にあり、それを生み出し続けているのは、梨紗の左手だった。愛《いと》おしかったはずの彼女の手が、岡部には恐ろしいものに見えた。

梨紗は、左手を鍵盤に叩きつけた。

最後の和音が、鳴った。

ダンパーペダルによって引き伸ばされたピアノの和音。それが自然にデクレッシェンドしていく。会場を支配していた音楽が、中空に消えていく。観客が惜別を感じながら、それが失われていく過程を見つめている。

すべての音が消える。音楽のなくなった空間に、沈黙が満ちた。拍手の音は、起きなかった。

沈黙の中心で、梨紗は泣いていた。

無言で、涙をこぼしていた。それを拭おうともせず、ただ流れるままにしていた。

拍手がはじまる。ささやかに起こったそれは、増殖するように勢いを増し、やがて爆発的に会場を満たした。触れれば火傷《やけど》をしそうなほどの、熱い拍手だった。

岡部も手を叩いた。誰よりも強く聞こえるように、必死に手を叩いた。

——そんなことをしても、お前のしたことからは逃れられない。

内なる声をかき消すように、岡部は拍手を続けた。

16

ヘッドギアを頭につけ、腕輪を両手首に嵌める。ウェブカメラを自分に向け、『Jing』を起動し、音楽を再生する。

複雑な音楽が流れ出す。岡部はその音楽を鑑賞した。困惑。不快。苛立ち。雑多な感情を心の中で野放しにし、ヘッドギアや腕輪を通じてパソコンに伝える。五年間、散々やった仕事だ。多少ブランクがあろうと、すぐにコツを取り戻せる。

梨紗のライブのあとの三週間、岡部は検査の仕事に戻っていた。

安定した日常が戻ってきた。定時まで検査をして、健康的な食事をして、身体を適度に動かして眠る。この日常にいれば、もう悩むことも苦しむこともない。岡部が愛していた、快適な毎日だった。

——岡部さん、復活したみたいで嬉しいです。

茂木からはそんな電話がきていた。別に仕事は楽しくもつらくもなかったが、茂木に喜んでもらえたのは嬉しかった。仕事仲間に恵まれているだけで、もうそれ以上を望むのは贅沢《ぜいたく》なのかもしれない。やりがいのない仕事であっても、気の合うパートナーがいて安定的な収入が得られれば、人生はそれで充分だろう。

やりがいのある仕事とは、自分の魂に近いところでやる仕事のことだ。

自分をさらけ出し、それを成果として世に問う。それは確かにやりがいがあるかもしれないが、同時に深い悩みとつきあわなければいけないし、ときに深手を負う覚悟もしなければならない。そういうものをあえて仕事にしないという人生もまた、素晴らしいものであるはずだ。

岡部は音楽を鑑賞し続ける。もう曲など、作る必要がない。昔そういう結論に達したはずなのに、自分は何をしていたのだろう。ここにいれば、傷つかなくて済む。

梨紗とは、疎遠になっていた。以前は毎日のように会っていたのに、この三週間、ほとんど顔を見ていない。

——あのときは、あれがベストだった。

あの時点で岡部の曲はできておらず、手元には『ジング』の作った傑作があった。ならば、梨紗にそれを弾いてもらうのがベストだろう。梨紗は「岡部」の曲を弾けたことに満足し、観客も盛り上がった。自分ひとりがわずかな慚愧を抱えるだけで、全員が幸せになれた。

だが、その慚愧が、反発する磁石のように岡部を梨紗から遠ざけていた。彼女と、どんな気持ちで会えばいいのか、岡部にはよく判らなくなっていた。

そんな自分の気持ちが伝わっているのだろうか。梨紗も心なしか、岡部のことを避けているように思えた。

あのあと、仕事明けに一度だけ家にきたが、少し世間話をしたらすぐに帰ってしまった。音楽をくれたお礼を一度言われただけで、あの夜のことを詳細に振り返ることも一度もない。あの夜のライブは、本当は存在しなかったのではないか。梨紗と話しているとそんなことすら考えてしまうほどだった。

——区切りがついたのかもしれない。

あの演奏をしたことで、梨紗の中で何かが終わったのかもしれない。一時期の梨紗は確かに岡部に懐いていたが、それは恋愛感情というよりも、弾き師としての問題意識だったのだろう。あの曲を弾くことで梨紗は弾き師として満足し、同時に、自分が岡部に求めていたのは恋人としての関係ではなく、仕事上のパートナーシップだったと気づいたのだ。職業上の関係は、仕事が終われば解散するのが当たり前だ。

このまま疎遠になり、会うこともなくなるのかもしれない。

それも仕方ないだろう。取り返しのつかない裏切りを、自分はしてしまったのだ。梨紗を失うことも、当然罰として受けなければならない。


これからずっと、この日々が続いていく。そう思っていたある日のことだった。

絵美子から、久しぶりに連絡がきた。

「岡部さん、ご無沙汰しています」

絵美子の声は、疲れていた。彼女の声音には、聞き覚えがあった。用件を聞かずとも、何が起きたかが判った。

「もしかして……また壁に曲が貼られたんですか」

絵美子は答えない。電話口から伝わってくる倦怠《けんたい》感が、岡部の懸念を肯定していた。

＊

どうしてこんなことになったのだろう。

東中野に駆けつけたとき、時刻は十九時を過ぎていた。

岡部の中には、衝撃というより困惑があった。なぜいまさら、こんなことになったのか。その理由が全く判らない。

名塚の曲が貼られたということで、スタジオの前にはそれなりの人だかりができていた。ただ、

「三枚目」のときのような大盛況という感じではなかった。益子の貼った音楽のせいで、聴衆の期待度が下がっているのが判る。

「お久しぶりです」

壁の前に佇んでいた絵美子が、岡部を見つけて話しかけてくる。疲れ切っていて、空元気を出すほどの余裕も残っていない。またこんなことにつきあわなければいけないという深い倦怠が、彼女を取り巻いている。

「あれが、新しく貼られたカイバです。先生の指紋と一緒に、貼られていて……」

絵美子によると、今日の夕方、壁の中に名塚の曲があることが発見されたのだという。貼られている指紋は名塚のもので、インクも人工DNA入りのものが使われていたらしい。今回も、誰が貼ったのかは判らないようだった。もう壁には無数のカイバが貼られていて、とても聴ききれる量ではない。ただ、何週間も放置されていたということは考えづらい。昨日今日あたりに貼られたのではないかと、絵美子は推測していた。

岡部は貼られたカイバにスマートフォンをかざす。イヤフォンを耳に差し、その音楽を聴きはじめる。

今回も、シタールの音が使われていた。音源は益子の使っていたものではなく、最初のカイバと同じもののようだった。

以前と違い、冷静に聴けた。耐性がついたというか、心の奥が冷めている。

音楽は、名塚のものだ。クラシカルなラーガのスタイルを取りつつも、時折ジャズのようなコードが入っていたり、バロックのような静謐な響きが混ざったりする。それらの異物がうるさくなく溶け込んでいる。即興性と正統性の均衡。空港の音楽。

そして、今回もぷつりと途中で曲が終わっていた。

岡部は、益子と一緒に書いたメモを思い出していた。

この曲には、ふたつの分岐がある。益子と岡部のところに送られていた「A－2」「A－3」という流れと、壁に貼られた二枚目のカイバ「B－2」の流れだ。今日壁に貼られた楽曲は、「B－2」の続きのようだった。ということは、これを貼ったのは霜野だろう。

「B－2」が貼られてから、もう二ヵ月以上が経っている。なぜいまさら、こんなことを？　その疑問は当然あったが、岡部の中には別の疑問があった。

――なぜ、こんな曲なんだ？

曲の後半が、以前とは明らかに違っていた。

確かに、前半部は紛れもなく名塚の楽曲のように思える。だが、曲は後半にいくにつれ、おかしくなっていく。トリッキーだが統制が取れていた音楽のたがが、徐々に外れていくような感じなのだ。曲が壊れ出す、その予兆が見えた瞬間に曲は終わる。

「B－2」は、紛れもなく名塚の曲だった。だが、今回のこれは、彼の作風から一歩足を踏み出しかけている。「A－2」「A－3」とも作風が違う。それが何を意味するのか、岡部にはよく判らなかった。

「危ない！」

突然、目の前にいた絵美子がぐらりとよろめいた。岡部は慌てて彼女の肩を摑む。服越しに感じる絵美子の身体は、驚くほどに冷たかった。

「すみません、大丈夫です。ちょっと立ちくらみがしただけで……」

絞り出すように言う。普通の状態ではなかった。全身が小刻みに震えている。「ちょっと休みましょう」岡部は肩を貸し、川べりにあるベンチまでなんとか連れていく。

ベンチに座らせて、水を飲ませる。絵美子はしばらく顔を伏せていた。身体の震えが止まらず、無言で自分の身体を抱えている。岡部は隣に座り、彼女が落ち着くのを待った。

「誰が、どうして、こんなことを……」

内臓を絞り出すような声だった。声にすら、傷がついている。

「……岡部さん。前から思っていたことがあるんです」

死人のような声で言う。

「名塚先生は、人工知能を使って作曲をしていたのかもしれません」

岡部は絵美子のほうを見た。絵美子は身体を抱えながら、下のほうを見ている。

「前から、変だなと思っていたんです。名塚先生の復帰についてです。ご家族の事故があって以来、名塚先生はとても作曲ができるような状態じゃありませんでした。ところが、去年いきなり作曲を再開して、溜まっていた仕事をどんどんこなしはじめた。でも、どう考えても、何か精神的に転機があったとは思えないんです」

「そうだったんですか」

「今回の騒動を考えるとしっくりきます。名塚先生には、ゴーストライターがいた。でも、あんな曲を作れる人は、名塚先生しかいません。ゴーストは、人工知能だったんです。そう考えれば説明がつきます」

絵美子の推理は、的を射ていた。このことについて考え続けた形跡が窺えた。

「どう思いますか。岡部さんは人工知能のプロです。私の説は当たっていると思いますか」

表情を殺した。この状態の彼女に、事実を告げるのがいいことだとは思えなかった。

「渡辺さん。それは違うと思います」

真剣に聞こえるが、軽い調子でもあるような声音を、調整して作る。

「名塚は天才でした。『Jing』ができるのは、普通の曲の模倣です。人工知能といっても、万能じゃない。天才の曲を再現することなんかできないですよ」

「じゃあ、あれは、なんで……」

「判りません。名塚が、誰かに貼ってくれと託したのかもしれません。名塚も、ちょっとした遊びのつもりだったのかもしれません」

「そうなんでしょうか……」

絵美子は釈然としない様子で呟く。岡部は彼女からそっと目を逸らした。

またひとつ、嘘が増えた。だが、あのときもいまも、それで事態は丸く収まるのだから、そうするのが一番いい。

自分ひとりが、ささやかな慚愧を抱えればいい。それだけの話だ。

＊

――なぜ、いまなのだろう？

自宅。パソコンの前に腰を下ろし、岡部は考えていた。

二枚目のカイバが貼られてから今日まで、二ヵ月以上が空いている。一枚目から二枚目までが二週間程度だったので、実に四倍以上だ。なぜここまで間が空いた？

すぐに思い浮かぶのは、益子のことだった。益子がカイバを貼ったせいで、名塚のムーブメントは収まった。あの出来事がなかったら、今日のカイバも二週間スパンで貼られていたのではないか。

岡部は考えを整理していく。

霜野が名塚の曲を壁に貼っていたのは、あのムーブメントを作るためだ。だが、そのムーブメントは益子のせいで終わったはずだった。終わったものを、なぜ再開したのか。

――いや。

終わってなかったのかもしれない。

益子のカイバが貼られたあとも、霜野は構わず続きを貼るつもりだった。だが、そうできない事情があり、それが、解消した。だから、霜野は、当初の予定通りカイバを貼り出した。そうは考えられないか。

――俺のところに、妙な男たちがきた。そいつらは、調査業だと名乗っていた。

霜野は三枚目の犯人を探すために探偵を雇っていた。それは、何らかの形で私刑を加えるためだと思っていた。だが、あの立場にいる人間が、そんな動機でそこまで大掛かりなことをするだろうか。

私刑ではない、ほかの動機があったとするのなら？

何かが、見えてきた気がした。

岡部はスマートフォンを取り出した。連絡先を選び、電話をかける。

「岡部。こんな夜にどうした」

益子はすぐに出た。明るい声だった。

「ちょうど寝るところだったんだ。最近親につきあって早寝早起きの生活になってな、日が落ちるともう眠くなる。おかげで体調はよくなってきたが……って、何の用だ、岡部？」

「新しいカイバが、名塚のスタジオに貼られた。知ってるか？」

陽気に話していた益子が、いきなり黙り込む。彼の日常をかき乱してしまうことに申し訳なさを感じたが、もうそれは仕方ない。

「益子。ひとつ聞きたいことがある。名塚から送られてきた一式、いまどこにある？」

「あ？　俺の部屋にあるが……」

「いま実家に住んでるんだよな。お前の家って、どんな家だ？　一軒家か？」

「いきなりなんだよ。そんなにぽんぽん質問されても困る」

「あとで説明する。いまは質問をさせてくれ」

「……俺の家は、普通の一軒家だぞ。かなりボロいがな」

岡部は自分の部屋を見回した。

いま住んでいるマンションは、堅牢性が高い。十階にあるので外からは侵入しづらいし、ＡＩが家の中をコントロールしているので、誰かが侵入したらすぐに判る。

だが、一軒家は違う。地上にあるため接近がしやすく、入り口も複数ある。古いのならさらにセキュリティ性は低いだろう。嫌な予感は的中しそうだった。

「益子、名塚から送られてきた一式が盗まれてる可能性がある」

「あ？　どういうことだ」

「クレイドルだ。霜野は探偵を使って、自分の計画を妨害した犯人を探していた。それは私刑を加えるためだと思っていたが、違う」

「何が違うんだ」

「霜野は、指とインクを回収しようとしていたんだ」

岡部は言った。そうとしか考えられない。

「どういうことだ？　話が見えないんだが」

「簡単な話だ。霜野は計画を続行しようとしている。それには、誰かが指とインクを持っていてはいけない。指紋はまだ複製できるが、インクはコピーできない。この前のときのように、その……予定外の行動が起きるのは避けたいからな」

「気を遣わなくていい。変な曲を貼られ、計画の妨害をされると困るということか?」

「嫌なことを思い出させてしまって、すまない」

「別に構わん。だがそうなると、霜野の計画ってのはなんだ? あいつは何をやろうとしている?」

判らなかった。いまさら、名塚の共作者として認められたいのだろうか。言葉に詰まると、益子は空気を察したのか「まあいい」と言って話を終わらせる。

「一分くれ。盗まれてるかどうか、調べる」

益子が立ち上がる音がした。家の中を歩く足音を聞きながら、岡部は考えた。

指とインクが盗まれていたとしても、霜野が何をやろうとしているのかは判らない。だが、もし空き巣をしたのなら、これは立派な窃盗罪だ。探偵にやらせているのかもしれないが、違法な依頼をしたのなら霜野の罪も問えるのではないか。

ただ、相手は恐らくプロだろう。みだりに証拠は残していないだろうし、何か証拠が残っていたとしても、警察が被害届を受理してくれるのかどうかはよく判らない。盗まれたのはシリコン樹脂製の指と、インクだ。被害額にしてもたいしたことはないだろう。

「岡部」

そんなことを考えていると、益子が電話の奥から声をかけてきた。

「あるぜ、指もインクも」

「え?」

益子の答えは、予想していないものだった。

「俺がしまったときと同じ場所にある。ちなみに、誰かが侵入した形跡もない。俺の部屋はかなり散らかっているから、侵入者がいたらさすがに判るはずだ」

「確かか？　別のものにすり替えられている可能性はないか？」

「念のため捺してみたが、送られてきた指と同じに見えるぞ。インクに人工ＤＮＡとやらが混ざっているかまでは判らんが……お前のところに郵送しようか？」

「いや……いい。ありがとう」

意外な結果に、雑談をする余裕もなく岡部は電話を切った。信じられない気持ちだった。

——自分の推理が外れていたのだろうか？

霜野は益子の指とインクを回収したから、計画を再開した。そう考えていたが、それらは厳然と彼の手元にある。

では、霜野はなぜ計画を再開したのだろう。

岡部は立ち上がった。うろうろと室内を歩き回りながら、考えを続ける。

霜野の側に、何らかの転機があったのは間違いない。でなければ、ここまで間が空いた上で計画を再開するなどということは考えづらい。

だが、その転機はなんなのだろう？　霜野に、何が訪れた？

——待て。

そこで岡部は、ひとつの可能性に気づいた。

以前、クレイドルを訪れたとき、ＮＩＲＳ計測装置の前で、秘書の男が尋問をしてきた。霜野の秘書を臨時でやっているという、あの男。あれは霜野の差し金だろう。

クレイドルが最初、益子を疑っていたのは事実だ。探偵を差し向け、空き巣までして指とインクを探したが、見つからなかった。

クレイドル側からこれを見ると、どうだろう？　空き巣をして家の中を探したが、指とインクは見つからなかった。その時点で、益子の嫌疑は晴れていたのではないか。

「まさか」

岡部は立ち止まっていた。ある考えが、頭の中に浮かんでいた。

そんなことは到底信じられない。だが、可能性を論理でひとつずつ潰していくと、もう答えはひとつしか残されていない。

岡部は、机に向かった。造り付けのキャビネット。その引き出しに手を伸ばす。

引き出しを開け、中を探る。

名塚から送られてきたものが一式、すべてなくなっていた。

17

岡部は階段を上っていた。

コツコツと床を叩く足音が、やけに響く。古いビルらしく、コンクリートにひび割れた箇所がある。そのひびが自分の心を投影しているようで、岡部はそっと目を逸らした。

階段を一番上まで上がると、屋上に抜けるドアがあった。南京錠《なんきんじょう》が嵌められているが、解錠されている。岡部はそこから、外に出た。

ビルの屋上には、何もない。五階建てという中途半端な高さからか、景色もよくはない。四方が手すりで囲まれているだけの、閑散とした、味気ない空間。

そこに、梨紗が立っていた。岡部に背を向けて、手すりから下を見下ろしている。

「梨紗さん」

声を掛けると、梨紗はゆっくり振り返った。

彼女の表情はたくさん見てきたが、そのどれとも違った。梨紗は、何かを諦めたような、儚《はかな》い表情をしていた。これから何の話がされるのかを、すでに察しているようだった。

「『オール・オブ・ミー』の支配人さんに聞きました。梨紗さんが、屋上にいるって。この場所、好きなんですか」

梨紗は返事をしない。余計な雑談につきあうつもりはないようだった。岡部は言った。

「僕の部屋から、指とインクを盗みましたね」

反応がない。梨紗は表情を失ったまま岡部を見つめている。

「今日、部屋の中から指とインクがなくなっているのを見つけました。ただ、僕の部屋はかなりセキュリティが行き届いています。ドアの鍵は堅牢なものですし、部屋の中はＡＩが制御していて侵入者があったら通報されます。なら、犯人はひとりしかいない。梨紗さん、あなたです」

答えようとしない。岡部は続けた。

「梨紗さん。あなたは、クレイドルとつながっていたんです」

反応がない。言葉もない。

「何も言わないつもりなら、一方的に話させてもらいます。あなたは霜野鯨——あるいは、彼に近い人間に依頼され、僕の家から指とインクを盗み出した。詳しい事情は省きますが、クレイドルがそれを探していたためです。霜野は最初、僕と名塚の共通の友人である、益子という男を疑っていました。ところが、探偵を雇って彼を調べ、空き巣までしたのに、益子の家からは何も見つからなかった。そこで、今度は僕を疑い出した。だが、益子の家とは違って、僕の家はそれなりにセキュリティ性があり、なかなか侵入ができる状態じゃなかった。そこで、梨紗さんに目をつけたんです」

梨紗は反応を見せない。岡部の服のあたりを見つめたまま、じっと黙っている。

「梨紗さんはそれを受けた。あなたはよく僕の家にきていました。僕の見てないところであれを盗み出す機会もあったでしょう。そしてそれをクレイドルに渡した。そうですね」

否定して欲しい。説明をしながら、岡部はそんなことを考えている自分に気づく。

だが、期待は裏切られた。梨紗は初めて反応を見せた。

梨紗は、ゆっくりと頷いた。

確定した事実に、目の前が暗くなる。暗澹《あんたん》たる気持ちを抱えたまま、岡部は続けた。

「なぜそんなことをしたんですか」

聞いたが、梨紗は口を開かない。一瞬開いた彼女の扉は、すぐに閉ざされてしまった。

「お金、ですか」

仕方なく言葉をつないだ。

「窃盗をするからには、それなりに見返りがいります。音大の奨学金を返せていないと、あなたはそう言ってましたよね」

梨紗は反応を示さない。感情のこもらない目は、一度も岡部の視線と合わない。

「梨紗さんは、弾き師をやめたかったんじゃないですか」

彼女の無反応ぶりに、苛立ちが生まれる。

「最初は楽しかったけれど、徐々につらい仕事が増えてきた。同じステージに立っている本職のピアニストにも侮蔑されている。梨紗さんを音楽の道に留まらせた名塚も亡くなりました。もう弾き師をやる理由はないのに、あなたは続けていた。それはお金のためです。ところが今回、それが解決する一攫千金《いっかくせんきん》のチャンスが訪れた。あなたはそれに飛びついた」

自分の内側から、ひどい言葉が次々と出てくる。梨紗はうつむいたまま動かない。

「もしかして、最初からですか？」

攻撃性が高まるのを止められない。言葉が口を滑って出てくる。真相を追及するよりも、彼女を傷つけるために言葉が出ている感じがした。

「梨紗さんが僕に近づいてきたのは、もともとそれが目的だったんですか？　あなたのような女性が僕をデートに誘うなんて、いまから考えると不自然にも程がある」

坂道を転げ落ちるように、言葉が止まらなかった。

「僕の曲を弾きたいなんていうのも、全部嘘だった。あの夜、泣きながらうちにきたのもそうです。僕の部屋に入るための演技だった。違いますか」

「違います」

突然、梨紗が岡部を睨んだ。以前睨まれたときよりも憎しみのこもった目に、岡部は臆した。

「馬鹿にしないでください。私は、本当にあなたの曲を弾きたかった。それだけでした」

「曲は、作りました。僕は……」

「あれはあなたの曲じゃない。そんなこと知ってるくせに、白々《しらじら》しい」

彼女の口からその言葉が出たことに、岡部は衝撃を受けた。

梨紗は岡部を睨んでいる。その言葉は、怒りと侮蔑で溢れていた。

「あの日、演奏をして家に帰ると、私の鞄に一枚の封筒が入ってました。中に入っていたのは、カイバだった。それを聴くと、岡部さん、あなたにもらった曲と同じものが入っていました」

「それは……僕が渡したカイバじゃないですか？　僕はあなたにカイバを渡した」

「違います。あなたのカイバは大切に持ち帰りました。鞄にあなたが触れる時間はなかった。誰か、別の人が入れたんです。あなたは誰かが作ったものを、私に渡したんですね。自分が作った曲だというふりをして」

憎悪に満ちていた梨紗の声に、違うものが混ざった。それは、悔《くや》しさだった。自分が心の底から慈しんだ時間を台なしにされ、梨紗が深く傷ついていることが伝わってきた。

――なぜこんなことになったのだろう？

あの日、何度も客席を確かめたはずだった。岡部に注目している観客は、ひとりもいなかった。だから岡部は、バレる心配をせずにあれを梨紗に渡したのだ。

あの曲を作ったのは、梨紗のファンではなかったのか――？

「クレイドルから話をもらったのは、そのあとのことです。私を裏切った人を裏切って、何が悪いんですか」

「梨紗さん」

「近づかないでください」

梨紗は手すりを背にし、そこに体重をかけた。軽く身体を預ける程度ではなく、手すりごと落ちてもおかしくないほどに、全体重をかけていた。

「梨紗さん。危ないです、そこから離れるんだ」

「私は裏切り者かもしれない。でも、あなたもそうです。私たちは裏切り合った。私が落ちようが、死のうが、あなたには止める権利も哀しむ資格もありません」

「何を馬鹿な……」

「本気ですよ」

――あの子が怪我をしてから、半年くらい経ったころです。動かなくなった右手を、包丁で切ったんです……。

「私にはもう何もありません。楽くんは死んじゃったし、フルートを吹くこともできない」

梨紗はさらに手すりに体重をかける。古い金属がギシギシと鳴り、外れそうなほどにたわんだ。

「仕事もご覧の通り、私が苦しむのを見せるだけの仕事です。なんですか、この人生。生きてる意味なんかありますか？」

「梨紗さん、謝ります」

岡部は言った。

「もう一度、曲を書きます。だから……」

「ふざけんな！」

岡部は震えた。彼女の身体のどこにこんな怒りを溜め込む余地があるのかと思うような、悲痛な声だった。

彼女の絶望の深さが、初めて理解できた気がした。

梨紗は、ずっとどこかで、死ぬことを考えていたのではないか。

最初に彼女を見たとき。梨紗は、ホームドアから身を乗り出すように線路を見ていた。あれはやはり、真剣に自殺を検討していたのではないか。

あのときだけではない。右手が動かなくなってから、梨紗はずっと自殺の行使を留保し続けていたのではないか。いつか何かで自分の生に誇りを見出せるのではないかと、絶望しながら希望を見ていたのではないか。

梨紗は岡部を睨んでいる。自分が何を踏みにじってしまったのかを、岡部はようやく知った。

「そんな心配、しなくていいですよ」

梨紗は岡部の心を読むように言った。

「あなたに傷つけられたから死ぬなんて、そんなのみじめすぎます。あなたにそんな価値はない」

梨紗はうつむいた。

「帰ってください。あなたと同じ空気を、吸っていたくない」

梨紗は言った。すべてを凍りつかせるような、恐ろしく冷たい声だった。

18

目が覚めた瞬間、強烈なアルコールの臭いがした。近くに泥酔した人間でもいるのかと思うほどだったが、そうではない。自分の身体から放たれている臭いだった。

かぶりを振って身体を起こすと、激しい頭痛がする。浴びるように酒を飲んでしまったことを、なんとなく覚えている。

岡部はそこで気づいた。スマートフォンに着信がきている。どうも、この音で目覚めてしまったようだ。手を伸ばそうとしたら、酒の影響か手の震えが止まらない。無理やりそれを摑み、電話に出る。

「岡部。どうしたお前。生きてたか」

電話をかけてきたのは益子だった。

「生きてたかって……何の話だ？」

「昨日の夜、酔っ払って電話かけてきただろ。お前、おかしかったぞ。何を言ってるか判らなかった」

「電話……」

覚えていなかった。だが、益子がそう言っているということは、かけたのだろう。思い出そうとすると、頭が痛む。

「まあ、生きてるならいいけどよ……。お前、大丈夫か。危ない薬とかやってないよな」

「そんなものやってない。やるわけがない」

「昨日のあれも、なんだったんだよ。指とインクが、俺の家から盗まれてるってやつ」

「ああ……」

まだ話していなかった。ずきずきと痛む頭をなんとか動かして、岡部は考える。

――ふざけんな！

梨紗の声が唐突にフラッシュバックした。忌《い》まわしい記憶から目を逸らすために、岡部は益子への説明を考え、口にした。

「――なるほど、俺の家に指とインクがないのを見て、お前にターゲットを変更したのか。しかも、お前の恋人まで使って……」

「恋人じゃない。ただの、友人の従妹だ。色々あって、最近連絡を取っていただけだ」

「そんなにむきになるなよ」

気を抜くと、梨紗の顔が蘇ってくる。見ていたくなかった。岡部は益子との会話に集中することにした。

「でも、肝心なことが判ってないよな。霜野は何の目的で、あんなことをしてるんだ？」

益子は同じ問題を感じている。その通りだ。その謎だけが、いまだに判らない。

「協力者気取りで、名塚の評価を高めようとしてたのかもしれないが、それにしてはあいつのやってることは異常だろ。その程度の目的のために、こんなことまでするか？」

「それは、俺もそう思うが……」

昨日貼られた曲を思い出し、梨紗の幻影をなんとか遠ざける。

あの曲にはひとつ、気になることがあった。

「益子。お前、壁に貼られた曲を聴いたか？」

「ネットに上がってるやつは聴いた」

「どんな感想を持った？」

「そうだな……なんというか、あいつらしくない曲だとは思った」

「どういうところがだ」

「曲の後半だ」

審美眼の鋭い益子が、自分と同じ感想を持っている。

「後半に行くに従って、奇妙な展開になっていった。なんというか、曲が崩れ出すような、そんな雰囲気が漂い出していた。名塚があんな曲を書くか？」

「全く同感だ。名塚らしくない」

「あれには、まだ続きがあるんだよな」

益子が言う。確かに、音楽は途中で終わっていた。

「あれが続いていったら、どうなるんだ？　ぐずぐずになっていく予感しかしないんだが……それとも何か驚くような展開があるのか？」

「まあ……少なくとも、俺たちに送られてきた音楽とは、違うものになりそうだが……」

想像したが、よく判らない。どう思う？　と聞こうとしたところで、益子が言った。

「すまん岡部。ちょっと母が呼んでるから、切るぜ。また何かあったら連絡くれ」

益子はそう言って電話を切ってしまう。岡部はスマートフォンをベッドに置いた。

その瞬間、どっと現実が押し寄せてきた。アルコールの臭いが、思い出したようにあたりに漂う。

立ち上がる。思い出したくないことに蓋をして、バスルームに向かう。

シャワーを浴びる。歯を磨く。ミネラルウォーターを飲む。ストレッチをしてガタガタの身体をほぐす。

――ふざけんな！

部屋に戻り、パソコンの前に座る。ヘッドギアをかぶり、腕輪をつける。ウェブカメラをこちらに向け、『Jing』を起動する。日常の行動をトレースすることで、見たくない現実に蓋をし続ける。

——あなたと同じ空気を、吸っていたくない。

それでも、梨紗が侵食してくる。梨紗の怒りに満ちた表情が、脳裏から離れない。

——あのあと、梨紗はどうなったんだろう。

手すりに全力で身体を預けていた梨紗。彼女は、思いとどまったのだろうか。それとも。

「考えるな」

口にする。油断をすると、悪い想念がどんどん湧き出てくる。考えても仕方がないことだ。梨紗のことは心配だ。だが、彼女は自分を必要としていない。

——もう一度、作曲をしたらどうか。

馬鹿なことを考えてしまう。梨紗がそんなことを望んでいるわけがない。

何より、もう暗い箱の中に入りたくなかった。暗い箱の中をさまよい、ひたすら悩んで悩んで悩み抜いて、なんとか作った曲は人工知能に遠く及ばないのだ。あんなみじめな思いをするのはもう嫌だった。

「仕事だ。集中しろ」

岡部は曲の検査をはじめた。日常の裂け目を塞ぐために、『Jing』の音楽を耳に流し込んだ。

流れてくる曲は、今日も難解な音楽だった。最近はガンガではなく、現代音楽が検査の中心になってきている。今日の音楽はギターと歌を使ったものだったが、フォークのような聴きやすいものではなく、ギターは本体を叩きながら演奏するスラム奏法を使って不協和音をかき鳴らし、伴奏の上では延々と男性が絶叫している。

こういう音楽にも、もう慣れた。湧き上がってくる困惑や不快を野放しにし、岡部は曲を聴き続ける。

　気を抜くと、梨紗のことを考えてしまいそうだった。不快な音楽に集中する。その意味や構造を捉えようと、一音一音を聞き分ける。だが、曲は自分の中で像を結ばない。めちゃくちゃな曲は、自分の中で音楽にならない。

　なんで、こんな仕事をやっているんだろう——。

　いつまで自分は、こんなめちゃくちゃな曲を聴き続ければいいのか。職業意識で蓋をしようにも、言葉がどんどん漏れてくる。声が枯れそうなほどの男性の絶叫が、鼓膜にビリビリと響く。絶望に囚われそうになる——。

　そのときだった。

　身体の中で、何かがぶつかった。

　聴こえてくる音楽と、身体の中に残っている、ひとつの音楽。それが、激しく共鳴していた。

「あ……」

　岡部は立ち上がっていた。

　そう、検査員の仕事は、どんどんハードになっている。聴くこと自体が大変な曲が増え、かつてのように判りやすい音楽、耳なじみのいい音楽を聴く機会はなくなっている。ビジネスとしては全く意味のない行為を、クレイドルがなぜしているのか、ずっと疑問だった。

「そうだったのか……」

　ビジョンが組み上がっていく。岡部の中でバラバラになっていたものが、ひとつの全体像を描き出す。

　——霜野は何の目的で、あんなことをしてるんだ？

　判った。岡部はそれを、ようやく理解した。

「ゲ、シ、ュ、タ、ル、ト、理論……」

ヘッドギアと腕輪を外し、スマートフォンを取り上げる。岡部は連絡先をひとつ選び、そこに電話をかけた。

「岡部さん、どうしました」

茂木への電話はすぐにつながった。岡部は息急《いきせ》き切って言った。

「茂木さん。ひとつ、お願いをしたいことがあります」

「お願い？　どうしました、僕にできることなら……」

「霜野会長に会わせてください」

「は？」こちらの正気を疑うような声だった。

「ちょ、ちょっと待ってくださいよ、岡部さん。それが難しいことくらい、岡部さんも判ってますよね？」

「判ってます」

「大体、僕にそんな権力があるわけないじゃないですか。そんなこと口に出したら、僕が異常者扱いされますよ。どうしたんですか、悩みがあるなら僕が……」

「指とインクは、もう一対あります」

岡部は言った。

「そう伝えれば判るはずです。岡部数人は、もう一対、指とインクを持っている。そう伝えてくれれば、会長は会ってくれるはずです」

「指？　あの、すみません、何のことだか……」

「とにかく、そう言っていただければ判るはずです。むしろ、この伝言を伝えないと、茂木さんが不利益を被るかもしれない。そうはしたくないんです、お願いします」

茂木は戸惑っているようだった。最近勤怠が不安定な上に突然会長に会わせろなどと言い出したのだから、こちらの正気を疑うのは無理もない。同時に、無下に断っていいのか迷っている空気もあった。

「茂木さん。お願いします」

強く背中を押すように、岡部は言った。

19

真っ黒なエレベーター。

以前は上がっているのか下がっているのか判らなかったが、今回は明確に下りていく感じがした。『鯨の庭』の、海の中のビジョンが残っているせいかもしれない。エレベーターは深海に向かって沈んでいくように、闇の中を下りていく。

エレベーターがゆっくりと停まる。

幻想的な風景が、今回も眼前に広がった。全天球に映し出される、海の映像。

今回は海中ではなく、海の上だった。

何も障害物のない海というのを、岡部は初めて見た。海上は仄暗い。黎明《れいめい》の空気の中、三百六十度、どちらを向いても直線を引いたように水平線が続いている。頭上の空は、どこまでも高かった。白んだ空に、星がわずかに見える。人工物が完全に排されたその光景はあまりにも雄大で、美しさを感じる前に恐怖を感じる。

水平線の一部が、燃えるように赤い。巨大な爆弾が爆発しているような感じだった。

「夜明けだよ」

振り返ると、少し離れたところに霜野が立っていた。

「ドビュッシーの『海』を知っているかね」

「……はい。好きな曲です」

「私は『映像』のほうが好きだがね……。海上で朝を迎えると、日の出の光景をつぶさに見ることができる。まだ太陽が水平線の向こうに沈んでいるうちから、暗い空が徐々に白んでくる。そして、水平線の一部が、燃えるような茜色《あかねいろ》に染まる。ドビュッシーは『海』の冒頭で、この夜明けの場面を極めて写実的に描いている。初めて海上で夜を明かしたときに、私の頭の中では大音量でドビュッシーが鳴っていた」

霜野はそう言って踵を返し、奥に向かう。相変わらず足音は聞こえない。岡部は慌ててそのあとに従った。

以前向かい合った食卓に、霜野は腰を下ろした。陽光が空を照らし出そうとする中、岡部はテーブルを挟んで霜野と対峙する。

「今日は特に食事の準備はないが……何か、お茶でも飲むかね？　カフェインもアルコールも嫌いなのでその類いのものはないが、デカフェやハーブティーなら用意できる」

「いえ、結構です」

「そうか。なら、早速本題に入ろう」

霜野は水差しを取り、ふたり分のグラスに水を注ぐ。そして、一口飲んでから言った。

「名塚くんの指とインクを、もう一対持っていると聞いた。本当かね」

「その前に、霜野会長。僕の家から指を盗み出したことを、認めてくれませんか」

「認めよう」

あっさりと肯定した。霜野のペースに巻き込まれないよう、岡部は鞄から一枚の紙を取り出す。

そこには、赤い指紋が捺されている。

「送られてきた指とインクを使ったものです。インクを分析してもらえれば、人工DNAが入っていることが判るでしょう」

「益子孝明だな」

霜野が指摘する。岡部は反応をしなかった。

「まさか名塚くんが二ヵ所にそれを送っているとは思わなかった。一杯食わされたよ。全く、なぜそんなことをしたのか。天才の考えることは、私のような凡人には理解できんな」

「益子の家をいまから漁っても無駄ですよ。指とインクは、安全な場所に移しました」

「そう言われるとチャレンジしたくなるね。私がいかに色々な力を持っているか、見てみたいかね」

脅しのように言ったが、ただの軽口のようだった。興味なさそうに、水をもう一口飲む。

「なぜ、あんなことをしたんですか」

霜野はつまらなそうに口を開いた。

「抽象的な質問は、対話者にとっては負担でしかない。特別な意図がないのなら、質問は具体的であるべきだろう」

「あなたは壁に名塚の曲を貼っている。そしてそれを妨害させないように、指とインクを回収していた。なぜそんなことをしてまで、名塚の曲を貼るんですか」

「簡単な理由だ。私は名塚くんの友人だった。彼は死ぬ前、私のところにひとつの曲を残していった。長大で、あまりにも見事な曲だ。それを多くの人に聴いてもらいたいし、誰にも邪魔して欲しくない。それだけだよ」

「そんなことのために、空き巣までやったんですか？　それだけじゃない。僕の家にあったものを盗み出すために、綾瀬梨紗さんを抱き込みもした。労力がかかりすぎている」

「労力というのは、誰がやるかによって大きく異なる。君の若さなら十キロを歩くくらいは朝飯前だろうが、私のような老人には無理だ」

韜晦《とうかい》したような物言いが続く。霜野は指を組んで言った。

「腹の探り合いはやめよう。望みを言いたまえ。それを買い取って欲しいのかね」

正直に話すつもりはないようだった。それもそうだろう。自分の計画を明かしたところで、彼にメリットなどない。

霜野の口を割る方法はひとつ。こじ開けるしかない。

「ゲシュタルト理論」

霜野は反応を見せた。その目に、わずかに驚きが浮かんでいた。

「霜野会長のことを色々と調べました。会長は昔、作曲家を志していたんですね」

「別に隠してはいないよ。そういう時代もあった」

「何曲か、楽曲も拝聴しました。ですが……大変失礼ですが、会長はあまり才能のある作曲家ではなかったようですね。私が聴いても、終始迷走している感じでした。結局、霜野会長は作曲家の道を諦め、研究の道に進んだ……昔の話をされるのは、お嫌ですか？」

「別に構わない。この会社の社名と同じだ。誰しも、ゆりかご《クレイドル》の時代はあるのだ」

「霜野会長は一方で、『新しい音楽』という言葉にこだわっています。前にお会いしたときもその話をしましたし、過去のインタビューでも『新しい音楽』について聞かれ、持論を述べている。あなたは作曲家が旧来の音楽の外に出ようとしないことに、苛立ちを感じていた。霜野会長が作っていた音楽からも、会長の知人の証言を聞いても、あなたが斬新な音楽を生み出そうとしていたことが判ります。ですが、大変失礼な物言いながら、霜野会長にはその力はなかった」

「多くの人間は、なりたいものにはなれない。なれるものになるだけだ。君が検査員になったように」

「確かに僕と会長は、似ています。僕も作曲家を諦め、検査員の仕事をやっていました」

「ひとつ訂正してもらおう。そもそも、私は別に作曲家を諦めたわけではない。人工知能がクリエイションを担う時代がくる……それを読み、そちらに転身をしただけだよ」

霜野が少し身を乗り出す。

「何が言いたい？　私も年でね、長い話が続くと集中が保てない。単刀直入に言いたまえ」

「結論を言うには、まだ少し前提を話さなければなりません。霜野会長の予想通り、いまは世界的に人工知能が音楽を作る時代がやってきました。結果的に何が起きたでしょうか？　音楽は究極的にタコツボ化していき、社会全体で聴かれるような音楽は生まれなくなった。『新しい音楽』が生まれるのとは、逆の方向に向かってしまったんです」

「前に説明した通り、もはやそんな時代ではないのだ。ベートーヴェン、レノン、コルトレーン。優れた遺産はいくらでもある」

「霜野会長は、本当はその系譜に自分の名前を刻みたかったんじゃないですか」

霜野はわずかに肩をすくめた。岡部は構わずに続ける。

「世界中に人工知能が作った音楽が溢れ返り、みんながそれを聴いている。才能のあるアーティストが曲をリリースしたとしても、それは『Jing』に食われ、すぐに希薄化してしまう。自らが作ってしまったこんな世界で、それでもなお会長の本心には『新しい音楽』への渇望があった。違いますか」

「人間は、自分の心を完全に把握などできない。フロイトから講釈したほうがいいかね」

「その話はまた今度にしてください。僕の予想はこうです。霜野会長は名塚とつきあい、『Jing』

が斬新な楽曲を生み出すのを目の当たりにした。学習するデータいかんで、人工知能は優れた楽曲を生み出すことができることを知った。霜野会長はそこに、長年渇望していた『新しい音楽』へのヒントを見つけた。そして、ここで出てくるのが、ふたつの音楽理論です。まず、ゲシュタルト理論」

霜野は何も言わず、水だけを傾けている。

「『新しい音楽』とは何か、前に霜野さんは私に講釈をしてくれました。それは、ゲシュタルトの庭の、ぎりぎりの縁で作られる音楽であると。人間の脳は、音楽をひとかたまりのものとして解釈します。ひとかたまり《ゲシュタルト》になっていないものは、人間の脳は解釈できない。『新しい音楽』とは、ゲシュタルトになるぎりぎりの範囲で、見たことがない形を取るものです」

「優秀な生徒だ。私の授業をよく覚えてくれている」

「ただし、ゲシュタルトの庭の縁で『新しい音楽』を作れたとしても、人々が好みの音楽しか聞かないいま、そんな尖ったものを人に広く聴いてもらうことは不可能です。ここで出てくるのが、もうひとつの理論です。それが、単純接触効果」

霜野はまた水を飲む。そのペースが上がっているのを感じる。

「ザイアンスの法則とも言います。何度も繰り返し聴くことで、未知の音楽を好きになっていくという現象です。僕も益子の作っていた現代音楽を聴き出したころ、身をもって味わいました」

「さっきから何の話をしているのかね。話が全く見えないのだが」

「論理の話です。音楽が飽和している現在において、『新しい音楽』を流通させるにはどうするか。ここであなたは単純接触効果を使った。名塚の死を利用したんです」

岡部は身を乗り出した。

「名塚の死は、これ以上ないほど劇的でした。有名な作曲家が突如自殺し、その遺作が謎めいた形で発表される。そんなもの、みんな聴くに決まってます。スタジオの楽器を壊したのも、あなたがたなんじゃないですか。名塚の死をより劇的にするために、わざわざそんなことをした。そして、あなたの計画は、当たりました」

小宮律に殴られたときのことを、岡部は思い出していた。律は過激な行動をして耳目を集め、音楽を人に聴かせていた。スケールは違えど、やっていることは同じだ。

「ただ、一度聴かせただけでは一過性のもので終わってしまう。そこであなたは、カイバを分割して細かく貼ることにした。何度も貼ることで、聴衆は繰り返し『新しい音楽』にアクセスすることになります。そうすることで、単純接触効果が起きることが期待できる。ところが、途中で予想外のことが起きました。益子が自らの曲を貼り出し、名塚の指紋を捺してしまったんです」

「あの曲はやはり益子孝明の曲だったのか。まあ、君には作れないと思っていたよ」

「その後は、先ほど話した通りです。自分のコントロールできないところに指とインクがあると、計画を妨害されかねない。だから会長は僕の家からそれを奪った。障壁がなくなったところで、カイバを貼り出すことを再開したんです」

「ひとつ、大きな穴がある」

霜野は珍しく挑発的に言った。

「先ほどから安易に『新しい音楽』という言葉を使っているが、それはつまり名塚くんの曲が『新しい音楽』だと言いたいわけか？　彼の曲は、もう人口に膾炙《かいしゃ》しているだろう」

「違います。名塚の曲は確かに斬新ではありましたが、一方で普遍的で大衆的な曲でもありました。彼の曲は、全く新しい音楽ではなかった。名塚の音楽は、聴衆を引きつけるための入り口にすぎなかったんです。『新しい音楽』とは、人工知能が作る音楽のことです」

「優秀な生徒だと言ったのは取り消そう。それこそありえない話だ。人工知能には、何が『新しい』かを判断することはできない。ゲシュタルトの庭の縁というのは、人間の無意識の中にあるものだ。そんなものをＡＩは理解できない」

「理解させればいい。ゲシュタルトの庭の縁が、どこにあるのかを」

岡部の言葉に、霜野は黙る。岡部は続けた。

「最近、検査員の仕事の難易度が、どんどん上がっていました。民族音楽や現代音楽といった、わけの判らない曲が増えていった。こんなものを『Jing』に学習させても、実際に聴く人はほとんどいないでしょう。クレイドルがこんなビジネスになりそうもない業務を推し進めていたことが不思議でしたが、いまなら判ります。あなたは、データを取っていたんです。ゲシュタルトの庭の縁が、どこにあるのかのデータを」

霜野の目の奥に、驚きが広がる。

「様々なバリエーションの難解な曲を聴かせ、その反応のデータを集める。人間はどこまでの音楽を理解でき、どこから理解が難しくなるのか。あなたが欲しかったのは、そのデータなんです。そうやって溜めた大量のデータを人工知能に解釈させれば、ゲシュタルトの庭の縁が見えてくる。人間は何をどこまで理解できるのか。その境目が」

霜野は答えない。岡部は続けた。

「この前貼り出されたカイバを聴きました。あの曲は名塚の曲から離れ、少し難解な領域に踏み込んでいた。たぶんこのあと、『新しい音楽』が徐々に姿を現すのではないですか？　聴衆は最初、それを難解なものとして聴くでしょう。ところが、単純接触効果によって徐々にそれを受け入れはじめる。そうすることで『新しい音楽』は文化として染み込んでいく」

霜野が水を飲む。

「ここからは僕の想像ですが、あなたはいずれ、その『新しい音楽』を、『Jing』が作ったと発表する算段だったのではないですか？　そうやって、若いころの夢だった、『新しい音楽』を作る夢を叶えようとした。これが計画の全貌《ぜんぼう》だ。違いますか、霜野会長」

沈黙が下りた。ドームに映し出される陽光が、静かに食卓を照らし出していく。

岡部は顔を上げた。水平線の向こうの茜色が、真っ赤に変わっていく。その赤は、生命そのもののように、力強く美しい。

だん、だん。

静寂を破ったのは、音だった。

霜野が右足で床を踏み鳴らしていた。革靴でガラスの床を、執拗に踏み鳴らす。終演後の指揮者をたたえる、オーケストラ奏者のようだった。

「君は検査員になるべきではなかったな。宗教家にでもなるべきだ。よくもまあ、そんな馬鹿げた大法螺《おおぼら》を思いついたものだ。国産みの神話でも書くといい」

「それは自白と受け取ってもいいですか」

「解釈は任せよう。ただ、君の推理には重要な視点が抜け落ちている。それとも、わざと触れていないのかな」

霜野は言った。

「君はすべてが私の陰謀のように言っているが、その計画にはもうひとり、重要な人物がいる。名塚くんだ」

霜野は挑むように身を乗り出す。

「君の言う通り、すべて私が仕組んだことなら、名塚くんの意志はどうなる？　彼は、私の計画に加担するために、自殺をしてくれたのかね」

「違います。名塚はもとより死ぬつもりでした。彼は家族を失い、ずっと失意のどん底にあった。

作曲業に復帰したのも、もともと依頼されていた仕事をこなすためでした。名塚は、すべての仕事が終わったところで自殺しようと考えていると、あなたに打ち明けたのでしょう。そして、あなたは計画を持ちかけた」

「だが、無理強《むりじ》いはできまい。君の考えた計画には、名塚くんの同意が必要だ。我々だけでは、彼の指や人工DNA入りのインクなど用意できない。それも無理やり奪ったというのかね」

「いえ……違うと思います」

「壁に貼られた楽曲についてもそうだ。あれを作ったのは名塚くんではなかったと考えているのか」

「名塚は、序盤に関わっていたのだと思います。『新しい音楽』から先は、あなたが『Jing』に作らせたんです。人工知能を使えば、つなぎを自然にすることは可能でしょう。最初から最後までを『Jing』が作った可能性も考えましたが、それもない。そうだとするならば、名塚が僕に指やカイバを送ってくることはできないからです」

「つまり、名塚くんはこの計画を承知していたことになる」

霜野は嬉しそうに笑った。

「こういう可能性は考えたかね。主犯は霜野鯨ではない。名塚楽だった」

霜野は言った。

「名塚くんは自殺を選んだが、死後に自分の評価を高めたかった。生前に充分評価されていたが、そんな評価では満足できない。文字通り、音楽史を変えた人間として評価されたかった。さながらロバート・ジョンソンのように」

ブルースの始祖。十字路で悪魔と契約したと言われる男。

「名塚くんは自殺をし、死後彼の曲が壁に貼られる。それは人類が聴いたこともないような、『新しい音楽』だった。『新しい音楽』は壁に貼られ続け、聴衆はやがてそれを受け入れる。音楽史の転換点だ。やがて彼の業績は、ポップミュージックや絵画、ダンスや文芸などの他分野にも還元され、文化として世界に染み込んでいくだろう。名塚楽はその始祖として名を刻む。霜野鯨は、それだけで満足だった。彼にとって、友人だった名塚くんの望みを叶えることが、目的だったからだ」

「名塚がそんなことを望むとは、思えません」

「もちろん、私利私欲だけではない。名塚くんは停滞している音楽そのものに風穴を空けたかった。『新しい音楽』を文化として根づかせることで、音楽史を前に進めたかったのだ。欲望と、使命感。そのふたつの理由を抱え、彼は私に計画を持ちかけた」

「そんなことも、名塚らしくない」

「らしくないいらしくないと言うが、君に名塚くんの気持ちが判るのか？　作ることから逃げた男が、死ぬまでそこで闘っていた男のことを」

判る。そう答えたかったが、言葉が出なかった。

岡部の知る名塚は、そんな大それた願望を持つ男ではない。だが、彼が計画を承知していたのは紛れもない事実だ。

名塚は変わってしまったのだろうか？　家族を亡くし、作曲ができなくなり、人工知能で音楽を作るようになり、霜野の誇大妄想的な計画に乗る。会わなかった五年のうちに、彼はそういう人間になってしまったのか。

死ぬ間際の名塚のことが、自分に判るのか？

判らなかった。一時期心を共有していたはずの彼のことが、少しも判らない。

「霜野会長……もう諦めたらどうですか」

思考から逃れるように言った。

「あなたはまだ続きをやるつもりなのかもしれませんが、もう無理です。あのムーブメントは沈静化しました。再度盛り上がることはない」

「君は予知能力者かね？　未来のことなど、誰も判らない」

「ネットを見れば判ります。もう名塚の『新曲』は、全然聴かれていません。世間的には名塚の曲は、どこかの愉快犯が貼ったものという結論になっています」

「やめろと言っているが、私がそれをやっている証拠は、依然としてないだろう」

「会長の計画は失敗しました。判ってください。『新しい音楽』など諦め、余生をほかのことに注力したほうがいい」

「判ったほうがいいのは、君のほうだよ、岡部くん」

霜野はそう言うと、面白そうに笑った。

「見切りの早い君には判らないだろう。夢見た音楽の道を、あっさりと捨てることのできた君には」

「何が判らないというんですか」

「何かに取り憑かれた人間の想念が、どれほど強いかだ」

霜野はそう言って岡部の瞳を覗き込む。

「人間は何かをしなければいけないという確信があれば、どんなことでもする。文字通り、どんなことでもだ。死ぬことくらいなんでもない」

「名塚のことを言ってるんですか」

「さてね。少なくとも、君のことではない」

何が言いたいのか判らなかった。戸惑っていると、霜野がおもむろに立ち上がる。

「楽しい時間は終わりだ。そろそろ、帰ってくれたまえ」

「ご自分のなさったことを、認めないつもりですか」

「眠りたいんだよ、岡部くん。君と違って、若くないのだ。思考が続かないよ」

「霜野会長。これからも名塚の曲を貼るつもりかもしれませんが、無駄ですよ」

「岡部くん。君のことは気に入っている」

岡部の言葉を無視するように言う。

「君は聡明な男だ。検査員にしておくのは惜しい。私のもとにこないかね。ポストも用意しよう」

「綾瀬梨紗さんも、その口振りで勧誘したんですか？」

「君だけだよ。君のことは、特別に気に入っている」

気がつくと、水平線の向こうに赤い太陽が現れていた。岡部はその光景に、思わず目を奪われた。

圧倒的な光量だった。世界の誕生のような凄まじい輝きがそこにはあった。

「霜野さん。話はまだ」

「いつでも連絡をくれたまえ。また会おう」

霜野はそう言うと、ベッドのほうに向かって歩き出す。その足を止める言葉を、岡部は持っていなかった。

敗北だった。真相は解明したはずなのに、霜野は何ひとつ揺らがない。

世界のすべてを祝福するように、太陽が光を放っている。一個の生物として、強制的に気分が上向いてしまいそうなほどの生命力だ。ＡＩの作ったものに感情をコントロールされたくなくて、岡部は静かに目を逸らした。

第　4　章

1

検査員の仕事をやめてから、一ヵ月が経つ。

この一ヵ月、岡部はほとんど何もしていなかった。

仕事をやめたら時間を持て余すのは判っていたが、それ以前に何もやる気が起きない。検査員の仕事が、五年間のうちに自分の血肉と化していたことを実感した。内臓でも四肢でもいい。自分の一部を切り落とされて、翌日からすぐに何かをやれる人はいない。

五年間あった業務セットが撤去されたにもかかわらず、部屋の風景はあまり変わりがなかった。検査員という仕事が、いかに少ない設備で回っていたかがよく判る。ウェブカメラ。ヘッドギア。腕輪。五年間を一緒に過ごしたはずのそれらは、何の未練もないという感じであっさりと部屋から消えた。

——岡部さんがいなくなるのは、寂しいですね。

茂木は何度も引き止めてくれた。本気で寂しがってくれたようだった。彼の期待に応えられなかったのは残念だったが、もうクレイドルと仕事をできる状態ではなかった。

——検査員、やめちゃったんですねえ、岡部さん。

対照的だったのが、律だった。

契約を終えて三日後、突然彼はふたりの男性を従えて自宅にやってきた。

——全く、失望しました。三ヵ月も持たないとは残念すぎます。とりあえず、アプリは消させてもらいますよ。

男たちは家に上がり、岡部のパソコンからハードディスクを抜き取ると機器につないで何やら操作をはじめた。もとに戻されたパソコンはどこが変わっているのか判らなかったが、少し動作が軽くなった感じがした。

去り際、律は憐れみを込めたような目で言った。

――岡部さん、無職になったんならＡｎｔＩに入りますか？　検査員をやめた三十五のオヤジなんて使いどころないですけど、デモでプラカード持つくらいならできます。給金も出しますから、よかったら連絡してくださいね。

連絡を待つつもりはないという風に、律は言った。


広大な海の上を、ただ漂うような生活だった。

起きる。スマートフォンから流れてくるニュースを消化する。おすすめされた映画をタブレットで見る。眠る。また起きる。動画サイトを開き、おすすめされた動画を見る。眠る。起きる。

いまの社会には、ＡＩが染み込んでいる。ウェブサイトの背後で動いているＡＩはいくらでも暇つぶしのコンテンツを用意してくれるし、食事すらも、通販のＡＩに任せておけば、毎日バリエーションに富んだものを配達してくれる。人工知能が雨のように染み込んだ社会において、受動的な生きかたをしようと思えばいくらでもできる。

梨紗とは、あれから一切の連絡を取っていない。

一度だけ、電話をかけた。メッセージも一通だけ送った。いまさら許してもらえるとは思っていなかったが、謝っておきたかった。

だが、連絡はつかなかった。電話はつながらなかったし、メッセージも読まれていないようだ。

もう完全に愛想《あいそ》を尽かされたということなのだろう。

例のカイバの続きが貼られたというニュースは、一向に流れてこない。ムーブメントが完全に終わったことを知り、霜野も自らの計画を諦めたのだろうか。

漂うような日々だった。このままではまずいと判ってはいたが、抜けかたが判らない。

そんな中、ひとつだけ、能動的に行っているものがあった。

それは、『ムジカ』をチェックすることだった。

ある日、益子が新曲をアップしているのを見つけたのだ。

また難解な音楽を上げているのかと思いきや、益子がアップしているのはかなり趣の違うものだった。

それは、曲といっていいか判らないほどに単純だった。使われているのはウッドベース一本で、長調のスケールを移調しながら演奏しているだけのものや、カノンコードを延々と鳴らしているだけのもの、童謡や唱歌といったシンプルなメロディーを弾いているだけのもの。それらが、毎日アップされている。

音楽未満のそれらは、なぜか聴いていて心地よかった。益子にとっては暇つぶしの肩慣らしなのかもしれないが、彼が楽しんで弾いているのが伝わってきた。毎日上げられるそれらを聴くのが、岡部にも楽しみになっていた。

今日も、益子の曲が上がっている。初心者用の練習曲を弾いているだけのようだ。益子のくつろいだ感じが、岡部の心を和ませてくれる。

曲は二分程度で終わった。もっと聴きたいが、仕方がない。岡部はブラウザを閉じようとした。

そこで、ふと岡部の心に気まぐれが生まれた。

岡部は、マイページのリンクをクリックした。

自分のページが表示される。久々に見る画面だった。

益子のページと違い、ここが最後に更新されたのは五年前のことだ。

初めて『ムジカ』に曲を上げたのは、中学生のころだった。検査員になるまで継続的に曲を投稿し続けたおかげで、マイページには膨大な数の作品が上がっている。

岡部の胸に、わずかな期待があった。

あのころは、自分がもっともエネルギーに満ちていた時期だ。昔の自分の作品を聴けば、この漂うような毎日に、何か変化が生まれるのではないか。

岡部はプロフィールを遡り、一番古くにアップロードされている楽曲を表示した。十四歳のころ、入門書を読みながらDAWを使い、初めて作った曲だった。

——岡部……お前、マジすげえよ。

あのころ、曲を提供していたバンドのメンバーが褒めてくれたことを、いまでも思い出せる。

——お前、才能あるよ。こんな曲、絶対に俺には作れねえ。

——っていうか、ホントこれ、やばくない？　すっっっげえいいんだけど？

——おいみんな、岡部に曲頼んだの、俺だからな。

岡部は、それを再生した。

エレキギターのリフと、ベースとドラムのリズム。何世代も前のサンプリング音源は、現在の生音と区別がつかないようなものからはかけ離れているが、そのチープさが却って好もしい。楽器たちが、早めのテンポを刻み、音楽が疾走する。前奏が終わり、ヴォーカルが入ってくる。仮歌を歌っているのは、中学時代の自分だ。いまより幼い、自分の声。

岡部は思い出した。この曲を初めて聴いたとき、全身に鳥肌が立った。綺麗な光が見え、自分の前にまっすぐな道が開けているような気がした。自分のやることはこれだと、はっきりと確信できた瞬間だった。自分の、作曲家としての、原点——。

しばらく聴いたところで、岡部は動いた。プレイヤーをクリックし、再生するのをやめた。

——下手くそ。

流れてくる曲に、失望していた。

どうということのない曲だった。どこにでもある、凡庸な音楽だ。名塚と比べるのもおこがましい、陳腐《ちんぷ》なものだった。

こんなものは、『Jing』を使えば、一秒で百曲は作ってくれる。こんな曲を聴いて感動していたという、その事実が情けなかった。結局自分は最初から、センスがなかったのだろう。

こんなことをやっていても、ただ、自分への失望が増えていくだけだ。

岡部は削除ボタンにカーソルを合わせ、その曲を消した。


それから岡部は、自分の曲を消していくことを日課にした。

その行為には、妙な快感があった。悪くなっている臓器を時間をかけて治すのではなく、丸ごと切り落としてしまうような、自暴自棄で自傷的な愉悦《ゆえつ》があった。

岡部が『ムジカ』にアップロードした曲は、すべて合わせて二百曲はある。すべて切り落とすには時間がかかるが、その分長く楽しめる。

中学時代の曲。高校時代の曲。大学時代の曲。作曲家になってから作った曲。

すべて思い出せる。これらを作ったときの苦労と、喜び。岡部は一曲ずつ思い出しながら、その体験ごと消し去る気持ちで削除する。作曲家として生きてきた事実をなかったことにはできないが、その過去を切り刻むことはできる。

——音楽なんて、やらなければよかった。

このところ、そんなことを痛烈に思う。

子供のころ、音楽の中に垣間見た、様々な色の光。

あんなもの、見えなければよかった。あれさえ見えなければ、自分は音楽をすることはなかっただろう。普通に学問をし、普通にどこかに就職をして、普通の人生を送っていただろう。そんな定型的な「普通」など、どこにも存在しないのかもしれないが、過去を後悔し、痕跡をひとつずつ消していくいまの自分に比べれば、どんな人生であってもマシな気がした。

削除ボタンを押すときのわずかな痛みと、何かから解放されるような感じ。ふたつの混ざった奇妙な感じを味わいたくて、岡部は自分の作品を消し続けた。


『ムジカ』のメッセージボックスに私信がきたのは、削除をはじめてから一週間ほど経ったころだった。

それを見たところで、岡部は固まった。

差出人の名前は『ジング』になっていた。

開くと、今回は添付ファイルはついていない。その代わり、短い文章が書かれていた。


「岡部数人様。

突然のご連絡、失礼いたします。以前は不躾《ぶしつけ》なメッセージを送ってしまい、申し訳ありませんでした。会ってお話ししたいことがあります。お時間いただけないでしょうか」


意外にも、謝罪のメールだった。文章はまだ続いていた。

「私の名は、奥田洋一《よういち》です。『オール・オブ・ミー』でピアノを弾いている人間です」

2

奥田との待ち合わせは、開店前の『オール・オブ・ミー』にした。

店への階段を降り、扉を開ける。十分早く着いたのに、奥田はすでにやってきていた。岡部の姿を認めるなり、立ち上がって頭を下げた。

「今日はきていただいて、ありがとうございます。その節は、本当に失礼なことをしてしまい……」

彼の堅実な演奏を思わせる、丁寧な所作だった。謝り続ける彼をなんとかなだめ、岡部はその正面に座る。

「事情がよく判らないんですが……説明していただけますか」

「はい。もちろんです。申し訳ありませんでした」

ハンカチで汗を拭いながら言う。本心から詫びを入れているようだった。

「あの曲を送ってきたのは、奥田さんなんですね」

「はい。作曲家のかたにあんなことをするのは失礼にも程があると判っていましたが……」

「もしかしてあなたは、梨紗さんのことを、好きだったんですか」

単刀直入に聞いた。

簡単な話だ。奥田は、梨紗のことが好きだった。だから、梨紗のために曲を作ろうとしている岡部に嫉妬をした。ふたりは揉めていたはずだが、それも愛情の裏返しだったのかもしれない。

予想に反し、奥田はきょとんとした表情になる。そして、首を横に振った。

「そういうことじゃないです。むしろ、彼女のことは嫌いでした」

「嫌い？」

「はい。やめて欲しいと思ってました」

奥田の声に、複雑な色が混ざった。「説明します」と、奥田は言った。

「ここは、私にとって大事な店なんです。学生時代から、もう三十年もここで弾いています」

「奥田さんが多忙の合間をぬってここに出ていると、梨紗さんは褒めてましたよ」

「ええ、まあ……ここは、当時はジャズが好きな客が集まるクラシカルな店だったんです。私も、先輩やお客さんから色々なことを学びました。ところが、ここ数年でがらりと客層が変わりました。ジャズを聴く人口が、かなり減ってしまったからです」

「『Jing』のせいですか」

「たぶん、そうです。もともとジャズは退潮傾向にありましたが、『Jing』の曲を聴く人々が増え、それが加速されたのでしょう。特に若い客が一気にいなくなりました。オーナーはそれを止めるために、弾き師を招いて弾かせるようになった」

岡部は思い出す。奥田に向けられた、申し訳程度の拍手を。

「店の空気は変わりました。弾き師目当ての客ばかりになって、『オール・オブ・ミー』はもはやジャズバーとは言えなくなった。長年敬愛していた店がこんなことになったのは、ショックでしたし、弾き師を早く追い出さなければならないと思いました。ひとつ期待していたのは、綾瀬さんがかなりつらそうにやっていたことです。放っておけば、そのうちやめるだろうと私は思っていた」

「僕が曲を作ることで、綾瀬さんは弾き師として延命してしまう。それを恐れた……ということですか？」

奥田は懺悔《ざんげ》をするように頷いた。

「前に一度、あなたとここで会ったときに、綾瀬さんに何やら曲を聴かせていましたね。調べたら作曲家だったことが判った。プロに曲を継続的に提供されては敵いません。それよりも優れた曲を作って送りつければ、あなたは曲作りをやめるかもしれない。そんな期待がありました」

奥田は理路整然と説明をする。

岡部が『ジング』の曲を梨紗に演奏させることは、奥田には想定外だったのかもしれない。そこで急遽《きゅうきょ》、持っていた音楽をスマートフォンか何かでカイバに入れ、梨紗の鞄に放り込んだのだろう。そして岡部への不信感を煽り、梨紗の仕事への意欲を削ぐことを考えた。

奥田は落ち込んだようにうつむいている。演奏と同じく、誠実な人格に見えた。岡部と梨紗を傷つけてしまったことに対し、心から後悔の念を抱いている。

「でも、それだと説明のつかないことが、ひとつあります」

ひとつ、気になることがあった。

「あの曲を、奥田さんは『Jing』で作ったんですよね」

「その通りです。あなたの曲を大量に読み込ませ、そこから出力しました」

「ただ、適当に作ったわけではないでしょう。あの曲は、梨紗さんの美点を引き出すように書かれていた」

岡部がもっとも衝撃を受けた点は、そこだった。あの曲は、岡部の曲をコラージュしながらも、梨紗の技量や個性に寄り添って書かれていた。

「梨紗さんを追い出そうとしているのに、彼女の美点を引き出そうとしている。なぜこんな矛盾があるんですか」

奥田は答えない。岡部には、ひとつの事実が見えていた。

「綾瀬さんは言ってました。弾き師をはじめたころ、自分を導くような曲を作ってくれるお客さんがいたって。彼女は、従兄の名塚楽がそれをやっていたのだと思っていた」

岡部は奥田を見た。

「それは、奥田さん、あなただったんですね」

奥田は難しい表情をしながら、わずかに頷いた。

「『オール・オブ・ミー』には最良の伝統があります。先輩が後輩をサポートし、導くというものです。その伝統は、裏切れません」

「ところが、梨紗さんがあなたより人気を集め、店の空気が変わるにつれて、あなたは彼女を徐々に憎むようになった。ピアニストとして応援はしたいが、店の空気を壊すことは許せない。だからあなたは、曲を書くのをやめたんですね」

奥田は唇をきゅっと結ぶ。彼を責めるのはつらかったが、言わざるを得ない。

「梨紗さんはひどい曲ばかりを演奏するようになった。そこに、元作曲家である僕が現れた。あなたはそれも、気に食わなかったんじゃないですか」

「どういうことですか」

「梨紗さんを導く人間、その立場を奪われるのが許せなかったんじゃないですか。あなたは単純に梨紗さんを憎んでいたわけじゃない。憎みながらも、左手一本でしかピアノを弾けない彼女をサポートしたい。そういう、複雑な感情があったんじゃないですか」

奥田は困ったような表情になる。消えそうな声で「そうかもしれません」と言った。

「自分でも整理できていません。彼女をサポートしたい気持ちはありましたし、『オール・オブ・ミー』を壊す彼女をやめさせたいという気持ちもあった。あなたの存在が許せないという気持ちも、たぶんありました」

「気持ちの整理がつかないまま、あれを作った。そうですね」

奥田はゆっくりと頷いた。

ぐちゃぐちゃとなった気持ちの総体に、突き動かされるように曲を作る。岡部には、その感覚が理解できた。音楽は、澄んでいるだけの泉からは生まれない。清廉と汚濁が混ざった、よく判らない場所から立ち上がってくるものだ。

「岡部さん。ひとつ、言いたかったことがあるのですが、いいですか？」

「はい、なんですか」

「私は、岡部さんの曲は好きです」

奥田の言葉に、岡部は意表を突かれた。

「こんなことを言う資格はありませんが……あの曲を作っているとき、私はつらかったです。自分の好きな人を、めった刺しにしている感じがして」

「まあ……それは、お礼を言っていいのか」

「失礼を承知で、それだけお伝えしたかったんです。本当にすみませんでした」

「でも僕の曲なんて、凡庸なものですよ」

頭を下げている奥田に向かい、岡部は言った。

「別に新しい要素なんか何もない。むしろ、奥田さんが作った曲のほうがはるかにいい曲でした。聴いていて驚きがたくさんあった」

「あれは……『Jing』に食わせてみて、色々調整した結果ああなっただけです。あなたを傷つけようとして、無駄に作り込んでしまったかもしれない」

「でも、高度は高度です。僕の曲なんて、人工知能で作ったものの足元にも及ばない。それが事実です」

諭すように言った。

「確かに、お前にはお前のよさがあると言われることもあります。でも、誰にでもいいところなどひとつくらいはあるものでしょう。市場に出してみたら、僕の曲なんか評価されませんし、『Jing』を使えばいくらでも再現できます」

奥田は難しい表情になる。わずかに沈黙が流れた。

次に奥田が取った行動は、予想外のものだった。

奥田は立ち上がる。グランドピアノのほうに移動し、その前に座った。

おもむろに、奥田は演奏をはじめた。

店内に、ピアノの音が満ちる。

奥田の音色は、梨紗のものとまるで違う。ピアノから光が溢れるようだった梨紗のものと比べ、ソリッドで硬い。ピアノが、弦をハンマーで叩く打楽器であることを思い出させてくれるような、硬質な音。

曲は、『オール・オブ・ミー』だった。

軽快でどこかアンニュィな雰囲気を漂わせた、オールドジャズの名曲。奥田は手慣れた様子でそれを弾いていく。

もう何千回もこの曲を弾いているのが判る。呼吸をするように自然に、奥田は音楽を紡いでいく。派手さはない。特別なものもない。長い年月をかけて研ぎきった、彼なりの完成がそこにはあった。

演奏が終わる。奥田は軽く汗を拭《ふ》いて、ピアノの蓋を閉じた。拍手をしていいのか、よく判らなかった。

「私の演奏、どう思いますか」

ピアノの前に座ったまま、奥田は聞く。岡部が答えるより先に、彼は口を開いた。

「地味。凡庸。生真面目。そんなところですか」

「それは……悪く言えばそうかもしれませんが」

「私も自覚してます。華やかな音色や、圧倒的なテクニック、思いもつかない即興のアイデア、そういうものを僕は持っていません」

奥田は自嘲《じちょう》するように言う。

「若いころ、色々な人に憧れました。彼らのように弾きたいと思い、必死で真似をしていたこともある。でも、どうしてもほかの人のようにはできない。いまでも悩んでいます」

「でも……奥田さんには、奥田さんにしかできない演奏があるでしょう。僕は、奥田さんの演奏が、好きですが……」

そこまで言ったところで、ハッとした。奥田は難しそうな表情で頷いている。

「これが僕にしかできない演奏なのかは判りませんが、僕にはこれ以外できないことは判ります。あるときに、僕は諦めたんです。他人になる努力をするくらいなら、自分のスタイルを極めようと。その結果、仕事を失っても仕方がないと」

奥田は寂しそうに笑う。

「かっこよく言ってますが、単なる開き直りです。向上心を失ったのかもしれないと、不安になることもありました。でも、少し楽にもなった」

奥田は顔を上げた。謝っていたときの彼は、もういなかった。

「岡部さん。凡庸な人間は、演奏をしてはいけないと思いますか？」

真剣な口調だった。みだりに答えられない、強い言葉だった。

「そうなのかもしれない。でも僕は、そうは思いたくないんです。だから、いまでも弾いています」

奥田はそう言って、ピアノに目を落とす。楽器を慈しむような目をしていた。

「……またきても、いいですか」

岡部は、気がついたらそう答えていた。

「奥田さんの演奏を、これからも聞いてみたいです。またここに伺っても、いいですか」

「もちろんです。この店が営業を続ける限り、どんな客層になっても弾くつもりです」

奥田はわずかに微笑んだ。だが、彼の友好的な笑みを見ながら、岡部の気持ちは沈んでいった。

——梨紗。

ここにきたら、梨紗にも会う。いまさら彼女に、顔向けができるのだろうか。

「最近……梨紗さんは、どんな状態ですか」

恐る恐る、岡部は聞いた。

「元気にやってますか。変な曲を弾かされて、苦しんだりはしていませんか」

強い彼女のことだ。自分のことなど忘れて、仕事に復帰してくれていればそれでいい。そう願って聞いたが、奥田の反応は違った。奥田は、困惑した表情になった。

「綾瀬さんは、やめましたよ」

「え？」

「ご存じないんですか？　岡部さんは知っていると思ってましたが……」

奥田の困ったような顔を見ながら、岡部は呆然とした。

3

静岡県の浜松駅。

新幹線を降り、タクシーに乗る。自動運転車が路上にひしめく東京と違い、地方都市にはまだインフラ網が整備されていない。「どちらまで?」と運転手に聞かれるのが久しぶりで、岡部はすぐに答えられなかった。

行く先を告げ、シートに身体を預ける。人間の運転する車は、アクセルやブレーキが不規則に踏まれるせいか、乗り心地がでこぼことしている。そんなことに懐かしさを覚えつつ、岡部は考えにふける。

梨紗は、行方不明になっていた。

彼女が『オール・オブ・ミー』をやめたのは、もう三週間ほど前のことのようだ。ある日突然やめたいと言い出し、それからこなくなった。その後は連絡がつかないのだという。

絵美子に連絡を取り、梨紗の住んでいたマンションに一緒に行ったが、そこも蛻《もぬけ》の殻だった。梨紗はもう家を引き払っていて、家具も何も残っていなかった。

——電話もつながりません。

絵美子が、途方に暮れたように言っていた。

——解約されているみたいです。SNSのアカウントも、全部消えてます。メールも送れなくなっていて……。

ただ単に店をやめただけではない。失踪《しっそう》に近かった。

それから三日間、岡部はあちこちを探し回った。

梨紗と食事をした店。梨紗と歩いた道。足が棒になるまで歩き続け、聞き込みを続けた。

絵美子のつてを駆使し、梨紗が通っていたリハビリセンターにも行ってみた。『オール・オブ・ミー』のようなところで働いているのではないかと思い、弾き師の出ている都内のピアノバーも虱《しらみ》潰《つぶ》しに当たった。梨紗の好きそうなスイーツの店も片端から捜した。

だが、梨紗はどこにもいなかった。

岡部はスマートフォンを取り出し、ニュースを検索する。「自殺　女性」。ワードを投げると、AIがニュースを探して一覧に並べてくれる。そのすべてを隈《くま》なく読んだが、梨紗らしき人物は見当たらない。最後のニュースまで読んで、ほっと安堵《あんど》するものの、すべての自殺がニュースになるわけではない。

「着きましたよ」

運転手の男性が言う。岡部は我に返った。スマートフォンで決済をし、降りる。

そこは、一軒家だった。石塀に囲まれている大きく古い一軒家で、「綾瀬」という表札が出ている。絵美子に教えてもらった、梨紗の実家だった。

——なぜ梨紗は、執拗なほどに自分の痕跡を消したのだろう。

梨紗は自殺をするために消えた。そう考えることもできるが、自殺をするだけなら行方をくらます必要はなく、ホームドアを乗り越えて線路に身を投げれば、それで終わらせられる。マンションや電話まで解約する必要はない。

自殺ではなく、いままでの人間関係を断ち切って、どこかで生活をやり直す。そのために梨紗は、執拗に痕跡を消し、姿をくらましたのではないか。

梨紗と話していた限り、親しくしている友人はいなそうだった。ならば、一旦実家に身を寄せているのかもしれない。そんな推測のもとに、岡部は浜松まできたのだ。

インターフォンを鳴らす。「はい?」と、女性の声がした。梨紗に似た綺麗な声だったが、声が老けている。母親だろう。

「突然すみません。私は、岡部数人と申します」

「はい?　どなたですか」

「東京で、綾瀬梨紗さんと親しくしていたものです。先日から彼女と連絡が取れなくなってしまい、行方を捜しています。少し、お話しできませんか」

「はあ……」

気のない返事だった。期待がしぼんでいくのを感じつつ、岡部は話し出した。


——知りませんよ、梨紗のことは。実家にも帰ってこないんですから。

岡部は帰りの新幹線に乗っていた。梨紗の親との会話を、反芻《はんすう》していた。

梨紗は、実家にもいなかった。

話してみたが、梨紗と実家の折り合いはよくないようだ。もともと音楽をやること自体にも反対だったのが、右手を怪我してまで続けている彼女に対し、あまりいい感情を持っていなそうだった。

梨紗は昔、自殺未遂をしたという。怪我をし、音楽ができなかった絶望が直接の引き金だろうが、それと同時に、家族と関係性が薄いというのも原因のひとつなのかもしれない。支えてくれる人間がいれば、また違った結果になったのではないか。

梨紗の実家を辞した足で、浜松の梨紗の同級生などもあたってみたが、いずれも空振りだった。

一日中歩き回ったせいで、足首の関節が痛みを放っている。

少し眠ろうと思ったところで、メッセージがきた。見ると、送り主は絵美子だった。

『岡部さん。すみません、私のほうで当たれるだけ当たってみましたが、梨紗ちゃんがどこにいるかは判りませんでした。当たってみた内容は、以下の通りです』

絵美子のメッセージには、誰を当たったのかが書かれていた。音大方面の友人から昔バイトをしていたという飲食店、名塚の親族まで、大勢の人がリストアップされている。そのすべてが当て外れのようだ。

――駄目か。

メッセージを最後まで読んで、途方に暮れた。車窓に目をやると、暗がりの中をコールタールのような色の海が広がっている。

梨紗は、どこにもいない。この世に生きた痕跡を消し、自らも行方をくらました。生きている生きていないにかかわらず、もう彼女には会えない気がした。

――梨紗をどん底に叩き込んだのは、お前だ。

内なる声が、岡部を責めてくる。

――梨紗にあんな仕打ちをしなければ、彼女とはいつでも会えた。お前のせいで、梨紗は消えたんだ。

その通りだった。自分が彼女のために曲を作れていれば、梨紗はまだ岡部と一緒にいたはずだ。

――凡庸な人間は、演奏をしてはいけないと思いますか？

奥田の言葉を思い出す。あのとき、岡部は奥田の演奏を知っていた。手堅く弾かれるオールドジャズを、好ましく思っていた。それなのに、なぜ自分の音楽を信じることができなかったのだろう。凡庸な自分の曲を認めることが、なぜできなかったのだろう。

――戻りたい。

あの夜の前に戻りたかった。無理やりにでも曲を仕上げ、梨紗に渡したかった。失望されても構わない。それでも、曲を作るべきだった。

だが、機会はもう失われた。間に合わないものには、どうやっても間に合わないのだ。

車窓のガラスに映る自分の顔が、何歳も老いて見えた。岡部はゆっくりと目を閉じた。

＊

東中野で下車し、神田川のほうに向かう。川沿いを歩き、名塚のスタジオを目指す。

——ひょっとしたら、壁の前に梨紗がいるのではないか。

それは紙のように薄い望みだった。ただ、もう探すべき場所が残っていない。岡部は夜の遊歩道を、スタジオに向かって歩いた。

スタジオの、壁の前。そこには夜にもかかわらず、二十人ほどの人がいた。

集まっている人々に目をやるが、梨紗の姿はない。岡部はため息をついた。やはり、ここにもいない。

人々は、めいめい壁の前に立ち、音楽を聴いている。少し立っていると、壁にカイバを貼っていく人がすぐに現れる。岡部はそこで壁に目をやり、言葉を失った。

スタジオの壁が、優しく輝いていた。

カイバの数はさらに増え、壁を埋め尽くしていてる。それはまるで、巨大な魚群だった。夜の海。水面の近くを巨大な魚群が通り過ぎ、そのひれや鱗《うろこ》に月光が当たって、キラキラと優しい光をばらまく。音楽を歌う、魚たちの群れ。これらひとつひとつに音楽が込められているかと思うと、壁の内包する情報量に圧倒されそうになる。

前にきたとき、岡部は壁から聴こえてくる音楽に失望した。ＡＩでいくらでも作れる音楽を、無意味に再生産しているようにしか思えなかった。

だが、本当にそうなのだろうか。

いかに平凡であろうと、ＡＩを使っていようと、これらは誰かが、何らかの意図にもとづいて生み出した音楽たちなのだ。

奥田の作った曲もそうだった。奥田はあれを『Jing』に作らせたと言っていたが、ただ機械的に作らせたわけではない。岡部を傷つけたい。梨紗をサポートしたい。そんな彼の複雑な心境が、あいう曲となって現れたのだ。ならば、あの曲を作ったのは、奥田なのか。人工知能なのか。

この壁に貼られた楽曲もそうだ。これらの多くは、人工知能の作った曲だろうが、人工知能が単独で作ったわけではない。どれも普遍的な人間の意識を学習した上に、カイバを貼った人の内面を反映して作られた曲だ。ならば、それを作っているのは人間なのか。人工知能なのか。

──AIと人間の境目が、溶けている。

そんなイメージが浮かんだ。この世界の底では、いつからか人工知能と人間の意識がひとつに溶け合っていて、その結果、この音の壁が生まれたのではないか。

──梨紗の曲。

ふと、岡部は思い出した。梨紗は自分の曲を、壁に貼っていた。

聴いてみたい、と思った。

自分は無意識のうちに、梨紗の曲を求めていたのではないか。梨紗は、もうこの世にはいないかもしれず、壁に残った音楽だけが、彼女の唯一の痕跡なのかもしれない。それを予感していたから、わざわざここまできたのではないか。

判らなかった。そんなことはどうでもいい。ただ、梨紗の曲が聴きたかった。

岡部は壁に近づいた。梨紗の曲を探す。

なんとなくの場所は覚えているが、正確な位置までは覚えていない。岡部はスマートフォンを取り出し、一枚の写真を表示する。

巨大なチョコレートパフェを前に、左手でピースサインを作った梨紗が写っていた。デートをしたときに撮った写真だった。気恥ずかしいのか、食欲を誇示するような威圧的な表情をあえて作り、カメラに手を突き出している。

写真を拡大し、指紋を表示する。岡部は壁に向き合い、同じものを探した。

大量の音楽の中、なんとか目的のものを発見するまでに、三十分もかかった。暗がりの中、指紋を照合し続けるという難業のせいで、目が乾いていた。

岡部は目頭を揉みながら、スマートフォンをかざした。画面上に音楽プレイヤーが立ち上がるのを見て、イヤフォンを耳に突っ込む。

梨紗の音楽――。

あのとき聴いた曲は、対位法の課題曲のような曲だった。初心者らしさが前面に出た凡庸な曲という感想しか、自分は抱けなかった。

だが、それだけなのだろうか。

あの曲は、ふたつのメロディーで作られていた。そこには、片腕しか使えない梨紗の思いが反映されていたのではないか。あのメロディーも、梨紗の優しい感性によるものではなかったか。自分は、そういうことをきちんと感じようとしていただろうか。

今度はきちんと聴きたい。岡部は目を閉じ、流れてくる音楽に耳を傾けた。

「……は？」

そこで、思わず声が出た。

もう一度、指紋とスマートフォンを見比べる。だが、間違いなく、壁に貼られているのは、梨紗の指紋だった。

――なんだこれは。

流れてくる音楽は、聴いたことのない曲だった。

ピアノの曲ではなかった。使われているのはフルオーケストラで、様々な楽器を用いて織り上げられた音響のタペストリーが、贅沢に奏でられている。

圧倒的な光が見えた。大勢の行列がまばゆい光をまき散らしながら、堂々と進行していく。それを強烈な陽光が照らしていて、さらに光が溢れる。光、光、光……。その音楽には過剰なまでに光が詰め込まれていて、そのあまりの快楽に、岡部は理性を飲み込まれそうになる。

なんだ、これは？　自分は、何を聴いている？

「あっ……」

思わず声が出た。思考を奪うほどに絢爛《けんらん》な音楽の中、岡部は冷静に考えを巡らせた。

「まさか……」

岡部の中に、ひとつの仮説が生まれた。

慎重にそれを検討する。だが、間違いない。そう考えれば、すべてのことが説明できた。

この音楽はなんなのか。梨紗がなぜ執拗に痕跡を消し、行方をくらませたのか。梨紗がいま、どこにいるのか。

彼女が、何をしようとしているのか。

「なんてことを……」

光そのもののような音楽に包まれながら、岡部はどこまでも深い闇の存在を感じていた。

4

小宮律に指定されたのは、岡部の家の近くにある公園だった。

野球場がすっぽり入る程度の大きな公園で、家族連れの憩いの場になっているため休日になると人でごった返す。反面、平日昼間のこの時間は、犬を連れて散歩している人がいる程度で閑散としている。

「やあやあ岡部さん、お久しぶりです」

ベンチに座って待っていると、背後から声がした。振り返ると、律の背後に、もうひとりの男性がいる。以前、タクシーに乗っていた岡部に絡んできた若者だった。

「高田くんです。岡部さんから仕返しされると怖いですから、ボディーガードを連れてきました。僕に殴りかかるなどしたら彼が秒速で制圧しますから、試したかったらどうぞ」

高田は岡部のことを睨んでいる。『心を彩るもの』のファンだった男だ。岡部は思わず、視線を逸らした。

「それで……今日は何の用です？　いきなり呼び出したりして」

律が岡部の隣に座ると、高田は正面に回ってスマートフォンをこちらに向ける。撮影をしているようだ。トラブルが起きたときの証拠のためか、それともまた過激なことをやってネットに投稿しようとしているのか。岡部はそれを無視して言う。

「今日は、小宮さんにお願いしたいことがあってきました」

「ほう、お願い。なんですか？」

「霜野鯨の曲を、ありったけ集めて欲しいんです」

律が相好を崩す。揉めごとの香りに喜ぶ人間の反応だった。

「どういうことです？　もしかして、霜野鯨のファンになったんですか」

「それはまだ言えません。ちょっと不確定なことが多いからです。以前の今宮さんのような、霜野会長の旧友がいたら、紹介して欲しいんです」

「いやいや、岡部さん……それ話にならないってことくらい、判ってますよね。そんな意味不明な条件で協力する人がどこにいます？」

「もちろん、ただとは言いません。僕がＡｎｔＩに入ります。それでどうですか」

「だーかーらー、それこそ、話にならないの。大体、見返りに仕方なく入ろうとするやつなんか、こっちから願い下げだよ。『Jing』を永遠に永久に地球上から消滅させる。その理念を共有する人とじゃないと組めないよ」

不用意なことを言った。律はその部分に関しては本気なのだ。

「大体あんたさぁ、何の役に立つわけ？　検査員だったころは使い道があったけど、いまじゃ雑用くらいしかできないでしょ？　それならやってくれる若い人、いくらでもいるんだよね」

「検査員に戻ります」

岡部の答えに、律は少し虚をつかれたようだった。

「クレイドルは、まだ僕に続けてもらいたいようでした。霜野会長との個人的なコネクションもありますし、復帰の打診をしたら、また雇ってくれると思います。それでどうですか」

「そんならまあ、いいんですが……なんでそこまで霜野の曲を欲しがるんです？　その理由が知りたいなあ」

「すみません。まだ話せないんです」

「あっそ、じゃあいいよ。協力してくれる検査員は、ほかにもいるしねぇ」

律はそう言って立ち上がる。岡部は迷ったが、この段階で理由を明かすわけにはいかない。この情報を明かしたら、律は予測外の勝手な行動を取りはじめるかもしれない。

「曲を作ろうと思うんです」

苦し紛れに、岡部は言った。

「作曲を再開するつもりです。霜野会長の曲は、それにどうしても必要なんです。明かせるのはここまでです。小宮さんは作曲家だ。同業者同士、これで納得してくれませんか」

「はあああ?　何、それ。どこに納得するポイントがあるのよ」

「小宮さん、お願いします。なんでもやります。霜野の曲を集めてください」

律は興味深いを通り越して、不気味に感じたようだった。岡部の嘆願を振り切り、立ち上がる。

やはり駄目だ。もともと勝算は薄いと思っていたが、切れるカードが少なすぎる。

諦めかけたそのとき、視線を感じた。

高田と呼ばれた男が、岡部のことを睨んでいた。

「岡部さん。あんた、作曲をするって言ってるの、本当かよ」

岡部は高田の目を見返す。

「ああ、本当だよ」

「あんたはもうやめた人間だろ。ゴミに出したものをやっぱりゴミ処理場から回収しようなんて、そんな話は、都合がよすぎるぜ」

「判らない。でも、やらないといけないんだ」

「なんで改心した?　やらないといけないって、なんだよ」

「俺の曲を、必要としている人がいるんだ」

高田は表情を変えない。じっと岡部を睨み続けている。

「やっと、判った。俺の曲を待っている人がいる。だから、やらないといけないんだ」

彼の表情が険しくなる。目元と口元が、潰れたように歪む。痛みをこらえているかのようだった。

高田は、絞り出すように言った。

「いまごろ、何言ってんだよ。待ってたって言うんなら、俺だって……」

古傷が疼くような声だった。とっさに謝ろうとして、岡部は言葉を止めた。それを言ったところで、彼がみじめになるだけだ。

「……律さん、協力してやってください」

高田が言う。律はじろりとそちらを睨《ね》めつける。

「どうしたんだ。お前、この人のことを恨んでたんじゃないのか？」

「恨んでます。でも本当はもっと、複雑な気持ちです」

「いいのか？　別にこの人に協力しても、我々にとってメリットはないかもしれないよ」

「律さんがやらないんでしたら、俺のほうでやります。許可してください」

高田は岡部の目を見もせずに言う。苦しそうな声だった。自分が傷ついている以上に、たぶん彼は傷ついている。

自分は多くのものを踏みにじってきた。彼の気持ちも、そのうちのひとつだ。

視線を合わせようとしない高田を、岡部は見つめ続けた。

5

白と黒の鍵盤を、指で撫でる。

白鍵と黒鍵は、素材が違う。わずかにザラザラと指にひっかかるような人工象牙《アイボライト》と、温もりがあり指に吸いつくような黒檀《こくたん》調天然木。

曲に応じて、使う白鍵と黒鍵の配分は異なり、曲を弾き終わったとき、一曲一曲、指先に残るものが違う。ステージでピアノを弾いていたころ、その感触を演奏後じっくりと振り返るのが好きだったことを、思い出した。

岡部は、曲を作っていた。

ＤＡＷは使っていない。ピアノと五線譜を使っていた。

手書きの譜面を書く。こんな作業をするのは初めてだ。なぜこんなことをしているのか自分でも判らなかったが、こうするのがいいと思った。

書いてみてすぐに、指先や手首が痛くなり、背中の筋肉が張ってくる。それでも無理を押して書いていると、痛みが痺れに変わっていく。限界まで譜面を書き続けたあと、洗面所に向かい、流水で手を冷やす。痛みが落ち着いたのを見計らい、また譜面に向かう。

名塚は曲を作るたび、こんなことをやっていたのか。オーケストラのフルスコアも、彼は手書きで作っていたと聞く。彼の膨大な作業量に改めて畏敬の念が湧いたが、手で譜面を書いていくのには、独特の味わいもあった。真っ白で巨大な壁に、彫刻を刻んでいくような感じ。自分の精神と音楽とが、肉体によってつながっている感じ。名塚がこの手法にこだわっていた理由が、少し判った気がした。

部屋に、ノックの音が響いた。岡部は少し緊張し、譜面から顔を上げた。

「はい」

「私です」

ドアの外から聞こえたのは、絵美子の声だった。一瞬強張った力が抜ける。岡部は立ち上がり、玄関を開けに行った。

「差し入れ、持ってきました」

和菓子の包みのようなものをぶら下げている。励ますような口調と相反して、絵美子の顔には疲労が刻まれていた。

「梨紗さんはまだ見つからないですか」

「はい。ここにも、まだこないですか？」

岡部は頷く。絵美子の表情が曇った。

「梨紗ちゃんは、本当にここにくるんですか？」

三日前にも同じ質問をされた。彼女が半信半疑なのも無理はない。岡部にとっても確信などない、薄い勝算だったからだ。

「きます」

岡部は力強く断言した。

「あの壁に貼ってあった曲が、その証拠です。前に説明した通りです」

「岡部さんの言うことは判ります。でも……あの子がそんなことをするなんて、信じられなくて……」

絵美子はそう言って、ちらりと岡部を見る。こちらを心配するような目つきだった。

「岡部さん、この三日間、ずっとここにいるんですか」

「はい。ずっといます」

「その……ご飯とか、食べてます？　お風呂《ふろ》も入ってますか」

「食べてますし、シャワーも浴びてます。心配しないでください」

「空気もこもってるみたいですし……換気しましょうか？　掃除も……」

「ありがとうございます。あとで自分でやります」

岡部はさり気なく遠慮した。確かに部屋の空気は悪い。だが窓を開けると、この部屋に満ちている気のようなものが霧散してしまいそうで、それは避けたかった。

「僕の心配は大丈夫です。梨紗さんを待つためなら、これくらいなんでもないです」

ほとんど破れかぶれだった。梨紗がくる可能性は、低いかもしれない。それに、いつまでもここで待てるわけでもない。出ていけと言われたら、出ていかなければならないのだ。

「梨紗さんはきます。きっとくる」

絵美子を勇気づけるように言ったが、半分は自分に言い聞かせていた。

＊

岡部はノートパソコンを操作していた。画面上では『Jing』が起動されている。手書きの譜面を作る一方で、岡部は『Jing』で曲を作っていた。検査員の仕事を長くやっていたものの、『Jing』で作曲をするのは初めてだ。

やってみて判ったが、『Jing』を使うと本当に手軽に曲が作れる。サンプルの音源をいくつか読み込ませると、それらの構造や音色を解釈し、即座にバリエーションを何パターンも作ってくれる。そのバリエーションの中からいくつかを選ぶと、さらにそこから新しい音楽が生成される。「もっと早く」「もっと激しく」「バロックのテイストを入れる」「ギターを入れる」などの指示を出すと、それにも即座に対応してくれる。多産多死を繰り返しながら目的の曲に近づいていくプロセスは、まるで生物の進化だった。種が淘汰され、環境に適応した生物が遺伝と進化を繰り返していく、その過程を超高速で見せられている感じだった。

正直、『Jing』での作曲は楽だった。苦労や懊悩《おうのう》、不安や懐疑といった、ひとりで作曲をする際に最後まで伴走しなければいけない感情は、この作業には存在しない。そのぶん上手くいったときの喜びも少ないのは味気なかったが、「創作とは苦しみを伴うもの」といった感覚自体が、やがて古びてなくなるのかもしれない。

だが、岡部は苦しんでいた。のたうち回るほどの苦しみで、それは生みの苦しみとは別種のものだった。

——鬼子。

自分は、鬼子を作っている。『Jing』を操っている最中、岡部はずっとそんな感情に焼かれていた。この世にいてはいけない怪物を、人為的に生み出そうとしている。

音楽を作るということは、岡部にとっては祝福だった。新たな音楽をこの世に生み落とすと、そのたびに世界から祝福を返してもらっている感じがしていた。だがこの仕事は、呪いだ。作業を進めるごとに、岡部の魂の根本の、深い部分が蝕まれていく感じがした。

できれば、この曲は誰にも聴かれずに、世界から消してしまいたい。岡部は心の底からそう思った。


切りのいいところまで作業を終え、パソコンを閉じる。

床に敷いてある布団に横になり、身体を休める。最初の三日くらいまでは朝昼晩の感覚があったが、もういまはパソコンの時刻が見知らぬ外国の時刻のように見える。

十五分ほど何も考えずに脳を休め、立ち上がる。今度は五線譜と鉛筆を持ち出し、ピアノの前に座る。鍵盤を撫でて手触りを感じることで、頭を『Jing』のモードから五線譜のモードに切り替えていく。

暗い箱の中を歩き回る。見つかった断片をピアノで鳴らし、譜面に書きつける。名塚のように、一気に完成稿を作るなどということはできない。破って捨てた譜面は、もうゴミ箱から溢れている。それでも書き続ける。自分の命を刻み込むように。

——名塚。

譜面をひたすら書いていると、ふと名塚とつながっているような感覚を覚える。彼もこれをやっていたのだと思うと、手首や指先の疲れが、わずかに和らぐ。

——俺は、名塚とつながりたかったのかもしれない。

手書きの譜面を書く。『Jing』を使って曲を作る。どちらも、生前の名塚がやっていたことだ。それらをトレースすることで、自分は名塚のことを感じたかったのではないか。

名塚は『Jing』を使っていた。復帰後の名塚は、手書きで譜面など書いていなかったかもしれない。

——案外、それも楽しんでたんじゃないか。

ふと、岡部はそう思った。

『Jing』を使った作曲は、確かに楽だ。だが、五線譜を書くのとはまた違う魅力もある。サンプルを山のように生成し、それを聴き比べて求める曲に近づけていく。こんなことは、ひとりで曲を作っていく方法ではまずできない。自分の内なる声を汲み取って、楽譜に書き込んでいく作業。山のようにアウトプットを行い、ひたすら選別していく作業。どちらにも、異なる魅力がある。

ことん。

ペンが落ちた。握力が失われている。右手が震え、上手く握ることができない。

岡部はペンを拾い上げ、譜面台に置いた。頭のほうは動いているが、身体が限界だ。

ベッドに寝転ぶ。何か音楽を聴こうと思い、岡部は久々に、名塚の遺作を選んだ。壁に貼り出されたものではなく、岡部と益子に送られてきたバージョンのほうだ。

再生をする。冒頭、二十秒ほどの空白のあとにシタールの響きが聴こえはじめる。最初に聴いたときは楽曲の力に引きずり回されるだけだったが、いまではこの音楽がどうやってできているのかを精緻に把握できている。隅々まで知っているはずなのに、聴いていると自然と身体が動き出す。

一心不乱にシタールを弾き続ける名塚のグルーヴと、自分の肉体のふたつが同化していく。

この曲を作っているときの名塚の姿が、目に浮かぶ。

『Jing』での作曲は、岡部にとっては鏡を覗き込むような作業だった。『Jing』にリクエストを投げ、帰ってきたレスポンスを吟味する。考えた結果を再度『Jing』に返し、新しい成果物をまた聴き込む。

自分の無意識をトレースした『鯨』と、対話を続けながら曲を作っていく。名塚はそれによって、自分でも見えていなかった自分の感性に、どんどん気づいていったのではないか。復帰後の作風が多彩だったのは、人工知能が名塚よりも優秀だったからではない。名塚が初めて自分と同等の伴走者を得たからだ。名塚は『Jing』というパートナーとともに、自分の中の深海の、より深い部分に潜っていったのだ。『Jing』を使ってみて、岡部はそのことを理解できた。

——これは、人工知能の曲じゃない。

やっと判った。名塚は、『Jing』を使って作ったのかもしれない。でも、それは大きな問題ではない。いまなら、確信を持って言える。

——これを作ったのは、名塚楽だ。

6

岡部は曲を作り続けていた。

ピアノを弾き、展開とメロディーを考えながら、五線譜に音符を書き込む。『Jing』に指示を与え、出来上がったサンプルを聴く。

同じ作曲といえど、全く違う部分を酷使する作業だ。並行して進めることで、脳全体に満遍なく疲労が溜まっていく。ペンを持つ右手の小指の外側が紙との摩擦でこすれ、皮が破れている。手や肩、背中が激しい筋肉痛で、少し動かすだけでも痛い。

この部屋にこもってから、一週間が経っている。さすがに心身が限界を迎えつつあった。いつ食事をし、どれくらい眠っているのか、自分でもよく判らない。曲を作り、頭が動かなくなったら倒れ込む。空腹に気づいたら食事を取り、体力が回復したら音楽に向かう。現実と音楽の境目が融解し、どちらにいるのかよく判らなくなる。それでも、手を動かし続ける。

ぷつり。

頭の中で、何かが切れた。それと同時に、全身からどっと汗が出る。限界がきた合図だった。視界が揺らぎ、脳を絞られているように頭痛がした。床に倒れ込む。全身のあちこちが、同時に悲鳴を上げている。

動悸が止まらない。何度かこうなったことはあったが、いままでで一番ひどい。さすがに救急車を呼んだほうがいいだろうか。そんなことを考えながら横になっていると、徐々に痛みが引いていく。

五分もすると、痛みはなくなり、むしろ全身がふわっと気持ちよくなる。脳内麻薬が出ているのだろうか。楽にはなったが、却って危険な状態なのかもしれない。

——少し休むべきなんじゃないか。

どちらも仕上げの最中だったが、もう身体が動きそうになかった。作曲には休養も大切だ。タイムロスは痛いが、今後のことを考えても休むべきだろう。時計を見ると十八時だった。少しでいいから、何もしない、無為な時間を作ろう。

岡部はスマートフォンを取り出し、ニュースサイトの巡回をはじめた。閉ざされていた社会の扉が、開いた感じがした。このところ全くニュースを見ていなかったので、見たこともない話が多い。一週間もあれば、世界は大きく動くのだと感じる。

岡部は『ムジカ』にアクセスをした。益子は相変わらず、毎日曲をアップしている。今日も、練習曲を演奏しているものが上がっていた。

岡部は再生し、スマートフォンの音量を上げる。

益子の音は、好きだ。

豊かなウッドベースの音を聴いていると、自然と心が温かくなる。五弦ベースを用いた迫力のある低音域が彼の特徴だったが、岡部は益子の高音域も好きだった。益子の高音はチェロのような艶《つや》のある音色をしていて、それが長い演奏の中でいいアクセントになるのだ。この練習曲の中でも、時折そういう響きが現れる。それが岡部には嬉しかった。

たん、たたん。

ウッドベースに混ざって音がする。たん、たん、たたん。たたたん、たん。気がつくと、自分の指が床を叩いている。

苦笑し、目を閉じる。気持ちいい。このまま、少し眠ってしまおう。

たん、たたん。

たたたん、たん。

指先の音と、ウッドベースの音。それが、岡部の中で混ざっていく……。

たん、たん、たん。

たたたん、たたたん、たん。

たん……。

次の瞬間。岡部は、がばっと上体を起こした。

脳に溜まっていた疲労物質が、すべて飛んでいた。驚愕《きょうがく》が、岡部の身体を貫いていた。

――判った。

唐突に、すべてを岡部は理解した。

名塚がカイバと指とインクを送りつけてきた、その理由。

彼が死ぬ前に何を考えていたか。

「判った。判った……」

全身にびっしりと鳥肌が立っている。洪水のような血流が全身を巡っている。興奮の中、岡部は自分の考えを検討した。間違いない。ただの当てずっぽうではない。最初から、手がかりが堂々と提示されていたではないか。どうしていままで、気づかなかったのだろう。

益子に連絡をしなければいけない。早く伝えなければ。名塚は、死ぬ前に……。

「そうだよ、岡部」

声がした。岡部は振り返る。

玄関のところに、ひとりの男が立っていた。岡部は唖然《あぜん》とした。骨と皮ほどに痩せた体軀を持ちながら、その身体全体からは力が溢れている。

「久しぶりだね、岡部」

そこにいたのは、紛れもなく、名塚楽だった。

＊

「どうしたんだよ岡部、そんな顔して」

名塚は曖昧に微笑み、部屋の中に入ってくる。岡部は立ち上がった。何が起きているのか判らなかった。

「名塚。お前、生きてたのか？」

「生きてたのかって……当たり前じゃない。もしかして、本当に死んだと思ってた？」

「だって……世間は大騒ぎだぞ。お前が自殺したって……」

「あはは。面白かったでしょ。案外ごまかし通せるもんだね」

「面白いって……。何考えてんだよ、お前……」

名塚はすたすたと歩き、ピアノ椅子に腰掛けた。鍵盤を叩くのかと思ったが、そうではない。名塚は、譜面台の上にある五線譜を手に取った。

「これ、岡部が書いたの？」

「そうだよ。目の前で読むなよ。恥ずかしいだろ」

「まあまあ、いいじゃん」

言っても無駄だということを思い出した。名塚は人当たりこそいいが、本質はエゴイストだ。やりたいことをはじめたら、もう誰にも止められない。

名塚はしばらく楽譜を見ながら、くるくると表情を変える。頷いたり、眉をひそめたり、ふっと微笑んだり。岡部はその表情のひとつひとつを、食い入るように見つめた。名塚はいま、何を考えているのだろう？　この曲をどう思っているのだろう？　それが気になって仕方がない。

岡部の内心に気づく様子もなく、名塚は譜面を読み続けている。彼の中で、音楽が鳴っている。それが漏れ出て、聴こえてくる気がした。

ひと通り最後まで読んだのだろうか。名塚はぱたんと五線譜を閉じ、元の場所に戻した。ふーっとため息をつき、余韻に浸るように、気持ちよさそうに目を閉じている。

「感想くらい言えよ」

名塚は、人の曲を批評しない。それでも、岡部は聞きたかった。自分の書いている曲が、名塚のお眼鏡にかなったのか。

「教えてくれ。俺の曲はどうだ？　一定の水準に達しているか？　独《ひと》りよがりになっていないか？　お前の耳を、満足させられたか……？」

名塚はしばらく目を閉じたところで、不意に岡部のほうを見た。そして、言った。

「結婚したときに、新婚旅行でアラスカに行ったんだ」

「アラスカ？」

「そう、アラスカ。アメリカの上のほうにあるあそこ、判るよね？　なんでそんなところに行ったかというと、妻がオーロラを見たいって言ったんだ。でも、あいにくオーロラはあまり綺麗に見られなかった。三日に二日は見れるって聞いてたんだけどね……だけど、別の場所であるものに出会えた。ザトウクジラの群れだよ」

「お前、突然何を言ってる？」

「その調子じゃ実際に聞いたことないでしょ。本物の、鯨の歌を……」

名塚は面白そうに続ける。

「行ったのは、アラスカのとある島にある、アングーンっていう小さな街だった。そこはホエール・ウォッチングのメッカなんだよ。ああ、キリスト教圏の話でメッカって言葉を使うのは、不適切かな。でも、ホエール・ウォッチングのエルサレムとは言わないし、こういうときになんて言えばいいんだろ……？」

「名塚、何を言ってるんだ。そんなことよりも、曲の感想を……」

「僕らはツアーに申し込んで、ボートに乗って沖まで行った。ザトウクジラの集まる沖でね、運よくたくさんの鯨を見ることができた。行ったのは七月だったんだけど、夏の鯨は捕食期だから活発なんだよ。ブリーチングも、テールスラップも見ることができた。圧巻だったなあ……ほんと、すごい光景だったよ」

「名塚……」

「でも、一番よく覚えてるのは、その日の夜のことなんだ」

そこで岡部はようやく気づいた。この話を、自分は聞いたことがある。

「海岸沿いのロッジに泊まって暖炉《だんろ》に当たってると、遠くから甲高い遠吠えのような声が聞こえてきた。何かを求めているようにも聞こえたし、声を出すこと自体を楽しんでいるようにも聞こえた。不思議な声……それは、ザトウクジラの歌だったんだ」

「歌……」

「そう。帰国してから調べたんだけど、ザトウクジラは素晴らしいソングメーカーなんだ。彼らは複雑な構造の歌を歌うことができる。ふたつから九つのフレーズを使い、それらを反復させて長い曲を作っていく。長いものだと三十分くらいあるらしい。ここまでくると、ほとんど交響曲だね」

名塚は嬉しそうだった。音楽の話をするときの名塚は、いつも嬉しそうだ。音楽を知らない人間でも、名塚の笑顔を見ていたら音楽が好きになる。

「もっと興味深いのは、ザトウクジラの歌が、ほかの個体に影響を与えるということだよ。アングーンのように、同じ繁殖地にいる鯨は、同じ歌を歌うんだ。これがコロンビア沖に行ったりすると、全然違う歌になる。海洋学の研究家に音源を送ってもらったんだけど、本当にびっくりするくらい違っていたよ」

名塚は岡部のことを見つめる。

「ザトウクジラは音楽家なんだ。彼らは、波及し合っている」

「波及……」

「そう。個体が作った音楽に伴って、コロニーの中で歌われるものも変わっていく。それは人間も同じだよね。音楽を作る。音楽を聴く。そういう連鎖の中から、どんどん新しい曲が生まれていく。聴衆も作り手も、違いはないんだ。みんな、波及し合いながら、音楽という大きなものに関わってるんだよ」

名塚は、岡部のほうを見た。その瞳が、寂しそうに揺れていた。

「岡部。曲の感想が聞きたいの？」

「名塚……」

「この曲はね……」

名塚はそう言って、もう一度譜面に目を落とす。名塚の表情が変わった。

胸が満ちた。その表情だけで、もう充分だった。

名塚、と声を出そうとしたときだった。

名塚の姿は、消えていた。

気がつくと、岡部は玄関のドアを見つめていた。

布団に寝転がっている。ドアは固く閉ざされたまま、石板のように閉ざされている。

名塚はどこにもいなかった。彼の存在の残滓《ざんし》すら、あたりには全く残っていなかった。

岡部は目を閉じた。手を握り、胸に当てた。

名塚は、自分の中にいた。

名塚の声の周波数。彼の身体から発されていた体温。彼が話してくれた内容。すべて、自分の中に残っている。

岡部は手を胸に当て続けた。それらのすべてを、自分の中に閉じ込めるように。

そのときだった。

ドアの開く音がした。

玄関のドア。そこに設置されている鍵が、ゆっくりと回る。岡部は息を呑んだ。扉が、少しずつ開く。

ドアの向こうから覗いた目が、驚きで見開かれる。

「岡部さん……？」

現れたのは、梨紗だった。

7

「どうして、ここに……？」

梨紗の声は、戸惑っていた。岡部はゆっくりと身体を起こす。

彼女は、周囲に目を走らせる。この場から逃げようか逡巡《しゅんじゅん》しているようだった。

「待ってください」

鋭く声を飛ばす。梨紗は怯えたように身体を震わせた。

逃げられないと判断したのか、梨紗は諦めたようにうなだれた。ドアを後ろ手に閉め、中に入ってくる。

弱々しい姿だった。砂でできた人形のように、触ると崩れてしまいそうだった。

「梨紗さん……すみませんでした」

岡部は頭を下げた。

「いまさらなんだと思われるかもしれませんが……謝ります。こんなことになってしまって、本当にごめんなさい」

頭を下げ続けたまま言う。

「心配する資格なんかないと思いましたが、それでも心配でした。梨紗さん、もう一度会えてよかった」

「……やだなあ。なんですか、突然」

梨紗は明るい声を上げた。

「ああ、あのライブのことですか？　もう全然、気にしてないですから。水に流しましょうよ」

「梨紗さん……？」

「ていうか、『こんなこと』ってなんですか？　あ、もしかして『オール・オブ・ミー』を休んでることを言ってます？　あれ別に岡部さんのせいじゃなくて、ちょっと休暇が欲しかっただけなんですよ。温泉に行ってお寿司も食べました。いい旅行でしたよ」

「梨紗さん。あなたの家に行きました。あなたの自宅は、もう引き払ったあとだった」

「ああ、実家に帰るんです。親が体調を崩して、急に帰ってこいって言うもんですから。落ち着いたら岡部さんにも連絡しようと思ってたんですよ。なんか気を遣わせちゃって、すみません」

見え透いた嘘ばかり続ける。岡部は拳を握った。

「でも、なんでここにいるんですか？　布団まで持ち込んで、ここに泊まってたんですか？」

「梨紗さん、あなたを待ってたんです。もちろん支配人さんの許可は取ってあります」

「だから、心配しすぎですって。ここには、荷物を取りにきただけです。すぐに帰りますから、心配ないってみんなに伝えてください」

「違う。梨紗さんがなぜここにやってきたか、僕には判ってます」

梨紗の表情が、笑みを浮かべたまま固まった。

「ピアノを壊しにきた。そうですね？」

岡部を見つめる梨紗の目が、わずかに暗くなった。

「霜野会長と、少し前に話をしました」

岡部は話をはじめた。

「霜野は若いころから『新しい音楽』を作ることに燃えている人間でした。彼は名塚と組んで『新しい音楽』を普及させようとしていた。その計画は、梨紗さんも知ってますよね。あなたは僕の部屋から、指やインクを盗んでいった」

気がつくと、梨紗は別人のようになっていた。顔からは表情が失われ、視線は下のほうを見つめたまま動かない。以前あの屋上で話したときと同じく、心を閉ざしたときの彼女だった。

「霜野は名塚が自殺したことを利用して、『新しい音楽』を作ろうとしていました。でも、その計画は上手くいかなかった。途中で益子……僕の友人が作った曲が、ムーブメントを沈静化させてしまったからです。指を奪ったあとに再度カイバを貼ったが、それも上手くいかなかった。霜野は、計画を諦めざるを得なかった」

梨紗は人形のように表情を変えない。

「そこに現れたのが、あなただったんです、梨紗さん」

言いながら、岡部はたまらない気持ちになった。

梨紗には、物語がある。

片腕のピアニストであり、美貌の弾き師。フルート奏者を目指していたが、不慮の事故で演奏できなくなったという悲劇を抱えている。天才名塚の従妹でもあり、最近作曲をたしなみはじめていた。こんな物語性を持つ人間は、めったにいない。

「霜野はあなたを使って、計画をやり直そうとしているんだ」

梨紗は表情を固めたままだった。

「梨紗さんがいなくなってから、一度名塚のスタジオに行きました。色々あって、あなたの曲を聴きたくなったからです。ところが、壁に貼られていた曲は、別のものにすり替わっていた。それは高度で、素晴らしく見事な曲でした。そこで僕は、霜野があなたを利用しようとしていると気づいたんです」

岡部は梨紗を見つめたまま言う。

「霜野が名塚のときと同じことをしようとしているのなら、あなたの曲と指紋を残しておくわけにはいきません。あなたの曲は初心者らしいシンプルな曲で、とても『新しい音楽』ではなかった。カイバを剝がして指紋を消すことも考えたのでしょうが、あなたが曲を貼っているところは大勢に見られていて、騒ぎになったときに、誰かがそれを思い出すかもしれない。そこで、霜野は曲自体を差し替えることにした。霜野は新しく貼ったあの曲を起点に、徐々に『新しい音楽』に観客を誘導していくつもりだったんです」

岡部は続けた。痛みを抱えながら。

「ただ、ひとつ問題があります。壁に貼った曲を、大勢の観客に聴かせなければいけない」

言葉に非難の色を込めた。

「あなたが、死ななければいけない」

梨紗は唇を結んだまま、ゆっくりと動いた。注視していなければ判らないほどの、わずかな頷きだった。気持ちが黒く染まっていくのを、岡部は感じた。

「あなたが死に、その遺作が貼り出される。悲劇のピアニストが、最初で最後に作った見事な曲です。観客はあなたの曲を聴くでしょう。あとは名塚のときと同じです。霜野はあなたの曲を次々と貼り、『新しい音楽』に誘導する。あなたは伝説となり、『新しい音楽』が世界に広まっていく。ピアノを壊すというのは、名塚のときと同じです。生前の奇行を見せて、事件性を演出しようとしているんだ」

　梨紗が岡部を見つめる。まっすぐな瞳をしていた。

「梨紗さん。あなたは、本当にそんなことをするつもりですか」

「……はい」

「本当に、本心から、それを望んでいるんですか？」

「はい、望んでます」

　迷いのない声だった。

「私はもう、生きていても仕方がないんです。どうせ死ぬのなら、有効に使うべきです」

「馬鹿なことを言わないでください。生きていても仕方ないなんて、そんなわけがない」

「前にも言ったでしょう？　私にはもう、何もありません。楽くんは死にました。右手も治らないし、仕事もあの状態です。家族とも仲が悪い。何が残されてるんですか？」

「いくらでもあるでしょう。梨紗さんはいつも美味しそうにご飯を食べていた。弾き師の仕事だって、曲さえあれば楽しくできるはずだ」

「もういいんです。そんなことは、もう経験しました。いままでやってきたことの繰り返しになるだけです」

　梨紗は笑みを浮かべて言った。

「それよりも、いまなら楽くんに恩返しができます」

「どういうことですか」

「楽くんは、『新しい音楽』を世の中に根づかせたい、そのために死んだんですよね」

　梨紗は少し遠くを見る。

「楽くんにもらったものを、返すチャンスです。彼がいなかったら、私はあの事故のときに自殺していたかもしれません。いまのこの時間は、彼がくれた余生みたいなものなんです。だから、楽くんのために使うべきです。そうでしょう？」

「名塚のビジョンを、あいつの代わりに実現する。そのために死ぬんですか」

「はい。楽くんも喜ぶと思います」

「馬鹿な。名塚がそんなことを喜ぶわけがない」

「どうでしょうね。まあ、喜ばないなら喜ばないで、いいですよ。霜野さんは、私の名前を後世に残してくれるそうです。それも素敵じゃないですか」

梨紗の言っている内容は、支離滅裂だった。だが、彼女の中では整合性が取れているのかもしれない。数々の矛盾を、強烈な希死念慮が無理やり結びつけている感じだった。

「帰ってください、岡部さん。私のことを思うのなら」

「帰りません。大体、もうそんなことをしても無駄です」

岡部はそう言って、ポケットからあるものを取り出した。

それは、シリコン製の指だった。

「あなたの指紋から作ったものです」

梨紗の目が、驚愕に見開かれた。

「霜野の計画を見破った僕が、何もしないと思いますか？　あなたの指紋は、写真から復元できました。もうあなたの指紋は壁に貼られているから、いまから人工DNA入りのインクは使えないでしょう。あなたが名塚と同じことをするのなら、僕は益子と同じことをします。駄曲を作って壁に貼り、捺印をする。それで計画は終わりです。あなたは無駄死にだ」

「やめてください。私から、死ぬ理由を奪わないでください」

「もともとあなたに、死ぬ理由なんかないんだ」

梨紗の顔に、強烈な敵意が浮かんだ。

「じゃあ、好きにしてください。壁に曲を貼る？　ご自由にどうぞ。私の死を貶《おとし》めるのが岡部さんの願いなんですね」

「そんなわけ、ないでしょう。僕はあなたに生きていて欲しくて……」

「いまさらなんですか？　私が死んだら、寝覚めが悪くなるからですか？　相変わらず自分のことしか考えてないんですね。曲を作ってもらったときも、そうでした」

「梨紗さん、これを見てください」

岡部はそう言って、ピアノの前に移った。そして、譜面台に置かれている五線譜を手に取った。

「あなたに聴いてもらいたくて、作った曲です」

岡部は五線譜を開き、梨紗に楽譜を見せた。梨紗の目が、戸惑ったように揺れる。岡部はピアノの蓋の上にそれを置き、鍵盤に向かって腰掛けた。

「いまさらなんですか、こんなもの……」

「あなたは生きて、音楽をやってください。あなたの演奏が聴きたいんです。曲がないというのなら、僕が作ります。何十曲も何百曲も、嫌になるまで僕が書きます。もう逃げません。僕にできる最高の曲を作ります。約束します」

梨紗は苦しそうな表情になる。

「別にやりたくないなら、無理にやる必要はない。いてくれるだけでいいんです。この曲は、あなたがいなければ作れなかった。あなたの存在が。あなたの音色が。あなたからの波及がなければ、絶対に作れなかった」

岡部は鍵盤の上に左手を置いた。ローズウッドのアップライトピアノ。白と黒の鍵盤の肌触りが、指先から伝わる。

「それをいまから、証明します。聴いてもらえますか」

梨紗は返事をしなかった。だが、無言のうちに肯定してくれているようだった。

――名塚。

岡部は祈った。

名塚。頼む。

お前だけが使えたあの魔法を、いまだけ俺に貸してくれ。

息を吸う。閉じていた目を開ける。

岡部は、演奏をはじめた。

8

『鯨の庭』に岡部が呼ばれたのは、それから一週間ほどあとのことだった。

霜野に会いたい。クレイドルに電話をかけてそう伝えると、三日ほど経って返事がきた。会長がなぜやめた検査員などに会うのか？　間を取り持ってくれた茂木は不思議そうにしていたが、誠実な彼らしく、話はきちんと通してくれた。

会議室フロアまで上がり、廊下を進む。暗闇のエレベーターに乗り込み、最上階へと向かう。黒いエレベーターは、以前にも増して暗く感じられた。闇を閉じ込めた四角い箱が、異界に向かって移動していく感じがした。

ドアが開く。

全天球に映し出されているのは、ほとんど黒に見えるような深い紺だった。見通しが悪く、魚影のようなものがそこかしこにうごめいているが、はっきりとした姿は見えない。広大なフロアが、今日はやけに狭く見える。

「水深百メートルくらいだ」

霜野の声がした。あたりが暗く、姿が見えずに声だけが響いている。

「このくらいの深さとなると、ダイバーの中でも特別な訓練をしている人間にしかたどり着くことができない。『深海の狂喜』という言葉を聞いたことがあるかね？　狂気《Insanity》ではなく、狂喜《Raptures》のほうだ」

「聞いたことはありません」

「要するに、窒素中毒のことだよ。ダイバーは圧縮空気を背負って海の中に潜るが、水圧が高くなるにつれそれに含まれる窒素が血中に溶け出してくる。窒素には麻酔効果があるため、ダイバーは深い海の中で多幸感に襲われ、冷静な判断力を失う。それが『深海の狂喜』だ。過酷な環境で思考を失うということは、死を意味する。なので、水深百メートルまで潜る場合は、基本的には素潜りだ。水深百メートルは選ばれし者しか入門することのできない、過酷な環境なのだ」

「何が言いたいんです？」

「何が言いたいと思うかね」

声だけが響く。彼のペースに巻き込まれないよう、岡部は気を引き締めながら言った。

「ここは自分のフィールドだ。部外者の岡部数人など、すぐに窒息させることができる」

「君の解釈は、相変わらず面白い……。だが、穿《うが》ちすぎだ。答えは『死の危険などを冒さなくとも、テクノロジーの力を借りれば超一流のダイバーと同じイメージを味わうことができる』」

「それは『Jing』のたとえですか」

「ただの世間話だよ」

闇の奥に、霜野の影が現れた。わずかに見える目は、以前より暗い。霜野は顎でいつものテーブルセットを示し、歩きはじめる。岡部はその後に続いた。

「綾瀬梨紗から、辞退したいという連絡がきたよ」

食卓につくなり、霜野は言った。お気に入りのおもちゃを失った子供のような口調だった。

「岡部くん、君は何がしたいのかね？」

物腰はいつもと変わらないが、以前やっていたような韜晦はない。余白なく、ダイレクトに本題に入ってくる。それが余裕のなさの現れなのかどうかは、よく判らなかった。

「友人の自殺を止める。そんなことに理由が要りますか」

「名塚くんの自殺を止められなかった後悔かね。そんなことをしても彼は戻ってこない」

「僕を傷つけようとしてそんなことを言っても、無駄です」

口先ではそう返事をしたが、岡部は傷ついていた。当然、そういう動機も自分の中にあるのだろう。霜野はそれに気づいてか、言葉をつなぐ。

「クリエイターは、評価を欲するものだ。音楽史という硬度の高い金属に名を刻める機会など、そうそう得られるものではない。君は、綾瀬梨紗がそうなる機会を妨げたのだ」

「彼女はそんな俗物じゃない。あなたと一緒にしないでください」

「私を俗物と呼ぶのなら、君もそうだろう？　君は他者からの評価に怯えていて、名塚くんがそれを得ていることがたまらなかった。評価の場から逃げ、検査員に転身し、精神の安寧を求めた。君は私と同じ、俗物だ」

「似ていますが、同じではないです。僕は、誰かの命を引き換えにしてまで『新しい音楽』とやらを作ろうとは思わない」

「それは、君に機会が巡ってきていないだけだよ」

霜野は諭すように言う。

「あそこまで高く飛んだ名塚くんでさえ、例外ではなかった。自分の名声より高めたいと考え、死後に『新しい音楽』の作者たらんとした。君も同じ立場なら、同じことを思う」

「僕はそうなのかもしれませんが、梨紗さんは違う。彼女は名塚のビジョンを実現するために死のうとしていたんです。野心のない人間もいます」

「もともと彼女は死にたがっていたのだ。彼女は生に意味を感じられていない。意味のある死を選ばせてあげるべきだ」

「もう無駄です。彼女は生きることに決めました」

「説得するよ。もう一度死ぬ気になるまで、何度でも」

拳を握りしめた。刃物を握っているのではないかと思うほど、爪《つめ》が食い込んで痛かった。

血液が沸騰している。岡部は考えているふりをして、冷静になることに労力を費やした。なんとか気持ちが落ち着いたところで、口を開く。

「あなたはいま、言いましたね。名塚は死後、自分の名声をより高めたかった、と」

「その通りだ。だからあのような計画を実行したのだ」

「残念ですが、それは間違っています。あいつは名声を得たくて、あなたの計画に協力したんじゃありません」

「何を根拠にそんなことを言うのかね」

霜野は眉をひそめた。

「私は名塚くんと直接話をした。確かに、彼が自殺しようと思っていると打ち明けてきたとき、計画を提案したのは私だ。それは認めよう。だが彼は、計画に乗り気だった」

「それは嘘です。名塚がそう言ったのなら、あなたを騙すことが目的だったんです」

「なぜ君にそんなことが言える。君が名塚くんと交流していたのは、昔の話だろう？　私は死ぬ直前の彼を、よく知っていた。我々は、友人だった」

霜野は陶然とした口調で言う。岡部は鼻で笑った。

「違います。名塚にとって、あなたはただの使い捨ての駒《こま》だった。あいつの友人は、僕です」

岡部はそう言って、身を乗り出した。

「名塚は自殺をする前、カイバと指とインクのセットを、二ヵ所に送っていました。ひとつは、僕。もうひとつは、益子孝明のところです。あいつがなぜそんなことをしたのか、不思議でした。名塚は僕たちに、曲を聴いてもらいたかっただけかもしれない、そうも思った。でも、それなら、あなたの計画に乗る必要なんかない」

「人間の行動はすべて理屈では説明できないものだ。まして、天才のそれはな」

「一般論としては理解しますが、この場合は違います。名塚は、僕と益子を引き合わせたかった。それだけだったんです」

霜野の表情が曇る。困惑する彼を見るのは、初めてだった。

「カイバ、指、インク。こんなものがいきなり送られてきたら、どうするでしょう。当然意図を探ろうとします。僕は必ず、名塚の秘書をやっていた渡辺さんを訪ねる。彼女は名塚から、『二ヵ所に郵便物を送った』という情報を得ていた。名塚があえて刷り込んだんでしょう。僕がその情報を得れば、益子のところを訪ねる公算は高い。たとえ関係が断絶していたとしても」

――名塚の死がなければ、一生再会しなかった。

益子はそう言っていた。彼の言う通り、カイバのことがなければ二度と会っていなかっただろう。

「だから、どうしたというのかね」

霜野がつまらなそうに答える。

「名塚くんは苦しみを抱えたまま自殺をしたが、最後に善行を積もうとした。仲違《なかたが》いしている君らを会わせ、仲直りさせる。名塚くんはいい人だった。そう言いたいのかね」

「違います」

岡部は微笑んだ。

「僕らは『心を彩るもの』ですよ。そんなぬるい関係性じゃない」

岡部は笑みを深めて言った。

「霜野会長。あなたは、名塚が壁に貼ったカイバの冒頭に、二十秒の空白があったことを覚えていますか？」

霜野はすぐに思い出せないようだった。しばらく視線があたりを漂い、やがて定まる。その様子を見届けてから、岡部は続けた。

「なぜあんなものが冒頭に入っているのか、不思議でした。名塚は確かに機械に疎《うと》い人間でしたが、音楽に対して妥協する男ではなかった。録音に失敗したのなら、当然やり直す、そういう人間でした。その手間を惜しむなんて、ありえません」

「自殺を決意していたのだ。平時の精神状態ではなかったと思うが」

「論より証拠です。ひとつ、聴いていただきたいものがあります」

岡部はそう言って、カイバを取り出す。カイバの裏には「1」と書かれている。間違えないように書いてきた番号だ。

「音楽が入ってます。流していただけますか」

霜野は怪訝《けげん》そうな表情をしていたが、岡部の言ったことに従った。スマートフォンを取り出し、カイバを読みとる。しばらくして、音が部屋全体から鳴りはじめた。

「ウッドベース……かね？」

岡部は頷いた。

『鯨の庭』に、ウッドベースのリフが鳴り響いた。

ベースの音程は、少し怪しかった。だが、小節が進むごとに、その歪みは少しずつ修正されていく。一連の流れからは、直近の練習不足と、奏者がもともと持っているポテンシャルの高さの両方が窺える。

生真面目なベースだ。建物の土台となる煉瓦《れんが》を積むような、堅実な演奏。五弦ベースを用いた、腹に響くような重厚な低音。どんな音楽であろうと支えてみせるという、強い意志。

ベースのリフが巡回する。音楽の進む方向が明確に提示される。

ピアノの音が入ってくる。

少し古いが、調律の行き届いた正しい音。左手はベースラインの補強で。そして、右手には若干の遊びを加えて。

ベースとピアノの二重奏は、加速していく。音楽の速度は変わらない。テンポではなく、音楽が加速していく。最初はぎこちなかったふたつの音の呼吸が、徐々に合ってくる。音程ではない。音楽自体が溶け合い、ひとつになる。堅牢な建築物を造っていく。

そして、シタールの音が、鳴り響いた。

ベースとピアノが作り上げた建築物を、シタールが蹴散《けち》らすように蹂躙する。高熱を灯した炉のように、その音楽には容易には近づけない。シタールがかき鳴らされる。ベースとピアノは、それに拮抗するように音楽を奏でる。

岡部は目を閉じた。

三百六十度シアターのような先進的なテクノロジーではなく、ただの想像だった。だが、岡部には、ある光景が鮮やかに見えていた。

左斜め前。大きなベースを持ち、豊かな低音で音楽を構築していく、益子孝明が。

右斜め前。たくさんの楽器に囲まれ、憑かれたようにシタールをかき鳴らす、名塚楽が。

眼前に広がる、異なる手触りを持った、白と黒の鍵盤が。

名塚の音楽が入ってきたことで、三つの音楽は容易に溶け合わなくなる。名塚の音楽は、災害に近い。並大抵の演奏をしていては、ステージから弾き飛ばされて二度と戻ってこられない。怒っても仕方がない。手加減しろよなどとは言えない。弾き飛ばされたくなければ、自分も奏でるしかない。炉の中に手を突っ込むような、灼熱《しゃくねつ》の音楽を。

ピアノを叩く。大きな音量を出せばいいわけではない。リアルタイムで蹂躙されながら、どうすればその災禍と立ち向かえるかを考える。全力で走りながら方程式を解かされているような、独特の感覚。音で埋め尽くされるステージの上で、居場所を作り、音楽を作り、ねじ込んでいく。より強い音楽を「作曲」していく。

益子がちらりとこちらを見る。岡部の音を聴いてくれている。岡部はそこで、右斜め前を見た。

——ああ。

名塚は、岡部がいい演奏をしたら、必ず振り返ってこちらを見てくれた。それが、彼と拮抗できたことの証左でもあった。ライトのせいで表情はいつも見えなかったが、きっと彼は子供のように嬉しそうな顔をしていた。

この演奏には、それがない。名塚はただ突っ走るだけだ。光のように突き進む名塚に、ひたすらついていくしかない。振り落とされないように。拮抗するように。名塚のやりたいことを読み解き、そこに音楽をぶつけていくしかない。

音楽が混ざっていく。境界が溶けていく。三つの音楽がひとつになり、巨大なうねりを作り上げる。自分たちにしか作れない音楽が、フロア全体に、壊れそうなほどに鳴り響く。溶け合った音楽は、光と高熱をでたらめにまき散らしながら、終局へ向かっていく。

――名塚。

右斜め前にいる名塚は、こちらを振り向かない。だが、彼がどんな表情をしているかは、判った。名塚のことが、いまの岡部にはよく判る。

最後の音が鳴った。

ベース。ピアノ。シタール。三つの音が、中空に解き放たれる。それは完璧に調和した、『心を彩るもの』の音だった。

やがてそれらの音は、空気に溶け込むように消えていく。

すべての音が消え去る。岡部に見えていた想像も、同時に消えていく。

静寂が戻る。岡部は、ゆっくり目を開けた。

目の前には、霜野の姿があった。彼は困惑をしたまま、こちらを見つめている。

動悸が治まらない。興奮を抱えたまま、岡部は冷静になることに努めた。

「……冒頭の二十秒が空いていた理由は、これなんです」

「どういうことかね」

「僕たちは『建築工事』と読んでました。我々のやっていたユニットでのルールなんです。まずは益子がベースラインを作る。次に僕がピアノで入る。そして、最後に名塚が入ってくる。名塚は、この部分を入れるために、冒頭を空けていたんです」

岡部は言った。

「三人で、もう一度演奏をする。名塚の望みは、それだけだったんです」

霜野はじっと岡部のほうを見つめている。岡部は臆さずにその目を見返した。

「家族を失った名塚は、残った仕事をこなしたら死ぬつもりでした。ただ、あいつにはひとつ、心残りがあったんです。かつてやっていたユニットで、もう一度演奏をすることです。ただ、僕らの

人間関係は崩壊していました。普通に正面から頼んで、そんなことが実現するわけはない。だから
あいつは、こんな回りくどい手を使ったんです」

岡部は、テーブルの上にあるカイバを指差す。

「カイバを壁に貼り、騒ぎを起こした上で、その続きと指を僕らのところに送る。カイバが壁に貼られ続ければ、僕らは名塚の行動の意味を考え続ける。そして、遺作の冒頭をわずかに空けておく。名塚は、自分の意図に僕らが気づくことを信じていたんです。気づいたときに、もう一度一緒に演奏をしてくれることを、信じていたんです」

「……美しい話だが、事実とは異なる。名塚くんは私に言った。『新しい音楽』の作り手として、歴史に名を刻みたいと」

「それはあなたにカイバを貼らせ続けるための方便にすぎません。名塚はあなたとは違う。名声、音楽史の転換、あいつはそのどちらにも全く興味がなかった」

「彼は『Jing』を使っていたのだ。人工知能が自分より優れた曲を生み出すことに、衝撃を受けていた。自分が曲を作る意味が判らなくなっていた」

霜野は言った。心なしか、声が震えていた。

岡部は静かに言った。

「最近、知人のピアニストが『Jing』を使って曲を作りました。僕の作った何十曲もの作品をコラージュのように取り入れて、ひとつにまとめるという作品でした。彼は『Jing』を使ってそれをやったと言っていた」

「人工知能でなければ、そんな離れ業はできまい」

「ただ、『Jing』だけでそれができたわけではありません。演奏する人間のことを考え、『Jing』に指示を出し続けたピアニストがいたからこそ、その曲が生まれたんです」

「……何が言いたい？」

「名塚のことです。復帰後の名塚の曲は、作風の幅も広がっていました。確かに、あれらの曲は、名塚ひとりでは作れなかったでしょう。でもそれは、人工知能が人間を超えたというような、そんな単純な話でしょうか？　いま音楽の世界で起きていることは、そんな単純な話じゃないと思います」

「では、どんなことなのかね」

「波及、です」

霜野が訝しげな目で岡部を見つめる。岡部は言った。

「音楽の本質は、波及だと名塚は言っていました。いままで生まれてきた音楽の中から、新しいものを作り上げ、それを世に問う、音楽はその繰り返しだと。あいつとやっていたユニットは、波及そのものだった。お互いがお互いの音楽を聴き取り、さらに優れたものにして返す。その連鎖の中から、新しいものを作り上げていく。名塚が『Jing』とやっていたのも、そういうことだったんです。『Jing』にリクエストを投げて、レスポンスを得る。それを基にさらにリクエストを投げ、改善していく。名塚と『Jing』が波及し合っていたからこそ、復帰後の傑作群は生まれたんです」

岡部は続けた。

「『Jing』が普及したおかげで、市井の人々は『Jing』の曲を聴くようになった。これも、波及と言えるのではないですか？　『Jing』の中には、いままで奏でられてきた膨大な音楽の記憶があります。聴き手の感性やそれまで触れてきた音楽と、『Jing』の持つ巨大な無意識が波及し合うからこそ、『Jing』は新しい音楽を作ることができる。聴き手もまた、音楽という巨大なサイクルの中で、波及し合っているんです」

「波及……」

「そうです。僕たちは『鯨』に食い尽くされたんじゃない。僕たちは『鯨』を介しながら、かつてないほど大規模に波及し合ってるんです。名塚はそのことを判っていました。だから、音楽史に残るかもしれない可能性を蹴って、僕たちにカイバを送りつけてきた。自分の作った音楽で、僕たちに対して、波及を起こすために」

霜野の眉が歪む。彼ほどの男であっても、どう反応していいのか考えあぐねているようだった。

「霜野さん。あなたは僕と一緒です。自分の音楽が評価されず、市場から消えた人間の気持ちが、僕にはよく判ります。人工的に作った『新しい音楽』にも、一定の価値はあるのかもしれない。でも、僕たちが作る音楽にも価値がある」

霜野は難しい表情で黙ったままだ。

「僕らはただ、作ればいい。どんな理由であっても構わない。たとえ平凡でも、思うようにできなくても、作れば、それは必ず、何らかの形で誰かに波及していきます。小さな波及しか起こせなかったとしても、それを受けた誰かがまた何かを作り、やがて大きな波になっていく」

岡部は拳を握った。爪が食い込むほどの強さで。

「僕らはただ、作ればいい。僕の中には、数え切れないほどの音楽があります。人類の遺産とも言うべき歴史的な傑作もあれば、箸にも棒にもかからないような曲もある。子供のころに散々聴いたポップミュージックもあれば、道端の子供が歌っていた鼻歌もある。誰かが生まれて初めて作った曲もあれば、いまでは誰の何の曲なのかも思い出せないものもある。そして……あなたの作った曲も」

霜野はぴくりと反応した。

「僕の中にもあなたの中にも、様々な音楽があります。名塚はそれを空港と呼んでいました。音楽を人工知能で真似ることはできるかもしれませんが、それぞれが心に築いた空港はどんなにテクノロジーが発達しても真似できない。人工知能が地球上のあらゆる芸術を作れるようになったとしても、それは変わらない。僕たちは、僕たちだけの空港から、新しいものを作ればいい。それはまた、ほかの誰かの空港に届き、そこに記憶として留まっていく。繰り返し繰り返し……その波及の連鎖が、音楽という巨大なサイクルになっていくんです。作るとは、その一部になることです。誰だってただ作りさえすれば、その一部になることができる。それだけでもう、いいじゃないですか」

霜野に届いて欲しい。それだけを考えていた。

「……それは」霜野が、ようやく口を開いた。

「それは……手が届かないものの思考だ。音楽のすべてをひっくり返す爆弾が、手の届く場所にあるのだ。綾瀬梨紗という、うってつけの人間も、ここに……」

「まだ判らないんですか。あなたは梨紗さんの作った音楽を、聴いたんですか。両手が使えることへの憧れを、優しく肯定するようなあの曲を聴きましたか。確かに、あなたが壁に貼った楽曲は、素晴らしかった。でもあれは、梨紗さんの音楽じゃない。梨紗さんの空港から生まれた音楽じゃないからだ」

霜野の瞳が揺れている。岡部は身を乗り出した。

「大きな波及を起こしたいという欲望は判ります。でも、そのために自分の音楽を捨て去るなんて、本末転倒です。ましてや、人を犠牲にするなんて許されることじゃない。霜野さん。あなたは凡庸な作曲家であることを、恐れるべきではなかった。あなたの空港を、放棄すべきじゃなかった。ただ作ることを、やめるべきじゃなかったんだ」

霜野は反応を見せなかった。頷きもせず、首を横に振ったりもせずに、じっとテーブルの上を見つめている。岡部は霜野の言葉を待った。

「岡部くん」

霜野は静かに言った。

「君には、私の気持ちは判らんよ」

肩を落としそうになった。目の前が暗くなる。

自分はどこかで、霜野と判り合えると思っていたのかもしれない。凡庸な作曲家同士、つながれると考えていたのかもしれない。つきつけられた断絶の深さに、岡部は深く絶望した。

――仕方ない。

岡部はもう一枚のカイバを出した。できれば、こんな鬼子は使いたくなかった。だが、もう選択肢がない。

「こちらのカイバも、再生してくれませんか」

岡部はそれを霜野のほうに差し出した。裏には「2」と書いてある。霜野は黙ってそれを受け取り、スマートフォンで読み込む。

しばらくして、音楽が流れはじめた。その瞬間、霜野の顔色が一変した。

弦楽器による四重奏だった。

古典的な佇まいの、一聴シンプルな楽曲だ。シンプルならではの優美さがある一方で、そこに目新しさや奇抜さはない。凡庸な音楽が、連綿と展開していく。

だが、次第に音楽は変容していく。合成されたヴァイオリンとヴィオラとチェロによって奏でられる音楽は、展開するにつれてシンプルなフォルムを崩していく。それに伴い、霜野の表情が青ざめていくのが見える。

基になっている曲。それは、霜野の音楽だった。

律に頼み、様々な霜野の楽曲を集めた。音楽が進行するにつれ、それらの断片が曲の中に埋め込まれはじめる。霜野が作ってきた数多の楽曲を巻き込みながら、音楽は雪だるま式に膨らんでいく。

膨らんだ音楽は、さらに変容する。霜野の楽曲だけでなく、民族音楽や現代音楽のエッセンスも混ざっていく。気がつくと、もはや最初のありふれた音楽はどこにもない。霜野の楽曲を養分に、歪《いびつ》な形となり、醜さと美しさをたたえながら、枝葉を茂らせていく。異界の植物が霜野鯨という人間の魂に根を張り、そこから異形《いぎょう》の花を無数に咲かせている。

「僕が作った曲です。『Jing』とともに」

霜野は愕然としている。いくら梨紗を殺そうとした彼が相手とはいえ、こんな表情を見るのは辛《つら》かった。

「あなたの曲をベースに、『Jing』の中で様々な音楽を融合させました。五年間、僕はあらゆる曲を聴き込んできた。検査員として培ってきた感性と技術の、すべてを使いました。『Jing』が作ろうとしている『新しい音楽』とは違うかもしれない。でも、近いものができたと思っています」

拳を握りしめながら、岡部は言った。

「霜野さん。あなたには、物語がある」

岡部は挑むように言った。

「一大事業を起こしたクレイドル社の会長にして、『Jing』の生みの親。いまは『鯨の庭』と呼ばれる自社ビルの最上階にこもって、ひたすら思索を続けている。そんなあなたが不可解な自殺を遂げ、その音楽が壁に貼られる。それは、斬新な音楽だった。きっと、みんな夢中になってあなたの曲を聴くでしょう」

胸の痛みをこらえながら、岡部は言った。

「僕がやります。僕があなたの音楽を作り、継続的に壁に貼る。『新しい音楽』は広まり、あなたは音楽史に名を刻む。名塚でも、綾瀬梨紗でもない。霜野鯨が、永遠に残るんです」

岡部は言った。

「霜野会長、死んでください。『新しい音楽』のために」

弦楽四重奏の調べが流れている。

原形を残しつつも派手に変容したメロディーが、和音進行と対旋律と絡まって蠱惑的に、露悪的に響く。聴き手を挑発しながらも引きつける、魔力と引力を持った音楽。奪われまいとしても、その魅力につい耳が奪われてしまう。

鬼子だった。醜くて美しい、異形の花だった。耳を塞ぎたくなったが、こらえた。爆音で鳴り響く音楽に身を包まれながら、岡部は霜野を見続けた。

そのときだった。

突然、霜野が唸り声を上げた。そのまま床に倒れ込む。うずくまり、床に向かって叫ぶように声を出す。

霜野は、嘔吐《おうと》していた。

床にかがみ込みながら、胃の内容物をガラス張りの床にまき散らす。一度ではなかった。何度も何度も、執拗にそれを繰り返す。今際《いまわ》の際にいる巨大な獣のように。

音楽が流れ続けている――。

優美で、醜悪で、高貴で、下卑で。光のようでもあり、毒のようでもある音楽が、響き続けている。否応なく心に絡みつき感情を揺さぶられる『新しい音楽』が、真っ暗な海中を映し出したフロア全体に大音量で鳴り響いている。

音楽を遮《さえぎ》るように、霜野が嘔吐する音が断続的に響く。魅惑的な音楽の中で、その嘔吐の音だけが、岡部を現実につなぎとめてくれる感じがした。

エピローグ

『オール・オブ・ミー』の客席は満員だった。

岡部は一席に座り、誰もいない舞台を見つめていた。舞台上にはグランドピアノがあり、主を待つかのように佇んでいる。開演前の舞台上。生まれてきた音楽と、これから生まれる音楽が、凪のように交錯する時間。

「何をぼんやりしている」

正面に座った益子が、話しかけてくる。彼のグラスには炭酸水が入っていた。いつもこの店ではギネスを飲むことにしていたが、今日は彼に合わせてオレンジジュースを頼んでいた。

「昔、よくこういう場所で演奏したな。それを思い出していた」

「ああ……これくらいのステージなら、名塚の楽器もなんとか入ったかな」

「どうかな。あいつの持ってくる楽器は、多かったからな」

名塚のセッティングはいつも大変だった。大型のワゴンいっぱいに楽器を積んでくるものだから、搬入だけで大仕事だ。おまけに、そのうちごく一部しか使わないのだからそれは顰蹙《ひんしゅく》も買う。「あらかじめ使う楽器を選んで持ってこいよ、名塚」益子が毎回文句を言っていたが、名塚はにこにこと笑っているだけだった。

「名塚、なんで死んだんだろうな」

益子が呟くように言う。

「確かに家族を失ったのは苦しかっただろう。でも、死ぬことはない。暗くても、明けない夜はない」

「それを、お前が言うか？」

そう言われた益子は、一瞬きょとんとしたあと、納得したように苦笑した。自分が起こした騒ぎのことを、本当に忘れてしまっているようだった。全く、益子らしい。

そのとき、拍手が起きた。

暖かい拍手の中、舞台にひとりの人間が上った。

「今日は、きていただいてありがとうございます。精一杯演奏いたしますので、よろしくお願いします」

梨紗だった。

今日の梨紗はダークスーツでタイトにまとめている。細身で長身の体軀に、シャープなスーツがよく似合っている。

久々の復帰戦だというのに、梨紗はリラックスしているようだった。最初にここで彼女を見たときのような硬さも、『ジング』の曲を演奏したときのような緊張も、どちらもない。舞台に上がれることを楽しんでいるようだった。

梨紗はピアノの前に腰掛け、左手を握ったりほどいたりする。準備が整ったのか、おもむろに演奏をはじめた。

綺麗な楽曲だった。低音域から高音域まで幅広く音が使われているが、左手だけでも充分弾けるようにゆとりを持って作られている。そのゆとりの部分が、ただの無駄ではなく、開放的な雰囲気になって音楽に味を加えている。緩やかな音楽の構えが、梨紗の素直な性格と合っている。

――奥田の作った曲。

梨紗が弾き師をはじめた最初のころに弾いたという、奥田の曲。岡部はそれをリクエストしていた。

確かに特別な曲ではない。生真面目で、平易で、ある程度勉強した人間なら誰でも書ける曲かもしれない。ただ、奥田が梨紗のことを真剣に考えて、悩んでこれを書いたことはよく判る。

梨紗の放つ、透明な音色。

今日の彼女の演奏には、そこに薄《う》っすらと光が混ざっている感じがした。薄い赤。薄い青。薄い緑。彼女が音楽に込めた感情が、色となって発露している感じがする。梨紗はピアノを通じ、様々な色をまき散らし続ける。

演奏が終わる。拍手が会場を包み込む。以前のどこか浮かれた、熱狂的な拍手ではない。梨紗の演奏を温かく祝福するような、そんな拍手だった。

「いい奏者だ」

益子が言う。

「いい音がしてる。名塚の従妹なんだよな。あいつの演奏とは全然違うが、さすがだな」

「人の数だけ、音楽は違うよ。人工知能があらゆる曲を作れるようになったとしても、それは変わらない」

「それは、検査員としての知見か？」

益子はそう言ったところで、手を振った。「やめよう。いまのは、なしだ」益子はそう言って、炭酸水を傾ける。

「岡部。告白するよ。俺も、お前と同じだった」

益子が呟いた。

「あのとき、お前がやめたいと言い出さなければ、俺が言っていたと思う。お前に責任を被せるようなことを言って、すまなかった」

「益子……」

「あのとき、お前の話にもっと耳を傾けてたら、『心を彩るもの』はまだあったかもしれない。そうしたら、名塚も生きていたのかもしれない。最近、そんなことをよく考える」

益子は難しい表情をしていた。安易な言葉はかけられない。

「益子」

その代わり、岡部は言った。

「お前、また音楽がやりたくなったんじゃないのか？」

ステージの上から目は離さない。視界の片隅で、益子がじろりとこちらを見るのを感じる。

益子はすぐには答えない。黙って炭酸水を傾ける。

「あの子も、入れてもいいかもしれないな」

ふと、益子が言った。岡部は吹き出しそうになった。

「梨紗さんを？　ピアノがふたりで何をやるんだ」

「ピアノはあの子だ。お前は名塚の代わりをやれよ。いまから覚えろ。シタールでもなんでも」

「そんなこと、できるわけないだろ」

軽口を叩き合っていると、ふと梨紗と目が合った。いまから彼女が何を演奏するのか、その目の感じで理解できた。

以前果たせなかった約束を、ようやく果たすことができる。岡部は彼女に向き合った。

梨紗の左手が、ゆっくりと動き出す——。

＊

岡部は壁の前に立っていた。

壁は、相変わらず盛況だった。もう地の部分が見えないほどにカイバで埋め尽くされ、それらが太陽の光を浴びて眩しいほどに光っている。壁全体が歌っているように、輝いている。

——益子が横槍《よこやり》を入れなくとも、霜野の計画は失敗していたんじゃないだろうか。

そんなことを思った。「名塚」の新作が貼られようとも、この膨大な音楽の壁の中からそれを探すことはもはや難しいだろう。

岡部が見つめている横で、高校生と思《おぼ》しき少年が壁にカイバを貼っていく。照れくささを隠しているのか、ふてくされたような表情をしていた。目が合うと、睨みつけるような表情をして去っていく。あとで、彼の曲を聴いてみようと思った。

——意味はないかもしれない。

答えが出ているはずの問いに対し、長年培ってきた諦念《ていねん》が、習慣のように頭の中でささやく。壁には無数の音楽が溢れている。めいめいがスマートフォンをかざし音楽を聴いているが、とても聴ききれる数じゃない。貼っても、誰も聴いてくれないかもしれない。

そもそも、このムーブメントもいつかは終わるだろう。もう世界に音楽は溢れている。聴かれる可能性の低いものを、いつかは滅びてなくなるものを、これ以上生産する？　何のために？

いまだにこんな考えが習慣のように浮かんでくる自分に、少し失望を感じる。ふーっと長いため息をつき、壁を見上げる。

そこで、岡部はあるものに気づいた。

それは、指紋だった。

ひと目見ただけで判る。それは、名塚の指紋だった。

名塚が貼ったカイバは、壁の中でひっそりと佇んでいる。かつて一枚だけ貼られていたカイバは、もう森の中のひとつの葉のようだ。だが、この森はもともと、この一枚から生み出されたのだ。

波及。この巨大な音楽の壁は、彼が起こした波及によって生まれたのだ。

岡部は名塚の指紋に、軽く指を当てる。「右斜め前」で楽器に囲まれている名塚の姿が、見えた気がした。

ウッドベースの音が聴こえる。

ビルの基礎工事のような、ウッドベースの音が。

音楽が無数に溢れた世界。自分の起こせる波及は、名塚ほど大きいものではないかもしれない。

でも、きっと誰かには届く。その誰かが、また誰かに波及させていく。そうやって生まれる無数の連鎖。自分は、その一部になる。音楽の一部になるために、音楽を作る。

岡部はカイバを取り出し、壁に貼った。その横に、朱をつけた自分の指先を押しつけた。

綺麗な光が、はっきりと見えた。

音楽が生まれる。新しい音楽が——。

了

参考文献
フィリップ・ボール 著／夏目大 訳『音楽の科学』（河出書房新社）
ロジャー・ペイン 著／宮本貞雄、松平頼暁訳『クジラたちの唄』（青土社）
村山司『鯨類学』（東海大学自然科学叢書）
フランセス・アッシュクロフト 著／矢羽野薫 訳『人間はどこまで耐えられるのか』（河出文庫）

その他多くの書籍、論文、ウェブサイト、映像などを参考にいたしました。

逸木 裕（いつき・ゆう）

1980年東京都生まれ。学習院大学法学部法学科卒業。フリーランスのウェブエンジニア業の傍ら、小説を執筆。2016年、『虹を待つ彼女』（「虹になるのを待て」を改題）で第36回横溝正史ミステリ大賞を受賞し、デビュー。他の著書に『少女は夜を綴らない』『星空の16進数』がある。

電気《でんき》じかけのクジラは歌《うた》う

2019年8月6日　第1刷発行

著者　逸木《いつき》 裕《ゆう》

発行者　渡瀬昌彦

発行所　株式会社講談社

〒112-8001　東京都文京区音羽2-12-21

電話　出版　03-5395-3506

販売　03-5395-5817

業務　03-5395-3615

本文データ制作　講談社デジタル製作

印刷所　豊国印刷株式会社

製本所　株式会社国宝社

定価はカバーに表示してあります。

ISBN978-4-06-516818-9　N.D.C.913　398p　20cm

JASRAC 出 1906821-901